文学回忆录

回忆录

LITERARY MEMOIRS

Chen Zhongshi

陈忠实 著

王鹏程 编

SPM 南方出版传媒 广东人民出版社

· 广州 ·

图书在版编目（CIP）数据

陈忠实文学回忆录 / 陈忠实著 . — 广州：广东人
民出版社，2020.7
ISBN 978-7-218-13587-8

Ⅰ . ①陈… Ⅱ . ①陈… Ⅲ . ①回忆录－作品集－中国
－当代 Ⅳ . ① I251

中国版本图书馆 CIP 数据核字（2019）第 099525 号

Chen Zhongshi Wenxue Huiyilu

陈忠实文学回忆录

陈忠实　著

出 版 人：肖风华

丛书主编：向继东　段　洁
责任编辑：刘　宇　马妮璐
责任技编：吴彦斌　周星奎
装帧设计：UNLOOK·@广岛 Alvin

出版发行：广东人民出版社
地　　址：广州市海珠区新港西路 204 号 2 号楼（邮政编码：510300）
电　　话：（020）85716809（总编室）
传　　真：（020）85716872
网　　址：http：//www.gdpph.com
印　　刷：北京彩虹伟业印刷有限公司
开　　本：880mm×1230mm　1/32
印　　张：13　**字　　数：**290 千
版　　次：2020 年 7 月第 1 版
印　　次：2020 年 7 月第 1 次印刷
定　　价：68.00 元

如发现印装质量问题，影响阅读，请与出版社（020－85716849）联系调换。
售书热线：（020）85716826

　　陈忠实，1942 年 8 月 3 日生于西安市灞桥区西蒋村。1962 年高中毕业，任职中小学教师和区乡干部 20 年，1982 年调入陕西省作协。1965 年初发表散文处女作，1973 年发表第一篇短篇小说。曾出版《陈忠实小说自选集》(三卷)、《陈忠实文集》(十卷) 等 30 余种作品集。其中小说《信任》获 1979 年全国优秀短篇小说奖；《渭北高原，关于一个人的记忆》获 1990—1991 年度全国优秀报告文学奖；长篇小说《白鹿原》获第四届茅盾文学奖。曾任陕西作家协会主席，中国作家协会副主席。2016 年 4 月 29 日因病在西安逝世。《白鹿原》系其代表作，迄今已发行数百万册，在国内外反响强烈，在文学界评价极高。

总　序

　　也许可以说，20 世纪的潮流是革命。革命话语下的文学，其主体自然是革命。

　　新文化运动及其"文学革命"以来，中国现代文学走过 100 年了。境内外坊间，文学史不知写了多少，大都是先有一个框，然后截取一个维度解读，看似全面，实则蜻蜓点水，泛泛者多。它们大都忽略了鲜活的个体细节，忽略了参与文学活动的人——他们生命的体验过程，他们的所思所想，点点滴滴。这套"文学回忆录"书系，正是基于此，让作家自己说话，说自己的话，尽可能为研究者提供第一手的史料。换一种说法，这套书也可以叫作"百年个人文学史"。

　　按照最初的设想，主要是收 20 世纪七八十年代成名的这一代作家的回忆录，因为这些作家人生起伏大，遭遇坎坷多，又赶上了革命文学转型期，因此文学现象多元而复杂，极具研究价值。我们的编辑思路是：作为个体存在的作家，关于文学的反思及其在创作道路上对人生、社会和历史诸问题的思考均可。体裁可以是回忆性的随笔杂感，也可以是创作谈或访谈之类，如果是一部沉甸甸的文学反思录，当然更好。我们不求每一本体例一致，但求每一本都是唯一的，文字内涵丰富，耐人寻思。我们的目标读者，就是象牙塔里的教授、真正的治学者，尤其是相关作家的研究专家，当然还包括这些作家的"粉丝"以及对文学有兴趣的大众读者。所以已出版的十来种，就是在这种背景下推出的。

出版了第一批后，我们忽然觉得，如果把视域稍稍放大一点儿看，整个20世纪的文学，其实就是一个整体。于是，我们就把范围扩大，首先扩大到五六十年代写出过有影响作品的这一批作家。虽然这些作家大都已作古，但好在他们的晚年，有的写了回忆录，有的写过不少回忆文字，我们就有选择地推出了。我们是有点野心的，先易后难，从当今活跃的这一批作家做起，然后是五六十年代相当活跃的那一批作家，再后就是三四十年代以及北洋时期的那一代作家，这恰好就是百年文学史上的"个人文学史"了。

如何看这百年文学史？窃以为，文学革命之始，有人发表《文学改良刍议》和《文学革命论》，然后有了创新的探索者，再后就引出一大群模仿跟随者。但不可否认，五四之后，知识阶层慢慢分化了，有的走向苏俄，有的趋向欧美；再后就出现了"左联"，出现了左翼文学、抗日文学和国统区文学。"讲话"横空出世后，好像左翼作家要"火"过国统区作家，因为有大批朝气蓬勃的、有才气的青年作家加入。再后来，就只剩下"图解政治"的文学了，直至"四人帮"的"阴谋文学"。简而言之，左翼文学从20世纪30年代直至70年代，在这片土地上，几乎一直是处于主流的，规定作家怎么写，怎么塑造人物，怎么反映生活。直到1978年秋天以后，才出现转机。到了80年代，文学努力回归本源，才逐渐走向多元，出现了百花齐放的势头……而今又是40余年了，其间虽有过波折，但大体还是按照文学自身的规律发展。

早就有人提出要"重写文学史",也有所行动,然而一直没有人做这基础性的史料工作。没有百年的"个人文学史",百年文学史不就成了无米之炊吗?鉴于目前的书业疲软,我们也深知自己能力有限,只能这样慢慢地去做,待有了一定规模后,看条件是否有所转机。我们会竭尽所能,坚持不懈,等到做上百余种,那时就蔚为大观啦。

我们想把"文学回忆录"做成权威的、另类的 20 世纪文学史不可或缺的读本,让潜心向学的研究者,案头都有一套这样的书,可随时翻阅。我们正在努力着。

向继东

2019 年 10 月于羊城大沙头

目

录

自　述

阅 读

感 悟

对 话

自　述

第一次投稿 *

　　背着一周的粗粮馍馍，我从乡下跑到几十里远的城里去念书，一日三餐，都是开水泡馍，不见油星儿，顶奢侈的时候是买一点儿杂拌咸菜；穿衣自然更无从讲究了，从夏到冬，单棉衣裤以及鞋袜，全部出自母亲的双手，唯有冬来防寒的一顶单帽，是出自现代化纺织机械的棉布制品。在乡村读小学的时候，似乎于此并没有什么不大良好的感觉；现在面对穿着艳丽、别致的城市学生，我无法不"顾影自卑"。说实话，由此引起的心理压抑，甚至比难以下咽的粗粮以及单薄的棉衣抵御不住的寒冷更使我难以忍受。

　　在这种处处使人感到困窘的生活里，我却喜欢文学了；而喜欢文学，在一般同学的眼里，往往是被看作极浪漫的人的极富浪漫色彩的事。

　　新来了一位语文老师，姓车，刚刚从师范学院毕业。第一次作

＊　　本文原题为《我的第一次投稿》，载《少年文摘》2007 年第 9 期。

文课，他让学生们自拟题目，想写什么就写什么。这是我以前从未遇过的新鲜事。我喜欢文学，却讨厌作文。诸如"我的家庭""寒假（或暑假）里有意义的一件事"这些题目，从小学写到中学，我是越写越烦了，越写越找不出"有意义的一天"了。新来的车老师让我们想写什么就写什么，我有兴趣了，来劲儿了，就把过去写在小本上的两首诗翻出来，修改一番，抄到作文本上。我第一次感到了对作文的兴趣而不再是活受罪。

我萌生了企盼，企盼尽快发回作文本来，我自以为那两首诗是杰出的，会震一下的。我的作文从来没有受过老师的表扬，更没有被当作范文在全班宣读的机会。我企盼有这样的一次机会，而且机会正朝我走来了。

车老师抱着厚厚一摞作文本走上讲台，我的心无端地慌跳起来。然而四十五分钟过去，要宣读的范文宣读了，甚至连某个同学作文里一两句生动的句子也被摘引出来表扬了，那些令人发笑的错句病句以及因为一个错别字而致使语句含义全变的笑料也被点出来，终究没有提及我的那两首诗，我的心里寂寒起来。离下课只剩下几分钟时，作文本发到我的手中。我迫不及待地翻看了车老师用红墨水写下的评语，倒有不少好话，而末尾却悬下一句："以后要自己独立写作。"

我愈想愈觉得不是味儿，愈觉不是味儿愈不能忍受。况且，车老师没有给我的作文打分！我觉得受了屈辱。我拒绝了同桌以及其他同学伸手要交换看作文的要求。好容易挨到下课，我拿着作文本赶到车老师的房子门口，喊了一声："报告——"

获准进屋后，我看见车老师正在木架上的脸盆里洗手。他偏过头问："什么事？"

我扬起作文本，说："我想问问，你给我的评语是什么意思？"

车老师扔下毛巾，坐在椅子上，点燃一支烟，说："那意思很明白。"

我把作文本摊开在桌子上，指着评语末尾的那句话："这'要自己独立写作'我不明白，请你解释一下。"

"那意思很明白，就是要自己独立写作。"

"那……这诗不是我写的？是抄别人的？"

"我没有这样说。"

"可你的评语这样子写了！"

他冷峻地瞅着我。冷峻的眼神里有自以为是的得意，也有对我的轻蔑的嘲弄，更混合着被冒犯了的愠怒。他喷出一口烟，终于下定决心说："也可以这么看。"

我急了："凭什么说我抄别人的？"

他冷静地说："不需要凭证。"

我气得说不出话……

他悠悠抽烟："我不要凭证就可以这样说。你不可能写出这样的诗歌……"

于是，我突然想到我的粗布衣裤的丑笨，想到我和那些上不起伙的乡村学生围蹲在开水龙头旁边时的窝囊……凭这些就瞧不起我吗？凭这些就判断我不能写出两首诗来吗？我失控了，一把从作文本上撕下那两首诗，再撕下他用红色墨水写下的评语。在朝他摔出去的一刹那，我看见一双震怒得可怕的眼睛。我的心猛烈一颤，就把那些字纸用双手一揉，塞到衣袋里去了，然后一转身，不辞而别。

我躺在集体宿舍的床板上，属于我的那一绺床板是光的，没有褥子也没有床单，唯一不可或缺的是头下枕着的这一卷被子，晚上，我是铺一半再盖一半。我已经做好了接受开除的思想准备。这样受罪的念书生活再加上屈辱，我已不再留恋。

晚自习开始了，我摊开了书本和作业本，却做不出一道习题来，捏着笔，盯着桌面，我不知做这些习题还有什么用。由于这件事，期末我的操行等级降到了"乙"。

打这以后，车老师的语文课上，我对于他的提问从不举手，他也不点我的名要我回答问题，校园里或校外碰见时，我就远远地避开。

又一次作文课，又一次自选作文。我写下一篇小说，名曰《桃园风波》，竟有三四千字，这是我平生写下的第一篇小说，取材于我们村子里果园入社时发生的一些事。随之又是作文评讲，车老师仍然没有提到我的作文，于好于劣都不曾提及，我心里的底火又死灰复燃。作文本发下来，揭到末尾的评语栏，连篇的好话竟然写下两页作文纸，最后的得分栏里，有一个神采飞扬的"5"，在"5"的右上方，又加了一个"+"，这就是说，比满分还要满了！

既然有如此好的评语和"5⁺"的高分，为什么评讲时不提我一句呢？他大约意识到小视"乡下人"的难堪了，我猜想，心里也就膨胀了愉悦和报复，这下该有凭证证明前头那场说不清的冤案了吧？

僵局继续着。

入冬后的第一场大雪是夜间降落的，校园里一片白。早操临时被取消，改为扫雪，我们班清扫西边的篮球场，雪下竟是干燥的沙土。我正扫着，有人拍我的肩膀，一仰头，是车老师，他笑着。在我看来，他笑得很不自然。他说："跟我到语文教研室去一下。"我心里疑虑重重，又有什么麻烦了？

走出篮球场，车老师就把一只胳膊搭到我肩上了，我的心猛地一震，慌得手足无措了。那只胳膊从我的右肩绕过脖颈，就搂住我的左肩。这样一个超级亲昵友好的举动，顿时冰释了我心头的疑虑，却更使我局促不安。

走进教研室的门，里面坐着两位老师，一男一女。车老师说："'二两壶''钱串子'来了。"两位老师看看我，哈哈笑了。我不知所以，脸上发烧。"二两壶"和"钱串子"是最近一次作文里我的又一篇小说中两个人物的绰号。我当时顶崇拜赵树理，他的小说的人物都有外号，极有趣，我总是记不住人物的名字而能记住外号。我也给我故事里的人物用上外号了。

车老师从他的抽屉里取出我的作文本，告诉我，市里要搞中学生作文比赛，每个中学要选送两篇。本校已评选出两篇来，一篇是议论文，初三的一位同学写的，另一篇就是我的作文《堤》了。

啊！真是大喜过望，我不知该说什么了。

"我已经把错别字改正了，有些句子也修改了。"车老师说，"你看看，修改得合适不合适？"说着他又搂住我的肩头，搂得离他更近了，指着被他修改过的字句一一征询我的意见。我连忙点头，说修改得都很合适。其实，我连一句也没听清楚。

他说："你如果同意我的修改，就把它另外抄写一遍，周六以前交给我。"

我点点头，准备走了。

他又说："我想把这篇作品投给《延河》。你知道吗？《延河》杂志？我看你的字儿不太硬气，学习也忙，就由我来抄写投寄。"

我那时还不知道投稿，第一次听说了《延河》。多年以后，当我走进《延河》编辑部的大门深宅，并且在《延河》上发表作品的时候，我都情不自禁地想到车老师曾为我抄写投寄的第一篇稿。

　　这天傍晚，住宿的同学有的活跃在操场上，有的遛大街去了，教室里只有三五个死贪学习的女生。我破例坐在书桌前，摊开了作文本和车老师送给我的一扎稿纸，心里怎么也稳定不下来。我感到愧疚，想哭，却又说不清是什么情绪。

　　第二天的语文课，车老师的课前提问一提出，我就举起了左手，为了我的可憎的狭隘而举起了忏悔的手，向车老师投诚……他一眼就看见了，欣喜地指定我回答。我站起来后，却说不出话来，喉头哽塞了棉花似的。主动举手而又回答不出来，后排的同学哄笑起来，我窘急中又涌出眼泪来……

　　我上到初三时，转学了。暑假办理转学手续时，车老师探家尚未回校。后来，当我再探问车老师的所在时，只说他早调回甘肃了。当我第一次在报刊上发表处女作的时候，我想到了车老师，应该寄一份报纸去，去慰藉被我冒犯过的那颗美好的心！当我的第一本小说集出版时，我在开着给朋友们赠书的名单时又想到车老师，终不得音讯，这债就依然拖欠着。

　　经过多少年的动乱，我的车老师尚在人间否？我却忘不了那淳厚的陇东口音……

（1987 年 8 月 13 日）

收获与耕耘 *

二十岁，人生进入成年期的标志。

这是一个令人心魄悸颤的年轮。我发觉，当一个人跨入成年的时候，许多人生的重要课题都涌集而至了，而首当其冲的最重大的问题，就是人生道路的抉择。

我二十岁那年，正好高中毕业了。摆在我面前的极为严峻的选择就是：要么进入大学继续深造，要么回到乡村去务庄稼。尽管学校对毕业生的政治思想工作做得相当周密，共青团组织为此举办过形式多样的活动，然而无法从根本上消除这两种选择结果上的巨大差别，说成天壤之别也许不算夸张。如果我们排除掉虚伪的掩饰而认真地面对现实，一个大学生和一个穷乡僻壤的农民之间的差别是有目共睹的。

我十三四岁的时候，对文学发生了兴趣。那时的中学语文课分

---

* 本文原载《飞天》1986 年 12 期。

作汉语和文学两部分，在文学课本里，那些反映当代农村生活的作品，唤醒了我心中有限的乡村生活的记忆，使我的浅薄的生活经验第一次在铅印的文字里得到验证，使我欣喜，使我惊诧，使我激动不已。是的，第一次在文学作品中验证自己的生活经验，在我无疑具有石破天惊豁然开朗的震动和发现。

我喜欢文学了，开始憧憬自己在文学上的希望了。我做过五彩缤纷的好梦，甚至想入非非，然而都不过是梦罢了，从来也没有因为梦想而感到紧迫和压力。只有跨上二十岁的时候，当这种选择像十字道路摆到脚下的时候，惶惑、犹豫、自信与自卑交织着的复杂感情，使我感到了这个人生重要关口选择时的全部艰难。人生的第一个至关重要的驿站啊！

不管怎样，生活老人的脚步不乱。当生活把我这一拨儿同龄人推过第一个驿站的时候，似乎丝毫也不理会谁得了，谁失了；谁哭了，谁笑了；谁得意甚至忘形了，谁又沮丧以至沉沦了。而我面对的现实是：高考落第，没有得也没有笑，没有得意更不可能忘形，我属于失去机会者，或者干脆透彻一点儿说是失败者。然而我没有哭，也没有沮丧或沉沦，深知这些情绪对我都毫无益处。我要用奋斗来改变这一切。

应该感谢生活。

生活老人的脚步不乱，脸孔也一直严峻，似乎并不有意宠爱某个而又故意冷落另一个，抱怨生活的不公正只能是弱者的一种本能。生活没有给我厚爱。我自小割草拾柴，直到高中毕业时为了照一张体面的毕业照片才第一次穿上了洋布制服。中学时代我一直从家里背馍上学，背一周的馍馍步行到五十多里远的西安去读书，夏天馍长毛，冬天又冻成冰疙瘩。我当时似乎并不以为太苦，而且觉得能进城念书，即使背馍，也比我的父亲幸福得多了，他压根儿没有这种进城念书的可能。因此，我十分热爱共产党，使我成为我们村子里的第一个高中毕业生。

第一个高中毕业生回乡当农民，很使一些供给孩子念书的人心里绽了劲儿。我的压力又添了许多，成为一个念书无用的活标本。

回到乡间，除了当农民种庄稼，似乎别无选择。在这种别无选择的状况下，我选择了一条文学创作的路，这实际上无异于冒险。我阅读过中外一些作家成长道路的文章，给我的总体感觉是，在文学上有重要建树的人当中，幸运儿比不幸的人要少得多。想要比常人多所建树，多所成就，首先比常人要付出多倍的劳动，要忍受常人难以忍受的艰辛甚至是痛苦的折磨。有了这种从旁人身上得到的生活经验，我比较切实地确定了自己的道路，消除了过去太多的轻易获得成功的侥幸心理。这就是静下心来，努力自修，或者说自我奋斗。

我给自己订下了一条规程，自学四年，练习基本功，争取四年后发表第一篇作品，就算在"我的大学"领到毕业证了。

我主要在两方面进行努力，一是读书，一是练习写作。书是无选择地读，能找到什么就读什么，阅读中自己感觉特别合口味儿的就背。无选择的读书状况持续了好几年，那原因在于我既没有选择读书的可能，也没有什么人指点我读书的迷津，反正是凡能拿到手的古今中外的文学书，就读了。于今想来，这样倒有一个好处，开阔了视野，进行了艺术的初步熏陶，歪打正着罢了。另一方面，不断地写，写完整的作品较少，大量地记生活笔记，每天都有，或长或短，不受拘束，或描一景，或状一物，或写一人一相，日日不断，自由随便。

我几乎在每次换取一个新的生活记事本的时候，开篇都先要冠之一条我很喜欢的座右铭："不问收获，但问耕耘。"这信条里所蕴含的埋头苦干实干的哲理令我信服，也适宜我的心性。这条座右铭排除人时时可能产生的侥幸心理，也抑制那种自卑心理的蔓延，这两种不好的心理情绪是对我当时威胁最大的因素。

在此信条下，我日复一日年复一年地对自己进行最基本的文学修养的锻炼。大量阅读优秀的文学作品，对我特别感兴趣的篇章进行分析和解剖，学习结构和表现的艺术手段。坚持写生活笔记已形成习惯，一本一本写下去，锻炼了文字的表达能力，也锻炼了观察现实生活的眼力。我的心境基本上是稳定踏实的。

我的家庭本来就不富裕，如在"三年困难时期"，饱肚成为最大的问题。我没有电灯照明，也没有钟表计时，晚上控制不住时间，第二天就累得难以起床。我只好用一只小墨水瓶改做的煤油灯照明，烧焦了头发又熏黑了鼻孔。每晚熬干这一小瓶煤油，即上炕睡觉，大约为夜里 12 点钟，控制了时间。长此而成习惯，至今竟不能早眠。

春秋时节，气候宜人；而冬夏两季，就有点难以忍耐。我常常面对冻出冰碴的笔尖而一筹莫展，也常常在夏暑的酷热当中头晕眼花，没有任何取暖和制冷的手段。蚊虫成为天敌，用臭蒿熏死一批，待烟散之后，从椽眼儿和窗孔又钻进来一批。我就在这"轮番轰炸"的伴奏下，继续我的奋斗。

三伏酷暑，蚊虫逞威，燥热难受。乡间的农民，一家人在场头迎风处铺一张苇席睡觉，我却躲在小厦屋里，只穿一条短裤，汗流浃背地写写画画。母亲怕我沤死在屋子里，硬拉我到场边去乘凉。我丢不下正在素描着的一个肖像，趁空儿又溜回小厦屋去了。

为了避免太多的讽刺和嘲笑对我平白无故带来的心理上的伤害，我使自己的学习处于秘密状态，与一般不搞文学的人绝口不谈文学创作的事，每被问及，只是淡然回避，或转移话题。即使我的父亲也不例外。他常常忍不住问我整夜钻在屋里"成啥精"，我说："谝闲传！"于是他就不再问。

我虽然稳着心在耕耘，然而总期待收获。

我终于得到了第一次收获的喜悦。哪怕是一支又瘦又小的麦穗，毕竟是我亲手培育出来的啊！

我的第一篇散文在《西安晚报》发表了。它给我的喜悦是不言而喻的，然而更重要的是对我的信心的增强。我第一次经过自己的独立的实践使自己相信：没有天才或天分甚微的人，通过不息的奋斗，可以从偏心眼儿的上帝那儿争得他少赋予我的那一份天资。在此前一整段漫长的苦斗期——从开始爱好到矢志钻研文学，我一直在自信与自卑的斗争中滚爬。现在，自信第一次击败了自卑，成为我心理因素和情绪中的主导方面。我验证了"不问收获，但问耕耘"这条谚语，进而愈加确信它对我是适用的。直到1981年，历遭劫难之后，我编完第一本短篇小说集《乡村》的时候，竟然抑制不住如潮的心绪，在《后记》里写下这样的话：

农民总是在总结了当年收成的丰歉的原因之后，又满怀希望和信心地去争取下一料庄稼的丰产与优质了，从不因一料收成的多寡而忘乎所以。从这个意义上讲，我争取在尔后的学习创作生活中，耕得匀一点、细一点、深一点，争取有更多更好的收获。

这里所流露出的情绪，仍然首先是耕耘。

没有耕耘就没有收获。出大力气耕耘，流大汗水耕耘，用大力气和大汗水耕耘得深一些，匀一些，才可能有丰裕的收获，才可能获得较大一点的创作成果。用小力气和点滴汗水所能指望得到的，必是小小的收获或是小小的作品。不想花费苦力和根本不想流汗或是没有足够的耐心进行耕耘，就不会有什么收获可指望，也就不会有创作。

现在，当我能写一点作品奉之于世，当我受到社会和喜欢我的作品的读者的较多关心的时候，心理压力反而愈来愈重了。社会正走向开放，生活也日趋复杂；旧的陈腐的一些观念被淘汰，而人对生活的一些基本的信仰却不能变。我希望在自己的心田里继续保持"不问收获，但问耕耘"这样一种情绪，不以物喜，不以己悲，做自己尚要做下去的事；更不能张狂，一旦张牙舞爪起来，就破坏了这种情绪，就泄掉底气了。我原本就是一个农村人，生活把我造就成一个像我父亲那样只会刨挖土地以获得生命延续的农民，完全是顺理成章的事。我在新社会得到读书的机会，获得文化知识以后又使我滋生了一种想成一点文学事业的奢望，而且有了一点小小的建树，我已意识到自己的责任，社会的和生活的责任，反倒泛不起个人的太多的得意或失意的情绪了。

感谢生活磨炼了我。生活对于我，设置下太多的艰辛和波折，反而使我增加了认识生活的机会，增强了承受压力的能力。在这种甚为漫长的人生的第一、第二和第三驿站的艰难行程中，"不问收获，但问耕耘"这条生活哲理给了我多少好处！反过来又使我更深地理解了这个被许多人实践并且证实了的科学箴言。

世界在变化，生活在变化中发展，文学不得不变，不变就会被人民所冷落。我也要变化，这当然是另一个命题了，然而进行这种变化的我的基本立足点，依然是重在耕耘。

（1986 年 12 月）

何谓益友 *

一

　　我终于拿定主意要给何启治写信了。

　　那时的电话没有现在这样便当，通信的习惯性手段依赖书信。我之所以把给何启治写信的事作为文章的开头，确是因为这封信在我所有的信件往来中太富于记忆的分量了，一封期待了四年而终于可以落笔书写的信，我将第一次正式向他报告长篇小说《白鹿原》写成的消息。

　　这部书稿是 1992 年 1 月 29 日写完最后一句话的。我只告诉给我的夫人和孩子，同时嘱咐他们暂且守口，不宜张扬。我不想公开这个消息不是出于神秘感，仅仅只是一时还不能确定该不该把这部书稿拿出来投出去。这部小说的正式稿接近完成的 1991 年的冬天，我对社会关于文学的要求和对文学作品的探索中所触及的某些方面的

────────────

* 本文原载《作家》2001 年第 9 期。

承受力没有肯定的把握。如果不是作品的艺术缺陷而是触及的某些方面不能接受，我便决定把它封存起来，待社会对文学的承受力增强到可以接受这个作品时再投出书稿也不迟。我甚至把这个时间设想得较长，在我之后由孩子去做这件事。如果仅仅只是因为艺术能力所造成的缺陷而不能出版，我毫不犹豫地对夫人说，我就去养鸡。道理很简单，都五十岁了，长篇小说写出来还不够出版资格，我宁愿舍弃专业作家这个名分而只作为一种业余文学爱好。无论会是哪一种结局，都不会影响我继续写完这部作品的情绪和进程，作为一件历时四年写作的长篇，必须画上最后一个标点符号才算了结，心情依旧是沉静如初的。

1992年初，我在清晨的广播新闻中听到了邓小平南方讲话摘录。思想要再解放一点，胆子要再大一点……等等。我在怦然心动的同时，就决定这个长篇小说稿子一旦完成，便立即投出去，一天也没有必要延误和搁置。道理太简单了，社会对于具体到一部小说的承受力必会随着两个"一点"迅速强大起来。关键只是自己这部小说的艺术能力的问题了，这是需要检验的，首先是编辑。我便想到何启治，自然想到他供职的人民文学出版社。人民文学出版社是文艺类书籍出版的高门楼，想着这一层还真有点心怯，"店大欺客"与否且不说，无论如何还是充不起要进大店的雄壮之气来。然而想到一直关注着这部书稿的老朋友何启治，让他先看看，听他的第一印象和意见，那是令人最放心的事。

春节过后，我便坐下来复阅刚刚写完的《白》书书稿，做最后的文字审订，这个过程比写作过程轻松得多了。大约到公历2月末，我决定给何启治写信，报告长篇完成的消息，征求由我送稿或由他派人来取稿的意见。如果能派人来，时间安排到 3 月下旬。按照我的复阅进度，3 月下旬的时限是宽绰富余的。信中唯一可能使老何会感到意外的提示性请求，是希望他能派文学观念比较新的编辑来取稿看稿，这是我对自己在这部小说中的全部投入的一种护佑心理，生怕某个依旧"左"的教条的嘴巴一口给唾死了。

信发走之后，我才确切意识到《白鹿原》这书稿要进人民文学出版社这幢高门楼了。

二

几乎在爱好文学并盲目阅读文学作品的同时，就知道了北京有一家专门出版文艺书籍的出版社叫人民文学出版社。这是从我阅读过的中外文学书籍的书脊上和扉页上反复加深印象的，高门楼的感觉就是从少年时代形成的。随着人生阅历和文学生活的丰富，这种感觉愈来愈深刻，对于一个业余作者来说，这个高门楼无异于文学天宇的圣殿，几乎连在那里出书的梦都不敢做。就在这种没有奢望反而平静切实的心境下，某一日，何启治走到我的面前来了，标着人民文学出版社的牌子。

这件事的记忆是深刻的，因为太出乎意外而显得强烈。1973 年隆冬季节，西安奇冷。我到西安郊区区委去开会，什么内容已经毫无记忆了。会议结束散场时，一位陌生人拦住了我，操着不大标准的普通话（以电台播音员为标准），声音浑厚。在他自我介绍之前，我已知道这是一位外来客了。在我周围工作和相交的上司、同辈和工作对象之中，主要是说关中东部口音口语的人，其次是永远都令人怀疑患了伤风感冒而鼻塞不通说话鼻音很重的陕北人。那些从天南海北到西安来工作的外乡人久而久之也入乡随俗出一种怪腔怪调的关中话来，我已耳熟能详。这个找我的人一开口，我就嗅出了外来人的气味，他说他叫何启治，从北京来，从北京的人民文学出版社来，找我谈事。我便依我的习惯叫他老何。以后的二十多年里，我一直叫他老何，没有改口。

我和老何的谈话地点，就在郊区区委所在地小寨的街角。他代表刚刚恢复出版工作的人民文学出版社来西安组稿，从同样是刚刚恢复工作的陕西作家协会（此时称陕西省文艺创作研究室，以示与旧文艺体制的区别）创办的《陕西文艺》（即原《延河》）编辑部得到推荐才来找我的。他已读过我在《陕西文艺》发表的一篇短篇小说《接班以后》，认为这个短篇具备了一个长篇小说的架势或者说基础，可以写成一部二十万字左右的长篇小说。我站在小寨的街道旁，完全是一种茫然的状态（且不用吓了一跳这样的夸张性习惯用语）。我在刚刚复刊的原《延河》今《陕西文艺》双月刊第三期上发表的两万字短篇小说《接班以后》，是我平生发表的第一篇小说，也是我自初中二年级起迷恋文学以来的第一次重要跨越（且不在这里反省这篇小说的时代性图解概念），受着鼓舞的同时，也惶惶于是否还能写出并发表第二、第三篇，根本没有动过长篇小说写作的念头，这不是伪饰的自谦而是个性的制约。我便给老何解释这几乎是老虎吃天的事。老何却耐心地给我鼓励，说这篇小说已具备扩展为长篇的基础，依我在农村长期工作的生活积累而言完全可以做成。最后不惜抬出他正在辅导的两位在延安插队的知青已写成一部长篇小说的先例给我佐证。我首先很感动，不单是老何说话的内容，还有他的口吻和神色，使我在感到真诚的同时也感到了基本的信赖，即使写不成长篇小说，做个文学朋友也挺好。他应该是我文学生涯中认识的第一个北京人。二十多年过去，我们已经相聚相见过许多回，世界已经翻天覆地，文学也已地覆天翻，每一次见面，或北京或西安或此外的城市，都继续着在小寨街头的那种坦诚和真挚，延续着也加深着那份信赖。

我违心地答应"可以考虑一下"，然后就分手回我工作的西安东郊的乡村去了。老何回到北京不久就来了信，信写得很长，仍然是鼓励长篇小说写作的内容，把在小寨街头的谈话以更富于条理化的文字表述出来，从立意、构架和生活素材等方面对我的思路进行开启。我几乎再也搜寻不出推辞的理由，然而却丝毫也动不了要写长篇小说的心思。我把长篇小说的写作看得太艰难了，肯定是我长期阅读长篇小说所造成的心理感受。我常常在阅读那些优秀的长篇小说时一回又一回地感叹，这个作家长着一颗怎么样的脑袋，怎么会写出让人意料不到的故事和几乎可以触摸的人物？好在这时候上级突然通知我去南泥湾"五七"干校劳动锻炼改造，我便以此为由而推卸了这个不可胜任的压力。我去陕北的南泥湾干校之后，老何来信说他也被抽调到西藏去工作，时限为三年，然而仍然继续着动员鼓励我写长篇小说的工作。随着他在西藏新的工作的投入，来信中关于西藏的生活和工作占据了主要内容，长篇小说写作的话题也还在说，却仅仅只是提及一下而已。这是 1974 年的春天和夏天，"批林批孔"运动又卷起新的阶级斗争的旋涡……这次长篇小说写作的事就这样化解了。我因此而结识了一位朋友老何。

三

老何再一次到西安来组稿，大约是刚刚交上20世纪80年代的夏天，我从文化馆所在的灞桥古镇赶到西安，在西安饭庄——"双十二事变"中招待过周恩来的百年老店——招待老何吃一顿饭。我刚刚开始收入稿费（千字10元），大有陈奂生进城的那份高涨的心情，况且是从小寨街头一别七八年之后的第一次共餐。我要了西安饭庄的看家菜葫芦鸡，老何直说好吃。多年以来的几次相见相聚中，老何总会突然歪过头问我："那年你在西安请我吃的那个鸡真不错，叫什么鸡？"

他是为创刊不久的《当代》来组稿的。我仍然畏怯这个高门楼里跃出的为文坛瞩目的《当代》，不敢轻易投寄稿件。直到我从短篇小说转入中篇小说的第一部《初夏》写成，才斗胆寄给老何。这个中篇小说是我的写作生涯中最艰难的一部，历经三年多时间，修改重写四次，才得以在1984年的《当代》刊出。我曾在一篇短文中回味过这个至为重要的过程："在这个过程中，令人感佩的是《当代》的编辑，尤其是老朋友何启治所显示出来的巨大耐心和令人难以叙说的热诚。他和他们的工作的意义不单是为《当代》组织了一部稿子，而是促使一个作者完成了习作过程中的一次跨越，得到了属于自己的一次至为重要的艺术体验，拯救了一个苦苦探索的业余作者的艺术生命。"我说以上这些话是真诚的，更是真实的。《初夏》历经三年间的四次修改和重写，始得以发表，不仅是鼓舞，最基本的收益是锻炼了我驾驭较大规模、较多人物和多重线索的能力，完成了从较为单纯的短篇小说的结构到中篇小说结构形式的过渡。此后我连续写作的几部或大或小的中篇小说，不论得失如何，仅就各自结构的驾驭而言，感到自如得多了，写作过程也顺利得多了。正是从自身写作的这个意义上，我是十分钦敬老何这位良师益友的。

《初夏》之后，我正热衷于中篇小说各种结构形式的探索，老何在一次见面中问我有长篇写作的考虑没有，我很直率地回答没有。这是实话实说。由他的突然发问，我立即想起十多年前第一次见面在小寨街头的那一幕，心里竟是一种负压感。天哪！他还没有忘记长篇小说的事！他却轻松地说："你什么时候打算写长篇的话，记住给我就是了。"

再后来的一次会面，他又问到长篇小说写作的事。我觉得对他若要保密，是一种有违良知的事，尽管按着我的性情是很难为的事情。我便告诉他，有想法，仅仅只是个想法，正在想着准备着，离实际操作尚远。我那时候确实正在做着《白鹿原》的先期准备，查阅县志、党史、文史资料，在西安郊县做社会调查，研读有关关中历史的书籍，同时酝酿构思着《白鹿原》。我随即叮嘱他两点：不要告诉别人，不要催问。我知道我的这部长篇小说不会在"短促突击"中完成，初步计划实际写作时间为三年。我希望在这三年里沉心静气地做这件大活儿，而不要在人们的议论，哪怕是好朋友的关心中写作，更不要说编辑的催逼了。过多地谈论、过分关心的问询，以及进度的催问，都会给我心理造成紊乱造成压力，影响写作的心境。按着我的性情，畏怯张扬，如同农家妇女蒸馍馍，未熟透之前是切忌揭开锅盖的。

然而还是有压力产生。我已经透露给老何了，况且是在构思阶段，便觉得很不踏实，如果最终写不成呢，如果最终下了一个"软蛋"又怎样面对期待已久的老朋友呢？甚至产生过这样的疑问，按照我当时的写作的状况，中短篇小说虽已出版过几本书，然而没有一篇作品产生过轰动性效应。我清醒地知道自己的分量和位置，而老何为什么要盯着我的尚在构思中的长篇小说呢？如他这样资深的职业编辑，难道不知面对名家之外的作者所难以避免的约稿易而退稿尴尬的情景吗？因为《白鹿原》尚在构思中，因而我没有向他提及任何一句具体的东西，我自己尚在极大的不自信无把握之中。直到今天，我仍然不得其解，老何约稿的依据是什么？

后来的几年里，证明了老何守约如禁。每有一位人民文学出版社的编辑到西安组稿，都要带来老何的问候，进门握手时先申明："老何让我来看看你，只是问个好，没有催的意思，老何再三叮嘱我不要催促陈忠实。"我常常握着他们的手说不出一句话。直到1991年的初春时节，老何领一班人马到西安来，以分片的形式庆祝人民文学出版社建社四十周年，在西安与新老作家朋友聚会。这个时候，《白鹿原》书稿已经完成三分之二，计划年底写完。见面时老何仍然恪守约律，淡淡地说："我没有催的意思，你按你的计划写，写完给我打个招呼就行了，我让人来取稿。"我也仍然紧关口舌，没有道及年底可以完稿的计划，只应诺着写完就报告。

这一年的夏天，先后有两位大出版社的编辑向我邀约长篇小说稿，一位是在艰难的情况下给我出过中篇小说集子《初夏》的上海文艺出版社的老张，我忍着心向她坦诚地解释老何有话在先，无论作品成色如何，我得守信。另一位是作家出版社老朱，她到西安来组稿，听人说我正在写一部长篇，我同样以与老何有约在先须守友道为由辞谢了。我坚守着与老何的约定，发端自十七八年前小寨街头的初识，那次使我着实吓住了的长篇小说写作的提议，现在才得以实施，时间虽然长了点，却切合我的实际。

直到1992年初写完全部书稿，直到春节过后的1992年早春的某天晚上，可以确定《白鹿原》手稿复阅修饰完成的时间以后，我终于决定给老何写信报告《白鹿原》完全脱稿的消息了，忐忑不安地要奔文学书籍出版界的高门楼了。

四

老何很快复过信来，他将安排两位同志于3月25日左右到西安。果然，3月24日下午，作协机关办公室把电话打到我所在地区的灞陵乡政府，由一位顺道回家的干部传话给我，让我于25日早8时许到火车站接北京来客。

给我捎信传话的乡上干部刚出门，村子里的保健医生搀着我母亲走进门来，说我母亲的血压已经高过二百以上，必须躺下。母亲躺下后就站不起来了，半边身子麻木僵硬了，就发生在我注视着的眼皮底下。医生很快为她挂上了用以降血压的输液瓶儿。我的头都木了，北京来客此时可能刚刚乘着火车开出京城。真是凑巧了，傍晚时分还有夕阳霞光，天黑以后却骤然一场大雪。我几乎一夜未曾合眼，守护着母亲，看着院子里的雪逐渐加厚到足可盈尺。离天明大约还有一个多小时，我请来一位村人照看母亲，就踏着积雪上路了。大雪真好，从我家大门口起始，走过两个村庄和村庄之间的原野，我给处女的雪原和村巷踩出第一溜脚印。我赶上了第一班远郊公共汽车，进入作协大院时尚未到上班的钟点。我要了一辆公车赶到西安火车站，等候许久，高门楼里来的尊贵的高贤均、洪清波终于走出车站来，时间大约 8 时。

高贤均和悦随意，一见面就不存在陌生和隔膜，笑起来很迷人的；洪清波更年轻，却戴着一副厚厚的眼镜，不大说话，笑起来有一缕拘谨的羞涩，显得更加迷人。我当时想，从高门楼里出来的人怎么到了地方省份还会有拘谨的羞怯？我把他们安排到招待所，由他们自己去找饭吃找风景玩，就匆匆赶回乡下去了，只说还有两章没有"通"完，没有告诉他们还有突然躺倒吊着药瓶的母亲。我当时家分两地，夫人和孩子住在城里，我住在乡下老屋写我的书稿，母亲是过春节时从城里回到乡下，尚未回城却病倒了。这样，我一边守护着母亲，监视着吊在空中的药液的降速，一边在隔壁书房审阅最后两三章手稿的文字，想到高、洪两位朋友正住在西安等着拿稿子，我第一次感到了心理紧促和压迫，这是《白》书从起头到完成四年以来从未有过的催逼感。

过了两天，我一早赶到西安，包里装着这部书稿。在远郊公共汽车上，我一直抱着这摞书稿，一种紧张中的平静和平静里的紧张。我路上都在斟酌着把这摞书稿交给高、洪时该怎么说话才合适，既希望他们能认真审读，又不想给他们造成压力，所以以不提任何写作的构想和写作的艰难为好。这样，在作家协会招待所的客房里，我只是把书稿从兜里取出来交给他们，竟然连一句话也说不出来。那时突然涌到嘴边一句话，"我连生命都交给你们了"，最后关头还是压到喉咙以下而没有说出，却憋得几乎涌出泪来。其实基于一种自己对文学的理解，只需让编辑去看书稿而无需阐释。下午，我又匆匆赶回乡下老家照看母亲，连请高、洪两位新结识的朋友品尝一下葫芦鸡的机缘也没有，至今尚以之为憾事。

我由此时开始进入一种完全的闲适状态。我不读任何小说，有了平生里从未发生过的拒绝阅读现代文学书籍以至逆反程度的奇怪的心理状态，却突然想读古典诗词，我把塞在书架里多年未动过的《词综》抽出来，品赏那些古色古香的墨痕之中的韵味而惊叹不已。按常规我把《白》书书稿的审阅过程设想得较长，初审、复审和终审，一部近五十万字的书稿走完这个轮番审阅的过程，少说也得两月以上，因为编辑们不可能只看这一部书稿，他们要开会要接待四面八方的来访者，还要处理家务事。在他们统一结论之前估计很难给我一个具体的说法。所以，我就在少有的闲静中等待，品赏一个个诗词大家的妙句。出乎意料的是，在高、洪拿着书稿离开西安之后的第二十天，我接到了高贤均的来信。我匆匆读完信后"嗷嗷"叫了三声就跌倒在沙发上，把在他面前交稿时没有流出的眼泪倾泻出来了。

这是一封足以使我癫狂的信。信中说了他和洪清波从西安到成都再回北京的旅程中相继读完了书稿，回到北京的当天就给我写信。他俩阅读的兴奋使我感到了期待的效果，他俩共同的评价使我战栗。我由此而又一次检验了自己的个性，很快便沉静下来，进入一种前所未有的舒缓静谧之中。我也才发现此前二十多天的闲适之表象下隐藏着等待判决的紧张和恐惧，只是明知那个结果尚遥远而已。这个超出预料的判决词式的信件的提前到来，就把深层的恐惧和紧张心理彻底化释了。我的全部用心都被高、洪理解了，六年以来的所有努力都是合理的，还有什么事情能使人感到创作这种劳动之后的幸福呢？随后对唐诗宋词的品赏才真正进入一种轻松自悦的心理状态。

老何随后来信了，可以想象的兴奋和喜悦，为此他等待了几近二十年，从 1973 年冬天小寨街头的鼓励鼓动到 1992 年春天他在北京给我写《白》书的审阅意见，对于他来说是太长了点，对于我来说，起码没有使这位益友失望，我们的友谊便不言而喻。随后便是如何处理书稿的种种琐细的事，我都由他去处理，我完全信赖高门楼里的这一帮编辑了。

五

《白鹿原》先在《当代》分两期连载，之后由人民文学出版社出书，中央人民广播电台和西安人民广播电台差不多同时连播，在读者和文学界迅即引起反响，这在我几乎是猝不及防的。书稿写完时，我当然也有一种自我估计，如若能够面世，肯定不会是悄无声息的，会有反应的。然而反应如此之迅速如此之强烈，我是始料不及的；尤其是社会各个阶层，非文学圈子的读者的强烈反响，让我第一次如此深刻地感受到读者才是文学作品存活的土壤。

1993 年 8 月，《白》书在京召开的研讨会，也是我平生所经历的最感动的一次会议。会后某天晚上，老何和高贤均找到我住的宾馆，主动与我商议修改原先的出书合同的事。按原先的出书合同，千字 30 元，是 20 世纪 90 年代初人民文学出版社执行的最高稿酬标准了。按这个标准算下来，近五十万字的书稿可得稿酬约 15000 元，这是从签订合同时便一目了然的计算，我也很兴奋一次可以拿到万元以上的大宗稿酬而进入"万元户"的行列了。现在，何与高给我在算另一笔账，如若用版税计酬，我将可以多得三四千元。《白》按计划经济的征订数目近一万五千册，这在 1993 年的新华书店发行征订中已是令人鼓舞的大数了。按 10% 的版税和近 13 元的书价算下来，比原合同的稿酬可以多得 3000 多元吧。他们已经对比核算过了，考虑到我花六年时间写这一本书，能多得就争取多得一点吧。我尚未用版税方式拿过稿酬，问了半天才算明白了其中的好处，自然是乐意的。然而更令我感动的是他们替我所做的谋算，竟至于如此细心。作为一本书的作者，面对这样体贴入微的编辑，说什么感谢之类的话都显得多余而俗套。

在《白》行世之后的几年里，有一些认真的或不甚认真的批评文字，无论我、老何、老高或人文社的其他编辑，尚都能持一种平和的心态，这是文坛上再正常不过的事。然而有一种批评却涉及作品的存活，即"历史倾向性"问题，我从听到时就把这种意见看成误读。在被误读误解的几年里，涉及《白鹿原》的评论和几种评奖，都发生过一些不大不小的麻烦。在这些过程中，老何、老高们坚守着自己对《白鹿原》的观点，当我事后了解某些情况时，真是感慨而又感佩，甚至因为《白鹿原》给他们添麻烦而负疚，反倒劝慰他们。他们均表示，此种事已经不属和我的友谊或照顾关系的庸俗做法，而是涉及关于文学本身的重大话题。

大约是 1997 年酷暑时月，某天晚上老何打来电话，告诉我一个消息，说陈涌对某位理论家坦言，《白鹿原》不存在"历史倾向性"问题，这个看法已经在文学圈子里流传开来。我听了有一种清风透胸的爽适之感，关于"历史倾向性"问题的释疑解误，最终还是有陈涌这样德高望重的文学理论家坦率直言。老何便由此预测，茅盾文学奖的评奖可能因此而有了希望可寄。约在此前半年，我和他在京见面时，老何还在为我做宽慰性的工作，说茅盾文学奖评奖的可能性不大，对《白鹿原》而言评不评此奖意义不大，有读者和文学界的认可就足够了。我也基本是这样的心态，评奖是一码事，而"历史倾向性"问题是另一码事。我和他在评奖这件事上仍然保持着一种平常心理。现在，陈涌的话对《白鹿原》评茅盾奖可能带来转机仅只是一种猜估，对我来说解除"历史倾向性"问题的疑虑和误读才是最切实际的。我也忍不住激动起来，评奖与否且不管，有陈涌这句话就行了。有人说过程不必计较，关键是看结果。在《白鹿原》终于评上茅盾文学奖这个结果出来以后，我恰恰感动于那个过程。尤其在误读持续的几年时间里，人民文学出版社的老何、老高、小洪等一伙坚守着文学意义的编辑，才构成了那个使我难以忘怀的动人的过程。至此，这个高门楼在我的心里融入了亲切温暖的感觉。

高门楼的人民文学出版社，凭着一帮如老何、老高、小洪这样的文学圣徒撑着，才撑起一个国家的文学出版大业的门面，看似只是对一个如我的作者的一部长篇小说的过程，透见的却是一种文学圣徒的精神。作为一个视文学为神圣的作者，我结识老何、老高、小洪们，是自以为荣幸也以为骄傲的。

（2001 年 2 月 20 日于原下）

原下的日子 *

一

　　新世纪到来的第一个农历春节过后，我买了二十多袋无烟煤和吃食，回到乡村祖居的老屋。我站在门口对着送我回来的妻女挥手告别，看着汽车转过沟口那座塌檐倾壁残颓不堪的关帝庙，折回身走进大门进入刚刚清扫过隔年落叶的小院，心里竟然有点酸酸的感觉。已经摸上六十岁的人了，何苦又回到这个空寂了近十年的老窝里来。

　　从窗框伸出的铁皮烟筒悠悠地冒出一缕缕淡灰的煤烟，火炉正在烘除屋子里整个冬天积攒的寒气，我从前院穿过前屋过堂走到小院，南窗前的丁香和东西围墙根下的三株枣树苗子，枝头尚不见任何动静，倒是三五丛月季的枝梢上爆出小小的紫红的芽苞，显然是

---

* 　本文原载《人民文学》2004 年第 3 期，又刊《名作欣赏》2012 年第 1 期，《党建》2012 年第 6 期。

春天的讯息。然而整个小院里太过沉寂太过阴冷的气氛，还是让我很难转换出回归乡土的欢愉来。

　　我站在院子里，抽我的雪茄。东邻的屋院差不多成了一个荒园，兄弟两个都选了新宅基建了新房搬出许多年了。西邻曾经是这个村子有名的八家院，拥挤如同鸡笼，先后也都搬迁到村子里新辟的宅基地上安居了。我的这个屋院，曾经是父亲和两位堂弟三分天下的"三国"，最鼎盛的年月，有祖孙三代十五六口人进进出出在七八个或宽或窄的门洞里。在我尚属朦胧混沌的生命区段里，看着村人把装着奶奶和厦屋爷的黑色棺材，先后抬出这个屋院，再在街门外用粗大的抬杠捆绑起来，在儿孙们此起彼伏的哭号声浪里抬出村子，抬上原坡，沉入刚刚挖好的墓坑。我后来也沿袭这种大致相同的仪程，亲手操办我的父亲和母亲从屋院到墓地这个最后驿站的归结过程。许多年来，无论有怎样紧要的事项，我都没有缺席由堂弟们操办的两位叔父一位婶娘最终走出屋院走出村子走进原坡某个角落里的墓坑的过程。现在，我的兄弟姊妹和堂弟堂妹及我的儿女，相继走出这个屋院，或在天之一方，或在村子的另一个角落，以各自的方式过着自己的日子。眼下的景象是，这个给我留下拥挤也留下热闹印象的祖居的小院，只有我一个人站在院子里。原坡上漫下来寒冷的风。从未有过的空旷。从未有过的空落。从未有过的空洞。

　　我的脚下是祖宗们反复踩踏过的土地。我现在又站在这方小小的留着许多代人脚印的小院里。我不会问自己，也不会向谁解释为了什么，又为了什么重新回来，因为这已经是行为之前的决计了。丰富的汉语言文字里有一个词儿叫醍醐。我在一段时日里充分地体味到这个词儿的不尽的内蕴。

我听见架在火炉上的水壶发出"噗噗噗"的响声。我沏下一杯上好的陕南绿茶。我坐在曾经坐过近二十年的那把藤条已经变灰的藤椅上，抿一口清香的茶水，瞅着火炉炉膛里炽红的炭块，耳际似乎萦绕着见过面乃至根本未见过面的老祖宗们的声音——嗨！你早该回来了。

　　第二天微明，我搞不清是被鸟叫声惊醒的，还是醒来后听到了一种鸟的叫声。我的第一反应是斑鸠。这肯定是鸟类庞大的族群里最单调最平实的叫声，却也是我生命磁带上最敏感的叫声。我慌忙披衣坐起，隔着窗玻璃望去，后屋屋脊上有两只灰褐色的斑鸠。在清晨凛冽的寒风里，一只斑鸠围着另一只斑鸠团团转悠，一点头，一翘尾，发出连续的"咕咕咕……咕咕咕"的叫声。哦！催发生命运动的春的旋律，在严寒依然裹盖着的斑鸠的躁动中传达出来了。

　　我竟然泪眼模糊。

二

　　傍晚时分，我走上灞河长堤。堤上是经过雨雪浸淫沤泡变成黑色的枯蒿枯草。沉落到西原坡顶的蛋黄似的太阳绵软无力。对岸成片的白杨树林，在蒙蒙灰雾里依然不失其肃然和庄重。河水清澈到令人忍不住又不忍心用手撩拨。一只雪白的鹭鸶，从下游悠悠然飘落在我眼前的浅水边。我无意间发现，斜对岸的那片沙地上，有个男子挑着两只装满石头的铁丝笼走出一个偌大的沙坑，把笼里的石头倒在石头垛子上，又挑起空笼走回那个低陷的沙坑。那儿用三脚架撑着一张铜丝箩筛。他把刨下的沙石一锨一锨抛向箩筛，发出连续不断千篇一律的声响，石头和沙子就在箩筛两边分流了。

我久久地站在河堤上，看着那个男子走出沙坑又返回沙坑。这儿距离西安不足 30 公里。都市里的霓虹此刻该当缤纷。各种休闲娱乐的场合开始进入兴奋期。暮霭渐渐四合的沙滩上，那个男子还在沙坑与石头垛子之间往返。这个男子以这样的姿态存在于世界的这个角落。

我突发联想，印成一格一框的稿纸如同那张箩筛。他在他的箩筛上筛出的是一粒一粒石子。我在我的"箩筛"上筛出的是一个一个方块汉字。现行的稿酬标准无论高了低了贵了贱了，肯定是那位农民男子的石子无法比的。我自觉尚未无聊到滥生矫情，不过是较为透彻地意识到构成社会总体坐标的这一极，以及这一极与另外一极的粗细强弱的差异。

这是新世纪的第一个早春。这是我回到原下祖屋的第二天傍晚。这是我的家乡那条曾为无数诗家墨客提供柳枝，却总也寄托不尽情思离愁的灞河河滩。此刻，30 公里外的西安城里的霓虹灯，与灞河两岸或大或小村庄里隐现的窗户亮光；豪华或普通轿车拥塞的街道，与田间小道上悠悠移动的架子车；出入大饭店小酒吧的俊男倩女打蜡的头发涂红（或紫）的嘴唇，与拽着牛羊缰绳背着柴火的乡村男女；全自动或半自动化的生产流水线，与那个在沙坑在箩筛前挑战贫穷的男子……构成当代社会的大坐标。我知道我不会再回到挖沙筛石这一极中去，却在这个坐标中找到了心理平衡的支点，也无法从这一极上移开眼睛。

三

村庄背靠白鹿原北坡。遍布原坡的大大小小的沟梁奇形怪状。在一条阴沟里该是最后一坨尚未化释的残雪下，有三两株露头的绿色，淡淡的绿，嫩嫩的黄，那是青蒿，长高了就是蒿草，或卑称臭蒿子。嫩黄淡绿的青蒿，不在乎那坨既残又脏经年未化的雪，宣示了春天的气象。

桃花开了，原坡上和河川里，这儿那儿浮起一片一片粉红的似乎流动的云。杏花接着开了，那儿这儿又变幻出似走似驻的粉白的云。泡桐花开了，无论大村小庄都被骤然爆出的紫红的花帐笼罩起来了。洋槐花开的时候，首先闻到的是一种令人总也忍不住深呼吸的香味，然后惊异于庄前屋后和坡坎上已经敷了一层白雪似的脂粉。小麦扬花时节，原坡和河川铺天盖地的青葱葱的麦子，把来自土地最诱人的香味，释放到整个乡村的田野和村庄，灌进庄稼院的围墙和窗户。椿树的花儿在庞大的树冠和浓密的枝叶里，只能看到绣成一团一串的粉黄，毫不起眼，几乎没有任何观赏价值，然而香味却令人久久难以忘怀。中国槐大约是乡村树族中最晚开花的一家，时令已进入伏天，燥热难耐的热浪里，闻一缕中国槐花的香气，顿然会使焦躁的心绪沉静下来。从农历二月二龙抬头迎春花开伊始，直到大雪漫地，村庄、原坡和河川里的花儿便接连开放，各种奇异的香味便一波叠过一波，更不用说那些红的黄的白的紫的各色野草和野花，以及秋来把整个原坡都覆盖着的金黄灿亮的野菊。

5月是最好的时月，这当然是指景致。整个河川和原坡都被麦子的深绿装扮起来，几乎看不到巴掌大一块裸露的土地。一夜之间，那令人沉迷的绿野变成满眼金黄，如同一只魔掌在翻手之瞬间创造出来神奇。一年里最红火最繁忙的麦收开始了，把从去年秋末以来的缓慢悠闲的乡村节奏骤然改变了。红苕是秋收的最后一料庄稼，通常是待头一场浓霜降至，苕叶变黑之后才开挖。湿漉漉的新鲜泥土的垄畦里，排列着一行行刚刚出土的红艳艳的红苕，常常使我的心发生悸动。被文人们称为弱柳的叶子，居然在这河川里最后卸下盛装，居然最耐得霜冷。柳叶由绿变青，由青渐变浅黄，直到几番浓霜击打，通身变成灿灿金黄，张扬在河堤上河湾里，或一片或一株，令人钦佩生命的顽强和生命的尊严。小雪从灰蒙蒙的天空飘下来时，我在乡间感觉不到严冬的来临，却体味到一缕圣洁的温柔，本能地仰起脸来，让雪片在脸颊上在鼻梁上在眼窝里飘落、融化，周围是雾霭迷茫的素净的田野。直到某一日大雪降至，原坡和河川都变成一抹银白的时候，我抵挡不住某种神秘的诱惑，在黎明的浅淡光色里走出门去，在连一只兽蹄鸟爪的痕迹也难寻觅的雪野里，踏出一行脚印，听脚下的雪发出"铮铮铮"的脆响。

我常常在上述这些情景里，由衷地咏叹，我原下的乡村。

四

漫长的夏天。

夜幕迟迟降下来。我在小院里支开躺椅，一杯茶或一瓶啤酒，自然不可或缺一支烟。夜里依然有不泯的天光，也许是繁密的星星散发的。白鹿原刀裁一样的平顶的轮廓，恰如一张简洁到只有深墨和淡墨的木刻画。我索性关掉屋子里所有的电灯，感受天光和地脉的亲和，偶尔可以看到一缕鬼火飘飘忽忽掠过。

有细月或圆月的夜晚，那景象就迷人了。我坐在躺椅上，看圆圆的月亮浮到东原头上，然后渐渐升高，平静地一步一步向我面前移来，幻如一个轻摇莲步的仙女，再一步一步向原坡的西部挪步，直到消失在西边的屋脊背后。

某个晚上，瞅着月色下迷迷蒙蒙的原坡，我却替两千年前的刘邦操起闲心来。他从鸿门宴上脱身以后，是抄哪条便道逃回我眼前这个原上的营垒的？"沛公军灞上"，灞上即指灞陵原。汉文帝就葬在白鹿原北坡坡畔，距我的村子不过十六七里路。文帝陵史称灞陵，分明是依着灞水而命名。这个地处长安东郊自周代就以白鹿得名的原，渐渐被"灞陵原""灞陵""灞上"取代了。刘邦驻军在这个原上，与灞水北岸骊山脚下的鸿门遥遥相对，我的祖居的小村庄恰在当间。也许从那个千钧一发命悬一线的宴会逃跑出来，在风高月黑的那个恐怖之夜，刘邦慌不择路翻过骊山涉过灞河，从我的村头某家的猪圈旁爬上原坡直到原顶，才舒出一口气来。无论这逃跑如何狼狈，并不影响他后来打造汉家天下。

大唐诗人王昌龄，原为西安城里人，出道前隐居白鹿原上滋阳村，亦称芷阳村。下原到灞河钓鱼，提镰在菜畦里割韭菜，与来访的文朋诗友饮酒赋诗，多以此原和原下的灞水为叙事抒情的背景。我曾查阅资料企图求证滋阳村村址，毫无踪影。

我在读到一本《历代诗人咏灞桥》的诗集时，大为惊讶，除了人皆共知的"年年柳色，灞陵伤别"所指的灞桥，灞河这条水，白鹿（或灞陵）这道原，竟有数以百计的诗圣诗王诗魁都留了绝唱和独唱。

宠辱忧欢不到情，任他朝市自营营。

独寻秋景城东去，白鹿原头信马行。

　　这是白居易的一首七绝，是诸多以此原和原下的灞水为题的诗作中的一首，是最坦率的一首，也是最通俗易记的一首。一目了然可知白诗人在长安官场被蝇营狗苟的龌龊惹烦了，闹得腻了，倒胃口了，想呕吐了，却终于说不出口呕不出喉，或许是不屑于说或吐，干脆骑马到白鹿原头逛去。

　　还有什么龌龊能辱没这个以白鹿命名的原呢？断定不会有。

　　我在这原下的祖屋生活了两年。自己烧水沏茶。把夫人在城里擀好切碎的面条煮熟。夏日一把躺椅冬天一抱火炉。傍晚到灞河沙滩或原坡草地去散步。一觉睡到自来醒。当然，每有一个短篇小说或一篇散文写成，那种愉悦，相信比白居易纵马原上的心境差不了多少。正是原下这两年，是近八年以来写作字数最多的年份，且不说优劣。

　　我愈加固执一点，在原下进入写作，便进入我生命运动的最佳气场。

（2003 年 12 月 11 日于二府庄）

我的文学生涯 *

　　我生长在一个世代农耕的家庭，听说我的一位老爷（父亲的爷爷）曾经是私塾先生，而父亲已经是一个纯粹的农民，是村子里头为数不多的几个能打算盘也能提起毛笔写字的农民之一。我 1962 年高中毕业回乡，之后做过乡村学校的民办教师、乡（公社）和区的干部，整整十六年。我对中国农村和农民有些了解，是这段生活给予我的。直到 1978 年秋天，我调入西安郊区文化馆。我再三地审视自己判断自己，还是决定离开基层行政部门转入文化单位，去读书去反省以便皈依文学。1982 年冬天，我调到省作协专业创作组。在取得对时间的完全支配权之后，我几乎同时决定，干脆回归老家，彻底清静下来，去读书，去回嚼二十年里在乡村基层工作的生活积蓄，去写属于自己的小说。我的经历大致如此。

　　我在小学阶段没有接触过文学作品，尚不知世有"作家"和

---

*　　本文原题为《我的文学生涯 ——陈忠实自述》，载《小说评论》2003 年第 5 期，由李遇春根据陈忠实的创作随笔摘抄、整理而成。

"小说"。上初中时我阅读的头一本小说是《三里湾》，这也是我平生阅读的第一本小说。赵树理对我来说是陌生的，而三里湾的农民和农村生活对我来说却是熟识不过的。这本书把我有关农村的生活记忆复活了，也是我第一次验证了自己关于乡村关于农民的印象和体验，如同看到自己和熟识的乡邻旧时生活的照片。这种复活和验证在幼稚的心灵引起的惊讶、欣喜和浮动是带有本能性的。我随之把赵树理已经出版的小说全部借来阅读了，这时候的赵树理在我心目中已经是中国最伟大的作家；我人生历程中所发生的第一次崇拜就在这时候，他是赵树理。也就是在阅读赵树理小说的浓厚兴趣里，我写下了平生的第一篇小说《桃园风波》，是在初中二年级的一次自选题作文课上写下的。我这一生的全部有幸和不幸，就是从阅读《三里湾》和这篇小说的写作开始的。

随着阅读范围的扩大，我的兴趣就不仅仅局限于验证自己的生活印象了。一本本优秀的文学作品，在我眼前展开了一幅幅见所未见、闻所未闻的画卷：顿河草原哥萨克人矫悍的身影（《静静的顿河》），惨不忍睹的悲惨世界（《悲惨世界》），新世界诞生过程中铁与血交织着的壮丽的人生篇章（《钢铁是怎样炼成的》），人类争取自由幸福所表现出来的顽强无畏的气概（《牛虻》）……所有这些震撼人心的书籍，使我的目光摆脱开家乡灞河川道那条狭窄的天地，了解到在这个小小的黄土高原的夹缝之外，还有一个更广阔的世界。我的精神里似乎注入了一种强烈的激素，跃跃欲成一番事业了。自幼父亲对我的教诲，比如说人要忠诚老实啦，人要本分啦勤俭啦，就不再具有权威的力量。我尊重人的这些美德的规范，却更崇尚一种义无反顾的进取的精神，一种为事业、为理想而奋斗的坚忍不拔和无所畏惧的品质。父亲对我的要求很实际，要我念点书，识得字儿，算个数儿，不叫人哄了就行了。他劝我做个农民，回乡务庄稼，他觉得由我来继续以农为本的家业是最合适的。开始我听信的话，后来就觉得可笑了，让我挖一辈子土粪而只求得一碗饱饭，我的一生的年华就算虚度了。我不能过像阿尔焦姆（保尔的哥哥）那样只求温饱而无理想追求的猪一样的生活。大约在高中二年级的时候，我想搞文学创作的理想就基本形成了。

而我面对的现实是：高考落第。我们村子里第一个高中毕业生回乡当农民，很使一些供给孩子读书的人心里绽了劲儿，我的压力又添了许多，成为一个念书无用的活标本。回到乡间，除了当农民种庄稼，似乎别无选择。在这种别无选择的状况下，我选择了一条文学创作的路，这实际上无异于冒险。我阅读过中外一些作家成长道路的文章，给我的总体感觉是，在文学上有重要建树的人当中，幸运儿比不幸的人要少得多。要想比常人多所建树，多所成就，首先要比常人付出多倍的劳动，要忍受常人难以忍受的艰辛甚至是痛苦的折磨。有了这种从旁人身上得到的生活经验，我比较切实地确定了自己的道路，消除了过去太多的轻易获得成功的侥幸心理，这就是静下心来，努力自修，或者说自我奋斗。我给自己订下了一条规程，自学四年，练习基本功，争取四年后发表第一篇作品，就算在"我的大学"领到毕业证了。结果呢？我经过两年的奋斗就发表作品了。当然，我忍受过许多在我的孩子这一代人难以理解的艰难和痛苦，包括饥饿以及比鼓励要更多的嘲讽，甚至意料不到的折磨与打击。为了避免太多的讽刺和嘲笑给我带来平白无故的心理上的伤害，我使自己的学习处于秘密状态，与一般不搞文学的人绝口不谈文学创作的事，每被问及，只是淡然回避，或转移话题，即使我的父亲，也不例外。

我很自信，又很自卑，几乎没有勇气去拜访求教那些艺术大家。像柳青这位我十分尊敬的作家，在他生前，我也一直没有勇气去拜访，尽管我是他的崇拜者。我在爱上文学的同时，就知道了人类存在着天才与非天才的极大差别。这个天才搅和得我十分矛盾而又痛苦，每一次接到退稿信的第一反应，就是越来越清楚地确信自己属于非天才类型。尤其想到刘绍棠戴着红领巾时就蜚声文坛的难以理解的事实，我甚至悲哀起来了。我用鲁迅先生"天才即勤奋"的哲理与自己头脑中那个威胁极大的天才的魔影相抗衡，而终于坚持不辍。如果鲁迅先生不是欺骗，我愿意付出世界上最勤奋的人所能付出的全部苦心和苦力，以弥补先天的不足。

我发表的第一篇习作是散文《夜过流沙沟》，1965年初刊载于《西安晚报》副刊上。第一篇作品的发表，首先使我从自信和自卑交杂的痛苦折磨中站立起来，自信第一次击败了自卑。我仍然相信我不会成为大手笔，但作为追求，我第一次可以向社会发表我的哪怕是十分微不足道的声音了。我确信契诃夫的话："大狗小狗都要叫，就按上帝给它的嗓子叫好了。"我不敢确信自己会是一个"大狗"，但起码是一个"狗"了！反正我开始叫了！1965年我连续发表了五六篇散文，虽然明白离一个作家的距离仍然十分遥远，可是信心却无疑地更加坚定了。不幸的是，第二年春天，我们国家发生了一件大事，就把我的梦彻底摧毁了。我十分悲观，看不出有什么希望，甚至连生活也觉得没意义。我一生中最悲观的时期，就是在这一段。我发现，为了文学这个爱好，我可以默默地忍受生活的艰难和心灵上的屈辱；而一旦不得不放弃文学创作的追求，我变得脆弱了，麻木了，冷漠了，甚至凑合为生了。

1978 年，中国文学艺术的冻土地带开始解冻了。经过了七灾八难，我总算在进入中年之际，有幸遇到了令人舒畅的文学艺术的春天。初做作家梦的时候，把作家的创作活动想象得很神圣，很神秘，也想象得很浪漫。及至我也过起以创作为专业的生活以后，却体味到一种始料不及的情绪：寂寞。长年累月忍受这种寂寞，有时甚至想，当初怎么就死心塌地地选择了这种职业？而现在又别无选择的余地了。忍受寂寞吧！只能忍受，不忍受将会前功尽弃，一事无成。忍受就是与自身的懒怠做斗争，一次一次狠下心把诱惑人的美事排开。当然，寂寞并不是永久不散的阴霾，它不断地会被撕破或冲散，完成一部新作之后的欢欣，会使备受寂寞的心得到最恰当的慰藉，似乎再多的寂寞也不算得什么了。尤其是在生活中受到冲击，有了颇以为新鲜的理解，感受到一种生活的哲理的时候，强烈的不可压抑的要求表现的欲念，就会把以前曾经忍受过的痛苦和寂寞全部忘记，心中洋溢着一种热情：坐下来，赶紧写……

小屋里就我一个人。稿纸摊开了，我正在写作中的那部小说里的人物，幽灵似的飘忽而至，拥进房间。我可以看见他们熟悉的面孔，发现她今天换了一件新衣，发式也变了，可以闻到他身上那股刺鼻的旱烟味儿。我和他们亲密无间，情同手足。他们向我诉叙自己的不幸和有幸，欢乐和悲哀，得意和挫折，笑啊哭啊唱啊。我的不足十平方米的小屋，是一个想象中的世界。在这个世界里，有山川河流，有风霜雨雪，四季变换极快，花草树木忽荣忽枯；有男人女人，生活旅程很短，从少年到老年，说老了就老了。这个世界具有现实世界里我经见过的一切，然而又与现实世界完全绝缘。我进入这个世界，就把现实世界的一切忘记了，一切都不复存在，四季不分，宠辱皆忘了。我和我的世界里的人物在一起，追踪他们的脚步，倾听他们的诉说，分享他们的欢乐，甚至为他们的痛苦而伤心落泪。这是使人忘却自己的一个奇妙的世界。这个世界只能容纳我和他们，而容不得现实世界里的任何人插足。一旦某一位熟人或生人走进来，他们全都惊慌地逃匿起来，影星儿不见了。直到来人离去，他们复又围来，甚至抱怨我和他聊得太久了，我也急得跟热锅上的蚂蚁似的……

　　我在进入四十四岁这一年时很清晰地听到了生命的警钟。我突然强烈地意识到五十岁这年龄大关的恐惧。如果我只能写写发发如那时的那些中短篇，到死时肯定连一本可以当枕头的书也没有，五十岁以后的日子不敢想象将怎么过。恰在此时由《蓝袍先生》的写作而引发的关于这个民族命运的大命题的思考日趋激烈，同时也产生了一种强烈的创作理想，必须充分地利用和珍惜五十岁前这五六年的黄金般的生命区段，把这个大命题的思考完成，而且必须在艺术上大跨度地超越自己。当我在草拟本上写下《白鹿原》的第一行字的时候，整个心理感觉已经进入我的父辈爷辈老爷辈生活过的这座古原的沉重的历史烟云之中了。这是 1988 年 4 月 1 日。在我即将跨上五十岁的这一年的冬天，也就是 1991 年的深冬，《白鹿原》中三代人的生的欢乐和死的悲凉都进入最后的归宿。我这四年里穿行过古原半个多世纪的历史的烟云，终于要回到现实的我了。掀开新的一页稿纸，便有一种"倒计时"的怦然。然而当每天的黑夜降临时，心里的孤清简直不可承受。

《白鹿原》出版后，我基本没有再写小说。我想读书，我想通过广泛的阅读进一步体验艺术。我不追求著作等身，只要在有生之年能多出一本两本聊以自慰死后可以垫棺作枕的书，就算我的兴趣得到了报偿。未来的创作是不是鸿篇巨制，是否要超过《白鹿原》，我根本就不思考这个问题。对我来说，《白鹿原》已成为历史，没有必要跟它较劲。我只是尊重自己的生命体验和艺术感觉，最终能形成什么样的作品，那就写个什么样的作品献给读者。既不重复别人，也不重复自己，只要有独立生存的价值，只要是实实在在达到了我所体验到和追求的目标，我就感到欣慰了，因为，它们都是我的孩子。

借助巨人的肩膀

—— 翻译小说阅读记忆 *

平生阅读的第一部翻译长篇小说，是《静静的顿河》。尽管时过四十多年，我仍然确信这个记忆不会有差错，人对自己生命历程中那些第一次的经历，记忆总是深刻。

从学校图书馆借这部小说时，我还不知道它是一部名著，更不了解它在苏联和世界文坛的巨大影响。那是我对文学刚刚发生兴趣的初中二年级，"反右"正在进行。我的语文老师是一位初出茅庐的中文系大学生，常常在语文课堂上逸出课本内容，讲某位作家某位诗人被打成"右派"的事，尤其是被称为"神童"的刘绍棠被定为"右派"，印象最深刻了。好奇心也在同时发生，天才，神童，远远比那个我尚不能完全理解其政治内涵的"右派"帽子更多了神秘色彩，十分迫急地想看看这个"神童"在与我差不多接近的年龄所写的小说。课后我就到学校图书馆查阅图书目录，居然借到了《山

---

*　本文原载《长江文艺》2005 年第 1 期，又刊《西安石油大学学报》(社会科学版) 2005 年第 3 期。

楂村的歌声》短篇小说集，大约是学校图书馆尚未来得及清查禁绝"右派"作家的作品。大约是在这部小说集的"后记"里，刘绍棠说到他对肖洛霍夫的崇拜和对《静静的顿河》的喜欢。"神童"既然如此崇拜如此喜欢，我也就想见识这部长篇小说了。看到在图书馆书架上摆成雄壮一排的四大本《静静的顿河》，我还是抑制了自己的欲望，直等到暑假放学，我便把这四部大著背回乡村的家中。

我知道了地球上有一条虽然不大却很美丽的河流叫顿河。这条顿河总是具象为我家门前那条冬日清冽夏日暴涨的灞河。辽阔的顿河草原上的山冈，舒缓柔曼的起伏转承的线条，也与我面对着的骊山南麓的坡岭和白鹿原北坡的气韵发生叠印和重合。还有生动的哥萨克小伙子格里高利，风情万种的阿克西妮娅。我那时候忙于自己的生计，每逢白鹿原上集镇的集日，先一天下午从生产队的菜园里趸取西红柿、黄瓜、大葱、茄子、韭菜等，大约五十斤，天微明时挑到距家约十华里的原上去，一趟买卖可赚一二元钱，整个暑假坚持不懈，开学时就可以揣着自己赚来的学费报到了。集日的间隔期里，我每天早晨和后晌背着竹条大笼提着草镰去割草，或下河滩，或者爬上村庄背后白鹿原北坡的一条沟道，都会找到鲜嫩的青草。虽然因为年幼尚无为农业合作社出工的资格，而割草获得的工分比出工还要多。我在割草和卖菜的间歇里，阅读顿河哥萨克的故事，似乎浪漫到不可思议。我难以理解故事里的人物和内蕴，本属正常。所有这些也许并不重要，有幸的是感受到我的生活范围以外的另一个民族的生活形态，视野抵达一个几乎找不到准确方位的遥远的顿河草原，生活在那里的人们的快乐和悲伤竟然牵动着我的情感，而我不过是卖菜割草的一个尚未成年的乡村孩子。我后来才意识到，我喜欢阅读欧美小说的偏向，就是从这一次发生逆转而形成的，从"说时迟，那时快"的语言模式里跳了出来。

另一次难忘的阅读记忆发生在"文化大革命"期间。我已经几年都不读小说了。"文化大革命"一开始，以"三家村"为标志的作家们的灾难，使我这个刚刚在地方报纸副刊上发过几篇散文的业余作者，终于得出一个最现实的结论：写作是绝对不能再做的事了。我把多年来积累的日记和生活纪事，悄悄从学校背回乡下家中，在后院的茅房里烧毁了，也就把因为一句不恰当的话而招致灾难的担心解除了。我后来被借调到公社（乡）帮忙，遇见了初中的地理科任老师。他已经升为我们公社地区唯一一所中学的校长，"文化大革命"中惨遭批斗，新成立的"革委会"拒不"结合"他。公社要恢复"文化大革命"中瘫痪多年的基层党支部，他也被借调来公社帮助工作，我和他就重新相聚了。我听他说来此之前在学校闲着，分配他为图书管理员。这一瞬我竟然心里一动，久违了的好陌生的图书馆呀。他说学校的图书早已被学生拿光了，意在他这个管理员是有名无实。我却不甘心，总还有一些书吧？他不屑地说，偷过剩下的书在墙角堆着。我终于说服了他，晚上偷偷潜入校园，打开图书馆的铁锁，不敢拉亮电灯，用事先备好的手电筒照亮，在那一堆大多被撕去了书皮的书堆里翻拣。真是令人喜出望外，我竟然获得了《悲惨世界》《血与沙》《无名的裘德》等世界名著。我把这些书装入装过尿素的塑料袋，绑捆到自行车后架上，骑车出了学校大门，路边是农民的菜地，我如做贼得手似的畅快。我的老师再三叮嘱我，绝对不能让任何人看见这些书，我便发誓，即使不慎被谁发现再被揭露，绝不会暴露书的真实来处，打死我都不会给老师惹麻烦。

于是就开始了富于冒险意味的阅读。这大约是 20 世纪 70 年代的事。处于"文化大革命"中期的整个社会氛围是难以确切描述的，我只确信一点，未曾亲自经历过的人是不可能有那种亲历者的直接感受的。大约也就在这个时候，八个"样板戏"里的头几个样板被推出来。整个社会都挥舞着一把"革命"的铁帚，誓要扫荡"封资修"。我在一天工作之后洗了脚，插死门扣，才敢从锁着的抽屉里拿出那本被套上"毛选"外皮的翻译小说来，进入一种最怡静也最冒险的阅读，院子里传进来干部们玩扑克为一张犯规的出牌而引发的争吵。最佳的阅读气氛是在下乡住到农民家里的时候。那时候没有电视，房东一家吃罢晚饭就上炕睡觉了，在前屋后窗此起彼伏的鼾声里，我与百余年前法国的一位市长冉阿让相识相交，竟然被他的传奇故事牵肠揪心难以成眠；抑或是陌生到无法想象的西班牙斗士，在斗牛沙场和社会沙场上演绎的悲剧人生；还有那个"多余人"裘德，倒是更能切近我的生活，尽管有种族习俗和社会形态的巨大差异，然而作为社会底层的被社会遗忘的"多余人"的挣扎和痛苦，却是穿透任何差异的共通的心灵情感，甚至可以作为我理解自己身边那些乡村农民的一个参照。许多年以后，我才从开禁的有关资料中得知，《无名的裘德》是欧洲文坛曾经颇有影响的写社会底层"多余人"文学潮流的代表作之一，包括高尔基也写过这类人物和很具影响的一部长篇小说，名字记不得了。

　　这应该是我文学生涯里真正可以称作纯粹欣赏意义上的阅读。此前和后来的阅读，至少有"借鉴"的职业性目的。此时此境下的阅读纯粹是欣赏，甚至是消遣，一种长期形成的读书习惯所导致的心理欲望和渴求。因为"文化大革命"开始我就不再做作家梦了，四五年过来，确凿不再写过任何带有文学色彩的文章。读着这些世界名著的时候，也没有诱发写作欲望或重新再做作家的梦想，然而我依然喜欢阅读。欧洲的无产阶级和穷人喜欢如《悲惨世界》《血与沙》《无名的裘德》等这一类作品，这些文本都是为劳动者呐喊的呀。我至今也无法估量发生在"文化大革命"期间的这种最纯粹的阅读，对我后来创作的发展有何启示或意义，但有一点却是不可置疑的，欧洲作家创造的这些不朽作品，和我的情感发生过完全的融汇，也清楚了一点，除过八个"样板戏"，还有如上述的世界名作在中国以外的世界上传诵不衰。

还有一次发生在"文化大革命"后期的阅读是难忘的。大约是1975年春天，我到西安电影制片厂去改编电影剧本，意料不到地读到了苏联作家柯切托夫的几部长篇小说。需稍作交代，此前两年，被砸烂了的省作家协会按照上级指示开始恢复，在农村或农场经过劳动改造且被审定没有"敌我矛盾"的编辑和作家，重新回到西安，着手编辑文学刊物。为了与原先的"文艺黑线"划清界限，作家协会更名为创作研究室，《延河》杂志也改为《陕西文艺》。老作家们虽被"解放"，仍然不被信任，仍然心有余悸，"工农兵"业余作者一下子吃香了。我也正是在这时候写下了平生的第一个短篇小说，且被刚刚恢复业务的"西影厂"看中，拟改为电影。我到"西影厂"以后，结识了几位和我一样热心创作的业余作者。记不清谁给我透露，西影厂图书资料室有几本"内部参考"小说，是供较高级领导干部阅读参考的，据说这几本小说揭露了"苏共修正主义"的内幕。我经过申请，得到有关领导批准，作为写剧本的业务参考，破例破格阅读"高干"的参考书。

第一本是《州委书记》。作者是柯切托夫。这部小说写了两个苏共的州委书记，拿我们的习惯用语说，一个实事求是做着一个州的发展和建设工作，另一个则是欺上瞒下虚夸成绩搞浮夸风。前者不断受挫，后者屡屡得手于表彰升迁等。结局是水落石出，后者受到惩治，前者得到伸张。依着今天我们的眼界来说，这部小说的主旨和人物几乎没有什么新颖之处。然而在1975年的时空下，我的震撼和兴奋几乎是难以抑制的。我可以和几位朋友在私下里谈《州委书记》。更令我惊讶的是我们作为揭露"苏共修正主义"的标本，在苏联却照常销售普遍阅读。

兴趣随之由作品转移到作家本身，柯切托夫创作历程中的几次转折似乎更富于参照意义。我连续在西影图书馆借到了柯切托夫的两本长篇小说，都是"文化大革命"前已经翻译出版的《茹尔宾一家》和《叶尔绍夫兄弟》，以城市家族的角度，写产业工人在社会主义劳动中的英雄主义精神，都公开出版发行过。这个以写和平建设时期的英雄而在苏联和中国都很有名气的作家，到20世纪60年代，把笔锋调转到另一个透视的角度，揭示苏共政权机关里的投机者，以致他的《州委书记》等长篇成为中国"高干"了解"苏修"社会黑幕政权质变的参照标本。柯切托夫为什么会发生这样的转折？显然不是艺术形式追求变化层面上的事，而是作家的思想。作家思想发生了怎样的变化、是什么东西促成了柯切托夫的这种变化和视点的转移，当时找不到任何可资参考的资料。我唯一能做出判断的是，这既需要强大的思想穿透力，也需要具备思考者的勇气。

到20世纪80年代初，柯切托夫的作品重新出现在新华书店的售书架上，包括曾经作为"高干"内参的《州委书记》。我在从书架上抽出这本小说交款购买的简短过程里，竟然有一种无名的感叹，不过六七年时间，似乎有隔世的陌生而又亲切的矛盾心理。不久又见到《你到底要什么》，柯切托夫直面现实的思考和发问，尖锐而又严峻，令人震撼。这个书名很快在中国普及，且被广泛使用。随后又购买到了《落角》，柯切托夫的变化再一次令我惊讶，无论从思想到艺术形式，几乎让我感觉不到柯切托夫的风格了，有点隐晦，有点象征，更多着迷雾，几乎与之前的作品割断了传承和联系。转折如此之大，同样引起我的兴趣，柯切托夫自己"到底要什么"，尽管我难以做出判断，却清楚地看到一个作家思想、情感以及艺术形态的发展轨迹，早期歌颂英雄的鲜明立场和饱满的情感，转折到对生活里虚伪和丑恶的严厉批判揭露，再到对整个社会和人群发出严峻的质问，"你到底要什么"，一时成为整个社会都无法回避的问题，最后发展到晦涩的《落角》，我都不大读得懂了。自然是作家主体的思想和情感发生了变化，然而是什么东西促成了这种变化，我却无法判断。通过隐蔽在晦涩文字下的情绪，我直接感到那个曾经洋溢着热情、闪烁着敏锐思想光芒的柯切托夫可能太累了，却不能断定其失望与否。这样一个曾经给我们提供过"参考"样本的作家，死亡时，苏共首脑勃列日涅夫亲自参加了他的追悼会，似乎并不计较他对苏联社会的揭露、批判、诘问和某种晦涩的失望。

到 20 世纪 80 年代初，在省作协院子里，出现过一阵苏联文学热。中苏关系解冻，苏联文学作品有如开闸之水，倾泻过来，北京两所外语高校编辑出版了两本专门翻译介绍苏联作家和作品的杂志《苏联文学》和《俄苏文学》，这是空前绝后的事，可见苏联文学之热不单在我的周围发生，而是一个范围更大的普遍现象。我把这两本杂志连续订阅多年，直到苏联解体杂志停刊，可见对苏联文学的关爱之情。我通过这两本杂志和购买书籍，结识了许多苏联作家。我那时候住在乡下老家，到作家协会开会或办事，常常在《延河》编辑兼作家王观胜的宿办合一的屋子里歇脚，路遥也是这个单身住宅里的常客，话题总是集中到苏联作家和作品的阅读感受上。艾特玛托夫、舒克申、瓦西里耶夫，还有颇为神秘的索尔仁尼琴，等等，各自阅读体验的交流，完成了互补和互相启示，没有做作，不见客套，其本质的获益肯定比正经八百的研讨会要实在得多。在大家谈到兴奋时，观胜会打开带木扇的立柜，取出珍藏的雀巢咖啡，这在当时称得最稀罕最昂贵也最时髦的饮料，犒赏每人一杯，小屋子里弥漫着烟气，咖啡浓郁的香气也浮泛开来。

　　我感到了面对苏联的历史和现实，不同的作家以不同的思想视角和艺术形态，展示出独立的思维和独立的体验，呈现出独有的艺术风景，柯切托夫属于其中的一景。我开始意识到要尽快逃离同一地域同代作家可能出现的某些共性，要寻求自己独自的生活体验和艺术体验，才可能发出富于艺术个性的独自的声音。真正蓄意明确的一种阅读，发生在此前几年。1978年春天，作为家乡灞河河堤水利会战工程的主管副总指挥，我住在距水不过50米的河岸边的工房里，在麦秸作垫的集体床铺上，我读到了《人民文学》发表的刘心武的《班主任》。我的最直接的心理反应，用一句话来概括：创作可以当作一项事业来干的时代到来了！我在6月基本搞完这个8华里河堤工程之后，留给家乡一份纪念物，就调动到文化馆去了。我到文化馆上班实际已拖到10月，在一个无人居住的残破的屋子里安顿下来，顶棚塌下来，墙上还留着墨汁写的"文化大革命"口号。我用废报纸把整个四面墙壁糊贴了起来，满屋子都是油墨气味，真是书香四溢了。我到文化馆图书馆借书，查封了十余年的图书馆刚刚开禁。我不自觉地抽取出来一本本"文化大革命"前翻译出版的小说。我在泛读的过程中，很自然地把兴趣集中到莫泊桑和契诃夫身上。想来也很自然，我正在练习写作短篇小说，不说长篇，连中篇写作的欲望都尚未萌生。在读过所能借到的这两位短篇大师的书籍之后，我的关注点更集中到莫泊桑身上。依我的阅读感觉来看，契诃夫以人物结构小说，莫泊桑以故事结构小说塑造人物：前者难度较大，后者可能更适宜我的写作实际。这样，我就在莫泊桑浩瀚的短篇小说里，选出十余篇不同结构形式的小说，反复琢磨，拆卸组装，探求其中结构的奥秘。我这次阅读历时三个月，大约是我一生中最专注最集中的一次阅读。

这次阅读早在我尚未离开水利工地时就确定下来，是我所能寻找到的自我把握的切合实际的举措。我从《班主任》的潮声里，清楚地感知到文学创作复归艺术自身规律的趋势。我那时比较冷静地确认这样一个事实，从喜欢文学的少年时期到能发表习作的文学青年时期，整个都浸泡在"左"倾的十七年的影响之中，关于文学关于创作的理解，也应该完成一个如政治思想界"拨乱反正"的过程。我能想到的措施就是阅读，明确地偏向翻译文本，与大师和名著直接见面，感受真正的艺术，才可能排解剔除意识里潜存的非文学因素。我曾经在十年前的一篇短文里简约叙述过这个过程，应该是我回归创作规律至关重要的一步，应该感谢契诃夫，还有莫泊桑，在他们天赋的智慧创造的佳作里，我才能较快地完成对旧的创作理论清理剔除的过程。到1979年春节过后，我的心理情绪和精神世界充实丰沛，洋溢着强烈的创作欲望，连续写下十个短篇小说，成为我业余创作历程中难以忘却的一年。

阅读《百年孤独》也是读书记忆里的一次重要经历。我应该是较早接触这部大著的读者之一。在书籍正式出版之前，朋友郑万隆把刊载着《百年孤独》的《十月·长篇专刊》赐寄给我。我在1983年早春参加中国作协在河北涿州召开的"农村题材创作研讨会"期间，看到万隆正在校对《百年孤独》的文稿，就期盼着先睹这部刚刚获得诺贝尔文学奖的新世界文学名著。一当目触奥雷连诺那块神秘的"冰块"，我就在全新的惊奇里吟诵起来。我在尚不完全适应的叙述形式叙述节奏里，却十分专注地沉入一个陌生而神秘的生活世界和陌生而又迷人的语言世界。恕我不述初读这部在中国早已普及的名著后的诸多感受，这里只用一个情节来概括。1985年夏天，省作协在延安和榆林两地连续召开"长篇小说创作促进会"，我有几分钟的最简短的发言，直言阅读《百》著的感受，大意是，如果把《百》比作一幅意蕴深厚的油画，我截至目前的所有作品顶多只算是不大高明的连环画。我的话没有形成话题，甚至没有任何反应，甚至产生错觉，以为我有矫情式的过分自贬。我也不再继续阐释，却相信这种纯粹属于自我感觉所得出的认识。这次阅读还有一个不期而至的效果，就是使我把眼睛和兴趣从苏联文学上转移了。

我关注有关拉美魔幻现实主义的作家和作品，尤其是介绍或阐释魔幻现实主义的资料。我随后在《世界文学》上，看到魔幻现实主义的开山大师卡朋铁尔篇幅不大的长篇小说《王国》，据介绍说这是魔幻现实主义的首创之作。同期配发了介绍卡朋铁尔创作道路的文章，我脑海中才对魔幻现实主义的创立和发展有了一个较为清晰的脉络。据说《王国》之前拉丁美洲尚无真正创造意义的文学，没有在世界上引起关注的作品和作家。《王国》第一次影响到欧洲文学界，是以其陌生的内容更以其陌生的形式引起惊呼。无法用以往的所有流派和定义来归纳《王国》，有人首创出"神奇现实主义"一词概括，且被广泛接受。《王国》引发了拉丁美洲文学新潮，面对一批又一批新作品新作家的潮涌，欧美评论界经过几年的推敲，弄出一个"魔幻现实主义"的词，似乎比"神奇"更能准确把脉这一地域独具禀赋的作品特质。

对我更富启示意义的是卡朋铁尔艺术探索的传奇性历程。他喜欢创作之初，就把目光紧盯着欧洲文坛，尤其是现代派。他为此专程到法国，学习领受现代派文学并开始自己的写作，几年之后，虽然创作了一些现代派作品，却几乎无声无响，没有引起任何人的注意。他在失望至极时决定回国，离去时有一句名言：在现代派的旗帜下容不得我。他回到古巴不久，就专程到海地"体验生活"去了。据说他选择海地的根本理由，这是拉丁美洲唯一一个保持着纯粹黑人移民风貌的国家。他在那里调查研究黑人移民的历史，当然还有现实生存形态。他在海地待了几年时间我已无记，随后他就写出了拉丁美洲第一本令欧美文坛惊讶的小说《王国》。我只说这个人对我启示最深的一点，是关于我对乡村生活的自信被击碎了。我的生活史和工作历程都在乡村，直到读卡朋铁尔的作品，还是在祖居的老屋里忍受着断电点着蜡烛完成的。我突然意识到，我连未见过面的爷爷以及爷爷的兄弟们的名字都搞不准确，更不要说再往上推这个家庭的历史了，更不要说爷爷们曾经在我现在居住的这个屋院里的生活秩序了。我在家乡农村教书和在公社（乡）工作整整二十年，恰好在改革开放之前和之后，我一直自信于对乡村经历的欢乐和灾难的全过程的了解和感受，包括我的父亲从自家槽头解下缰绳，把黄牛牵到初级农业合作社里一孔废弃的窑洞改装成的饲养大槽上。而现在我意识到，企图从农村角度叙写中国人生活历程的我，对这块土地的了解太浮泛了。也是在这一刻，我突然很懊悔，在"文化大革命"之初烧毁族谱时，至少应该将一代又一代祖宗的名记抄写下来，至少应该在父亲谢世之前，把他记忆里的祖辈们的生活故事（哪怕传闻）掏挖出来。我随之寻找的村子里几位年龄最高的老者，都说不清来龙去脉，只有本门族里一位一字不识的老者，还记得他儿时看见过的我的爷爷的印象：高个子，后脑上留着刷刷头发（从板刷得到的比喻，剪辫子的残余），谁跟外村人犯了纠葛，都请他出面说事；走路腰挺得很硬，从街道上走过去，在门口敞怀给娃喂奶的女人，都吓得转身回屋去了。这是他关于我爷爷的全部记忆里的印象，也是我至今所能得到的唯一一个细节。这个细节从听到的那一刻，就异常活跃地冲撞我的情感和思维，后来就成为我的长篇小说《白鹿原》主要人物白嘉轩的一个体形表征，尽管那时候还没有这部小说的构想。

　　几乎与此同时，中国文坛呈现出"寻根文学"的鲜活生机。我不敢判断这股文学新潮是否受到拉美文学爆炸的启示或影响，我却很有兴趣地阅读"寻根文学"作品，尽管我没有写过一篇这个新流派的小说。我后来很快发现，"寻根文学"的走向是越"寻"越远，"寻"到深山老林荒蛮野人那里去了，民族文化之根肯定不在那里。我曾在相关的座谈会上表达过我的遗憾，应该到钟楼下人群最稠密的地去"寻"民族的根。我很兴奋地处在20世纪80年代中期的文坛里，多种流派交相辉映，有"各领风骚一半年"的妙语概括其态势。其中有一种"文化心理结构"的创作理论，使我茅塞顿开。人是有心理结构的巨大差异的。文化决定着人的心理结构的形态。不同种族的生理体形的差异是外在的，本质的差异在不同文化影响之中形成的心理结构的差别上：同种同族同样存在着心理结构的截然差异，也是文化因素的制约。这样，我较为自然地从性格解析转入人物心理结构的探寻，对象就是我生活的渭河流域，这块农业文明最早呈现的土地上人的心理结构，有什么文化奥秘隐藏其中，我的兴趣和兴奋有如深山探幽。卡朋铁尔进入海地，"寻根文学"和"文化心理结构"创作理论，这三条因素差不多同时影响到我，我把这三个东西综合到一起，发现有共通的东西，促成我的一个决然行动，去西安周边的三个县查阅县志和地方党史文史资料，还有不经意间获得的大量的民间逸事和传闻。那个长篇小说的胚胎渐渐生成，渐渐发育丰满起来，我感到真正寻找到"属于自己的句子"了。

　　我并不以卡朋铁尔从欧洲现代派旗帜下撤退的行动，作为拒绝了解现代派艺术的证据。现代派艺术肯定不适宜所有作家。适宜某种艺术流派的作家，会在那个流派里发挥创造智慧；不适宜某种艺术流派的作家，就会在他清醒地意识到不适宜时逃离出去，重新寻找更适宜自己性气的艺术途径。这是作家创作发展较为普遍的现象。海明威把他的艺术追求归纳为一句话，说他一生都在"寻找属于自己的句子"。这个"句子"自然不能等同于叙述文字里的句子。既然是"一生"，就会有许多次，我们习惯用一次新的成功的探索或突破来表述这个过程和结果。卡朋铁尔到海地"寻找"到了真正"属于自己的句子"，开创了拉美文学新的天地，以至发生爆炸，以至影响到世界文坛。今天坦白说来，《王国》我读得朦朦胧胧，未能解得全部奥义，也许是生活距离太大，也许"神奇"的意象颇难解读，也许翻译的文字比较晦涩。我的最重要的启示在于卡朋铁尔扎到海地去的行动，即他"寻找属于自己的句子"时富于开创意义的勇气，才是我的最有教益的收获，未必也弄出"人变甲虫"的蠢事来。

　　在昆德拉热遍中国文坛的时候，我也读了昆德拉被翻成中文的全部作品。我钦佩昆德拉结构小说举重若轻的智慧。我喜欢他的简洁明快里的深刻。这是"寻找"到"属于自己的句子"的又一位成功作家。我不自觉地把《玩笑》和《生命中不能承受之轻》对照起来。这两部杰作在题旨和意向所指上有类近的质地，然而作为小说写作却呈现出截然不同的艺术气象，我习惯从写作的角度去理解其中的奥秘，以为前者属于生活体验，后者已经进入生命体验的层面了。我在这两本小说的阅读对照中，感知到从生活体验进入生命体验，对作家来说有如由蚕到蛾羽化后的心灵和思想的自由。

（2004 年 11 月 24 日　二府庄）

|《延河》创刊五十年感怀 *

　　我至今依旧清楚无误地记着，《延河》是我平生最早闻名的文学杂志。这是五十年前的事了。五十年前的一个大雪初霁的早晨，我和同学正在操场上扫雪，语文老师站在身后叫我，让我到语文教研室去。我开始有点志忑，此前曾因为他对我的一篇作文的评语闹过别扭，所以心存戒备。走出扫雪的人窝，老师把一只胳膊搭到我的肩膀上，这个超常超级亲昵的动作，顿然化释了我的小心眼儿里的芥蒂，却也被骤然潮起的受宠的惊慌弄得不知所措。

　　到了一楼的语文教研室。刚进门，我的语文车老师以玩笑的口吻宣布："二两壶来了"。教研室里五六位男女教师哄笑起来。我有点手足无措。"二两壶"是我在作文本上写的一篇小说里的一个人物的绰号。我的语文车老师把我领到他的办公桌前，颇动情地告诉我，西安市教育系统搞中学生作文比赛，每个学校推荐两篇作文，我的

---

* 本文原题为《陷入与沉浸——〈延河〉创刊 50 年感怀》，载《延河》2006 年第 4 期。

这篇小说被选中了。末了，他很诚恳地说，除了参评，他还要把这篇小说投稿给《延河》。他告诉我，如果能发表，会有稿费的，他显然知道我因家庭经济不支而休学的事。他说投稿由他来抄写，"你的字写得不行"。我由此知道了《延河》。这是初中二年级第一学期的一个大雪的早晨。

《延河》又是我掏钱购买的第一种文学杂志。这也是近五十年的事了。1959年春天，我得知柳青的《创业史》将在《延河》连载，竟然有一种按捺不住的兴奋和期待，自然属于对一位著名作家的膜拜，更多的因素是出于某种探秘式的好奇心理。我已经听说柳青在终南山下的长安农村深入生活的事。我常常站在学校大门外刚刚返青的麦地边上，眺望白云凝然的终南山峰，柳青无疑是世界上离我最近的一位作家，不过几十华里的距离吧。他的笔下将会使关中乡村呈现怎样一种风貌？这无疑是我所能读到的第一部描写我脚下这块土地的小说，新鲜新奇的神秘感几乎是无法抑制的。

我读书到初中三年级，转学到了离家较近的西安东郊刚刚兴起的纺织工业基地，通称纺织城，学校设在大片住宅楼东边一片开阔的高地上，校门口便是庄稼地。我仍然继续着背馍上学的生活，硬是把家里给的买咸菜的零钱省下攒起来，到纺织城邮局去买一本当月出版的《延河》。记得《创业史》在《延河》连载的第一期，书名为《稻地风波》，有通栏长幅插图作为衬底，是诗情画意的稻田畦埂和灌渠上一排排迎风摆动的白杨树，远处的背景是淡墨涂描的终南群峰。看到这幅题头画儿，我印证的却是我家门前灞河川道的自然景致，从未见过有什么画儿让我感到如此逼近的真实和亲切。同样，我读着作为《稻地风波》（即《创业史》）引子的《题记》时的完全沉迷，也是此前读任何小说都未曾发生过的逼近的真实和真切，且不说艺术成就的评价，我一个初三学生也难以估计这部作品的分量，而真实和真切的阅读感受却是比任何世界名著都强烈。

这样，我每月头上最操心也最兴奋的事，就是捏着积攒下来的两毛钱走进邮局，买一本新出的《延河》，无异一个最开心的节日。我在《延河》上认识了诸多当时中国最活跃的作家和诗人，直到许多年后，才在一些文学集会上得以和他们握手言欢，其实早已心仪着崇敬着乃至羡慕着了。

像茹志鹃的《百合花》，吴强的《红日》选章，王汶石的许多短篇，不仅在文学史上占有举足轻重的位置，更在普通读者中享有盛誉。尤其是茹志鹃和吴强的两篇（部）佳作，据说辗转过好几家编辑部都被退稿，均不是作品的水平问题，而是作品情调或写法有什么问题。《延河》敢于拍板发表，不单是胆子大小的事，恰是对文学创作艺术本体的尊重和坚守，以及由此而拥有的自信和神圣感。

《延河》已成为大家名作云集的一方艺术天地。我在喜欢它的同时，也产生了畏怯心理，觉得它是可望而不可即的文学高地。此后十余年的业余创作时日里，我一次也没有往《延河》编辑部里投过稿。我的自我把握是尚不够格——《延河》在我心里业已形成的那个高格——尽管我已经在西安的报纸上发表了七八篇散文。直到1972年的冬天，徐剑铭把我的一篇散文推荐给编辑路萌、董得理，我才迈过了《延河》的门槛。

这年接到徐剑铭一封信，告诉我一个重要消息，"文化大革命"中被取缔的陕西作家协会（当时称中国作家协会西安分会）恢复工作，为避"四旧复辟"之嫌，改为陕西省文艺创作研究室。出于同样的顾虑，即将复刊的《延河》也改名为《陕西文艺》。徐剑铭还告诉我，他刚刚参加过由《陕西文艺》召集的一次西安地区业余作者座谈会，希望大家给刊物写稿，并推荐工人、农民、解放军（工农兵）新作者。那时候，许多著名作家被"打倒"，有的未被"解放"，有的虽被"解放"了，仍心存余悸，无法进入创作，刊物主要靠业余的"工农兵"作者写稿。徐剑铭在"文化大革命"前已是西安地区卓有影响的工人身份的诗人。他说他向董得理、路萌等编辑推荐了我，两人均表示毫不知晓。他说他同时推荐了我刊登在《郊区文艺》上的一篇散文《水库情深》，而且由他剪贴下来送到编辑部。我很感动。这种热心和无私给我以永远动人的记忆。

　　大约是 1971 年之后，文艺机构和文艺创作开始恢复。我所在的西安郊区，由文化馆召集本区内的业余文学作者开会，创办了《郊区文艺》自编自印的文学刊物。我和郊区一帮喜欢创作的朋友兴奋不已，写作热情不必说了，而且到印刷厂里亲自做校对。我的散文《水库情深》就刊登在《郊区文艺》创作号上。我尚不知身居城区的剑铭竟然看了这本内部交流刊物，而且力荐给即将创刊的《陕西文艺》（即《延河》）。

　　时隔不久，接到《陕西文艺》编辑部的一封信，内装我的散文《水库情深》，是发在《郊区文艺》上的剪贴样稿，在边角上用红笔修改勾画得一片红色。我当时刚刚从村子里下乡回到公社机关，看了附信，得知此稿将在《陕西文艺》创刊号发表，下乡一天的劳累烟飞云散了，饥肠辘辘的感觉也消失了，兴奋得令人慌乱的情绪，竟使我无法坐下来阅读修改的文字。直到晚饭后，我才能静下心来把这篇习作再读一遍，尤其是那些用红笔修改的字句，细细嚼磨，反复推敲，求得启示。

　　之后大约两三天，我借着到郊区开会进城之机，顺便送去了修改稿。陕西省文艺创作研究室和《陕西文艺》编辑部，在东木头市那条巷子里。怀着诚惶诚恐却也兴奋的心情走进院子，问到一间屋子，便看见了董得理和路萌，说过几句很诚恳的见面话之后，董得理离开了，由路萌和我谈稿子。我这时才得知，用红笔勾画修改过习作的人，就是和我当面坐着的这个名叫路萌的编辑。他很客气。他很和悦。他很谦逊。他长得细皮嫩脸，文质彬彬又热情洋溢。他最像个文人……我进了早就仰慕着的《延河》的大门了。

　　1973年春天，我到位于纺织城的西安郊区党校参加为期一月的"学习班"。我在公社机关工作已经五年，对关中乡村生活和农民世界开始有初步了解。我的工作，除了参加会议，多是跑在或住在生产队里，很少有相对安定和清闲的日子，这次长达一个月的有规律的作息时间的日子，对我来说简直称得上享受了。就是在这期间，我利用早起的时间，或是晚上看电影的机会，躲开大厅通铺的人，写成了我平生的第一篇短篇小说《接班以后》，中学作文本上的小说除外。这篇小说从字数上来说具有突破的意义，接近两万字，是我结构故事完成人物的一次自我突破。我记不清是用信寄到《陕西文艺》编辑部，抑或是亲自送去的，只记得时隔不久，便收到董得理用很富功力的毛笔字写下的长信，对这篇小说完全肯定，多有赞美的评语，而且似乎说到编辑们传阅过程中的热烈反应，信末约我到编辑部交换一些细节处理的意见。我同样利用到城里开会的机会，第二次走进东木头市《陕西文艺》编辑部的大门。这回是董得理和我谈稿，我似乎能觉察到他在刊物编辑部负有重要责任。他很兴奋，完全是对他喜欢的一篇小说由衷的兴致。他也很严谨，对小说的细部包括不恰当的字词都谈到了。他又很坦率，谈到真正的文学和当时流行的"假大空"文艺的区别，我更感动于他的胆识和真诚，第一次谈话就敢说对"假大空"文艺的不恭之词。

这篇小说在《陕西文艺》第三期上发出来了。我看到题头上配着一幅神采飞扬的人物肖像画儿，是现在的西安国画院院长王西京的作品。王西京当年供职于《西安日报》，任美术编辑，已经崭露出画画儿的头角。小说发表后产生了广泛影响。编辑部把这期杂志送给柳青。关于柳青对《接》的反应，我则是从《西安日报》文艺编辑张月赓那里得到的。老张告诉我，和他同在一个部门的编辑张长仓，是柳青的追慕者，也是很得柳青信赖的年轻人。张长仓看到了柳青对《接》修改的手迹，并拿给张月赓看。我在张月赓家看到了柳青对《接》文第一节的修改本，多是对不大准确的字词的修改，也删去了一些赘词废话，差不多每一行文字里都有修改圈画的笔迹墨痕。我和老张逐个斟酌掂量那些被修改的字句，接受和感悟到的是一位卓越作家的精神气象，还有他的独有的文字表述的气韵，追求生动、准确、形象的文字的"死不休"的精神令我震惊。这应该是老师对学生的一次作文辅导，铸成我永久的记忆。今天想来颇感遗憾的是，那时候没有复印设备，这本经柳青修改的刊物，在我看过之后就被张长仓收回了，据为珍藏。

新创刊的《陕西文艺》，很快聚拢起一批青年作家。不过，那时候没有谁敢自称作家，也没有他称作家，他称和自称都是作者，常常还要在作者名字之前标明社会身份，如工人作者、农民作者、解放军作者等等，自然是为区别于"文艺黑线"，表明"工农兵"占据了文艺阵地。邹志安、京夫、路遥、贾平凹、李凤杰、韩起、徐岳、王晓新、王蓬、谷溪、李天芳、晓雷、闻频、申晓等，先后都在《陕西文艺》上初露头角，进行了最初的文学操练，到"四人帮"垮台，这些人呼啸着呐喊着跃出，一个个都成为荒寂十年后的文坛上耀眼的新星，形成中国文坛令人瞩目的陕西青年作家群。1981年，中国作协选定湖南和陕西作为新时期中国南北两个形成作家群体的省份交流经验，陕西乡党阎纲受《文艺报》委托回陕调研，我参加了座谈会。湖南青年作家到陕访问，陕西青年作家却未能按时回访，原因是我等家住农村，夏收需回家割麦碾场。我仍然觉得，改为《陕西文艺》的《延河》不过三四年，上有旧的政治和文艺政策铺天盖地，包括我等业余青年作者受到束缚局限的同时，也受到"三突出"的不同程度的影响，然而有一批深谙艺术规律的编辑，如董得理、王丕祥、路萌、贺抒玉本身又是作家，他们实践着教导着也暗示给这些作者的是文学创作的本真。在《陕西文艺》存在的三四年里，我写作发表过三篇短篇小说，也是我写作生涯里的前三篇小说，1973年发《接班以后》，1974年发《高家兄弟》，1975年发《公社书记》，一年一篇。这些作品的主题和思想，都在阐释阶级斗争这个当时社会的"纲"，我在新时期之初就开始反省，不仅在认识和理解社会发展的思想理论上进行反思，也对文学写作本身不断加深理解和反思。然而，最初的写作实践让我锻炼了语言文字，锻炼了直接从生活掘取素材的能力，也演练了结构和驾驭较大篇幅小说的基本功。这三篇小说都在两万字上下，单是结构对我来说都是一种突破。

还有一点至今值得总结，就是我对作家这种劳动的理解。我后来把我对文学的偏爱和对创作的坚持，归结为一根对文字敏感的神经，以此作为对神秘的天分说的物质化解释。是这根与生俱来的对文字敏感的神经，决定着一个人从少小年纪就对文字发生偏爱，发生兴奋性的敏感，与书香门第以及奶奶的动人的歌谣无关，或者说这些书香家庭或会唱歌谣的奶奶，只对具备那根神经的人才发生影响，才起促进促成的作用。在20世纪70年代我写作上述那几篇作品的时候，实际是我对文学创作最失望的时候，自然是"文化大革命"对前辈作家的残害造成的。我当时已谋得最基层的一个干部岗位，几乎不再想以写作为生的事，更不再做作家梦了。写作当不了饭吃，尽管发了几篇颇有反响的小说，董得理奖励给我的是一摞又一摞稿纸。我回到公社几乎只字不提写作的事，发了我小说的刊物压在桌斗里，从来不让公社机关任何人看见，怕给领导和同志造成不务正业不操心"学大寨"本职工作的恶劣印象。事实上，这三篇小说都不是在公社大院里写成的。《接》在党校学习期间抽空写成。《高》又是在南泥湾"五七"干校劳动锻炼的半年时间里写成，为此我自己买了一盏玻璃罩煤油灯，待同一窑洞的另三位干部躺下睡着，干校统一关灯之后，我才点燃自备的油灯读书和写作。读的是《创业史》，翻来覆去读；写成了《高》文。《公》则是被文化馆抽调出去工作时间的副产品。那个时候不仅没有稿酬，还有一根教条化的棒子悬在天灵盖上，朋友、家人问我，我也自问，为啥还要写作？我就自身的心理感觉回答：过瘾。这个"过瘾论"是我的最真实感受，也是最直白的表述。有如烟瘾，一年写一篇小说，有幸发表了，再得到编辑几句夸奖和读者的呼应，那个"瘾"就过得很舒适。许多年后，创作有了发展，对创作这种劳动的理解也有了新的层面的体验，也才明白那个"瘾"原是对文字敏感的那根神经造成的。当年把写作当作"过瘾"的时候，只是体验和享受一种生命能量释放过程里的快乐和自信，后来发生的名和利的薄了厚了多了寡了是根本料想不到的。

新时期伊始，《延河》又恢复了。这自然不单是一个名字的改写，而是中国社会发展过程中一个重要的历史性转折的体现，包括文学艺术，属于文学自身的精神和规律，重新得以接续、传承和发展。新时期恢复的《延河》，我发表的第一篇小说是短篇《南北寨》，此后每年大约都要发表一篇或两篇小说，统共发过多少篇已经记不清了，《延河》是我发表小说最多的一种文学杂志，却是确定无疑的。

到20世纪80年代初，我调进陕西作协专业创作组，以我自己的审视和把握，索性回到祖居的老家，其中最主要的原因是集中思想的注意力，充分利用中年后的后半生读书和写作。每隔十天半月，我就会来作协，开会或买煤买粮，只安着一张桌子一张床的两室的房子，我往往懒得开锁进门。开会办事的间隙，我都滞留转悠在编辑部的小院里，和老编辑聊天，更和年轻的或同龄的朋友天上地下乱扯胡谝，往往获得一些新鲜的信息和文坛动态，得到启迪。印象最深的是王观胜的兼着卧室的办公室，常是畅所欲言十分放纵的场所，路遥似乎是常客。聊到开心时，王观胜会打开立柜的木扇，取出某位作者"进贡"的高级咖啡，赐尝每人一杯，满屋子飘荡着令人陶醉的香气儿，路遥们的谈锋就会更幽默睿智。直到我告辞出门准备回乡下时，观胜送出门时才撂出一句："给咱得空再弄一篇（小说）。"文学的氛围，朋友的坦诚无忌，和咖啡清茶的香味弥漫在记忆里。还有李星那半间凌乱不整的办公室，常是我聆听文学新潮的气象站。

　　人生苦短，生命有限。创办《延河》的陕西第一代作家和编辑，有的年事已高，有的已经谢世。接替的一茬一茬主编和编辑，也一茬接一茬卸任。无论开创《延河》的先辈，还是接任又卸任的同辈，他们崇高的文学理想实践在《延河》里，他们各自独立的创造精神体现在《延河》上，他们为一代一代作家的成长和发展默默地躬耕在《延河》这块土地里。我以自己一个作家的真诚，向胡采们、董得理们致敬。我向卸任的白描们、徐岳们和徐子心们致以真诚的问候，你们为《延河》的发展付出的智慧和心血，作为一个受益的同代作家的我，也铭记着。我更满怀信心寄望于新任主编常智奇们，《延河》将成为陕西新一代作家发展壮大的沃土和福地。

（2006 年 3 月 7 日　二府庄）

五十开始 *

一

孙康宜教授到西安来，走出机场见着面时开口就感慨："哦！我去年给你说想到西安来，现在真的就来了！"这种感慨随后在从机场开往西安的汽车上又说了两次，那神情是连她自己都有点不可置信的惊喜。孙教授是美国耶鲁大学东亚语言文学系主任，去年 4 月我在美国东部海岸城市波士顿结识她的。她确凿说过很想到西安来看看，我自然知道她这样的人想到西安来看什么。现在她真的来了，而且驱车行驶在暮色苍茫的咸阳古原上了，我也有某种难以信真的惊讶，甚而至于生出"地球真小"那种中国的地球公民们的伟人意识式的慨叹了。

汽车在气度恢宏地韵沉雄的咸阳原上疾驰，连片的果林和墨绿

---

*　本文原载 1997 年 5 月 8 日《西安晚报》。

的禾苗背后，掩映着一个个或大或小或远或近却一律苍老衰败着的皇家墓冢，久远的辉煌和昔日的威仪，终究被历史的风雨剥蚀得精光，只剩下一堆堆荒草盘结的黄土圪垯。孙康宜教授从窗外收回眼光突然问我："你不再把五十看作一个危机的年龄了吧？"我不觉一愣，想不到她还记着这个话题，随之也就释然："去年基本达成共识了嘛！"她依然很直率又很认真地说："不知你回来以后有无反复？"

这是一个有趣的话题。

去年4月在美国时，孙教授和北美华人作家协会联手在哈佛大学办了一次文学讲座，包括她和我在内共有四人演讲，每人一小时，我被排在头一个。我讲完规定的一个钟点，从讲台上走下来直接走出讲演大厅，站在校园的草坪上抽烟。美国的公众场合和绝大多数家庭都不许抽烟，想过过烟瘾就得走出户外。

我刚点烟吸了两口，有一位留学生从讲演厅溜出来走到我跟前，自我介绍之后就提出他想和我单独聊聊。我说我出来仅仅是想抽口烟，很快就要回讲演厅去，还想听听他们三人的讲演内容，想聊得另约时间。他就笑着告诉我："孙教授正批判你哪。她上台开讲头一句就批。"我以为他开玩笑，并不在意。他更认真地说："真的批哪！批你刚才讲的五十危机的观点。"这时又有几位男女留学生相继从讲演厅里溜出来，和我在草坪上交谈，也都通报我挨批的消息。抽完一支烟，我便走回讲演大厅，免得更多的人溜出来影响这个讲座。

讲演全部结束，走在绿茵茵的校园里，孙康宜严肃地对我说："我刚才批判你一个观点了。"我说我已经知道了。她故作惊讶："我批你时你不在场呀，怎么会知道？"随之又释然了，"噢噢！有人给你告密了，这么快。"我也开玩笑说："听说美国人喜欢告密，谁家父母在家里打骂小孩，邻居知道了就要拨电话报警。这些中国留学生受美国人影响了。"玩笑归玩笑，孙康宜接着认真地问："你怎么会有五十危机的感觉呢？我简直不可理解。我过五十岁时，整个感觉是我要重新开始了，我觉得过了五十才获得了完全的自由，可以做我想做的事了。"她告诉我，她从中国念书念到美国，博士帽戴上了教授也当上了，直到五十岁时，得到了耶鲁大学东亚语言文学系主任这样一个职位，这个奋斗历程谁都可以想见其中的艰难。正是在五十岁这个重要的年轮上，她有了一种全新的心理感觉，她不仅可以不再为生计忙迫了，而且可以不受别人的支配只按照自己的生存理想来支配自己了；孩子长大了，不再是家庭负累，而是可以获得情感交流和探讨社会的益助了；更重要的是知识的积累已形成了见解的独立，标志着一种成熟，自信能够发出只属于自己感知的声音了，所以在跨越五十年龄大关时，她说她的整个心理感觉是从未有过之好，整个是一种要有大作为的重新开始的良好心态……所以对我的五十危机论就"无法理解无法容忍不能不批"。

这是完全合理的、因此也完全可以理解的心态，尽管我并未询问她所经历的奋斗的全过程或者最关键的细节，却认为她有这样的心态离不开任何成功者都必然兼备的先天的智慧和后天的艰苦卓绝的努力。谁都可以想到，在美国数一数二的耶鲁大学的东亚语言文学系的主任一职，不但不可能靠裙带靠后门靠巴结谋权，而且稍微平庸一点都是难以指望的。

然而，我的五十危机的谬论又是怎么一回事呢？我想说，我的那种心理感觉也是真实的。

二

　　五十危机的心理感受产生于四十五岁即 1987 年，亦即我刚刚完成了长篇小说《白鹿原》（下简称《白》）的基本构思即将开笔起草的时候。按照当时的总体把握，我觉得大约需要三年时间才能完成它的创作，如果预计的这个规划实施顺利，如果这三年中间不发生写作本身以外的各种意外灾变，那么到完成书稿也就挂上五十的虚龄了，而这两个"如果"的可靠性在我感觉里连百分之五十都勉强。

　　想到此后将一年一年耗过去直熬到五十，心里便有点恐惧。

　　在我的习惯性意识里，五十是一个很大的年龄区标，是进入老年的生命区段的标志，面对一个五十多岁的老人，我就想到这是一位做了爷爷或奶奶的老汉老婆儿了。这不单是乡下人的习惯性年龄区段的划分标尺，似乎一些国家（中国除外）的共产党领袖公开祝贺生日就是从五十岁开始的，那么也在一定意义上可以看出作为生命的老年区段是有国际公例的。我自然就回顾起迷恋文学的坎坷，少小年纪在作文本上写下头一篇小说似乎只是昨天的故事，然而眨眼就要进入老年行列了；至今尚未写出一部起码让自己满意的作品，怎么就晃过了人生最富于创造活力的青壮年时期，而"一不留神"就会变成老头子了？正是早在此前一年的 1986 年春天，为了进一步了解关中的历史演变，我查阅了《蓝田县志》又赶赴长安县城，住在一家旅馆里继续翻阅厚可盈尺的《长安县志》，朋友李下叔晚上来陪我闲聊，以解除那些糟烂的古本侵入到我肌骨里的幽微阴腐的气息，记得那晚喝了酒，酒酣言畅之际，他很真诚地说：

"按你的生活功底，写部长篇还下这么大的功夫，有这个必要吗？"
我也坦诚相告，下这个笨功夫不是心血来潮，而是已经萌生了的那部长篇小说必须要做的功夫，我想了解我生活着感受着的这一块北方平原的昨天，或者说历史，因为我只能依赖着这些古本县志感知这块土地的昨天究竟发生过什么，我辈以前的父辈爷辈老爷辈们以怎样的形态生活着，近代以来剧烈的社会革命历程中，他们的心理秩序经历过怎样的被打乱被粉碎和怎样的重新安排的历程……谈到动情时，便有自信和自卑胶着的悲凉，少小年纪迷恋文学，几十年过去了，发了为数不少的中、短篇小说，奖也获了多次，但从真实的文学意义上来审视便心虚，因为连一部自己满意的作品还没有。我说："兄弟，想想已经晃过四十四了，万一身体发生不可救治的灾变，死时真的连一本给自己做枕头的书都没有。"这是很真实的当时的心态，因为迷恋文学而不能移情的悲哀，从这一点上说来，是完全的内向内指的生存兴趣的悲哀，也是完全的个人生命意义的自私的悲哀。正是在这种纯粹的个人兴趣的自我指向的悲哀中，激起了为自己做一本真的要告别世界也告别生命兴趣时可以作枕头的书的自信。

　　直到完成《白》书以后，我又有了属于自己的创作之外的人生体验，人不可以完全自卑，亦不可以完全自信。处于无法摆脱的自卑状态，是根本不可能进行任何创造性劳动的，这是极易被接受的普通的道理：而一个人（尤其是进行创造性劳动的人）如果永远处于自信状态而从来不发生自卑的心理，这个人的创造智慧将不仅得不到最好的发挥，反而会受到损害。道理也很简单，没有一定的自卑就不会有自省，更不会有刻骨铭心的自我批判，因而就很难找准自己新的创造目标和新的创造的起点。自卑未必不好，只是不要一味地自卑；自信是所有创造理想的前提性心理准备，然而自信也必须是经由反省之后重新树立的新的蜕变之后的自信。

当我在自卑的深谷进行几乎是残酷的自我反省再到自信的重新铸成，《白》的构思已经完成。更切近的对五十岁的感觉的危机，似乎还不在五十以后算不算老头老汉，而在于能否安全抵达五十。三年是一段不短的时间，春夏秋冬寒来暑往萌芽落叶的自然景象交替三次，所可设想的意外事件都可以不予计较，不予理会，包括生计都可以咬牙承受而不声不吭，唯一畏怯的是万一身体发生某种无计祈祷的灾变怎么办？那时的新闻媒体连续报道了几位中年知识分子英年早逝的消息给我造成了心理阴影。平心想来，人的生命里的神秘莫测的灾变的发生只是个常识性的存在，不单是中年知识分子英年夭亡者众，工人农民职员等各种职业的中年人死亡的数字，只是无人认真统计罢了。而五十岁上下属于危险年龄区段，据说是国际医学界的"最新研究成果"，被各类报刊的生活版反复转抄，无论真假都会造成一种心理影响。

我的固执和我的愚蠢既使我受害匪浅，也使我得益匪浅，受害多了也就没有了——道来的兴致，得益就得在可以做到不会发生听见风声便是雨的轻信。然而，危机的心理却是确确实实由此时产生了。我毕竟经历过几十年的创作，几十年的中国当代文学的风雨；也经历过几十年的社会风雨，几十年的属于自己的经验和体验。生活的体验和生命的体验，都警示着某种意外的可能性。这种可能性不管对我，对从事任何职业有着任何兴趣和追求的每一个生命都潜存着，仅仅只是有幸与不幸的莫可猜测臆断的事情。每个人都在企盼幸运永驻同时也逃避不幸，然而不幸每日每时都降临到那些熟识的或陌生者的头上。我的危机甚至恐惧心态的产生，便是对那些业已发生的不幸的畏怯，因为我还没有做成不幸突然发生到我身上时能够安慰自己的枕头。

当新的一年的艳丽的太阳把阴坡上的积雪悄悄融化的时候，对生理不幸的畏怯心理完全被汹涌着的创造欲望彻底扫荡了。把那种只属于自己的独特体验倾泻出来展示出来，自信那种生命的和艺术的深沉而又鲜活的体验只属于自己，强烈的创造的欲望既使人心潮澎湃，又使人沉心静气。当我在草拟本上写下第一行字的时候，整个心理感觉已经进入我的父辈爷辈老爷辈生活过的这座古原的沉重的历史烟云之中了。这是 1988 年 4 月 1 日。

三

北方乡村的冬夜寒冷而又漫长。然而在我即将跨上五十岁的这年的冬天，最深刻的记忆却是孤清。这是 1991 年的深冬。

我已经在这间小屋里的小圆桌上用笔爬行了四年。冬天里一只火炉夏天里一盆凉水，《白》中三代人的生的欢乐和死的悲凉都进入最后的归宿。我这四年里穿行过古原半个多世纪的历史的烟云，终于要回到现实的我了。掀开新的一页稿纸，便有一种"倒计时"的怦然。然而当每天的黑夜降临时，心里的孤清简直不可承受。

我的祖居的家园在一个不足百户人家的村子里。老祖宗选择这块南倚白鹿原北临灞河的风水宝地生息繁衍，在以纺车和石磨为生存的基本手段的农业社会是极富眼光的选择。有坡地有河川有水田，只要灞河不发生断流，河川里就不愁绝收，灞河水是滋润先辈血液的从未枯竭的乳汁。这里虽然距西安城区不足一小时的汽车里程，然而却是天然的偏僻，在兵荒马乱的年月倒是得天独厚少了一些骚扰（绝无桃源之境）。然而先祖们无法料知几百年后的子孙的生活前景，却因这个偏僻造成进步的滞缓和生活的诸多障碍。每一家的后院都紧紧贴着白鹿原的北坡，横亘百余华里的高耸而又陡峭的原坡遮挡了电视信号，我兴冲冲买来的电视机无论换上怎样灵敏的接收天线都无济于事，只能当作收音机收听每日的《新闻联播》……

即使在冰封大地万木萧瑟的冬天，只要不是漫天飞雪，农民们便不闲着，他们把鸡窝牛棚猪圈羊栏里的粪便挖出来，捣碎了再用独轮小车推到麦地或棉田里去，或者为小麦冬灌，或者为葡萄园松土翻地，或者挑着菜园里的冬菜去赶集，或者为已经成年的儿女选择配偶。忙是忙着，却是一种冬天里的自然的悠闲缓慢的做派，天黑吃罢夜饭就早早歇下了。整个村庄便沉寂下来，偶尔的几声狗吠之后愈加死寂。我在小桌的稿纸上折腾了一天，写作顺畅的欢悦和思绪不顺的忧烦都无法排解；又读不进去任何书，越是临近这部书稿的结束，越是不想读什么书了，也许是我有生以来阅读兴趣最低落的一个冬天。我似乎无法忍受那种挥斥不开的孤清。

我便在无边的孤清中走出屋院，走出沉寂的村庄走向原坡。清冷的月光把柔媚洒遍沟坡，被风雨剥蚀冲刷形成的奇形怪状的沟壑峁梁的丑陋被月光抹平了。我漫无目的地走着，走到一条陡坡下，枯死风干的茅草诱发起我的童趣。我点燃了茅草，由起初的两三点火苗哧溜哧溜向周围蔓延，眨眼就卷起半人高的火焰，迅疾地朝坡上席卷过去，同时又朝着东西两边蔓延；火势骤然腾空而起，翻跃着好高的烈焰；时而骤然降跌下来，柔弱的火苗舔着地皮艰难地流窜，我知道，那是坡地上枯草的薄厚制约着火焰的升跌；遇到茅草尤其厚实的地段，火焰竟然呼啸起来，夹杂着噼啪噼啪的爆响……我在这时候便忘记了一切，周身的血液也涌流起来，舞蹈着的火苗像万千猕猴万千精灵，孤清和寂寞顿然被野火驱逐净了，心里洋溢着畅美和恬静。

我坐在坡地上，点燃一支烟。

书稿就要写完了，最初的对于不幸的畏怯早已烟散了。不是最初设想的三年而是整整四年，因为纯粹的客观的因素而停止了两个冬天的写作，而秋天和冬天恰恰是我写作最适宜的习惯性时月，整个写作计划就拖迟了一年，我的耐性经受了锻炼。

这个时候，文坛上正在热烈地讨论文人要不要"下海"的新鲜话题。

我的眼前，可以辨识这儿那儿的一堆堆老墓和新坟。这个小小的村庄里的一代一代的男女死亡以后，他们的子孙邀集族人和乡党在山坡上挖掘墓坑，再把装殓到棺材的尸体抬上山坡埋进黄土，他们生前日夜煎熬着的事，由他们的儿子和孙子继续熬煎；他们平生累断筋骨力争着的生活理想，也只好交由儿子和孙子继续去力争；坡地上无以计数的老墓新坟里的那些到死也没有争取到生活理想的男女无法得知，他们的一代二代乃至八代子孙依然过着和他们一样的日子，甚至还保不住他们在世时的那两亩田地和两间旧房，时光在这不变的坡上和河川停滞了多久多久……

野火烧到了那面陡坡的坡顶，茅草断绝了，火焰也断断续续熄灭了。我又走下一道坡沟，掏出火柴，这条笔直的大沟再次出现腾起野火的壮观景致。

我在沟底坐下来，重新点燃一支烟。火焰照亮了沟坡上孤零零的一株榆树，夜栖在树杈里的什么鸟儿惊慌失措地拍响着翅膀飞逃了。山风把呛人的烟团卷过来，混合着黄蒿、薄荷和野艾燃烧的气味，苦涩中又透出清香。我又一次沉醉在这北方冬夜的山野里了，纷繁的世界和纷繁的文坛似乎远不可及，得意与失意，激昂与颓废，新旗与旧帜，真知与荒谬，谋算与投机，红脸与白脸，似乎都是另一个世界的属于昨天的故事而沉寂为化石了。

十年以前的这样的冬天，我有幸作为专业作家调入省作家协会搞专业创作。我办完了包括户籍和粮油供应等所有关系，同时也就决定回归老家；我得到了专业创作的机缘，感觉整个心理进入生存理想的最佳境地、最可心的状态；这个机缘于我的全部含义只有一点，往后的时间可以由我自由支配了。

我几乎同时决定回归家园，仅仅只是自我判断后的抉择。我的自我判断又基于比较清醒的自省，没有机会接受文学的专业训练，自修所得的文学知识带有很大的实用性和不可避免的残缺性，需要认真读书以弥补先天性不足，需要广泛阅读开阔艺术视野；我在乡村基层工作了整整二十年，我所经历的社会生活和我自己的精神历程，需要冶炼也需要梳理，再也不能容忍自己描摹生活的泡沫而把那些青春和血汗换来的生活积累糟践了。没有拯救作家的上帝，也没有点化灵感的仙人，作家只能依赖自己对生活对生命对艺术的独特而又独立的体验去创作，吵吵嚷嚷自我标榜结伙哄炒都无济于事，非文学因素不可能给文学帮任何忙，文学的事情只能依靠文学本身去完成。出于对文学的如此理解和对自己的弱项的解剖，便决定回到故园老家去，寻一方耳根清净之地去读书去练笔。

在祖居的老屋老老实实住下来，连自己也觉得不可思议。自小学五年级开始上寄宿学校到后来参加工作再到这次回归，整整三十年里，只有礼拜天和寒暑假在这个村子度过，三十年后蜗居老屋，重新呼吸左邻右舍的弥漫到我的屋院的柴烟，出门便是世居的族人和乡邻的熟识的面孔，听他们抱怨天旱了雨涝了太失公道的什么狗屁事啦……又是十年！到这一年的最后一个月份过去即将跨上1992年的元旦，我正好在这地理上的白鹿原北坡下的祖屋里生活了十年，小说由短篇写到中篇再写长篇，费时四年的书稿即将完成的怦然又发生了。哦！我终于把握住了属于自己的十年也拯救了自己的灵魂，迈进五十岁了。

四

孙康宜教授对我说的五十危机的理解显然有点误差。

尽管这样，反倒是这误差给了我一种启迪，关于五十的习惯性认识，老年年轮对人心理的某种威压，毕竟廓清了。我首当想到的是索尔兹伯里这位美国老头，八十岁时走完了中国工农红军长征之路，而且完成了《长征——前所未闻的故事》一书。这个壮举和这种创造活力，也应该是一个"前所未闻的故事"。八十岁的索氏敏捷的思维，理智而又深刻的论述，捕捉红军壮士个性细节的准确，对复杂的历史事件恰当而入微的剖析，令我感叹不已。应该说，这是我读到的写"长征"的最优秀的一部书，我曾经忍不住发出惊叹，闻名于世的"长征"，怎么让一位美国作家写成了，而且是一位八十高龄的老头。面对索氏，五十算是青年。于是，我对孙教授说："'五十开始'好。我来写一篇文章，就用这句话作篇名。"孙教授说："写出来一定寄我看看。"

在西安的几天时间里，孙康宜走东线看了秦始皇兵马俑、兵谏亭和杨贵妃的浴池，顺路在半坡参观了仰韶文化遗址；去西线参观法门寺、武则天陵和汉武帝陵园，又在杨贵妃的墓冢前久久伫立。抽空又在西安的大街小巷转悠了感受了。我没有作陪，司机给我说，这个孙教授是他所送往参观的客人中最用心最费时的一位，不停地问着记着。在半坡遗址的村落里，在杨贵妃硕大无朋的浴池旁和她被缢死的马嵬坡，在另一个女人——中国唯一一位女皇——高耸的陵墓前，孙教授感受到什么，无须揣测，任何人的任何感受都是合理的独立的。我只是觉得她早出晚归不知疲惫的劲头，整个就注释着她的五十开始的宣言。

最后一个参观景点是黄帝陵，我作陪。汽车驰过渭河，在渐次增高的缓坡上前进。从渭河平原到渭北高原过渡的层次一目了然，一方地域独有的气韵总是给人以独特的历史文化和现实格调的强烈感受，平原上的偌大的村落和高原区一排排窑洞，繁衍着延续着一个民族。从那平原上的村庄和高原上的窑洞里，曾经走出过一个又一个杰出的后生，有的甚至走进他们当时的封建政权的中枢，影响过当时的政局和时局。他们的最杰出的贡献和最生动的逸闻，依然在那些树木掩映泥泞遍地的村巷里流传，成为整个村庄整个县域内的子孙的骄傲，他们的精神和气性也就历经千年百年而依然流贯在乡民之中。我给孙康宜教授介绍说，历史上凡是有能力进入当时政权中的关中人，祸国殃民的奸佞之徒几乎数不出来，一个个都是坚辞硬嘴不折不摧的丈夫，这块土地滋养壮汉。孙教授说，试举一例。我说，太史公。若举二例，便有牛先生，他是《白》书里朱先生的生活原型……直到最近一次打电话来，孙康宜教授说她还想来西安，上次来时太匆促，短短几天的感受，反倒引发起更为强烈更为直接的欲望……末了竟然还追问："五十开始"的文章写出来了吗？

（1997 年 1 月）

六十岁说 *

四十五年前读初中二年级时，我在作文课上写下平生的第一篇短篇小说。这篇大约三千字的小说习作是第一次文学创作，不再同于此前作文的意义。我对文学创作的兴趣由此萌发。这种兴趣持续了四十五年，至今依旧新鲜而恭敬。即使"文化大革命"的时候，这种兴趣仍然没有转移或消亡，转变为一种隐蔽性的阅读。我说过我的人生的有幸和不幸，正是从在作文本上写作第一篇小说起始的：正是这一次完全出于兴趣性的写作，使文学成为我人生历程中的主题词。

近年来，多种媒体和多路记者几乎无一不问及我的人生感悟和文学创作的感悟。我也几乎无一例外地首先向他们解释，我不大使用感悟、悟道一类词，我喜欢启示，即人生历程中得到的启示，文学创作中思想和艺术的启示。正是这些启示，提升着我对历史和现

---

* 本文原载 2002 年 8 月 1 日《西安晚报》。

实的思想穿透能力，也提升着我对文学和艺术本真的体验，完成一次又一次理想创造。在这个漫长的艺术探索过程和人生历程中，有两次自我把握和两次反省成为关键性的选择和转折。

一次把握是在1978年之初，当中国文学复兴的春潮涌动的时候，我正在灞河水利工地任副总指挥。我在完成了家乡的这个工程之后离开了，调入文化馆。我那时候对我的把握是，文学创作可以当作事业来干的时代终于出现了。第二次把握是1982年。这一年我从业余写作进入专业写作。我曾在一篇文章中写到过当时的直接唯一的感觉，即进入我的人生最佳生存状态。我几乎在得到专业创作条件的同时，决定回归老家，一是静下心来回嚼二十年的乡村工作和生活，进入写作；二是基于对自己知识的残缺性的估计，需要广泛读书需要充实更需要不断更新，这都需要一个可以避免纷扰的安静环境来实现。我选择了老家农村。直到《白鹿原》完成，正好十年。这两次把握，一次是人生轨道的转换，一次纯粹属于自身生存环境的选择。

两次反省。一次是1978年秋天。当新时期文学如雨后春笋般从解冻的文坛发生时，我很鼓舞也很冷静。冷静是出于对自身具体情况的判断。我以为排除"文化大革命"中那些旧思想不难，而要荡涤自有阅读能力以来所接受的旧的非文学的观念不易。我选择了读书，借来了一些世界经典作家的经典作品，以真正的文学来摒弃思维和意识中的非文学观念，目的仅仅只有一点：进入文学的本真。这次反省大约持续了四个月，到1979年春天，我获得了文学创作和艺术表现的强烈欲望。我把文学当事业来干的行程开始了。

第二次反省发生在20世纪80年代中后期，即《白鹿原》写作的准备阶段。我那个时候的思维是最活跃的。尤其是文学创作理论中的人物心理结构学说，引发了我对自己以往创作的颠覆。自我的不满意以至自我否定，同时就孕育着膨胀着一种新的艺术创造理想。这种痛苦的反省完全是自发的，发生在《白鹿原》的准备和后来的整个写作过程中，这对我来说是一个关键。

多年以后的今天回过头来看，在人生的两个重要阶段上，我把握了自己，主要是以自身的实际做出的选择。在艺术追求的漫长历程中，在两个重要的创作阶段中，进行两次反省，对我不断进入文学本真是关键性的。如果说创作有两次重要突破，首先都是以反省获得的。可以说，我的创作进步的实现，都是从关键阶段的几近残酷的自我否定自我反省中获得了力量。我后来把这个过程称作心灵和艺术体验剥离。没有秘密，也没有神话，创造的理想和创造的力量，都是经过自我反省获取的、完成的。

仅仅在半月之前的一个上午，我完成一篇五千字的散文，在原下老家一个人兴奋不已。仅仅在十天前一个晚上，读完畅广元教授的一本文化文学批评专著，进入一种最欣慰的愉悦。四天前的那个下午，我写完一篇万余字的短篇小说，竟然兴奋不已。两天前的晚上，在参加杨凌文联成立的会场里，见到残疾人作家贺绪林，听说他的一部三十万字的长篇即将由人民文学出版社出版，我感动而又振奋，同样愉悦。这样，我几十年来不断重复验证自己，文学创作才是我生存的最佳气场。

直到我走进朋友们营造的这个隆重而又温馨的场合，我依然不能切实理解六十这个年龄的特殊含义，然而六十岁毕竟是人生的一个最重要的年龄区段。按照我们传统文化和传统习俗的意思，是耳顺，是感悟，是悟道，是忆旧的年龄。这也许是前人归纳的生命本身的规律性特征。我不可能违抗生命规律。但我现在最明确的一点是，力戒这些传统和习俗中可能导致平庸乃至消极的东西。我比任何年龄区段上更强烈更清醒的意识是，对新的知识的追问，对正在发生着的生活变化的关注。这既是作为一个作家的生命意义所在，也是我这个具体作家最容易触发心灵中的那根敏感神经的颤动的所在。

我唯一恳求希冀的，是拥有一个清醒的大脑。而今天所有前来聚会的朋友和我的亲人，就是怀着这样的意愿来和我握手的。

（2002 年 7 月 31 日　原下）

阅　　读

第一次借书和第一次创作 *

上到初中二年级，中学语文老师搞了一次改革，把语文分为文学和汉语两门课。汉语只讲干巴巴的语法，是我最厌烦的一门功课；文学课本收录的尽是古今中外的诗词散文小说名篇，我最喜欢了。

印象最深的一篇课文是《田寡妇看瓜》，一篇篇幅很短的小说，作者是赵树理。我学了这篇课文，有一种奇异的惊讶，这些农村里日常见惯的人和事，尤其是乡村人的语言，居然还能写文章，还能进入中学课本。这些人和事还有这些人说的这些话，我知道的也不少，我也能编这样的故事，写这种小说。

这种念头在心里悄悄萌生，却不敢说出口。穿着一身由母亲纺纱织布再缝制的对襟衣衫和大裆裤，在城市学生中间无处不感觉卑怯的我，如果说出要写小说的话，除了被嘲笑再不会有任何结果。我到学校图书馆去了，这是我平生第一次踏进图书馆的门，冲着赵

---

* 本文及以下七篇文章均见陈忠实等著《我的读书故事》，陕西人民出版社，2011年6月版。又见《陈忠实文集》（第9卷），人民文学出版社2015年版。

树理去的。我很兴奋，真的借到了赵树理的中篇小说单行本《李有才板话》，还有一本短篇小说集，名字记不得了。我读得津津有味，兴趣十足，更加深了读《田寡妇看瓜》时的那种感觉，这些有趣的乡村人和乡村事，几乎在我生活的村子都能找到相应的人。毫不含糊地说，这是我平生读的第一和第二篇小说。

我真的开始写小说了。事也凑巧，这一学期换了一位语文老师，是师范大学中文系刚刚毕业的车老师，不仅热情高，而且有自己一套教学方法。尤其是作文课，他不规定题目，全由学生自己选题作文，想写什么就写什么。这真是令我鼓舞，便在作文本上写下了短篇小说《桃园风波》，大约三四千字或四五千字。我也给我写的几个重要的人物都起了绰号，自然是从赵树理那儿学来的。赵树理的小说里，每个人都有绰号。故事都是我们村子发生的真实故事，农业生产合作社由初级转入高级，把留给农民的最后一块私有田产——果园也归集体，包括我们家的果园也不例外。在归公的过程中，发生了许多冲突事件，我依一个老太太的事儿写了小说。同样不能忘记的是，这是我写作的第一篇小说，已不同于以往的作文。这年我十五岁。

车老师给我的这篇小说写了近两页评语，自然是令人心跳的好话。那时候仿效苏联的教育体制，计分是 5 分制，3 分算及格，5 分算满分，车老师给我打了 5 分，在"5"字的右上角还附添着一个加号，可想而知其意蕴了。我的鼓舞和兴奋是可想而知的，同桌把我的作文本抢过去看了老师用红色墨水写的耀眼的评语，一个个传开看，惊讶我竟然会编小说，还能得到老师的好评。我在那一刻里，在城市学生中的自卑和畏怯得到缓解，涨起某种自信来。

我随之又在作文本上写下第二篇小说《堤》，也是村子里刚成立的农业社封沟修小水库的事。车老师把此文推荐到语文教研组，被学校推荐参加西安市中学生作文比赛评奖。车老师又亲自用稿纸抄写了《堤》，寄给陕西作家协会的文学刊物《延河》。评奖没有结果，投稿也没有结果。我却第一次知道了《延河》，也第一次知道发表作品可以获取稿酬。许多年后，当我走进《延河》编辑部，并领到发表我的作品的刊物时，总是想到车老师，还有赵树理的"田寡妇"和"李有才"。

（2007 年 12 月 10 日　二府庄）

在灞河眺望顿河

我准确无误地记得，平生阅读的第一部外国文学作品，是肖洛霍夫的《静静的顿河》。

我读初中二年级时，换来一位刚从大学中文系毕业的语文老师，姓车。他不仅让学生自选作文题，想写什么写什么，而且常常逸出课本，讲些当代文坛的趣事。那时正当"反右"，他讲了少年天才作家刘绍棠当了"右派"的事。我很惊讶，便到学校图书馆借来刘绍棠的短篇小说集《山楂村的歌声》，读得很入迷且不论，在这本书的"后记"里，刘绍棠说他最崇拜的作家是肖洛霍夫，我就从这儿知道了《静静的顿河》。捺着性子等到放暑假，我把四大本《静》借来，背回乡村家里。

我的年龄不够农业合作社出工的资格，便和伙伴们早晚两晌割草，倒不少挣工分。逢着白鹿原上两个集镇的集日，先一天后晌在农业社菜园虔了黄瓜、茄子、西红柿、大葱等蔬菜，天不明挑着菜担去赶集，一次能挣块儿八毛的，到开学就挣够学费了。割草卖菜的间隙和阴雨天，我在老屋后窗的亮光下，领略顿河草原的美丽风光，骁勇剽悍的格里高利和风情万种的阿克西妮娅。

小说里的顿河总是和我家门口的灞河混淆，顿河草原上的山冈，也总是和眼前的骊山南麓的岭坡交替叠映。我和伙伴坐在坡沟的树荫下，说着村子里的这事那事，或者是谁吃了什么好饭等等，却不会有谁猜到我心里有一条顿河，还有哥萨克小伙子格里高利和美丽的姑娘阿克西妮娅。我后来才意识到，在那样的年龄区段里感知顿河草原哥萨克的风土人情，对我的思维有着非教科书的影响，尽管我那时对这部书的历史背景模糊不清。我后来喜欢外国著作，应该是从这次《静》的阅读引发的。此后便基本不读"说时迟那时快"和"且听下回分解"的句式了。

书念到高中阶段，我在学校图书馆发现了肖洛霍夫的一本短篇小说集《顿河故事》，便借来读。平时功课紧张不敢分心，往往是周六回家时，沿着灞河河堤一路读过去，除了偶尔有自行车或架子车，不担心任何机动车辆撞碰。这部集子收录了大约二十篇短篇小说，一篇一个故事，集中写一个或两个人物，几乎都是顿河早期革命的故事，篇篇都写得惊心动魄。这是肖洛霍夫写作《静》之前的作品，可以看作练笔练功夫的基础性写作，却堪为短篇小说典范。

到 20 世纪 60 年代，我高考名落孙山，回到老家做乡村教师，确定把文学创作正经作为理想追求时，从灞桥区文化馆图书室借到肖氏的另一部长篇小说《被开垦的处女地》。小说写的是苏联搞集体农庄的故事，使我感到可触摸可感知的亲切，总是和我身在的农业合作社的人和事联系起来，设想把作品中的人物名字换成中国人的名字，可以当作写中国农业合作化的小说。

直到前几年，我才读了他的那篇超长短篇小说《一个人的遭遇》，算是把他的主要著作都拜读了。这是他最后一部影响深远的作品，写作这个短篇小说时的肖洛霍夫，从精神和心理气象上看，完全蜕变为一个冷峻的哲思者了，他完成了生命的升华。

（2008 年 1 月 17 日　二府庄）

一个空前绝后的数字

柳青长篇小说《创业史》的阅读，在我几乎是大半生的沉迷。

那是 1959 年的春天，我从报纸上看到，柳青新著长篇小说《创业史》，即将在《延河》杂志连载的消息，早早俭省下两毛钱等待着。我上到初三时，转学到离家较近的西安市十八中学，在纺织城东边，背馍上学少跑十多里路。当我从纺织城邮局买到泛着油墨气味的《延河》时，正文第一页的通栏标题是手书体的《稻地风波》（初定名），背景是素描的风景画儿，隐没在雾霭里的终南山，一畦畦井字形的稻田，水渠岸边一排排迎风摇动的白杨树，是我自小看惯了的灞河风景，现在看去别有一番盎然诗意。当我急匆匆返回学校，读完作为开篇的《题叙》，便有一种从未发生过的特殊的阅读感受洋溢在心中。

这个小说巨大的真实感和真切感，还有语言的深沉的诗性魅力，尤其是对关中人情的细腻而透彻的描写，不仅让我欣赏作品，更让我惊讶自己生活的这块土地，竟然蕴藏着可资作家进行创作的丰富素材。或者说白了，我所熟视无睹的乡村的这些人和事，在柳青笔下竟然如此生动而诱人。我第一次开始关注自己生活的这块土地。我几次忍不住走出学校大门，门外便是枣园梁上正待抽穗的无边的麦田，远处便是隐隐约约可见山峰沟岩的终南山，在离我不过四五十里地的神禾原下，住着柳青。我的发自心底的真诚的崇拜发生了。三年后，备受折磨的柳青获得"解放"，我在大厅里听柳青讲创作时，第一眼看见不足一米六个头、留着黑色短发的柳青，顿然想到我在枣园梁校门口眺望终南山的情景。三十四五年后的初夏时节，我和长安县的同志在柳青坟头商议陵园修建工程，眼见着柳青坟墓被农民的圈粪堆盖着，我又想到十七岁时在枣园梁上的眺望。

后来我到位于灞桥镇的西安三十四中学读高中。镇上的邮局不售《延河》，阅读中断了。随之得知巴金主编的《收获》一次刊发《创业史》，我托在西安当工人的舅舅买到了这期《收获》，给我送到学校，我几乎是置功课于不顾而读完了《创业史》（第一部）。我在该书发行单行本的时候，又托舅舅买了首版《创业史》。我对文学已经几乎入迷，对这部小说的反复阅读当是一个主要诱因。高中二年级时，我和班里几个喜欢文学的同学组织起学校的第一个文学社，办了一份不定期的文学墙报，自己发表自己的作品。

我后来进入社会，确定下来文学创作的人生命题，《创业史》便成为枕边的必备读物。1973年发表第一篇短篇小说时，许多人说我的语言像柳青。编辑把这篇小说送给柳青看，他把第一章修改得很多，我一句一字琢磨，顿然明白我的文字功力还欠许多火候。我后来到南泥湾劳动锻炼，除了规定必带的《毛选》，还私藏着《创业史》，在南泥湾的窑洞里阅读，后来不知谁不打招呼拿去了，也不还。我大约买了丢、丢了又买了九本《创业史》，这是空前的也肯定是绝后的一个数字。

（2008 年 1 月 18 日　二府庄）

关键一步的转折

　　我的人生道路的关键一步转折，发生在 1978 年的夏天，从工作了十年的人民公社（乡镇）调动到当时的西安郊区文化馆。

　　我当时正负责为家乡的灞河修建八华里的防洪河堤。在我们那个很穷的公社，难得向上级申请到一笔专项治理灞河的资金，要修筑一道堤面上可以对开汽车的河堤，在那个小地方，称得上是一项令人鼓舞的宏伟工程了。工程实际上是从 1977 年冬季开始的，我作为工程负责人，和七八个施工员住在灞河岸边一道红土崖下的一幢房子里，没有床也没有炕。从邻近的村子里拉来麦草铺在地上，各人摊开自己带来的被褥，并排睡地铺了。我那时候心劲儿很足，想一次解决灞河涨水毁田的灾害，尤其是给包括我的父母妻儿生活的村子在内大半个公社修建这样一个工程。为此，从早到晚都奔跑在各个施工点上。一个严峻的节令横在心头，必须在初夏灞河涨水之前，不仅要把河堤主体堆成，而且必须给临水的一面砌上水泥制板，不然，一场大水就可能把沙堤冲成河滩。工程按计划紧张地进行，4月发了一场大水，只是局部损伤，我的信心没有动摇。

到初夏时节，我在麦草地铺上打开一本新寄来的《人民文学》杂志。平时夜晚安排完明天的事儿，施工员们便下棋，或者玩当地人都喜欢玩的"纠方"游戏，我也是参与者。这一晚我辞谢了下棋和"纠方"，躺在地铺上看一篇小说，名曰《班主任》，作者是我从未听说过的刘心武。我在这篇万把字的小说的阅读中，竟然生出心惊肉跳的感觉，每一次心惊肉跳发生的时候，心里都涌出一句话：小说敢这样写了！请注意这个"敢"字。我作为一个业余写作者，尽管远离文学圈，却早已深切地感知到其中的巨大风险了。《班主任》竟然敢这样写，真是令我心惊肉跳。

我在麦草地铺上躺不住了。我走出门，不过50米就到了哗哗响着的灞河水边，撩水洗了把热烫的脸，坐在河石上抽烟，心里又涌出一句纯属我的感受来：文学创作可以当作事业来干的时候终于到来了。这是我从《人民文学》发表《班主任》这样的小说的举动上所获得的信号。我几乎就在涌出这句话的一刻，决定调离公社，目标是郊区文化馆。那儿的活儿比公社轻松得多，也有文学创作辅导干部的职位，写作时间很宽裕，正适宜我。即将完成河堤工程的6月，我如愿以偿到郊区文化馆去了。我的仍然属业余文学创作的人生之路开始了。

《班主任》在文学界的影响可谓深远。文学界先把其称为中国的"解冻文学"的先声，这是借用苏联20世纪50年代初一个文学现象的名词，随后又称其为新时期文艺复兴的发轫之作。其实，两种称谓的意思相近。一个时代开始了。我的人生之路也发生了关键一步的转折。

（2008 年 2 月 3 日　二府庄）

摧毁与新生

1982年5月，陕西作家协会在延安举行毛泽东《在延安文艺座谈会上的讲话》发表四十周年纪念活动，胡采主席亲自率领七八个刚刚跃上新时期文坛的陕西青年作家到延安去，我是其中之一。有一个细节至今难忘，胡采在杨家岭中央大礼堂外的场地上，给我们回忆当年他聆听毛泽东讲话的情景。我和几位朋友在一张大照片上寻找当年的胡采，竟然辨认不出来。最后还是由胡采指出那个坐在地上的年轻人，说是当年的他。相去甚远了。四十年的时光，把一个朝气蓬勃的小伙子变成了睿智慈祥的老头，我的心里便落下一个生命的惊叹号。

参加这次纪念活动的几个青年作家，各自都据守在或关中平原或秦岭山中或汉中盆地的一隅。平时难得相聚，参观的路上、吃饭的桌上就成为交流信息的最好平台。尤其是晚上，聚在某个人的房间，多是说谁写了一篇什么小说，多好多好值得一读。被说得多的是路遥，他的一个中篇小说即将在《收获》发表，篇名《人生》。这天晚上，大家不约而同聚到路遥房间，路遥向大家介绍了这部小说的梗概，尤其是说到《收获》责任编辑对作品的高度评价，大伙都有点按捺不住兴奋，便问到《收获》出版的确切时间，路遥说已经出刊了。记不清谁提议应该马上到邮局去购买。路遥显然也兴奋到恨不得立即看到自己钢笔写下的文字变成铅字的《收获》，还说他和邮局有关系，可以叫开门，便领着大家出了宾馆，拐了几道弯，走到延安邮局门口，敲门敲得很响，也敲得执拗。终于有一位很漂亮的值班女子开了门，却说不清《收获》杂志是否到货，便领着我们到业已关灯的玻璃柜前，拉亮电灯。我们把那个陈列着报纸杂志的玻璃柜翻来覆去地看，失望而归。

我已经被路遥简略讲述的《人生》故事所吸引，尤其是像《收获》这样久负盛名的刊物的高度评价，又是刊物头条发表，真有迫不及待的阅读期盼。我从延安回到文化馆所在地灞桥镇，当天就拿到馆里订阅的《收获》，几乎是一口气读完了这部十多万字的中篇小说《人生》。读完时坐在椅子上是一种瘫软的感觉，显然不是高加林波折起伏的人生命运对我的影响，而是小说《人生》所创造的完美的艺术境界，对我正高涨的创作激情是一种几乎彻底的摧毁。

连续几天，我得着空闲便走到灞河边上，或漫步在柳条如烟的河堤上，或坐在临水的石坝头，却没有一丝欣赏古桥柳色的兴致，而是反思着我的创作。《人生》里的高加林，在我所阅读过的写中国农村题材的小说里，是一个全新的面孔，绝不同于此前文学作品里的任何一个乡村青年的形象。高加林的生命历程里的心理情感，是包括我在内的乡村青年最容易引发呼应的心理情感。路遥写出了《人生》，一个不争的事实便摆列出来，他已经同包括我在内的这一茌跃上新时期文坛的作者拉开了很大的距离。我的被摧毁的感觉源自这种感觉，却不是嫉妒。

　　我在灞河沙滩长堤上的反思是冷峻的。我重新理解关于写人的创作宗旨。人的生存理想，人的生活欲望，人的种种情感情态准确了才真实。首先是真实的人的形象，是不受生活地域文化背景以及职业的局限，而与世界上的一切种族的人都可以完成交流的。到这年的冬天，我运用在反思中形成的新的创作理念，写成了我的第一篇篇幅不大的中篇小说《康家小院》，后来获得了《小说界》的首届文学奖。许多年后，我对采访的记者谈到农村题材的创作感受时说出一种观点：你写的乡村人物让读者感觉不到乡村人物的隔膜就好了。这种观点的产生，源自在灞河滩上的反思，是由《人生》引发的。

　　　　　　　　　　　（2008 年 2 月 11 日正月初五夜　雍村）

一次功利目的明确的阅读

　　在我的文学生涯中，阅读不仅占有很大的时间比例，而且是伴随终生的一种难能改易的习惯意识。即使在"文化大革命"年代，我的"地下式"的秘密阅读也仍然继续着。然而，几乎所有阅读都不过是兴趣性的阅读而已，增添知识，开阔视野，见识多种艺术风格的作品。只有一次阅读是怀有很实际具体甚至很功利的目的，这是20世纪80年代中期的一次阅读。

　　那时候我正在酝酿构思第一部也是唯一的长篇小说《白鹿原》，用了两年左右的时间。随着几个主要人物的成形和具象化，自我感觉已趋生动和丰满，小说的结构便很自然地突显出来，且使我形成一种甚为严峻的压力。这种压力的形成有主客两方面的因由，在我是第一次写长篇，没有经验自不必说，况且历史跨度大，人物比较多，事件也比较密集，必须寻找到一种恰当的结构形式，使得业已意识和体验到的人物能得到充分的展示；另外，在刚刚萌生这部小说的创作念头的时候，西北大学当代文学评论家蒙万夫老师很郑重地告诫我说，长篇小说是一个结构的艺术。他似乎担心我轻视结构问题，还做了一个形象化的比喻，长篇小说如果没有一种好的结构，就像剔除了骨头的肉，提起来是一串子，放下去是一摊子。我至今几乎一字不差地记着蒙老师的话，以及他说这些话时平静而又郑重的神情。当这部小说构思逐渐接近完成的时候，结构便自然成了最迫切也是最严峻的一大命题。

我唯一能做出的选择就是读书。我选择了一批中外长篇小说阅读。我的最迫切的目的是看各个作家是怎样结构自己的长篇，企望能获得一种启发，更企望能获得一种借鉴。我记得有 20 世纪 80 年代中期最具影响的两部长篇，一是王蒙的《活动变人形》，一是张炜的《古船》。我尤其注意这两部作品的结构方式，如何使多个人物的命运逐次展开。这次最用心的阅读，与最初的阅读目的不大吻合，却获得了一种意料不及的启发。这就是，每一部成功的长篇小说，都有自己风格独特的结构方式，而平庸的小说才有着结构形式上相似的平庸。我顿然省悟：从来不存在一个适宜所有作品的人物和故事展示的现成的结构框架，必须寻找到适宜自己独自体验的内容和人物展示的一个结构形式，这应该是所谓创作的最真实含义之一；我几乎同时也理顺了结构和内容的关系，是内容 —— 即已经体验到的人物和故事 —— 决定结构方式，而不是别的。这样，我便确定无疑，《白》必须有自己的结构形式，不是为了出奇一招，也不是要追某种流派，而是想建一个让白嘉轩、鹿子霖、朱先生们能充分展示各自个性和命运的比较自然而顺畅的时空平台。

小说出版许多年了，单就结构而言，也有不少评说，有的称为网状结构，有的称为复式结构，等等。多为褒奖的好话，尚未见批评。我一直悬在心里的担心，即蒙老师告诫的那种"一串子""一摊子"的后果避免了。我衷心感激已告别人世的蒙老师。

我也感慨那次较大规模又目的明确的阅读，使我获得了关于结构的最直接最透彻的启发。其实不限于长篇小说，其他艺术样式的创作亦是同理，实际已触摸到关于创作的最本质的意义。

（2008 年 5 月 3 日　雍村）

米兰·昆德拉的启发

　　米兰·昆德拉热遍中国文坛的时候，大约稍晚加西亚·马尔克斯几年。从省内到省外，每有文学活动作家聚会，无论原有的老朋友或刚刚结识的新朋友，无论正经的会议讨论或是三两个人的闲聊，都会说到这两位作家的名字和他们的作品，基本都是从不同欣赏角度所获得的阅读感受，而态度却是一样的钦佩和崇拜。谁要是没接触这两位作家的作品，就会有一种落伍的尴尬，甚至被人轻视。

　　我大约是在昆德拉的作品刚刚进入中国图书市场的时候，就读了《玩笑》和《生命中不能承受之轻》《生活在别处》等。先读的哪一本后读的哪一本已经忘记，却确凿记得陆续出版的几本小说都读了。每进新华书店，先寻找昆德拉的新译本，甚至托人代购。我之所以对昆德拉的小说尤为感兴趣，首先在于其简洁明快里的深刻，篇幅大多不超过十万字，在中国约定俗成的习惯里只能算中篇。情节不太复杂却跌宕起伏，人物命运的不可捉摸的过程中，是令人感到灼痛的荒唐里的深刻，且不赘述。更让我喜欢昆德拉作品的一个因由，是与马尔克斯《百年孤独》截然不同的艺术气象。我正在领略欣赏魔幻现实主义的兴致里，昆德拉却在我眼前展示出另一番景致。我便由这两位大家截然各异的艺术景观里，感知到不同历史和文化背景里的作家对各自民族生活的独特体验，以及各自独特的表述形式，让我对小说这种艺术形式发生了新的理解。用海明威的话说，就是要"寻找属于自己的句子"。这个"句子"不是指通常意义上的文字，而是作家对生活——历史和现实——独特的发现和体验，而且要有独立个性的艺术表述形式。仅就马尔克斯、昆德拉和海明威而言，每一个人显现给读者的作品景观都迥然各异，连他们在读者我的心中的印象也都个性分明。然是，无论他们的作品还是他们个人的分量，却很难掂出轻重的差别。在马尔克斯和昆德拉的艺术景观里，我的关于小说的某些既有的意念所形成的戒律，顿然打破了；一种新的意识几乎同时发生，用海明威概括他写作的话说就是"寻找属于自己的句子"。只有寻找到不类似任何人而只属于自己独有的"句子"，才能称得上真实意义上的创作，才可能在拥挤的文坛上有一块立足之地。

在昆德拉小说的阅读过程中，还有一个在我来说甚为重大的启发，这就是关于生活体验与生命体验的切实理解。似乎是无意也似乎是有意，《玩笑》和《生命中不能承受之轻》这两部小说一直萦绕心中。这两部小说的题旨有类似之处，都指向某些近乎荒唐的专制事项给人造成的心灵伤害。然而《玩笑》是生活体验层面上的作品，尽管写得生动耐读，也颇为深刻，却不像《生命中不能承受之轻》那样让人读来有某种不堪承受的心灵之痛，或者如作者所说的"轻"。我切实地感知到昆德拉在《生》里进入了生命体验的层面，而与《玩笑》就拉开了新的距离，造成一种一般作家很难抵达的体验层次。这种阅读启发，远非文学理论所能代替。我后来在多种作品的阅读中，往往很自然地能感知到所读作品属于生活体验或是生命体验，发现前者是大量的，而能进入生命体验层面的作品是一个不成比例的少数。我为这种差别找到一种喻体：生活体验如同蚕，而生命体验是破茧而出的蛾。蛾已经羽化，获得了飞翔的自由。然而这喻体也容易发生错觉，蚕一般都会结茧成蛹再破茧而出成蛾，而能由生活体验进入生命体验的作品却少之又少，即使写出过生命体验作品的作家，也未必能保证此后的每一部小说，都能再进入生命体验的层次。

（2008 年 5 月 6 日　二府庄）

阅读自己

　　一部或长或短的小说写成，那种释放完成之后的愉悦，是无以名状的。即使写一篇千字散文随笔，倾诉了自以为独有的那一点感受和体验，也会兴奋大半天。之后便归于素常的平静，进入另一部小说或另一篇短文的构思和谋划。到得某一天收到一份专寄的刊登着我的小说或散文的杂志或报纸，打开，第一眼瞅见手写在稿纸上的文字变成规范的印刷体文字，便潮起一种区别于初写成时的兴奋和愉悦的踏实，还掺和着某种成就感。如果没有特别紧要的事相逼，我会排开诸事，坐下来把这部小说或短文认真阅读一遍，常常会被自己写下的一个细节或一个词语弄得颇不平静，陷入自我欣赏的得意。自然，也会发现某一处不足或败笔，留下遗憾。我在阅读自己。这种习惯自发表散文处女作开始，不觉间已延续了四十多年，直到今天，仍然如此。

　　阅读自己的另一个诱因，往往是外界引发的。一般说来，对自己的作品，如上述那样，在刚发表时阅读一过，我就不再翻动它了，也成了一种难改的积习。有时看到某位评论家涉及我的某篇作品的文章，尤其是他欣赏的某个细节，我便忍不住翻开原文，把其中已淡忘的那一段温习一回，往往发生小小的惊讶，当初怎么会想出这样生动的描写，再自我欣赏一回。同样，遇到某些批评我的评论中所涉及的情节或细节，我也会翻出旧作再读一下，再三斟酌批评所指症结，获得启示也获得教益，这时的阅读自己就多是自我审视的意味了。我的切身体会颇为难忘，在肯定和夸奖里验证自己原来的创作意图，获得自信；在批评乃至指责里实现自我否定，打破因自信太久而形成的不可避免的自我封闭，进而探求新的突破。几十年的创作历程，回头一看，竟然就是这样不断发生着从不自信到自信，再到不自信，及至新的自信的确立的过程，使创作完成了一次又一次的新探寻。

有一件事记忆犹新。1978年是改革开放的标志性年份，也是被称作中国新时期文艺复兴的一个标志性年份。正是在这一年，我预感到可以把文学创作当作事业追求的时代终于到来了。1979年春夏之交，我写成后来获得全国第二届短篇小说奖的《信任》。小说先在《陕西日报》文艺副刊发表，随之被《人民文学》转载（当时尚无一家选刊杂志），后来又被多家杂志转载。赞扬这篇小说的评论时见于报刊，我的某些自鸣得意也难以避免。恰在这时候，当初把《信任》推荐《人民文学》转载的编辑向前女士，应又一家杂志之约，对该杂志转载的《信任》写下一篇短评。好话连一句都记不得了，只记得短评末尾一句：陈忠实的小说有说破主题的毛病（大意）。我初读这句话时竟有点脸烧，含蓄是小说创作的基本规范，我犯了大忌了。我从最初的犯忌的慌惶里稍得平静，不仅重读《信任》，而且把此前发表的十余篇小说重读一遍，看看这毛病究竟出在哪儿。再往后的创作探寻中，我渐渐意识到，这个点破主题的毛病不单是违背了小说要含蓄的规矩，而且既涉及对作品人物的理解，也涉及对小说这种艺术形式的理解，影响着作品的深层开掘。应该说，这是最难忘也最富反省意义的一次阅读自己。

这种点拨式的批评，可以说影响到我的整个创作，直到《白鹿原》的写作，应该是对"说破主题"那个"毛病"较为成功的纠正。我把对那一段历史生活的感受和体验，都寄托在白嘉轩等人物的身上，把个人完全隐蔽起来。《白》出版十余年来有不少评论包括批评，倒是没有关于那个"毛病"的批评。

我又得到了启示，作为作家的我，在阅读自己的时候，不宜在自我欣赏里驻留太久，那样会耽误新的行程。

（2008 年 7 月 10 日　二府庄）

卡朋铁尔的到来，和田小娥的跃现 *

　　促使我这回到蓝田查阅资料的因素如前所述，因为无意间瞅见蓝袍先生家那幢门楼里幽深的气氛，所引发的长篇小说写作的欲念，并因此而直接意识到我对生活了知的浮泛。长久以来，我很清醒，因为没有机会接受高等文科教育，所得的文学知识均是自学的，也就难以避免零碎和残缺；再加之改革开放前十七年的旧文艺政策所造成的封闭和局限，我既缺乏系统坚实的文学理论基础，也受限制而未能见识阅览更广泛的文学作品。新时期以来，偏重于这方面的阅读和补缺就是很自觉也很自然的事了。至于对生活的了解和体验，我向来是比较自信的。我生在农村长在农村。我在 1950 年入学识字。我看见过邻近的东西两个村子斗地主分田产的场面，我们村里没有一户够划地主成分的人家。我亲眼看着父亲把自家养的一头刚生过牛犊的黄牛，拉到刚刚成立的农业生产合作社的大槽上。到合

---

* 本文为《寻找属于自己的句子——〈白鹿原〉写作手记》一文的"之二"部分，原载《小说评论》2007 年第 4 期。

作社变公社吃大锅饭的时候，我亲身经历过从公社食堂打回的饭由稠变稀由多变少直到饿肚子的全过程。我由学校高考名落孙山回到村子，进入一个由三个小村合办的初级小学做民办教师，另一位是年近六旬的老教师。学校设在两个村子之间的平台上，两个人合用的办公室，是一幢拆除了不知哪路神灵泥像的小庙。教室旁边是生产队的打麦场。社员出工上地下工回家经过教室门口，嬉笑声议论声和骂架声常常传进教室。后来我调入公社办的农业中学，校址也在一个村庄的前头，四周是生产队的耕地，我看着男女社员秋天播种麦子夏天收割麦子、播种苞谷再到掰（折）苞谷棒子的整个劳动过程。再后来我被借用到公社帮助工作又调动到公社当干部，整整十年。十年里，我把公社大小三十多个村庄不知走过多少回，其中在几个村庄下乡驻队多至半年，男女老少都叫得出名字，谁家的婆媳关系和睦与否都知晓。直到我最后驻到渭河边一个公社，看着农民把集体畜栏槽头的牛骡拉回家去饲养，把生产队大块耕地分割成一条一块，再插上写着男人或女人名字的木牌，便意识到我在公社十年努力巩固发展的人民公社制度彻底瓦解了。

　　我对乡村生活的自信，不仅在于生长于兹，不仅是看着我的父亲怎样把黄牛归集体，而且我是作为最基层的一级行政管理干部，整整在其中干了十年，又把土地和牲畜分到一家一户。我有的不是旁观者的观察体验，而是实际参与者亲历的体验。我崇拜且敬重的前辈作家柳青，他在离我不过几十华里远的终南山下体验生活，连同写作《创业史》历时十四年，成为至今依然树立着的一种榜样。我相信我对乡村生活的熟悉和储存的故事，起码不差柳青多少。我以为差别是在对乡村社会生活的理解和开掘的深度上，还有艺术表述的能力。恰是在蓝袍先生家门楼下的一瞅一瞥，让我顿然意识到对乡村社会认识的浮泛和肤浅，尤其是作为标志的中华人民共和国成立以前的乡村，我得进入中华人民共和国成立以前已经作为历史的家乡，我要了解那个时代乡村生活的形态和秩序。我对拥有生活的自信被打破了。

大约在这一时段，我在《世界文学》上读到魔幻现实主义的开山之作《王国》，这部不太长的长篇小说我读得迷迷糊糊，却对介绍作者卡朋铁尔创作道路的文章如获至宝。《百年孤独》和马尔克斯正风行中国文坛。我在此前已读过《百年孤独》，却不大清楚魔幻现实主义兴起和形成影响的渊源来路。卡朋铁尔艺术探索和追求的传奇性经历，使我震惊，更使我得到启示和教益。拉美地区当时尚无真正意义上的文学，许多年轻作家所能学习和仿效的也是欧洲文学，尤其是刚刚兴起的现代派文艺，卡朋铁尔特意到法国定居下来，学习现代派文学开始自己的创作，几年之后，虽然创作了一些现代派小说，却几乎无声无响，引不起任何人的注意。他失望至极时决定回国，离开法国时留下一句失望而又决绝的话：在现代派的旗帜下容不得我。我读到这里时忍不住"噢哟"了一声。我当时还在认真阅读多种流派的作品。我尽管不想成为完全的现代派，却总想着可以借鉴某些乃至一两点艺术手法。卡朋铁尔的宣言让我明白一点，现代派文学不可能适合所有作家。更富于启示意义的是卡朋铁尔之后的非凡举动，他回到故国古巴之后，当即去了海地。选择海地的唯一理由是那是在拉美地区唯一保存着纯粹黑人移民风貌的国家。他要"寻根"，寻拉美移民历史的根。这个非洲移民子孙仍然保持着那份纯粹的海地，他一蹲一深入就是几年，随之写出了一部《王国》。这是第一部令欧美文坛惊讶的拉丁美洲的长篇小说，惊讶到瞠目结舌，竟然找不到一个合适的词来给这种小说命名，即欧美现有的文学流派的称谓都无法把《王国》框进去，后来终于有理论家给它想出"神奇现实主义"的称谓。《王国》在拉美地区文坛引发的震撼自不待言，被公认为该地区现代文学的开山之作奠基之作。一批和卡朋铁尔一样徜徉在欧洲现代派光环下的拉美作家，纷纷把目光转向自己生存的土地。许多年后，拉美成长起一批影响欧美也波及世界的作家群体，世界文坛也找到一个更恰当的概括他们艺术共性的名词——魔幻现实主义，取代了神奇现实主义。我在卡朋铁尔富于开创意义的行程面前震惊了，首先是对拥有生活的那种自信的局限被彻底打碎，我必须立即了解我生活着的土地的昨天。

　　我顿然意识到连自己生活的村庄近百年演变的历史脉络都搞不清。这个纯陈姓聚居只有两户郑姓却没有一户蒋姓的村庄为什么叫作蒋村；我的村子紧紧依偎着的白鹿原，至少在近代以来发生过怎样的演变，且不管两千多年前的刘邦屯兵灞上（即白鹿原）和唐代诸多诗人或行吟或隐居的太过久远的逸事；我生活的渭河流域的关中，经过周秦汉唐这些大的王朝统治中心的古长安，到封建制度崩溃民主革命兴起的 20 世纪之初，他们遗落在这块土地上的，不可能只有有鉴古价值的那些陶人陶马陶瓶陶罐，而传承给这儿的男人女人精神和心理上的是什么……我不仅打破了盲目的自信，甚至当即产生了认知太晚的懊悔心情，这个村庄比较有议事能力的几位老者都去世了，尤其是我的父亲，他能阅读古典小说也写得一手不错的毛笔字，是对陈姓村庄的渊源了解得最多的人之一，至于对我们家族这一门更是如数家珍。我后悔于年轻时常不在意他说那些陈年旧事和老祖宗的七长八短的人生故事，父亲已谢世了。我既想了解自己的村子，也想了解原上那些稠如瓜蔓叶子的村庄，更想了解关中。经过一番认真的考虑，我选择了蓝田、长安和咸宁三个县作为了解对象，只出于一点因由，这三个县包围着西安。咸宁县号称陕西第一邑，曾是我的家乡隶属的县，辛亥革命结束后撤销又合并到长安县了。正是西安四周的这三个县，当是古长安作为政治经济中心辐射和影响最直接的地区，自然也应该是关中最具代表性的地区了。我首先走进蓝田，当我打开《蓝田县志》第一卷的目录时，我的第一感觉是打开了一个县的《史记》，又是一方县域的百科全书。县志上分类记载了历史沿革，县域划界的伸缩变化（咸宁和长安多所变更名称，唯独蓝田自秦设县以后一直沿用到现在）；山川平原坡岭沟峪谷地，不仅有文字叙述，而且有图示；历代的县官名称简历和重要政绩，典型的三两位在调任离开时，沿路百姓蜂拥送行，跪拜拦轿者呼声震野；蓝田地域自古以来的名人，最响亮的是宋朝的吕氏四兄弟，先后都考中状元，都有文集著作，其中吕大临创造的哲学"合二而一"论，被杨献珍在20世纪60年代初发掘出来，遭到点名批评，形成一次关于"合二而一"与"一分为二"的哲学大辩论大批判运动。其时我刚刚从学校进入社会，在一所只有两名教师的初级小学任教，按上级指示，全乡（公社）的中小学教师开过专题批判会。我久久地注视着绵薄发黄到几乎经不起翻揭的纸页，一种愧疚使我无言，我在对"合二而一""一分为二"几乎无知的情况下也做过"表态"发言，现在近距离面对这位尊贵的哲学家乡党的时候，领受到真正的学问家对浅薄的讽刺，也领会到人类从哲学角度认识世界的漫长和艰难。这些县志还记载着本地曾经发生过的种种灾难，战乱、地震、瘟疫、大旱、奇寒、洪水、冰雹、黑霜、蝗虫等等，造成的灾难和死亡的人数，那些数以百万计的受害受难者的幽灵浮泛在纸页字行之间，尤其是看到几本"贞妇烈女"卷时，我意料不到的事发生了。

一部二十多卷的县志，竟然有四五个卷本用来记录本县有文字记载以来的贞妇烈女的事迹或名字，不仅令我惊讶，更意识到贞节的崇高和沉重。我打开该卷第一页，看到记述着××村××氏，十五六岁出嫁到×家，隔一两年生子，不幸丧夫，抚养孩子成人，侍奉公婆，守节守志，直到终了，族人亲友感念其高风亮节，送烫金大匾牌一幅悬挂于门首。整本记载着的不同村庄不同姓氏的榜样妇女，事迹大同小异，宗旨都是坚定不移地守寡，我看过几例之后就了无兴味了。及至后几本，只记着××村××氏，连一句守节守志的事迹也没有，甚至连这位苦守一生的女人的真实名字也没有，我很自然地合上志本推开不看了。就在挪开它的一阵儿，我的心里似乎颤抖了下，这些女人用她们活泼的生命，坚守着道德规章里专门给她们设置的"志"和"节"的条律，曾经经历过怎样漫长的残酷的煎熬，才换取了在县志上几厘米长的位置，可悲的是任谁恐怕都难得有读完那几本枯燥姓氏的耐心。我在那一瞬有了一种逆反的心理举动，重新把"贞妇烈女"卷搬到面前，一页一页翻开，读响每一个守贞节女人复姓姓氏——丈夫姓前本人姓后排成××氏，为她们行一个注目礼，或者说唱一首挽歌，如果她们灵息尚存，当会感知一位作家在许多许多年后替她们叹惋。我在密密麻麻的姓氏的阅览过程里头晕眼花，竟然产生了一种完全相悖乃至恶毒的意念，田小娥的形象就是在这时候浮上我心里的。在彰显封建道德的无以数计的女性榜样的名册里，我首先感到的是最基本的女人作为本性所受到的摧残，便产生了一个纯粹出于人性本能的抗争者、叛逆者式的人物。这个人物的故事尚无影踪，田小娥的名字也没有设定，但她就在这一瞬跃现在我的心里。我随之想到我在民间听到的不少浪荡妇女的故事和笑话，虽然上不了县志，却以民间传播的形式跟县志上列排的榜样对抗着……这个后来被我取名田小娥的人物，竟然是这样完全始料不及地产生了。

我住在蓝田县城里，平心静气地抄录着一切感兴趣的资料，绝大多数东西都没有直接的用处，我仍然兴趣十足地抄写着，竟然有厚厚的一大本，即一个硬皮活页笔记本的每一页纸抄了正面又抄背面，字迹比稿纸上的小说还工整。我说不清为什么要摊着工夫抄写这些明知无用的资料，而且显示出少见的耐心和静气，后来似乎意识到心理上的一种需要，需要某种沉浸，某种陈纸旧墨里的咀嚼和领悟，才能进入一种业已成为过去的乡村的氛围，才能感应到一种真实真切的社会秩序的质地。在我幼年亲历过的乡村生活的肤浅印象不仅复活了，而且丰富了。

我在这一年还写着中篇和短篇小说。在查阅县志和写作的间隙里，穿插着对我生活的这个村庄历史的了解。我找了村子里几位是我的爷辈的老汉，向他们递上一支雪茄烟。或在他们的家里，或在我的刚刚启用的写作间里，我让他们讲自己所记得的村子里的事，记得什么便讲什么。许是年岁太大记忆丧失，许是由于种种顾虑，谈得很浅，可以想到不是害怕已经逝去的歪人劣事，而是怕得罪他们活在村子里的后人。然而也不是没有收获，我和近门的一位爷爷交谈时，把范围缩小到他和我的这个陈姓的门族里。他约略记得也是从老人嘴里传下来的家族简史，这个门族的最早一位祖先，是一个很能干的人，在他手上，先盖起了这个陈姓聚居的村庄里的第一个四合院，积累囤攒了几年，又紧贴在西边建起了第二个四合院，他的两个儿子各据一个，后来就成为东门和西门。我是东门子孙无疑。到我略知火烫冰寒的年纪，我的东门里居住着两位叔父和我的父亲。西门人丁更为兴旺，那个四合院已经成为名副其实的八家院，这位说话的爷就是西门的。东门西门后来再未出现过太会经营治家的人，因为后人都聚居在这两个四合院里，没有再添一间新房，也就无人迁出老宅，直到 1949 年中华人民共和国成立。我在弄清家族的粗略脉络之后，这位爷爷随意说出的又一个人令我心头一颤。他说他见过我的爷爷，个子很高，腰杆儿总是挺得又端又直，从村子里走过，那些在街巷里在门楼下袒胸露怀给孩子喂奶的女人，全都吓得跑回自家或就近躲进村人的院门里头去了。我听到这个他描述的形象和细节，有一种无以名状的激动和难以抑制的兴奋。此前我已经开始酝酿构想着的一位族长的尚属模糊平面的影像，顿时就注入了活力也呈现出质感，一下子就在我构想的白鹿村的村巷、祠堂和自家门楼里踏出声响来；这个人的禀赋气性，几乎在这一刻达到鼻息可感的生动和具体了。也就在这一刻，我从县志上抄录的《乡约》，很自然地就融进这个人的血液，不再是干死的条文，而呈现出生动与鲜活。这部由吕氏兄弟创作的《乡约》，是中国第一部用来教化和规范民众做人修养的系统完整的著作，曾推广到中国南北的乡村。我对族长这个人物写作的信心就在这一刻确立了，至于他的人生际遇和故事，由此开始孕育。骑自行车或散步，吃饭或喝茶，在村里分给我的二分地上锄草、培土和浇水，或在小院里栽树植花，只要是一个人独处而又不着纸笔的环境里，白嘉轩这个族长的形象就浮现出来，连同他周围的那些他喜欢的敬重的或讨厌的不屑的人，逐渐清晰起来丰满起来，故事也由单线条到网络似的复杂起来，竟有两年多时间，一个怀得过久的胎儿。

我在断断续续的两年时间里，进入近百年前的我的村子，我的白鹿原和我的关中；我不研究村庄史和地域史，我清醒地知道，我要关注并尽可能准确地把握那个时代的人的脉象，以及他们的心理结构形态；在不同的心理结构形态中，透视政治的、经济的、道德的多重架构；更具妙趣的是，原有的结构遭遇新的理念、新的价值观冲击的时候，不同心理结构的人会发生怎样的裂变，当时这个或欢乐或痛苦的一次又一次过程，铸成不同人物不同的心灵轨迹，自然就会呈现出各个人物的个性来……我对以西安为“中枢神经”的关中这块土地的理解初步形成，不是史学家的考证，也不是民俗学家的演绎和阐释，而是纯粹作为我这个生于斯长于斯的子民作家的理解和体验。我把这种理解全部融注到各色人物中，几乎在此前（小说写成前）没有做过任何阐述和表白。到1990年初，在中断了半年写作，而重新进入写作氛围之时，我为我的家乡一本《民间文学集成》作的序文中，第一次比较透彻或直率地袒露了我对关中这块土地的理解和体验——“作为京畿之地的咸宁，随着一个个封建王朝的兴盛走向自己的历史峰巅，自然也不可避免随着一个个王朝的垮台而跌进衰败的谷底；一次又一次王朝更迭，一次又一次老帝驾崩新帝登基，这块京畿之地有幸反复沐浴真龙天子们的徽光，也难免承受王朝末日的悲凉。难以成记的封建王朝的封建帝君们无论谁个贤明谁个残暴，却无一不是企图江山永铸万寿无疆，无一不是首当在他们宫墙周围造就一代又一代忠勇礼义之民，所谓京门脸面。

封建文化、封建文明与皇族贵妃们的胭脂水、洗脸水一起排泄到宫墙外的土地上，这块土地既接受文明，也容纳污浊。缓慢的历史演进中，封建思想、封建文化、封建道德化为乡约、族规、家法、民俗，渗透到每一个乡社、每一个村庄、每一个家族，渗透进一代又一代平民的血液，形成一方地域上的人的特有文化心理结构。在严过刑法繁似鬃毛的乡约、族规、家法的桎梏之下，岂容哪个敢于肆无忌惮地呼哥唤妹倾吐爱死爱活的情爱呢？即使有某个情种冒天下之大不韪而唱出一首赤裸裸的恋歌，不得流传便会被掐死；何况禁锢了的心灵，怕是极难产生那种如远山僻壤的赤裸的情歌的。"

　　这应该是我正在写作《白鹿原》时的最真实的思绪的袒露。我的白嘉轩、朱先生、鹿子霖、田小娥、黑娃以及白孝文等人物，就生活在这样一块土地上，得意着或又失意了，欢笑了，旋即又痛不欲生了，刚站起来快活地走过几步又闪跌下去了……

（2007 年）

枕头，垫棺作枕 *

　　我到长安县查阅县志和党史文史资料的时候，正是暑热的 8 月。同在蓝田县一样，只有供销社开办的唯一一家旅馆，而且客住已满，只有一个套间空着，日租金 12 元。我尚未反应过来，协助我来住店的当地一位作家朋友扭过头就朝门外走去。我以为发生了什么事，急走出门赶上他，尚不及我问，他就气嘟嘟地说："啥房子嘛就要十二块，杀人哩！"我放心了，原猜疑他是不是遇见什么不友好的人哩，却是嫌房价太高。其实，我也觉得房价高，还想再交涉一下，能否调出一间普通单间来，不料他比我还倔。他便领我到紧贴着县城的乡村，说那里有农民开办的家庭旅社，很便宜。走过大街进入一个村子，再走进挂着写有旅舍二字的一个农家院子，在主人引领下上了简易单面二层楼，楼梯是用粗钢棍焊接而成的，房间有木板床和一张桌子，还有脸盆和热水瓶，倒也可以，我在自家屋里也就

---

*　本文为《寻找属于自己的句子（连载二）——〈白鹿原〉写作手记》一文的"之三"部分，原载《小说评论》2007 年第 5 期。

是这几样必备的东西，价位每天只收两元钱。就在我要放下背包准备入住于此的时刻，突然想到夜晚如厕的问题。主人指着楼下院子拐角的一个小厕所。我顿时就打了退堂鼓，我喜欢喝水，晚上往往要起来排泄两次，担心对于那个钢棍楼梯，我很可能在睡意朦胧时踩空，再说从楼上到楼下再到院角那个厕所来回跑一趟，肯定会弄得睡意全消无法再度入睡。且不说安全之类。我便说服我的朋友，重新回到旅馆，住了下来。这是20世纪80年代中期的住宿消费水准。十年不过，且不说大城市，即使在长安县城，一日收费几百乃至千元的宾馆已经司空见惯，我经过的日租金12元的价位不单成为历史，而且成为令今人诧异的笑话。我每当到长安开会住宿在某个宾馆，总是想到当年在长安旅馆住宿的事，说给朋友，年轻人当作不可思议的笑话，同龄朋友便有恍若隔世之叹，其实不过是十年八年的事。

这应该是我平生第一次入住的套间房，倒有些不适的慌惶，每有熟人朋友来，也都无一例外地惊讶一番其豪华享受，我也随意解释几句。我到县资料馆去借阅县志，因为有了在蓝田的经历，对于"一次只能借阅一本看完再换"的政策，不仅再无异议，而且很为这种负责的精神感动了。我便小心地翻揭那些太薄太软的纸页，摘抄其中有用的资料，然后小心翼翼地用报纸包裹起来，送回县资料馆，再换一本来，每天在县城里往返跑路，腿上的劲儿一直很足。

有天晚上，一位不速之客到来，令我受宠若惊，竟是长安县委书记。这是一位浓眉大眼十分俊气的年轻人，不过三十出头，据说是陕西省当时最年轻的一位县委书记。他说他听某人说我住在他的辖地长安，也说到他读过我的某些小说，便来看望我，看看有什么问题和困难需要帮助解决。我记不得当时说没说一次只能借一本县志的困难，第二天再去换借的时候，资料馆的同志把一摞县志都交给我了，我倒真有点为其安全而操心而感到负担了。县委书记和我谈到文学，也问及是不是有新的大部头的创作计划，我隐瞒了查阅县志和资料的真实意图，只是轻描淡写地说道想了解自己脚下本土的历史渊源。我没有说明想写长篇小说的意图，是不想张扬，也是不敢张扬尚无完全把握的事，更是属于长期养成的一种写作的心理习惯。一篇或长或短的小说，在画上最后一个标点符号之前，我是不习惯说给人听的。我经历过这样的场景，有作家朋友有了重要的创作意图约一位或几位朋友交谈，听取意见，开拓自己的思维，完善小说构思，避免写成之后的缺陷和遗憾。我不是固执到盲目自信不愿听取好的思路，也不是怕被"偷走"（曾经风闻过此类丑闻），而是纯粹属于个人的习惯使然。我在多年前也曾怀着虔诚的愿望，把正在谋划着的小说说给同代作家朋友，虽然听到确可采纳的建设性意见，却发生了始料不及的心理反应，即在我道出了小说构思之后，到开笔写作时，那种写作的强烈欲望变得不太强烈了，对这篇小说的新鲜感减弱了，甚至弄得兴趣消退以至感到索然无味，竟放弃了这篇小说的写作。这样的现象出现过三两次以后，我才面对自己反省出一个道儿来，未动笔之前的"说"，实际上是撒了气儿，撒了气儿也就绽了劲儿，创作的欲望创作的新鲜感都减弱了。如同蒸馍馍，成熟之前是不能揭开锅盖的，只有添柴烧火，达到上足气，才能蒸出好吃的馍来。后来我就把想写的小说憋着，反复酝酿，直到觉得可以动手时才铺开稿纸，直到写完，竟成了一种难以改易的写作习惯。

这习惯也有被打破的时候。就在长安县旅馆刚住下时，有一位年轻作家来访，公开身份是《长安报》编辑记者。这个小过我十多岁的人留给我的第一印象是坦诚不雕，也有点肆无忌惮，近二十年后还继续着这印象，自然由不太适应到基本适应了。我珍重交往里的真诚就容忍人个性里的某些偏颇，更在于对虚伪和谎话的恐惧。对这个自取"下叔"笔名的年轻作家，很快就发展到可以既说文学也说生活世象了。他几乎每晚都来旅馆和我聊天。关中人把聊天叫作谝闲传，把聊一聊说成谝一谝。他这天晚上来，我们又谝上了，还喝着啤酒。我已经意识到他在用语言技巧套引我尚不成熟的小说构思。许是酒力促使，许是对这个年轻朋友的信赖，我说到一些想法，却难深入。许多话因年深事远而模糊，唯有一句话后来留给我们两人。

啤酒喝到令人有点张扬时，他似有不解地问，而且鼻梁上皱着结儿颇为认真，话的大意是：按说你在农村生活工作二十多年，生活积累该是雄厚的了，写个什么样的长篇都用不完。只有他反问的话我至今记着原话："你用得着到长安摊时间下功夫查资料？你到底想弄啥（干什么）？"我在他有点咄咄逼人的问询里也没有回避，便坦诚相告："我想给我死的时候有一本垫棺作枕的书。"他大概有点意外，随之无言。我也不再啰唆。两人相对一阵沉寂。

这是我当时最真实的心态。这心态发生在基本确定要写这部长篇并着手做准备事项的时候。这部尚未成形的小说，让我开始感觉到不同于以往中篇小说的意义，是已经意识到的历史内涵和现实内涵，尽管还在深化着这种意识和体验。另外便是我几乎同时就划算着的粗略的写作计划，写成正式稿时可能就接近或超过五十岁了，记不清哪一天算计到这个令人顿生畏惧的生命数字时，我平生第一次意识到生命短促的心理危机，几乎一生缠绕于心的文学写作，还没写出真正让自己满意的作品，眼看着就要进入乡村习惯上的老汉的标志性年龄了。由此而引发出我对以前创作的自我反省，不是因为社会等外部世界的刺激而迫使发生的，更非文学界评价高了低了诱导发生的，纯粹是由生命年轮即将碾过五十大关时几近悲壮的轮声催发出来的。我把自己关在小屋子里，抽烟喝茶，回顾了自初中二年级在作文本上写下第一篇小说以来的人生历程和写作经历。我发觉我第一次摆脱掉或近或远的文坛，而使自己面对文学；第一次发生了不再关注我的哪部（篇）小说评价高了或低了，包括曾经获得各种奖项也得意过好一阵子的小说；我处的文坛上的冷暖亲疏以及不可或缺的是是非非，也在那个反省过程中散淡了，于我没有切实的价值和意思了；我的刚刚形成的一个致命的心结，竟然是如果突然身体发生绝望性异变，单凭已出版的那几本中、短篇小说集用作垫棺的枕头，我会留下巨大的遗憾和愧疚；我现在的心结聚集到一点，凝重却也单纯，就是为自己造一本死时可以垫棺作枕的书，才可能让这双从十四五岁就凝眸于文学的眼睛闭得踏实。

这完全是指向自己的一次反省，使我对创作这种劳动有了更进一步的理解，它只能倚重作家自己对社会历史和现实理解的深刻程度，生活体验到生命体验的独自发现的独特性和普遍性，自然还有艺术体验，包括语言叙述的选择。这些决定作品成色，也决定作品成败的因素，除了自己之外，谁能充当拯救者的角色？只要稍微留意一下那些名著巨作的作家的写作历程，就会把那些与创作没有关系的非文学因素看轻了淡远了，只指向自己。这样的反省，既完成了对文学创作的新的层面的理解，也完成了一次心理奠基，进入一种前所未有的沉静状态的心境。

　　一年后，下叔为《陕西日报》写的一篇千字的人物通讯里，提我和他在长安旅馆夜谈时说的"枕头"的话，没有多少反响。时过五年之后，《白鹿原》发表于《当代》，接着由人民文学出版社出版发行之后，青年作家雷电对我做了一次采访，写了一篇六七千字的文章，其中说到"枕头"之作，这句话才传播开来。我至今倒颇为安慰，这个垫棺的枕头的创作心理，不是狂妄的高端指向，而是为着自少年时代就迷恋着的文学的本心的。我和下叔每有机缘相聚时，偶尔还会提到长安旅馆那一夜的闲谝，竟有恍如隔世之感，又如同发生在昨夜，连自己都捋不清记忆了。

（2007 年）

难忘 1985，打开自己 *

1985 年，在我以写作为兴趣，以文学为神圣的生命历程中，是个难以忘记的标志性年份。我的写作的重要转折，自然也是我人生的重要转折，在我今天回望的感受里，是在这年发生的。

这年的 11 月，我写成了八万字的中篇小说《蓝袍先生》。这部中篇小说与此前的中、短篇小说的区别是，我一直紧紧盯着乡村现实生活变化的目光转移到 1949 年以前的原上乡村，神经也由紧绷绷的状态松弛下来；由对新的农业政策和乡村体制在农民世界引发的变化，开始转移到人的心理和人的命运的思考，自以为是一次思想的突破和创作的进步。还有一点始料不及的是，由《蓝袍先生》的写作勾引出长篇小说《白鹿原》的创作欲望。

这年的最后一个月的最后十天，我随中国作家代表团出访泰国。这是我第一次走出国门，为此置备了一套质地不错的西装。当我第

---

*　本文为《寻找属于自己的句子（连载三）——〈白鹿原〉写作手记》一文的"之五"部分，原载《小说评论》2007 年第 6 期。

一次穿上西装打上领带站在穿衣镜前自我端详，也自我欣赏的时候，我的脑海里浮出蓝袍先生来。这是我在一个月前刚刚写成的中篇小说《蓝袍先生》里的主要人物，其中有个我自己很欣赏的细节，他穿了许多年的蓝色长袍，从旧社会的教书先生一直穿到走进人民共和国的一所新式教师进修学校，在同学的讥笑声中脱下了作为封建残余标志的蓝装，换上了象征着获得精神解放的"列宁装"。我脱下穿了几十年的四个兜中山装再换上西装的那一刻，切实意识到我就是刚塑造完成的蓝袍先生。我在解析蓝袍先生的精神历程、揭示心理历程和人生轨迹时，也在解析自己：我以蓝袍先生为参照，透视自己的精神禁锢和心灵感受的盲点和误区，目的很单纯也很专注——打开自己。

人生的每一个年轮都会发生大大小小许多事，过去了也就过去了，无论好事或者挫折的事，对人尔后的经验积累和人生体验，都有益处。而几件难忘的事完全是毫无意识地凑到一起，事后回嚼起来发现如此的奇妙。正当我以一种强烈的自觉意识希求打开自己的时候，中国作家协会通知我随团访问泰国。到泰国首都曼谷机场时已是傍晚，在机场完成礼仪性会见仪式再乘车驶上高速公路，我被河流一样的汽车车灯吓得不知所措。不仅我这个乡下人第一次看到这奇观异景，随团的几位北京作家也连连发出惊叹。还有一个细节至今记忆犹新，参观曼谷一家超市时，郑万隆让我和他合作做一项社会调查，他数往这边过来的顾客四十人，让我数往那边走去的顾客也数四十人，有男也包括女，看看能有几个人穿着相同式样和颜色的衣服。结果是他没有看到，我也没有看到服装完全一样的两个人。这个细节之所以比泰国那些保存完美的古典宫殿还要使我记忆深刻，在于它赋予一个时代的讽刺性标征太明显了。大约就在 1985年前一年，胡耀邦同志在某次重要的中央会议上，穿戴着整齐的西装领带，示范给与会的各位党政领导人，身体力行倡导穿西装。西装和中山装已经成为思想解放和思想保守的时代性标志。我写《蓝袍先生》，就是在这种处处都可以感受到生活正在发生的激烈而又广泛的深层冲突中引发思考触动灵魂也产生创作欲望的。我那时候把这种过程称作"精神剥离"。

　　我生活周围的乡村人有一句自我嘲弄的卑称，相对见多识广也富裕文明的城市人，把自己称作"乡棒"，由此演绎出许多"乡棒"的笑话。我在曼谷超市大楼上被五颜六色的各种式样的服装搞得眼花缭乱的那一刻，确凿意识到，不仅我是"乡棒"，教我观察服装的北京作家郑万隆也是"乡棒"。面对世界，1985 年的中国人大都是"乡棒"。胡耀邦同志倡导各级党政领导脱下中山装换上西装领带，应该是换一种思想，也换一种思维方式的符号，强烈地要改变中国"乡棒"的形象，进入世界充当角色。作为作家，我在泰国看到的生活世相，恰好吻合了我当时的心态，这儿的人是以这样的形态生活着，这就足以让我开了眼界了——打开自己。

　　我更迫切也更注重从思想上打开自己，当然还有思路和眼界。这肯定与我业已发生的新的创作内容有关系，即在此前两三个月产生的长篇小说的内容。1986 年的清明过后，我去蓝田县查阅县志和党史文史资料，开始关注我脚下这块土地的昨天。我同时也开始读一些非文学书籍，这种阅读持续了两年，直到我开笔起草《白鹿原》初稿，才暂且告一段落。我印象深的有两本书，一本是号称日本通的一个美国人赖肖尔写的《日本人》，让我颇为惊悚。我曾在十四年前与评论家李星的对话中较为充分地阐述了惊悚引发的思考，不再重述。倒是这种惊悚之后关于历史和现实的态度进入一种较为理性的沉静，对于我所正在面对的白鹿原百年变迁的生活史料的理解，大有益处，甚至可以说至关重要。我在惊悚之后进入这样一种状态，"所有发生过的重大事件都是这个民族不可逃避的必须要经历的一个历史过程，所以我便从以往的那种为着某个灾难而惋惜的心境或企图不再发生的侥幸心理中跳了出来"。这部书让我了解了明治维新前后的日本，正好作为我理解中国近代史一个绝好的参照；始料不及的意外收获，让我看取历史理解生活的姿态进入理性境界。另一部书名为《兴起与衰落》。这是青年评论家李国平推荐给我读的，他大约听闻我在查阅西安周围几个县历史资料的举动，让我读一读他已读过且以为很有见解深度的这本书。这是研究以古长安为中心的关中历史的书，尽管历史教科书向每一个读过中学的人普及了长安曾经的几度辉煌，然而作者对这块土地上的兴盛和衰落的透彻理论，也给我认识近代关中的演变注入了活力和心理上的自信。同样在与李星的对话里也谈到这一点，"当我第一次系统审视近一个世纪以来这块土地上发生的一系列重大事件时，又促进了起初的那种思索进一步深化而且渐入理性境界，甚至连'反右''文化大革命'都不觉得是某一个人偶然判断的失误造成的或是失误的举措了。所有悲剧的发生都不是偶然的，都是这个民族从衰败走向复兴复壮过程中的必然。这是一个生活演变的过程，也是历史演进的过程"。这是我那时候的真实感受，是给我以可靠感觉的阅读文本，帮我打开了禁封的自己。

　　我集中阅读了一批文学书籍，主要是长篇小说，意图也很明确：

需要更进一步在艺术上打开自己。实际上我的艺术视野在新时期以来是不断扩展的，每一本有独到性的长篇小说乃至某一篇优秀的短篇小说，都在起着打开艺术眼界的效果。我向来是以阅读实现创作的试验和突破的。印象最深的是作为新时期文艺复兴的标志性的1978年的夏天，我确信文学创作可以当作一项事业来干的时代到来的时候，要求从行政部门调到西安郊区文化馆。这年秋天，我在文化馆一间废弃的房子支了一张床，把墙上用粗笔写的黑墨字用报纸糊起来，把吊在空中的顶棚重新搭好，我就开始坐下读书。1978年冬天还找不见新翻译小说，我在文化馆图书室把所有的契诃夫和莫泊桑的短篇小说搜出来，坐在那间只有一张旧桌子一把旧椅子和一张床的房子里阅读。这大约是我一生中读书心境最好的一次。最重要的一点，我在此时确定下来一个尚不敢张扬的人生志愿，要当一个作家。我在"文化大革命"前一年刚刚发表散文处女作，到"文化大革命"的时候，仅仅发表过六七篇散文，还有诗歌、快板。那时候能在报刊上发表作品的业余作者远远比不得现在这样多，尽管我自己很鼓舞，却也能掂出自己那些小文的分量，还不敢确信自己能成为一个作家。作家柳青和王汶石就在离我不远的西安，是我顶礼膜拜的人，他们才是作家。等不得我有创作的新发展，也等不得我有当作家的雄心壮志产生，"文化大革命"把我最切实、也最平庸的能发点文章就不错的好梦也打碎了。到"文化大革命"后几年，被赶出作家协会院子的作家和编辑得到指令，从陕南陕北关中几处劳动改造的乡村回到西安，组建陕西省文艺创作研究室（不许复旧作协名称），创办一本文学杂志《陕西文艺》（不许复旧《延河》），老作家惊魂未定，大多数没有动手写作，用心偏重于培养"工农兵"

业余作者。我从 1973 年到 1976 年的四年里，写了四篇小说，还有一些散文。短篇小说处女作被改编为电影，后来留下笑柄。这几篇小说都演绎阶级斗争，却也有较为浓厚生动的乡村生活气氛，当时颇得好评。尽管如此，我也没有做过当作家的梦，依旧认真地在当时的西安郊区一个公社里"学大寨"。我把这几年的写作自嘲为"过瘾"，大约只有我深知自己的这种写作感受。我真喜欢写作，如同酒鬼的酒瘾和烟民的烟瘾，我一年写一篇短篇外加几篇生活速写或散文，就是要过一过文字表述的"瘾"，最大的安慰就是在杂志和报纸发表出来的时候，看着被铅印的自己的名字，有某种自我欣赏的愉悦。那时候取消了稿酬，没有一分钱的实际利益，写作又是最冒风险的事，一句话写不好就会有"帽子"扣过来，就形成只想"过瘾"、不做作家梦的清醒而又矛盾的状态。

现在想当作家了，我当时能想到的切实举措就是读书。我那时想从短篇起步，就读契诃夫和莫泊桑。我一边关注着新的文学观点，重心却在这两位大家的作品的阅读感受，是驱逐排解以往接受的非文学因素的最有效的办法。我在契诃夫与莫泊桑之间又选定莫泊桑，把他小说集里我最喜欢的十数篇作为精读的范本。房子里生着火炉，我熬着最廉价的砖茶，从秋天读到冬天直读到春节，整个沉浸在阅读的愉悦之中，没有物质要求，也不看左凉右热的脸，是一种最好的读书心境。到 1979 年的春节过后，我在依然凛冽的寒风里感受到春的骚动，开始涌动起写作的欲望。这一年，我写了近十篇小说，《信任》获得全国短篇小说奖。此前一年冬天围着火炉阅读，不仅从旧的文艺禁锢下得到拯救和重生，而且开始形成自己，也成为我创作道路上的一次深刻的记忆。现在看，当是第一次打开自己。

我在七八年后又发生了这种迫切的阅读欲望。我在《白鹿原》创作苗头出现以后，突然意识到以往阅读长篇小说太粗心了，竟然没有留心解读它们的结构。《白》的主要人物重大情节和一些我自以为得意的重要细节基本确定以后，如何把已经意识到的内容充分合理地表述出来，结构就成为横在眼前的首要难题。我尊敬的西北大学教授蒙万夫老师，得知我想写长篇小说之后，十分关切，不止一次郑重告诫我，长篇小说是一个结构艺术。其实在我不单是一个结构问题，我既想见识各种长篇小说的结构方式，也想看看各路作家的语言选择，甚至如何开头和结尾才恰到好处。我已十分切近地感到某种畏怯，第一次写长篇，人物和内容又那么多，时间跨度也那么大，写砸了就远不是某个中篇或短篇不尽如人意所可类比。阅读以开阔眼界，同时也在完成心理调整，排除畏怯心理，树起自信来。

　　我先后选择了十多部长篇作为范本阅读。我记得有《百年孤独》，是郑万隆寄给我的《十月》杂志上刊发的文本，读得我一头雾水，反复琢磨那个结构，仍是理不清头绪，倒是忍不住不断赞叹伟大的马尔克斯，把一个网状的迷幻小说送给读者，让人多费一番脑子。我便告诫自己，我的人物多情节也颇复杂，必须条分缕析，让读者阅读起来不黏不混，清清楚楚。我读了王蒙的《活动变人形》和张炜的《古船》，这是那两年先后出版的两部深得好评的长篇小说。在我的印象里是新时期文艺复兴刚刚开端的长篇小说创作，一出手就把长篇小说创作推到一个标志性的高度。我读这两部长篇小说时，完全不同于《百年孤独》的感受，不是雾水满头而是清朗爽利。《活动变人形》呈现一种自然随意的叙述方式，结构上看去不留太讲究的痕迹，细看就感到一种大手笔的自由自在的驾驭功夫，把人物的现在时和过去时穿插得如此自然自如。我在《古船》的阅读中却看到完全不同的结构方式，直接感知到一种精心设计的刻意。我又一次加深体验了我说过的话：想了解一个作家的最可靠、最直接的途径，就是阅读他的作品。《古船》和《活动变人形》对近代和当代生活的叙述，就显示着张炜和王蒙的不同质地和个性，这且不多论。我在这两部小说阅读中得到的关于结构的启示，不单是一个方式方法问题，更是如何找到合理结构的途径的问题；不是先有结构，或者说不是作家别出心裁弄出个新颖骇俗的结构来，而是首先要有对人物的深刻体验，寻找到能够充分表述人物独特的生活和生命体验的恰当途径，结构方式就出现了。这里完成了一个关系的调整，以人物和内容创造结构，而不是以先有的结构框定人物和情节。我必须再次审阅我的人物。

这时候刚刚兴起的一种研究创作的理论给我以决定性的影响，就是"人物文化心理结构"学说。人的心理结构主要由接受并信奉不疑且坚持遵行的理念为柱梁，达到一种相对稳定乃至超稳定的平衡状态，决定着一个人的思想质地、道德判断和行为选择，这是性格的内核。当他的心理结构受到社会多种世相的冲击，坚守或被颠覆，若不能达到新的平衡，人就遭遇深层的痛苦，乃至毁灭。我在接受了这个理论的同时，感到从以往信奉多年的"典型性格"说突破了一层，有一种悟得天机、茅塞顿开的窃喜。我自喜欢上文学创作，就知道现实主义的至为神圣的创作目标，是塑造典型性格的人物；我从写第一篇小说就实践着典型性格人物的创作，短篇小说和中篇小说都在做着这种努力；我已经写过几十篇短篇小说和七八部中篇小说，却没有一个人物能被读者记住，自然说不上典型了。我曾经想过，中国古代几部经典小说塑造的张飞、诸葛亮、曹操、贾宝玉、王熙凤、林黛玉、孙悟空、猪八戒等典型人物，把中国人的性格类型概括完了，很难再弄出新的典型性格来；我也想到新文学，仅就性格的典型性而言，大的只有阿Q和孔乙己。我自然想到我的这部长篇小说，几十万字写出来，如果不能给读者留下一两个性格显明的人物，读者读完便什么都忘了，我写它的必要性还有多大？且不敢妄想"典型性"。我在窥得天机似的接受"人物文化心理结构"说之后，以为获得了塑造《白》的人物的新的途径，重新把正在酝酿着的几个重要人物从文化心理结构上再解析过滤一回，达到一种心理内质的准确把握，尤其是白嘉轩和朱先生，还有孝文和黑娃，他们坚守的生活理念和道德操守，面对社会种种冲击和家庭意料不及的变异，坚守或被颠覆，颠覆后的平衡和平衡后的再颠覆，其中的痛苦和欢乐，就是我要准确把脉的心灵流程的轨迹。我已树立起一个信念，把自以为对这些人物的心灵轨迹心理脉象把准了，还能有恰当确切的叙述文字，这些人物的内在气质和个性应当是立体的。为了实现从这条途径刻画人物的目的，我给自己规定了一条限制，不写人物的外貌肖像，看看能否达到写活人物的目的。这样，我的思路明晰了，也单纯，就是从人物各个不同的心理结构下笔，《白》书的结构框架也脉络清晰水到渠成了。我在和李星的对话里说过："最恰当的结构便是能负载全部思考和所有人物的那个形式，须得自己去设计，这便是创造。"

我至今记着1985年的一个细节。这年早春3月，中国作协在河北涿县召开"农村题材创作"研讨会。我在赴京的火车上和由北京赴涿县的汽车上，看到河北平原寒凝大地的凋残景象，一望无际的越冬小麦的垄畦里，看不到一丝绿色，贴在冻结的地皮上的麦苗的叶子，一抹被冻死风干的黄色，我顿然意识到不同于我的家乡关中冬天的严酷了。在关中，在我的祖居和现居的白鹿原下的河川道，即使数九天里，小麦的叶子只不过稍微变成深灰，却仍然是绿的底色。3月的河川和原坡，已经是一派葱茏的返青的麦苗了，柳树已蓬勃着一派淡绿浅黄的柔和诗意。我第一次领略到河北平原的3月，是这样一番不堪的景致，虽然颇多惊诧，却毫不影响我参加这次会议的兴致。我感动于中国作协对以农村题材写作为主的作家的关心，召开这样一个专题研讨会，起码给我提供了一个难得的机会，可以听取那些在农村题材创作上成就卓著的老作家的经验，也可以了解新时期在农村题材创作上出手不凡的年轻作家的创作思路，还有涉及农村题材创作诸多话题的种种见解，我可以开眼界扩展思路和视角，对往后的创作肯定只有益处。我只是一个聆听者，一个虔诚的聆听者，这是我起程赴会时就自我确定的姿态和心态。我一次不缺参加分组讨论和大会发言，都是倾心真诚地聆听各路新老作家的见解，即使完全相对相悖的看法，我都认真听取，在我的脑子里过滤、判断和选择。我至今留下的印象，这是难得的一次有质量的会议，讨论的话题已不局限在农村题材，很自然地涉及整个文学创作，即20世纪80年代中期文学创作的现状和走向。其中现代派和先锋派的新颖创作理论有如白鹭掠空，成为会上和会下热议的一个话题。记得是在大会安排的发言中，我听到路遥以沉稳的声调阐述他的现实主义创作主张，结束语是以一个形象比喻表述的："我不相信全世界都成了澳大利亚羊。"

那个时候刚刚引进来澳大利亚优良羊种，正在中国牧区和广大乡村推广，路遥的家乡陕北地区素来习惯养羊，是陕西推广澳大利亚羊的重点地区。他借此事隐喻开始兴起的现代派和先锋派创作，却没有挑明直说；他只说自己崇尚并实践着的现实主义写作方法，自然归类于陕北农民一贯养育着的山羊了。我坐在听众席上听他说话，沉稳的语调里显示着自信不疑的坚定，甚至可以感到有几分固执。我更钦佩他的勇气，敢于在现代派先锋派的热门话语氛围里亮出自己的旗帜，不信全世界只适宜养一种羊。我对他的发言中的这句比喻记忆不忘，更在于暗喻着我的写作实际，我也是现实主义写作方法坚定的遵循者，确信现实主义还有新的发展天地，本地羊也应该获得生存发展的一方草地。然而，就现实主义写作本身，尽管我没有任何改易他投的想法，却已开始现实主义写作各种途径的试探，这从近两年的中短篇小说，尤其是中篇小说的写作上可以看出变数。1985 年早春的涿县会议使我更明确了此前尚不完全透彻的试探，我仍然喜欢现实主义创作方法，但现实主义写作方法必须丰富和更新，寻找到包容量更大也更鲜活的现实主义。

　　我随后便以自觉的意识回看自己的现实主义写作历程。这是1985 年最活跃的文学创作氛围冲击下获得的自觉。我自然会想到柳青和王汶石，他们对渭河平原乡村生活的描写，不仅在创作上，甚至在纯粹欣赏阅读的诗意享受上，许多年来使我陷入沉醉。1974 年我到南泥湾"五七"干校锻炼，规定要带"毛选"，我悄悄私带了一本《创业史》，在窑洞里度过了半年，那是一种纯粹的欣赏性阅读。这两位作家对我整个创作的影响，几乎是潜意识的。我的早期小说，有人说过像柳青的风格，也有人说沾着王汶石的些许韵味。我想这是自然的，也是合理的，当年听到时还颇为欣慰，能让评论家和读

者产生这种阅读感觉，起码标志着不低不俗的起步的基点。到了
1985 年，当我比较自觉地回顾包括检讨以往写作的时候，首先想到
必须摆脱柳青和王汶石。我曾在一篇文章里写到过这段经历，概括
为一句话说：一个业已长大的孩子，还抓着大人的手走路是不可思
议的。还有一句决绝的话：大树底下好乘凉，大树底下不长苗。这
是我那段时间反省的结论。在之后酝酿构思《白》书的两年时间里，
想要形成独立的自己的欲念已经稳固确立，以自己的理解和体验审
视那一段历史。但有一点我还舍弃不了，这就是柳青以"人物角度"
去写作人物的方法。

　　不同的作家有不同的写作人物的方法，有的是全知的叙述或描
写，有的是作家自己的视角和口吻，等等。柳青的"人物角度"写
作方法，是作家隐在人物背后，以自己对人物此一境况或彼一境遇
下的心理脉象的准确把握，通过人物自己的感知做出自己的反应。
我曾经一直实验着这种方法。我在 1985 年获得并决定接纳"人物文
化心理结构"说的跃跃欲试的兴奋情境里，似乎很自然地把柳青的
"人物角度"写作方法联想起来。我较长时月里虽然都在使用这种方
法，总是苦于把握不准"人物角度"，或者留下生硬的痕迹，难得
如柳青那样自然熨帖。我这时才意识到，"人物角度"只是现实主
义写作的一种方法，这个方法谁都可以用，用得好用得不好，或者
说能否显示这种写作方法独具的艺术效力，关键还在作家对自己要
写的人物深度理解上，一个本身没有多少思想负载的人物，单凭某
种写作方法是无法为其增加分量和深度的。我也就豁然开朗，我可
以使用"人物角度"的写作方法，而关于历史和现实生活的理解和
体验，只能由自己发生，这是无法借助别人或通过教授所能获得的。

关于20世纪前五十年的生活体验生命体验，自以为是新鲜的独立的；对那些已经酝酿着的人物的"文化心理结构"的把握，顿然确信获得了从"人物角度"写去的自由。在后来的写作中，自我感觉果然比较自如，在人物直接出场的行为中，我以"人物角度"描写他们；在人物不直接出场纯由作者叙述的篇章，我也能比较自如地以"人物角度"进行叙述；描写和叙述都从"人物角度"得以实现。我以为真正的要领在于通过对"人物文化心理"的把握，获得描写和叙述的自由。"人物文化心理结构"说，在20世纪80年代中期令人难忘的思想和学术的活跃氛围里，似乎还没有形成轰动效应，大约是学术味太偏浓的缘故，我却有幸领教了也接纳了，而且直接进入创作实验了。我便想到，谁接受什么，拒绝什么，也是因谁的具体个案而决定取舍的。我说不清我为什么接纳"人物文化心理结构"说，要说还是一句大实话、大白话，觉得它有道理，有道理就可以信赖，就对自己认识世界认识生活以及正在努力着的写作具有启示意义，自然就信服了。而我确切地感知到这是一次重要的、非同一般的启示。

我想到阅读《百年孤独》的情景。我是在《十月》上读到这部名著的。这部小说和作家马尔克斯风靡中国，一直持续到今天，新时期以来任何一位获得诺贝尔文学奖的作家和作品，在中国文坛的影响都无法与其相比。我随后看到中国个别照猫画虎式的模仿，庆幸我在当初阅读时的感受和判断，尚未发昏到从表面上去模仿，我感受到马尔克斯的《百年孤独》是一部从生活体验进入生命体验之作，这是任谁都无法模仿的，模仿的结果只会是表层的形式的东西，比如人和动物的互变。就我的理解，人变甲虫人变什么东西是拉美民间土壤里诞生的魔幻传说，中国民间似乎倒不常见。马尔克斯对拉美百年命运的生命体验，只有在拉丁美洲的历史和现实中才可能发生并获得，把他的某些体验移到中国无疑是牛头不对马嘴的，也是愚蠢的。我由此受到的启发，是更专注我生活的这块土地，这块比拉美文明史要久远得多的土地的昨天和今天，企望能发生自己独自的生活体验，尚无把握能否进入生命体验的自由境地。在形式上，我也清醒地辞谢了"魔幻"，仍然定位自己为不加"魔幻"的现实主义。这道理很简单，我所感知到这块土地的昨天和今天，似乎没有人变甲虫的传闻却盛传鬼神。我如果再在中国仿制出人变狗或变虾鱼的细节来，即使硬撑着顶住别人的讥讽，独处时也会为这种低能而羞愧的。我确信中国民间的鬼神传闻在本质上不同于魔幻，不单是一句批判意义上的迷信，尽管其发生和传播的一条原因在于科学的缺失，然而仍含着不尽的文化也应是中国某些人"文化心理结构"的一个构件，即使是小小的不起眼的一件。我自幼接受的第一件恐惧事象不是狼而是鬼。天黑之后我不敢去茅房，四周似乎都有鬼的影子。即使在我已经做了乡村教师之后，还是在路过有孤坟的一段村路时由不得起鸡皮疙瘩。我在未识字前的最丰富生动的想象力，就集中体现在对鬼的千姿百态的描绘上。我对神却是一片迷糊，从来没有想象出一幅神的图像来。在《白》书的构思里，有几处写到闹鬼情节，却不是为了制造神秘魔幻，而是出于人物自身的特殊境遇下的心理异常。鹿三杀死小娥后就发生了行为举止失措的变化，这是仅仅出于鹿三这个人独具的文化心理结构，按他的道德信奉和善恶观，无法容忍小娥的存在；然而出于同样的文化心理结构，杀人毕竟不是拔除一根和庄稼争水肥的野草，在一时"义举"之后就陷入矛盾和压迫，顺理成章就演绎出小娥鬼魂附体的鬼事来……我少年和青年时期，不下十回亲眼看见乡人用桃条抽打附着鬼魂的人身上的簸箕，连围观的我都一阵阵头皮发紧发凉。有论家说我在《白》书中的这些情节是"魔幻"，我清楚是写实，白鹿原上关于鬼的传说，早在"魔幻"这种现实主义文学传入之前几千年就有了，以写鬼成为经典的蒲松龄，没有人给他"魔幻"称谓；鲁迅的《祝福》里的祥林嫂最后也被鬼缠住了，似乎没有人把它当作"魔幻"，更不必列举传统戏剧里不少的鬼事了；我写的几个涉及鬼事的情节，也应不属"魔幻"，是中国传统的鬼事而已……

真是难忘的 1985。我在文学艺术的各种流派新潮的涌动里，接纳并实验了我以为可以信赖的学说，打开了自己；我在见识各种新论的时候，吸收了不少自以为有用的东西，丰富了自己；我也在纷繁的见识中进行了选择，开始重新确立自己，争取实现对生活的独自发现和独立表述，即寻找属于自己的句子。

（2007 年）

朱先生和他的"鏊子说" *

　　朱先生是这部长篇小说构思之初最早产生的一个人物。或者说，《白鹿原》的创作欲念刚刚萌生，第一个浮到我眼前的人物，便是朱先生。原因很简单也很自然，这是这部长篇小说比较多的男女人物中，唯一一个有比较完整的生活原型（即生活模特）的人物。

　　朱先生的生活原型姓牛，名兆濂，是科举制度废除前的清朝最末一茬中举的举人。我在尚未上学识字以前就听到这个人的诸多传闻。传闻里的牛先生是人更是神，他的真实名字民间知之甚少，牛才子的称谓遍及乡间。我父亲是牛才子的崇拜者。那时我刚到能够解知人事的年龄，每年秋收时会收获很多苞谷棒子，堆在大房的明间里，高过人头的一大堆，晚上点着昏昏暗暗的煤油灯，一家人围看苞谷堆子剥苞谷穗子上的黄皮，干不了多大一会儿我就打盹了。父亲便讲《三侠五义》，讲《薛仁贵征东》，讲"包文正刀铡陈世

---
*　　本文原载《唐都学刊》，2011 年第 2 期。

美"，似乎都止不住我的瞌睡。父亲又讲牛才子的神话，说他站在院子里观测满天星斗，便能断定明年种何种作物会获得丰收；一个丢了牛的村民求到他的门下，牛才子掐指一算，便指出牛走失后的方位，循此途径果然找到了牛，如此等等。我听得津津有味兴趣陡涨，忍不住连连发问。父亲也回答不了，只说牛才子眼力通天。这个带着神秘色彩的牛才子，从童年起便成为我一个永久性的生活记忆。

我后来上了学，从小学念到高中毕业，接受的是中华人民共和国教育体制规定的内容，其中包括常识性的辩证唯物主义哲学，也包括无神论。从我粗浅的理论认识到心理感受的真实性上说，在高中时期就接受并信服了这些哲学观点，不仅不信神不信鬼，连掐八字算卦也觉得是毛鬼神的无聊瞎说了。这样，对于被父亲神化了的牛才子的那些传闻里的神秘色彩，很自然地就淡释了。我相信牛才子是一个学问家，因为文举人不是轻而易举可以获得的。在我的简单推理中，一个学问太高太深的牛才子，他的言论和行为，他对社会事象的看法和对日常俗事的判断，在文盲占百分之九十以上的乡村人群的眼里，是很难被理解的。理解不了便生出神秘感，以至演变到神话，还有一个心理崇拜为基础。我在此前几十年里，没有搜集过牛才子的资料，更说不到研究，印象仍然停留在父亲所讲述的那个浅层面上。"文化大革命"初起时，我听到一则传闻，牛才子的墓被发掘后，人们发现墓道暗室用未经烧制的泥砖箍砌，使生产队指望用挖出的墓砖砌井的打算落空。传闻又一次把牛才子神化了，说他死前就料定会被人掘墓，故意不用成砖而用未烧制的砖坯箍了墓室。我听到这个被传得神乎其神的事，信与不信已不在判断要点，倒是觉得给沉寂多年的牛才子又添了一则神话。

这是截止到 20 世纪 80 年代中期《白》书创作欲念萌发时，有关朱先生的生活原型牛才子的全部资料记忆。当这个人物成为《白》书构思里第一个浮出的形象时，我的畏怯心理同时就发生了，这个牛才子的影响太广泛了，我把他写得让人感到不像或歪曲怎么办？没有生活原型的人物尽由我去刻画塑造，读者尽可以指点写得好与不好，却不存在像与不像的事，而朱先生所依赖的牛才子的原型，就构成一个像与不像的很具体的压力，乃至威胁。揣着这样的畏怯心理，我走进蓝田县档案馆，怎么也料想不到的意外惊喜发生了，我借到手的《蓝田县志》，是牛才子牛兆濂先生作为总撰编写完成的，是蓝田县在中华人民共和国成立前最后一个版本的县志，也是牛兆濂谢世前的最后一部作品，是由他挂帅和八个编者共同完成的一部完整的《蓝田县志》。

且不赘述查阅这部县志的诸种收获，只说和牛才子相关的一件事，也是意料不及的重大惊喜。牛总撰编撰家乡《蓝田县志》的总体指导思想，是严格而又严密的史家笔法，一种纯客观的文字叙述，稍触及便能感觉得到。我发现写到近代蓝田的史实时，尤其作为县志附录的"民国纪事"篇时，对县域内发生的重大事件，在用客观的史家笔法记述之后，牛总撰加了几则类似于"编者按"的小段文字，表述的是牛总撰自己对这些社会或生活事件的看法。读到牛总撰的这几则"编者按"式的附言，我兴奋得忍不住心颤，一个被神化了的牛才子剥除了神秘的虚幻的光环，一个活生生的可触可感的牛才子站在我的眼前。我可以感知到他眼里的神光，也能感知到他出气吸气的轻重缓急，以及沉静里的巨大愤怒。我感到我已切住了牛才子的脉象。我对以他为生活原型的朱先生写作的畏怯心理，就在这一刻被排除，涨起自信和强烈的欲望来。

我后来还搜集到牛才子一些真实事件，其中对我震撼最大的一件事，是他联合了南方北方几位旧知识分子，在上海一家发行量最大的报纸上发表抗日宣言（他称日寇为倭寇），响应者众，可见他的影响绝不局限于关中。他不仅发言立誓抗击日寇侵略，而且身体力行，要到山西中条山抗战前线去，走到潼关正待过黄河时，被部队派人力劝强拉回来。在民族和国家的危亡时刻，牛才子疾恶如仇的骨气品格，真可谓惊天地泣鬼神。民间传闻里的神秘神话的色彩，已是荡然无存，一个铮铮铁骨的老知识分子，巍然如山立在我的眼前。我常常于傍晚时分站在家门前的灞河堤岸上，眺望河北边七八华里远的一道黄土高崖，高崖下有一个小小的名曰新街的村子，是牛先生生身和归葬之地。我和他的地理距离不过七八华里，一种天然的亲近把历史时序的距离缩小到几近于无，自然还在于崇敬仰慕基础上的心理贯通。

牛才子是程朱理学关中学派的最后一位传人，是对关中学派的继承和发展有重要建树的一位学人。关中学派的创始者张载，有四句宣言式的语录流传古今：为天地立心，为生民立命，为往圣继绝学，为万世开太平。无论做学问，无论当官从政，这样的抱负和这样的胸襟，至今读来仍令我禁不住心跳血涌。从这四句语录就可以感知关中学派的精髓，也就可以更深刻地理解我的灞河北岸的老乡牛才子的精神内质了。我也就可以更切近地理解他冒着生命危险劝说企图反扑已经"反正"（辛亥革命）了的西安的清兵总督，也就理解了他以耄耋之躯亲赴抗日前线驱逐倭寇的举动。然而，到20世纪之初及至30年代，辛亥革命和中国共产党领导的革命兴起的时候，关中学派的某些具体理念的局限难以适应新的社会潮流，在牛才子身上也很难回避。他坐馆的书院曾经影响甚远，红火时曾有韩国留学生，然而书院很快冷落，弟子走失。先后有西安和蓝田两家新兴学校聘他为师，他都不能适应而告辞，回到书院编起了县志。我努力理解他在这个急骤的社会革命浪潮里的心态，他的超稳定的心理结构面临种种冲击时的痛苦，等等。

我以牛先生为生活原型，创作了朱先生。朱先生已不再等同于牛先生。道理属于创作常识，前者是生活真人，后者是一个艺术形象；艺术形象从精神心理上已摆脱了生活原型的局限和束缚，给作者以再创造的绝对而宽阔的自由空间，把作者的理解和体验浇铸进去，成为我的"这一个"。

对于朱先生这个人物，我的态度是不做任何注释，由读者和评论者去审判。这也不光是我对朱先生这个人物的态度，而是我对《白》小说里所有人物的态度。事实是，《白》书发表出版十五年来，我基本不做作品人物的解释，只在对某一些访谈提问时偶有涉及。令我感佩的是，大量的评论文章对包括朱先生在内的几乎所有人物都有甚为精到的解析和评说，有些甚至超出了我的期待。自然，也免不了一些令我意料不到的评论视角，包括个别误读，我基本能保持平静的心态，当作一种观点来看取，也有鉴示的意义。我在这里想说一下朱先生的"鏊子说"，算是坚守十五年不做人物阐释的一次破例。

我在蓝田查阅县志和许多史料时，看到一些老革命回忆当年"农民运动"的文章，大为震惊。渭南地区的华县和华阴县，是陕西农民运动的中心，运动开展的广泛程度和卷入的农户人数，当是北半个中国闹得最红火的地区，与毛泽东在湖南发动的"农民运动"

遥相呼应。尚不属于渭南中心地区的蓝田县，绝大部分村子都成立了"农民协会"，建立了农民武装，包括地理上的白鹿原地区。我在中学语文课上学习毛泽东《湖南农民运动考察报告》时，更多地领受毛泽东看取这场运动的独立观点，以及他生动而雄辩的文字，至于那场农民运动本身，已经是遥远的过去，又是发生在遥远的南方。几十年后我突然感到一种切近的冲击，竟然忍不住心跳，就在我的生身之地白鹿原上，曾经发生过如此红火的乡村农民革命运动。

我家住在白鹿原北坡根下，出门便上坡上原，我到原上蓝田辖区的集镇赶过集，到几个大村看过壮观的社火和秦腔戏剧演出，却从来没有听说过六十年前那些大村小寨曾经发生过的轰轰烈烈的"农民运动"。我在手抚那些资料时感慨连连，自言自语着一句调侃的话：渭南地区的农民运动就规模和人数而言，不比湖南差多少，只可惜没有人写出一篇类似毛泽东的"报告"，竟然无声无息被历史淡忘了。这场运动骤起骤灭，国共合作破裂之后，"农民运动"遭到残酷的镇压，反动派习惯上被称为"还乡团"。报复性镇压的残酷性是不难想象的。《白》书写了这个过程。朱先生在他的白鹿书院里，也听到杀伐的声音，嗅到了血腥气儿，说了一句话："白鹿原成了一个鏊子啦。"正是朱先生的这句"鏊子说"，发生了一些误解和误读。恕我不再重复赘述那些误读误解的话。

"鏊子"，是朱先生面对白鹿原上"农民运动"被残酷镇压时的一个比喻。鏊子是北方乡村烙锅盔烙煎饼的铁制炊具。我在写到朱先生面对原上正在发生的"还乡团"的报复事件时，很自然地让他说出这个比喻来。或者说，是我意识里的朱先生自己说出的这个颇为形象的喻体。我曾谈到过，我以人物的文化心理结构把握我正在写作的各个男女人物，朱先生是我体验较深也自以为把握较准的一个重要角色。以他的文化所架构的心理形态，面对白鹿原上"农民运动"骤起骤灭的现实，说出"鏊子"的比喻，表示着他的看法和判断，这是作者我所严格把握的朱先生这个人物角度所决定着的，更是他独禀的心理结构所主导着的性格化语言表述方式，形象也含蓄。

这里有一个常识性的界线，作品人物对某个事件的看法和表态，是这个人物以他的是非标准和价值判断做出的表述，不是作者我的是非标准和意义判断的表述。作为作者，我的写作用心，只说明了一点：努力把握各个人物不同的文化心理结构形态，才能把握住他们不同的角度，才可能写出真实的性格差异来。这些人物对同一事件大相径庭的判断和看法，只属于他们自己，而不属于作者。读者可以审视、评点作者对各个人物把握得准确与否。只有准确了才能谈到合理，才能谈到真实，也才可能进一步谈到人物的深度和典型性。如果连最基本的准确都做不到，就无合理和真实，更遑论人物的深度和典型了。读者和评论家可以严格挑剔朱先生等人物的刻画过程里的准确性和合理性，包括他的"鏊子说"，是否于他是准确的和合理的，而不应该把他的"鏊子说"误认为是作者我的观点。再者，朱先生的"鏊子说"，错了、对了或偏了，更具体点说，对"农民运动"和"还乡团"报复行为的大是大非的判断是否正确，都属于朱先生的判断，不是作者我的判断。单就"农民运动"这个事件，《白鹿原》里不同的人物都有截然不同的态度和判断，革命者鹿兆鹏自不必说，田福贤等从根本上就说成"共匪"煽动的作乱。如果可以把朱先生的"鏊子说"看成作者观点的糊涂，同样可以类及田福贤的反动观点给作者，鹿兆鹏的革命观点也应该是作者的。这种常识性的笑话，我在写作过程中是丝毫也不曾预料得到的。

某些不了解创作的人对朱先生的"鏊子说"发生误读以至指责，我都以平静的心态表示理解。我还听到行家指点说作者缺乏智慧，为什么要让朱先生说出"鏊子"这样的比喻来，让朱先生换一种说法不是不惹事吗，等等。我有限的智慧只把握到朱先生的"鏊子说"才合他的文化心理结构形态，只有他才能说出"鏊子"的比喻体。如果会料到惹事的后果，进而让朱先生说出另一种不惹事的话来，那么朱先生的面目就会是另一番景象了。这样一来，作者有限的智慧不仅专注不到人物的准确把握上，反倒耗费到如何逃躲误读的机巧上去了。把智慧耗费到机巧上，且不说合算不合算，恐怕创作都难以继续了，作家的道德和良知也就没有了。

（2008 年）

复活了的呻唤声 *

　　记不准确是在构思基本成形，或是在已经开始动笔草拟《白》稿的某一天深夜，我确凿无疑听到从上房西屋传出的沉重却也舒缓的呻唤声，且不止一声。这是我的厦屋爷的呻唤声。我不由得战栗。家人早已进入梦乡。我在前院的书房里磨蹭着我的事，也许只是抽烟喝茶，无意中就听到不止一声的沉重却也舒缓的呻唤。上房的东屋和西屋至少有两年不住人了，西屋放着柴火。我透过窗户看了看上房模糊的檐墙，静谧无声。我走出屋子站到院子里，看着即使在朦胧的夜幕里也掩饰不住的上房老屋残破颓败的景象，顿然意识到，这沉重却也舒缓的呻唤声，是从我心底发出的。

　　我的祖父辈有兄弟三人，属于两股的堂兄弟。我的祖父为一股单传一个，到我父亲仍是一个单传，我的这个嫡系爷爷在我出生前已经谢世。另一股的两个爷爷是亲兄弟，老大也去世早，我未见过

---

* 　本文原题为《寻找属于自己的句子（连载四）——〈白鹿原〉写作手记》，载《小说评论》2007 年第 7 期，此文为"之八"。

面未听过声，老二这个爷爷在分家时住着上房和门房之间西边的厦屋，后辈的我们这一茬孙子便叫他厦屋爷了，叫顺了也不觉得拗口。厦屋爷有两个儿子，据说都属于不安分守己种庄稼过日子的人，跟着外边来的一个人走了，先后各回来过一次又走了，此后再无声息踪影。老大也有两个儿子，都是我的叔父，便把小叔父过继给厦屋爷了。小叔父是个孝子，当即把厦屋爷从厦屋搬到上房西屋。在我稍有辨识本领的时候，看到的是出出进进于上房西屋的告别了厦屋的厦屋爷了。我爷爷和我父亲都是同辈兄弟中的老大，分家的格局至晚在曾祖父那一代就形成事实，我父亲便继承着上房东屋和中院东边的厦屋。东为上，分家归属长子是族规里天经地义的规矩。上房东屋和西屋之间隔着一间明室，作为共有的通道，东屋和西屋是窗户对着窗户门对着门，中间的距离不过三大步四小步。我家的两间厦屋用土坯隔开，南边作厨房北边养牛作牛圈，一家人住在上房东屋。我沉在心底几十年的厦屋爷的呻唤声，就是从他住着的上房西屋的门窗传进我住的东屋的门窗的。

厦屋爷的呻唤，似乎不能等同于呻吟，更不是打鼾声。我的父亲睡熟时鼾声跌宕起伏，我常常被突然暴出的一声如炸雷般的鼾声惊醒，半天难得重新入睡。恰是在这种夜半惊醒或是被尿憋醒爬下炕在瓦盆里尿尿的时候，往往会听到从对面窗户传来厦屋爷深沉而又舒缓的呻唤声。那种呻唤声一般只有一声，偶尔还有连接着的较短也更轻的一声，好像第一声的余韵或回声。厦屋爷去世的那一年，我顶大不过十岁。他说过的话我一句也没有记下，更不要说他曾经有过什么英雄壮举或遭遇过怎样窝囊的事了。他很少搭理我那样年龄的孙子，从来也没有像村子里那些爷爷和孙子的亲昵举动。我也记不得有过什么亲近他的行为。他的面貌早已模糊，我唯一的印象是他手里总捏着一根超长的旱烟杆儿，抽烟时需得伸直一只胳膊，才能把燃烧的火纸够到装满烟沫儿的旱烟锅上。我唯一见过的祖父辈里的一个爷爷，就是这样粗浅到有点陌生的印象。大半生跌跌撞撞走过来，仅仅只记得作为厦屋爷象征的那根超长的烟袋杆儿，无论如何也料想不到，在我心底最深的一隅，还存着厦屋爷呻唤的声音，竟然在这一夜的更深人静的时刻响了起来。

我从院子回到小书房坐下来，也就准确无误地解开了这个始料不及的现象，这是我业已构思成形即将动笔或刚刚开笔草拟的《白》书里的人物，白嘉轩、朱先生、鹿三，甚至包括鹿子霖这一茬白鹿原上的男人，把我的厦屋爷在夜深时的呻唤声，从我心底记忆里感应而出了。我坐在沙发上推想，我的厦屋爷的年龄，大约和原上白鹿两家的当事人属于一茬儿。原上原下属于这个年龄茬儿的人，不知有多少万，然而距离我最近——近到夜半可以听见他呻唤的人，却只有厦屋爷一个，我的亲爷和门族里的二爷（厦屋爷的哥哥）都在我出生之前去世了。我用两年时间营造或者说编排的白鹿原上那一茬男人和女人的故事，让白鹿原北坡坡根下的我的厦屋爷留在我心底的呻唤，感应而出了。依我当时有限的关于人的神秘的生理和心理现象来理解，在我尚不解人世人事的幼年时期，厦屋爷夜半的呻唤，是我直接感受直接纳入的白嘉轩、鹿三们富于生命质感的声音。

我在小书房里骤然间兴奋起来，甚至有点按捺不住的心颤。我在这一瞬，清晰地感知到我和白嘉轩、鹿三、鹿子霖们之间一直朦胧着的纱幕扯去了，他们清楚生动如活人一样走动在我的小书房里，脚步声说话声咳嗽声都可闻可辨。这是厦屋爷的呻唤声，扯开了那道朦胧的纱幕，打通了我和白嘉轩那一茬人直接对视的障碍。我的创作依赖对生活的直接感受和直接体验，这在此前的中短篇写作中不存在障碍，我的作品几乎都是与生活同步发生发展的。我在《白》书里构思的人物和生活背景，是我的厦屋爷这一茬人的生活历程，离我有些远了。我无法获得直接的感受和体验。无论我做了自以为多么认真和切实的准备工作，却总也不像我写1949年后亲历过的时段里的小说那样心底踏实。厦屋爷的呻唤声，让我获得了弥足珍贵的踏实感。在我学习创作的已不算短的历程中，越来越相信创作需要想象，想象力愈丰富作品就愈出奇制胜，甚至可以说想象力贫乏的作家，是很难实现思想和艺术的突破的，我不仅相信这个理论，也有自己创作实践的切实感知。但在我个人的创作实践里，还有一个不可或缺的东西，就是对生活的直接感受和直接体验。如果既保持活跃丰富的想象，又对具体一部小说所描写的生活背景和人物生存环境有直接的体验和感受，我就会进入最踏实、最自信，也最激情的写作状态。缺失几十年前白鹿原上或原下乡村生活氛围的直接感受和体验，在我构思《白》书的两年里，一直是无法实现填补的一个亏空。愈是接近构思完成即将草拟，这个亏空造成的不踏实乃至不自信的阴影，愈是一直徘徊于心。我曾经努力搜寻儿时的记忆，我曾经跟着父亲，大年初一早晨到敬奉着陈姓族谱的人家（小村子建不起祠堂），由父亲上完点燃的香支，毕恭毕敬地抱拳作揖，再跪拜三磕头；我记得父亲在厦屋北间养的一头黄牛，他每天几次添草拌料，还要垫黄土，用铡刀铡断苜蓿或青草时的"嚓嚓嚓"的声响，重新在我耳朵里响起。这些在幼年看到的乡村生活太细碎，不能形成一种总体的直接的心理印象，为此我曾经几次走上白鹿原，在那些规模较大的村子里转悠，尤其是那些老房子和老街巷，企图感受到遗存在这里的旧时的气氛，虽不无收益，却难以形成良好的感受。无论如何也料想不到，厦屋爷的呻唤声，把我欠缺的那种直接感受和直接体验填充起来了。

连着几个夜晚，我都在回嚼厦屋爷的呻唤声。这是厦屋爷睡到最沉最熟乃至睡死的状态下发出的呻唤，他自己肯定是无意识无知觉的，然而却是从生理和心理的深处倾泻而出的，没有忧愁，没有怨愤，没有悲伤，没有凄楚，更没有痛苦，我所能找到的基本恰当的形容词，就是深沉而舒缓。我幼年被父亲的鼾声惊醒而一时难以入眠的时候，听到厦屋爷的这声呻唤，反而让我很快进入睡眠。当我即将动手写作《白》的时候，才反复咀嚼这呻唤声的内蕴，这是我们家族中即将走到生命尽头的最后一个爷爷辈老人的呻唤声。我很自然地展开想象，无论人生信条、人生理想的坚守和追求，无论财产的聚集或丧失，无论婚姻家庭的可心或别扭，无论行为里的端正或龌龊，无论亲族乡友相处中的亲了疏了乃至仇恨，等等。其中伴随一生的成功和得手时的巨大欢乐和得意，还有遭遇挫折和丧失时的难以承受的煎熬和悔恨，现在都淡释了烟散了，只剩下衰老躯体睡熟时发出的深沉而又舒缓的呻唤。

我的不大丰富的想象力竟然活跃起来，把厦屋爷的呻唤想象成白鹿原发出的呻唤的声音。我坐不住了，便走出小书房，再走出大门，站在场边上面对村庄依靠着的白鹿原的北坡。凸出的峁梁和凹进去的大小沟壑，在早春的星光下都呈现着模糊却也柔和的轮廓，稀疏的杂树撑立在坡坎上，静无声息。坡根下自东至西排列着一幢幢或排场或寒酸的房屋，以陈姓为绝对多数的这个只有五六十户人家的小村庄，因为"文化大革命"焚烧了族谱，我问过许多老人都说不清有多少年的历史了。一茬一茬的娃娃在这家那家的土炕上落生，能逃过种种疾病存活长大，女娃嫁到外村，男娃在村前的灞河河滩地和村后的坡地上春种秋收，死了再由儿子埋到原坡上属于自家的某一块土地里。我自小在这原坡上割草挖柴逮蚂蚱，总是躲避那些长着荒草和荆棘的坟堆，它们有一种本能的阴森。我现在站在门外的平场上，看着星光下静谧的原坡，不仅不再有任何阴森冷气，倒是耳畔不断萦绕着一种深沉舒缓的呻唤。我感觉已经开始融入这个原了。

由厦屋爷引发到白鹿原的这种呻唤，不仅扯开了我与白嘉轩们之间的朦胧纱幕，也使我获得一种前所未有的沉静的写作状态，这也是不曾预料到的。在草拟和正式稿写作的四年时间里，常常有这样的情况发生：某些章节写得太顺利也太得意，往往使我不自觉地进入一种太过兴奋状态，句子往往粗疏，把可能找到的更准确更形象也更耐得咀嚼的词汇和句式丢失了，甚至连稿纸上的钢笔字也潦草了。尤其是在写得不顺，甚至遇到怎么也跨不过的沟坎的时候，烦躁以至气馁。我往往是在夜静时分挪一小凳，坐在中院的破烂不堪的两幢厦屋之间，寻觅捕逮厦屋爷的呻唤，不仅使我过分兴奋的情绪归于沉静，更使我烦躁丧气的心境渐次恢复起来，明天早晨可以以一种沉静的心态打开稿纸。还有社会生活不断潮起的热闹，杂以文坛开始兴起的炒作的热闹，能使我看见权当没看见，听见权当没听见而依旧坐在原下祖屋的屋院里，也是厦屋爷那深沉舒缓的呻唤给我的调节和镇静。我如果也学着自炒他炒赢得文坛的某些虚名，到厦屋爷那种年龄的时候，还能发出纯粹到无意识的深沉而舒缓的呻唤吗？

我从小小年纪喜欢文学并开始在作文本上涂鸦，尤其到新时期的"文艺复兴"，不断见识着，也接受着种种关于写作的新鲜观点，还有不少成就卓著的中外作家的写作经验，作品如何既具有深刻性，又有独自的发现，如何实现艺术的独创又能被普遍接受，种种观点和种种经验，有的给我以启发，有的给我以借鉴，至少也给我开阔艺术视野的好处。然而，在我三十多年的习作历程中，第一次感知到幼年无意听到的一种声音——厦屋爷睡熟时同样无意发出的呻唤，却影响着我的生活思考，也影响着我的写作情绪。我至今难以判断，这是一种什么体验。

（2008 年）

《白鹿原》创作散谈 *

一

1982年陕西省作家协会决定把我吸收为专业作家，从那以后我的创作历程发生了重要的转折，这个转折带来的一个重要的问题就是：这个专业作家怎么当？之前做业余作者的时候一年能写多少写多少，写得好写得差，评价高评价低，虽然自己也很关注，但总有个"我是业余作者"的借口可以作为逃遁之路。做了专业作家之后，浮现在我眼前的，国内国外以前的经典作家不要说，近处就有柳青、王汶石、杜鹏程、魏钢焰等小说家、诗人，无论长篇、短篇、诗歌，在当时都是让我仰头相看的。跟他们站在一块儿，我的自信心无疑将面临巨大的威胁。那我应该怎么做呢？也就在那前后，陕西省作协先后调进几个专业作家，他们先后都搬进了作协刚建好的

---

* 　本文原载《扬子江评论》2007 年第 3 期。

一幢小住宅楼，我在这个时候的选择却是回到乡下，回到我的老家。当时我在区文化馆工作，是周六回去，周日晚上返回机关单位，做所谓"一头沉"干部——最沉的那一头在农村。做这样选择的主要原因有两点。我离开学校进入乡村社会，先当小学教师再到公社和区上的区县机关，整整二十年，有了很多生活积累。成为专业作家对我的意义，就是时间可以完全由自己来支配了，可以全身心投入到创作和学习上来了，回嚼我的生活。我希望找一个更安静、更少干扰的地方，因此就决定回到乡下。第二个回归老家的原因是我对自身的判断。四十岁的我和当时陕西起来的那一茬很有影响的青年作家们相比，年龄属于中等偏上，比我更年轻的有路遥、贾平凹等。尽管也有几位比我年龄大的，但我还是有年龄的压力和紧迫感，我已经四十岁，再也耽搁不起。我想充分利用这个时间把之前的农村生活提炼出来，形成一些作品。回到乡下去，离城市远一点，和文坛保持一种若即若离的关系，既可保持文坛信息的畅通，又可避免某些文坛上的是是非非，省得被一些闲话搞得心情不愉快，影响到作品构思和对生活的思考。当时想，一生的专业作家生活就在乡下度过了，没做过进城的打算，心态很坦荡。作协分给我的40平方米房子，我只支了一张床，连个桌子都没放。回到乡下除了正常的工资外还有稿费收入，虽然很低，但对我来说也够了，于是就把三十、五十的稿费积攒下来盖房。就像高晓声的《李顺大造屋》，这个我是深有体会，李顺大怎么造屋我就怎么造，一根椽子、一块水泥板都要去讲价。我是我们村里较早几个盖新房子的户主，农民都说我的房子盖得阔气。其实不过就是砖头搭的水泥板。当时花了七千块钱，欠了三千块的债。家里面夫人和孩子的户口都迁到西安了，我建这个房就是打算永远在祖居宅院里生存下去。从筹备到盖起这个房的过程也是我创作最活跃的时期。

20世纪80年代初期、中期，我的短篇小说和中篇小说写得兴趣很足劲头很大。写作短篇小说的意识还不太明确，就是有什么感觉、有什么体验赶紧把它写成一个短篇。到后来以中篇小说写作为主的时候，就略作调整，不是盲目随意去写，每一部的结构都不重复前一部。我记得当时引发我的创作发生重大变化的是《蓝袍先生》。这个中篇小说开始时涉及中华人民共和国成立以前的乡村生活，好像突然打开我的生活记忆中从来没有触及过的一块。蓝袍先生的父亲从小施加给他的乡村传统文化的规范和教育，对他的个性产生了重要影响。一下子触发了我的很多生活记忆，由此而波及乡村社会里很多人和事给我留下的最初印象。但这些印象性的生活包容不进我要写的那个中篇小说《蓝袍先生》里去，因为这部小说在艺术结构上没有大的情节，是以人的心理和精神经历来建构的，和由此激发起的生活记忆、生活积累完全是两码事。长篇小说写作的欲念发生了。这个中篇小说发表后也引起过一些反响，然后就开始长篇小说创作的准备，记得那是1985年年末的事。1985年春夏之交陕西省作协的老领导为了促进陕西省中青年作家长篇小说的创作，专门在延安召开了"陕西长篇小说创作促进会"。此前连续两届"茅盾文学奖"评奖，让各省的作协推荐作品时陕西都拿不出来，因为没有出版过一部长篇小说，全部陷在中短篇写作的热潮之中。省作协领导经过认真分析论证，认为一部分青年作家已经进入艺术的成熟期，可以开始长篇小说的创作了，所以就开了这个"促进会"。这个会我也参加了，开会时让大家谈写作长篇小说的计划。我记得我发言没超过两分钟，很坦率也很真诚，说我现在还没有写作长篇小说的考虑，因为我还需要以短、中篇小说的写作继续对文字功力、叙事能力做基本的训练。我当时的心态和意识里，长篇写作是一个很庄严的，甚至令人敬畏的事情，不是能轻举妄动的事。始料不及的是，那年11月左右写完《蓝袍先生》，写作长篇小说的欲念突然被激发出来了。

二

创作长篇的想法激发了我想了解自己生存的这块土地的欲望，顿然觉得之前一些生活经历太肤浅了。1986年春天，春节一过，我就离家去蓝田县查阅县志，当时计划查阅包围着西安这个古老城市的三个县的县志：蓝田、长安和咸宁（辛亥革命后撤销归并给长安县，但县志还在）。这些县志和后来各级党委以及人大、政协编的那些地方党史、回忆录等，让我对我生活的那块土地有了意想不到的更真实更贴切的了解。由于关中很大，我常说我是关中人，实际上是关中地区边沿的白鹿原下的一个小山村中的人。西安城在关中平原的东南角，整个平原部分是朝西朝北铺展开来的。我选择这三个县有个基本考虑，就是它们紧紧包围着西安。应该说城市从古以来无论任何一个历史时期都是政治、经济、文化的中心，首先辐射到距离它最近的土地上。通过查阅县志了解这片土地近代以来受到的辐射和影响，让我有种震撼的感觉。我举个例子，1927年农民运动席卷中国一些省份的时候，我们都知道湖南农民运动闹得很红火，因为有毛泽东的《湖南农民运动考察报告》，而恐怕很少有人知道陕西关中的农民运动普及到什么地步：仅蓝田一个县就有八百多个村子建立了农会组织。我当时看到这个历史资料后就感慨了一句："陕西要是有个毛泽东写个《陕西农民运动考察报告》，那么造成整个农民运动影响的可能就不是湖南而是关中了。"这里就有个很尖锐很直接的问题让人深思，关中是我们这个民族和国家封建文明发展最早的地区，也是经济形态落后、心理背负的历史沉积最沉重的地方，人很守旧，新思想很难传播，那它如何爆发出如此普遍的现代农民运动呢？在县志和相关资料的搜集过程中，有一些记忆是很令人震撼的。我在蓝田查阅县志时有个意料不到的收获，就是中华人民共和国成立前蓝田县志的最后一个版本，这个版本是蓝田县的一位举人牛兆濂编的。这二十多卷县志中，有四五卷全部是用来记载蓝田县有文字记载以来的贞妇烈女的事迹和名字的，我记得大概内容就是某某乡、某某村、某某氏，没有这个女人的真实名字，前面是她夫家的姓，后面是娘家的姓。比如一个女人姓王嫁给一个姓刘的，那就是刘王氏，这就是她的姓名。这个刘王氏十五岁出嫁、十六岁生孩子、十七岁丧夫，然后抚养孩子、伺候公婆，终老都没有改嫁，死时乡人给挂了个贞节牌。我记得大约就是这些内容，她成了贞妇烈女卷第一页的一个典型，第二第三个人大体与此类似。后面几卷没有记载任何事迹，把贞妇烈女们的名字一个个编进去，我没耐心再看下去，在要推开的一瞬，突然心里产生了一种感觉：这些女人用她们整个一生的生命就只挣得了县志上几厘米长的一块位置。悲哀的是牛先生把这些人载入县志，像我这样专程来查阅县志还想来寻找点什么的后代作家都没有耐心去翻阅它，那么还有谁去翻阅呢？这时有一种说不清什么样的感觉促使我拿着它一页页地翻、一页页地看，把它整个翻了一遍，我想由我来向这些在封建道德、封建婚姻之下的屈死鬼们行一个注目礼吧。也就在这一刻，我萌生了一个想法：要写田小娥这么一个人物，一个不是受了现代思潮的影响，也不是受任何主义的启迪，只是作为一个人，尤其是一个女人，按人的生存、生命的本质去追求她所应该获得的。这是给我印象很深的一件事。第二件事就是通过翻阅资料，我心里最早冒出来的一个人物，就是后来小说中的朱先生，获得了活力。朱先生的原型就是县志的主编牛兆濂，清末的最后一茬举人。他的家离我家大概只有八华里远，隔着条灞河，他在灞河北岸，我在灞河南岸。我还没有上学时，晚上父亲叫我继续剥玉米的时候，就会讲牛先生的种种传闻故事。当地人都叫他牛才子，因为这个人从小就很聪明，考了秀才又考了举人，传说很多。在一个文盲充斥的乡村社会，对一个富有文化知识的人的理解，最后全部演绎为神秘的卜筮问卦的传说。我听我父亲讲，谁家丢了牛，找他一问，说牛在什么地方，然后去一找，牛就找着了。这样的传说很多，我也很想把他写到作品中去，但最没有把握，或者说压力最大的也是这个人，因为这个人在整个关中地区的影响很大。他在蓝田开设的芸阁学舍相当于现在的书院，关中很多学子都投到他的门下，在 20 世纪初还有韩国留学生。关于他的民间传说很多，反倒形成了创作这个人物的巨大压力。稍微写得不恰当，知情的读者就会说："陈忠实写的这个人不像牛才子。"他在编县志时恪守史家笔法，尤其对近代以来蓝田县发生的重大事变，不加任何个人观点，精确客观地叙述，都用很简练的文字一一记载下来。他写了一些类似于今天编者按的批注，表达了自己的观点。正是从那七八块编者按中，我感觉我把握到了这个老先生的心脉和气质，感觉到有把握写这个老先生了。这是查阅县志的一大收获，却是始料不及的。

在酝酿这部小说时，受到一个很重要的影响，来自一位作家写的理论文章，大致叫作"文化心理结构说"。估计也是从国外解读过来的，但这个给我很大启发，对于我正在构思的这部长篇小说具有很重要的启示意义。之前我一直遵循现实主义创作的基本手段，刻画人物尤其注意肖像描写、行为描写、语言个性化等等。这个"文化心理结构说"给我揭开了另一条塑造、刻画人物的途径，就是探究所要写的人物内心的心理形态。不同的人的心理各有不同的结构形态，这个心理结构形态有多种结构与支撑点，是他的价值观、道德观、文化观等等。接受这个理念以后，我在构思人物的时候，尤其是对从清末民初一直到中华人民共和国成立以前这段时间的乡村社会的人物的把握上受到了很大的启示。特别是对几个作为我们传统文化代表的人物的心理形态的解析，为了准确把握他们的心理结构，我决定对人物不做肖像描写，这和我以前的中短篇写作截然不同。除了对白家、鹿家两个家族象征性的特点做了一个相应的点示以外，其他人物都没有个人肖像描写。由牛先生演绎过来的朱先生，也没有肖像描写。我想试试看能否不经过肖像描写，通过把握心理结构及其裂变过程写活一个人物。另外我要说的是关于小说的语言。最初构思的时候想到这么多的人物类型、这么多的内容、那样长的时间跨度，估计得写两三部书才可能充分展示。到20世纪80年代中期偏后那两年，即我要动笔之前，文坛上开始出现一种危机感。新时期文学一路繁荣昌盛，第一次危机感就是文学书籍出现滞销，连名家大家的集子也没有订数，由此引发"文人要不要下海"的争论。我对这个话题有个简单化理解，想下的就下，不想下的就继续写。除文人下海话题之外，一种不容简单化理解的危机感，就是1987至1988年，直至1990年这段时间，新时期以来长篇小说出版第一次遭遇市场的冷遇，这是我记忆很深刻的一件事。报纸上登过某某大作家新作仅征订八百册、一部长篇小说或一部中短篇小说集印数两千册是普遍的，对于任何一个正在写作的作家都是一种巨大的威胁，起码对我是一种巨大的威胁。这个威胁直接影响到我正在构思的这部小说的篇幅问题。我原想写两三部，面对这样的图书市场环境，我决定压缩，一部完成，哪怕这部多写点字，也不要弄成两部三部。这个篇幅规模的大小直接影响到我的文字叙述。如果用以往白描的写法篇幅肯定拉得很长，我唯一能想到的就是以叙述语言统贯全篇，把繁杂的描写凝结到形象化的叙述里面去。这个叙述难就难在必须是形象化的叙述，就是人物叙述的形象化。作为写作者，我知道难度很大，当时自己心里没有底。在开始长篇写作之前，我先写了两三个短篇试验一下，我记得最清楚的是《辘轳子客》。这个短篇写了农村的一个赌徒，带有政治赌博色彩的一个赌徒，写这个短篇就是要试验一种叙述语言。这篇一万字的小说从开篇到结束不用一句对话，把对话压到叙述语言里头去完成，以形象化叙述完成肖像描写和人的行为细节。作为试验的几个短篇，我感觉还可以，发表以后给周围的评论家看，他们都说与我以前的写作风格很不相同，最直接的感觉就是语言叙述上的变化。我感觉这种形象化叙述是缩短篇幅、减少字数、达到语言凝练效果的途径。还有一点我觉得印象深的就是关于这部作品的结构。这部作品时间跨度比较长，事件比较多，人物也比较多，结构就成为一个很棘手也很重要的问题。当时，西北大学有个比较关注我写作的老师蒙万夫教授，我把长篇小说的构思第一个透露给他，他用一句话很真诚地指导我说："长篇的艺术就是一个结构的艺术。"我当时正担心结构问题，老教授就直接点到要害上了。该怎么结构呢？我静下心来读了大约十来部国外、国内比较有名的长篇，发现没有一部跟另一部结构是类似的。倒给我以最切实的启示：优秀的长篇、好的长篇都是根据题材和作家体验下的人物、事件来决定结构的，最恰当的结构就只有自己来创造。作家创造的意义中，这可能是重要的一点。

三

原来计划用三年完成的小说，实际上仅草稿就写了四十多万字，写作草稿的用意主要是把人物、事件和框架搭起来，把结构初步确定下来。草稿只写了八个月，接下来打算用两年时间写完正式稿。草稿我是用大笔记本子写的，写得很从容，不坐桌子，坐在沙发上把笔记本放在膝盖上，写得很舒服，一点儿也不急。正式稿打算两年完成很认真，因为几十万字，那时又没有复印机，又不可能写了再抄一遍，所以我争取一遍作数，不要再修改、再抄第二遍了。写正式稿的时候心里很踏实，因为草稿在那儿放着，写得还比较顺利，本来应该两年写完，不料此间发生了一些意想不到的事，影响了我，不得不停写了两个半年。1989 年 4 月到 8 月正式稿就写了十二章，这书一共才三十四章。但后来耽误了写作，直至还有一个多月就过年了，我才重新拾起笔写作，而这时我基本把前面写的都忘了，还得再看，重新熟悉，让白嘉轩们再回来，我就把之前写成的十二章又温习了一遍。春节前后写了几章，刚到夏天的时候，又因为某些原因导致后半年的写作又中断了，到春节前结束，又重新温习重新接上写。 1991年从年头到年尾除了高考期间为孩子上学耽误了一两个月，这一年干了一年实活儿，到春节前四五天画上最后一个标点符号。如果没有那两个耽误掉的半年，应该在1990年末就完成了。写作的大体经过就是这样的。

后来我接受采访时常说"三句话"，一句话是说写这部小说的时候我基本处于一种"蒸锅"的状态。那几年中篇基本不写了，写长篇的空当插空写个短篇。大家都能猜到陈忠实可能在写长篇，不是我玩什么高深，完全是出于我个人的写作习惯。作家的写作习惯都不一样，各人有各人的特点。我在西安的一些作家朋友，有人心里刚有个构思就要找人交流，希望得到一点补充的东西，思路也会受到启发。我恰恰相反，我想到什么就不断地去想，一般不敢给人说。不敢给人说不是害怕别人把这个东西抢先写了，而是我正在兴趣盎然地酝酿着的构思，如果给谁一说，就如同把气撒掉了，兴趣减弱到甚至都不想写了。《白鹿原》完成的过程也是这种状态，别人问我，我说这个写作过程就跟蒸馍一样，不能撒气。我不知道南方人蒸不蒸馍，不蒸馍就蒸米饭啊，不管蒸馍还是蒸米饭都必须把气聚足，不能跑气。跑了气，馍蒸不熟，米饭也蒸不熟，夹生。我的创作习惯，包括长篇和前面的中短篇都是这样的，从开始写作到完成要把这口气聚住。这是一种写作习惯，无论好坏，反正对我适用。

另一句就是"给自己死的时候做枕头"的这句话。这是我在长安县查县志的时候，和一个比我年轻的作家朋友说的。那些县志都是很珍贵的版本，无论是县图书馆还是文史馆借给你的时候，只肯借到一本，看完一本还回去再换一本来，一套县志往往是几十本啊。我住在十二块钱一晚的旅馆里，拿着本子把县志里重要的东西一条条抄下来，抄完了再去换。抄一天这种东西比写作要累，写作有激情，干起来没有抄写这么累。到晚上那个长安县的作家朋友赶来和我喝酒。酒喝多了人就有点张狂，我也是。他问："你在农村几十年的生活体验和积累还不够吗？到底要写个什么东西，还把你难到跑上好几个县查阅资料。你到底想干什么？"我在农村工作了二十年，还不包括幼年童年上学时期，在农村生活积累上我比柳青深入得多。柳青在长安县兼职副书记，兼了两年就不兼了，我在公社里头整整干了十年，搞工程，学大寨，执行各项政策，收农民的猪和鸡。那个时候的积累是最实在的。尽管当时没有创作的打算，"文化大革命"中间已经没有任何文学创作希望了，只把工作当工作干，然而生活积累和体验却存储着。想到这些，我随口说了一句："老弟，我弄一个死了可以放在棺材里垫头的书。"当时喝得有点高，却没醉，说过以后就忘了。事隔两三年，我有幸参加中共十三大，需要在《陕西日报》上发一篇宣传基层党代表的文章，由长安那位朋友写了一篇，标题大致就是我酒后说的那句垫棺作枕的话。文章发了以后，影响不大，很快就过去了，并没有引起人在意。到《白》小说出版了以后，这句话才开始流行起来，到处都在说。后来我反省这句话似乎有点狂，但不是乱说狂话，完全是指向自己。我要为自己死的时候做一个枕头，与别人没有关系，完全是出于我对文学创作的热爱，以至我个人的生命意义和心理满足。从初中二年级在作文本上开始写小说，经历了20世纪五六十年代政治的风风雨雨，我仍然不能舍弃创作。按当年的写作计划，完成这部小说我就四十九或者五十岁，在我习惯性的意识里，即村子里农民的习惯意识里，过了五十岁就是老汉了，人的生命中最具活力的时期就过去了。那么，我到五十岁的时候写的这个长篇小说，如果仍然不能完成一种自我心理满足，肯定很失落、很空虚，到死都要留下遗憾。出于这种心理，我说弄一本死的时候可以放在棺材里作枕头、让我安安心心离开这个世界的书。这是第二句话。

我再说第三句话。这部小说从萌生到写成历时六年，从草稿到正式稿两稿，大概有一百万字。写完的那一天下午，往事历历在目，想起来都有点后怕的感觉。历时六年，孩子从中学念到大学，我的夫人跟我在乡下坚守，给我做饭。年近八十的母亲陪着大孩子到西安去念书，直到1991年的最后几个月，母亲不行了，孩子和她都需要人照顾，于是夫人也进城去照顾她们了。祖居的空院子就剩下我一个人坚守写作，夫人在城里把馍蒸好送回乡下，最后一次离过年不到一个月了，我说这些馍吃完进城过年的时候，书肯定就写完了。腊月二十五的下午写完，我在沙发上呆坐半天，自己都不敢确信真的写完了，有一种眩晕的感觉。这四年时间，从早上开始写作到下午停止写作，按我们正常工作就应该休息下来了，但我的脑子根本休息不下来。手不写了，那些人物依旧在我脑子里头活跃着，过去写作从没有如此强烈的真实体验。我便想，必须把白嘉轩、田小娥等从我的脑子里驱赶出去，晚上才能睡好。作品中的主要人物结局都是悲剧性的，对我自己的情感来说，纠结得很厉害。要把这些人物情节排除和忘记，开始采取的方法是散步，时间稍长就不灵了，这个时候学会了喝酒。喝酒以后，我脑子好像就能放松，那些人物才能驱赶出去，然后好好睡一夜觉。第二天才能继续写。到腊月二十五写完以后，情绪好像一下子缓不过劲来，我在沙发上坐了好长时间，抽着烟，情感总是控制不住。傍晚的时候，我就到河滩上散步去了，一直走到河堤尽头。冬天的西北风很冷，我坐在那儿抽烟，直到腿脚冻得麻木、我也有了一点恐惧感才往回走。在家的小屋子里写了整整四年，突然对家产生了恐惧感，不想回去，好像意犹未尽。我又坐在河堤的堤头上抽烟，突然产生了一个荒唐的举动，用火柴把河堤内侧的干草点着了。风顺着河堤从西往东过去，整个河堤内侧的干草哗啦啦烧过去，在这一刻我似乎感觉到了一种释放，然后走下了河堤回家。回家以后，我把包括厕所灯在内的屋里所有灯都打开，整个院子都是亮的。村子里的乡亲以为家里出了什么事呢，连着跑来几个人问。我说没什么事，就是晚上图个亮，实际是为了心里那种释放感。第二天一早我就进城了，夫人说："你来了，我就知道你写完了。"到吃饭的时候她问："你这个写完了要是发表不了、出版不了咋办？"我说如果发表不了、出版不了，我就回来养鸡。这是真话，我当时真是有这种打算。为什么呢？投入了这么多的精力和心思的作品不要说出版不了，就是反应平平，都接受不了。我就决定不再当这个专业作家，重新把写作倒成业余，专业应该是养鸡。因为四年期间没有稿费收入，生活很艰难，有一年，三个孩子相继上高中、上大学，暑假我拿不出三个孩子的学费钱，曾经跟我在乡下一块儿搞过文学的人闻讯送来了两千块钱，他搞了一家乡办企业赚了钱。我当时真是感觉到农民企业家很厉害，两千块钱就给你摔在桌子上，多豪壮啊。后来我很踏实地对夫人说："这个小说要是能出版，肯定会有点反响。"因为我清楚作品里写的是什么。但是我在这里很坦率地跟大家讲，这本书出版后引起那么强烈的反响我从来就没有设想到，再给我十个雄心壮志我都料想不到。

四

这个书的出版过程也有点意思。书稿为什么给人民文学出版社，这完全是一种朋友间的友情和信赖。我在"文化大革命"期间发表了第一篇短篇小说，尽管国家还处在动荡之中，但已经开始恢复刊物，逐步恢复文艺创作、培养文学新人，人民文学出版社也开始恢复出版。该社的一个编辑何启治到陕西来，找了几位老作家，有人就说陈忠实写了一个短篇小说，大家都反映不错。我当时正在郊区区委开什么生产会，这个编辑就到区上来找到我，他对我说："你这个短篇我已经看了，再一扩展就是二十万字的长篇。"我当时被他吓得几乎不敢说什么了，能发表一个短篇我当时就很欣慰了。但这个何启治的动人之处就是由此坚持不懈。回到北京以后，他不断给我写信，鼓励我写长篇。半年之后，我被派到南泥湾"五七"干校接受劳动锻炼半年，几乎同时他也被派到西藏去做援藏干部，我们还保持着书信联系，他虽然已经不在岗位上，但还鼓励我写长篇。新时期以后，何启治跟我有一次相遇时说："我现在再不逼你写长篇了，但咱们约定一点，你的第一个长篇，你任何时候写成，你给我。"我就答应了。所以《白》写完之前，几家出版社闻讯我有长篇，先后来找我，我都说已经答应给别人了。写完以后一个月我就给何启治写了信，按我说的时间来了两个编辑。这两个人来西安以后还等了两天，我把最后两章梳理完，把改好的长篇稿交给他们以后，他们下午就离开了，到四川开个什么会，然后再回北京。因为当时出版程序不像今天，一个礼拜就可以印刷出一部长篇小说来。我预计最少得两个月以后才会有消息，心里倒很坦然。出乎预料的是，大概不到二十天，我从乡下再回到城里就见到了人民文学出版社的回信。我当时以为肯定不会有什么结论，打开一看，我几乎都不敢相信，大叫一声就跌坐在沙发上了。我夫人从灶房里跑过来，吓得脸都青了，我躺在那儿一句话都说不出来。这两个人从西安把稿子拿上以后，在去四川的火车上就看完了。他们回到北京就给我写了这封信，评价之好之高，大出我的意料。我心里一下子就踏实下来，出版肯定没有问题。对一部五十万字的长篇小说表态如此之快，在我看来是非常少有的。在此之前也有一件让我感觉欣喜的事。我曾把《白》的复印稿给作家协会的一位年轻评论家李星看过，让他给我把握一下。他跟我是同代人，是朋友。我从乡下回到作家协会，在院子里撞见李星，问他看过了没有，他说看完了。我说我都不敢问你感觉如何。李星拽着我的手说："到我家里去说。"刚一进他家的门，李星转过身就跳起来说："这么大的事，咋叫咱们给弄成了！"我听完了以后也愣在那儿。后来我调侃李星，我说："李星第一次用非文学语言评价文学作品。"

（2007年4月13日讲于南京　2007年6月6日修订于二府庄）

有关《白鹿原》手稿的话 *

一

大约是去年初冬，人民文学出版社一位我尚未接触过的编辑电话告知，社里决定出版《白鹿原》手稿影印本，询问手稿是否还保存在我手里。我一时竟反应不及，搞不清手稿影印本是什么样的版本。其实也不怪我孤陋寡闻，我至今尚未见过哪部小说手稿影印的版本。经她用心解说，我才得知是要把《白》书的手稿一页一页影印出来装订成书，而且着重说明，是用国画家和书法家画画写字的宣纸印刷。这是我无论如何也想象不出的事。在《白》书面世近二十年的时月里，先后出版过十多种版本，无非是各个不同的设计包装的平装本和精装本，内里却都是铅字印刷和后来无铅印刷的相同的文字。唯一有点出我意料也有点新鲜感的，是作家出版社谋划

---

* 　本文原载《江南》2012 年第 4 期。

了几年、于前不久刚刚面世的线装竖排版本，我看到样书时，尽管有一种古香古色的稀奇感，却也觉得可能只是一种摆设物，恐怕很难发挥一般书籍的阅读功能，不仅是那种柔软的宣纸耐不住反复翻揭，而且对于习惯横排文字阅读的今天的读者，竖排的文字读起来颇为别扭；我试读了两页，便产生很不适应的别扭感，有亲身体验在，便自然怀疑阅读的实用性功能。

在听明白了手稿影印本的大体设想之后，我的顾虑随即发生，便直言相告，稿纸上写的手稿，每张大约三百字，五十万字的手稿一千五六百页，影印出来会有很厚一摞，而且要用宣纸影印，造价将是很高的，除非那些搞古董收藏的人可能会感兴趣，普通读者肯定会"望本却步"的。再说这种手稿的影印本，更难产生阅读的实用性功能，很难设想谁有耐心阅读手稿里的那些称不得良好的钢笔字体。我对这种版本的销路产生疑问，让出版社赔钱出书，我于心不忍。编辑却不为我的担心而改变主意，似乎对图书市场做过调查，颇为乐观，只要我同意出版手稿影印本，其他事就不用我操心了。我便松口气开玩笑说，《白》书为贵社赚了些钱，即就手稿影印本亏了本钱，也可以相抵……

近日，正在操作手稿影印本的编辑打电话来，让我写点有关手稿的旧事，或长或短都不设限，我随口便应诺下来。

二

这个手稿是《白》书唯一的正式稿。

此稿的写作是比较踏实的。踏实感在于心里基本有数，就是已经写成了草拟稿。我之所以不说草稿而称为草拟稿，似乎称不得以往中短篇小说写作时曾经写过的草稿。草拟稿的写作用意很简单，就是为了给这部长篇小说搭建一个合理的结构框架，因为构思里的人物比较多，时间跨度长，事件也比较多，要让业已跃跃于胸的各色人物展示各自的生命轨迹，结构框架便成为最直接的命题；还有人物的个性化的生活细节，这是我所信奉的现实主义创作的至为关键的要素，一些涉及人物命运转折的重要情节和细节已经在胸，而每个人物一现一隐的个性化行为细节，不可能完全了然于胸，需得写作过程中生发和把握，所以先写了草拟稿。为着缓解第一次写长篇小说的紧张和局促，我索性不用稿纸，而是选用了一个大十六开的硬皮笔记本；为了求得一种舒缓的写作心态，避开通常写作所用的桌子和椅子，而是坐在乡村木匠为我刚刚打制完成的沙发上，把笔记本架在膝盖上开始了草拟稿的写作。许是两年的酝酿比较充分，草拟稿进行得很顺利，大约不足八个月便完成了，粗略算来有四十余万字。这是我写作量最大的一年，可惜仅仅只是草拟稿。有了这个写在两本大十六开笔记本上的草拟稿，我的心里彻底放松了，写正式稿的踏实感便形成了。

在动笔写作正式稿之前，便确定必须一遍成稿，不能再写第二遍。原因很简单，这部小说比较长，字数预计五十万上下，如果再写第二遍正式稿，不单费时太久，更在于这种反复写作很可能把我对人物的新鲜感磨平了，对于我的写作往往是致命的。以往写中短篇小说有过此类现象，再三反复写一篇东西，对人物和情节的新鲜感就发生减弱以至消失，很难冒出生动恰切的文字。尽管这种写作习惯有违"文不厌改"的古训，我却仍然积习难改。这样，便为自已立下一条硬杠子，集中心力和精力，一遍过手，一次成稿。在我所能做出的唯一选择，就是冷静叙述，首先取决于面对小说人物的事件和命运，叙述要冷静；面对各个人物的叙述角度的把握要准确，同样要冷静；只有冷静的叙述，才能保持笔下书写文字的基本工整和清晰。

以这样的心态写作，总体而言比较顺畅，也难免发生一些反复，一种情况是某一章的某一个情节或细节，写得过头而不够含蓄，或者是写得粗疏而不够充分，一经发觉便重新斟酌之后撕毁重写。还有一种意料不及的现象也发生过几次，即写到某个人物的命运发生重大转折和灾变的情节或细节时，我的心态也随着人物起伏，情绪发生失控，笔下的文字也潦草起来。待写过之后冷静下来，便重新抄写一遍。这种情况发生过几次，鹿三杀死小娥的写作过程记忆犹新。在小娥被鹿三从背后捅进梭镖刃子时，猛然回头喊了一声"大呀"，我眼睛顿时发黑了。待失控的情绪重归冷静，只好把呈现着太过潦草的两页手稿重新抄写。

经过两年多的时间写完全稿，且不说这部小说的命运如何，单就字迹而言，基本保持着清晰工整的字样，不必再过一遍手抄写了。

三

在我终于决定可以把《白》稿投送人民文学出版社的时候，却心生隐忧，万一发生什么意外，丢失了或者毁坏了这一厚摞手稿，那对我来说是不可设想的灾难。恰好有一位在当地区政府机关工作的作者朋友到我家里，得知我已完稿，便想到应该留一份复印稿，以防万一发生不测。他说区政府刚刚购置了一台复印机，他可以帮我复印一份手稿。这种现代化的办公设备，我听说过尚未见过。省作家协会还没有添置这种据说相当昂贵的设备，我尚想象不出它的神秘的形状。我听到他的话很高兴也颇感动，在于他能替我想到。我便道出正为此事束手无策的隐忧。

其时，我正在做手稿的最后梳理，没有大改，只是细部疏忽的弥补，做起来很轻松。他把我已经梳理过的手稿就带走了。过了几天，他把原稿和复印稿送过来，看到用硬质纸复印的一页页稿件，我在心里踏实的同时，甚为惊叹科学技术的神奇功能。确凿无疑地说，这是我平生第一次看见复印机复印出来的文字，自然也是我的第一份复印的手稿。他又带走了我梳理完毕的一部分手稿。

在他未送回手稿和复印稿这段时日，我继续梳理后半部手稿，又一位作者朋友来到我的乡下老屋，他也在另一个区的机关工作。这回是我开口了，询问区机关有没有复印机，得到肯定答复之后，我便提出让他帮忙复印后半部手稿的事。他很痛快应承下来，而且说他和管理复印机的人是铁哥们儿，言下之意是干这种"私活儿"没有问题。我的担心正在这里，那位作者朋友第二次拿走手稿之后，我就想到复印完全部手稿，他还得再往返两次，一千五六百页的手稿，复印数量太大了，肯定会让人烦，且不说是否违犯规定，须知那个时候的复印机是很稀罕的物件，况且有俗话说的，可再一再二，不可再三再四。我曾对他说过咱可以交复印费用的话。他说区机关的办公用具不可能收费。这回我便直言应该交付复印费的话，只要能顺利留下一份复印稿就好了。这位作者朋友连连摆手，言下之意这么点小事不在话下……当这位作者朋友把最后一部分手稿和复印稿送来的时候，我的担心完全解除了，自然免不了真诚的感谢。

在我把《白》的一摞手稿交给来到西安的人民文学出版社两位比我更年轻的编辑高贤均和洪清波时，便集中纠结着这部小说未来的命运，无论如何，却压根不再担心手稿发生遗失或毁坏的意外事故了。

四

大约是在小说《白》书出版半年后，该书责编老何把手稿交还给我，我看到手稿纸页上写着画着不同笔体的修改字样，包括删节的符号。我辨不清那些字或符号是哪位责编的手迹，却感动于他们的用心和辛苦。然而，这个手稿本身，在我心中似乎已经失去了存在的意义，《白》书已出版，且连续印刷多次，肯定不会绝版了，那么这手稿的用途也就到此为止了，我自然就不会太在意它了。这种心理是长期的习惯形成的不自觉状态，此前写过的所有小说散文手稿，直接投寄给杂志社或报纸，发表出来便收存印刷文本，无论杂志或报纸，只寄样本或样报，没有寄回手稿的事，除非夹着一绺"本刊（或本报）不宜刊用"字条的退稿，才能再看到手稿，然而比不退稿而只寄样刊或样报的心情差得远了。《白》书出版了，退还或不退还手稿，在我确是一种无所谓的心态。

记不得哪一年的哪一天，有位陌生人找到我，提出收购《白》书手稿的意图，说他喜欢收藏，很坦诚地让我开价。这是一个意料不及的事。我略有迟疑之后，便婉言谢绝。在那一刻，我似乎才意识到保存这一摞手稿是有必要的，不单是可以卖个较好的价钱，而是应当由我自己来收藏，尽管我向来没有一丝收藏古董的兴趣。

之后，还遇到过两三位提出收藏意向的客人，其中一位印象颇深，在于他很爽快，很真诚，口气也就很大，让我不要难为情，不要不好意思说钱，并让我放开口要价。我表示了无出售的意向后，客人还不改辙，而且报出一个让我吓了一跳的数字。稍作缓和之后，我便开玩笑说，《白》书印量不少，我也进入"万元户"行列了，吃饭穿衣已经无须再操心；而今社会商业竞争很厉害，说不定到什么年月，竞争挫伤了儿女们的生存，日子过不下去的当儿，让他或她去叫卖老父的这一摞手稿……

这一摞手稿便保存下来。

《白》书手稿用皮实的厚纸包裹着，再用绳子捆扎，放在书柜里近二十年了，我自己几乎再没有看过一次。其间打开过三四次，多是几家电视台为我拍片，执意要拍摄手稿的镜头画面，我不能拒绝。直到去年秋末或初冬，人民文学出版社编辑提出要出《白鹿原》手稿版本的时候，我才觉得保存的这一摞手稿，又派上了用场，尽管是我完全想象不到的用场。同时也想到，如若当初把手稿卖给某位收藏家，现在要从收藏家手里借来影印，可能要费口舌，乃至涉及借用的要价，那将是追悔莫及的事。

从写完《白》书手稿的 1992 年 3 月，到我写这篇有关手稿的短文的今天，近二十年了。再看已经变色发黄的手稿纸页上的字迹，且莫说岁月沧桑的套话，唯可欣然的是，现在用黑色碳素笔写下的汉字，比当年用钢笔和碳素墨汁所写的《白》书手稿的字体略有进步，也更相信字要多写才出功夫的古训，且不说文字内蕴的优或劣。

（2012 年 3 月 18 日　二府庄）

感　悟

我信服柳青"三个学校"的主张 *

    《信任》在 1979 年全国优秀短篇小说评奖中获奖，我一直认为这并非《信任》本身在思想和艺术上有什么突破，获奖并不能掩饰作品本身的幼稚和缺陷，鼓励而已。愈是这样想，愈觉惭愧和不安。

    就自己写作的实践来说，我还是信服柳青著名的"三个学校"（生活的学校、艺术的学校、政治的学校）的主张，而且越来越觉得柳青把生活作为作家的第一所学校是有深刻道理的。我刚刚读过《创业史》第二部第十九章，梁大老汉的发家史如此叫人料想不到而又合情入理！特别是梁大老汉大年初一坐在炕上等待梁生宝来给他拜年时的心理状态，生动极了，准确极了，细腻极了！没有经过长期深入农村生活的作家，抓破头皮，也难以写出这样惟妙惟肖的人物和心理活动。由此想到我的习作，往往是把作者的思维和感情硬性移植到作品人物的心理，而不是像塑造梁大老汉，使人物有自己

---

*   本文原题为《我信服柳青三个学校的主张 ——〈信任〉获奖感言》，载《陕西日报》1980 年 4 月 23 日。

独特的思维方式、独特的心理活动和独特的举止言谈。我读过一些写农业合作化题材的文学作品，觉得在《创业史》众多的人物里，没有一个与其他文学作品里的人物相雷同的。这部史诗所显示的雄厚真实的力量，是这样强烈而有力地征服着读者的心，使我每读一次，便加深了对"三个学校"主张的深刻理解。

在生活中观察、研究、分析一切人和一切阶级，这一句老掉了牙的话，我觉得仍然受用。如果作家笔下的生活和人物不是自己从生活中观察发现而来的，那么除了胡编乱造而外，还有什么办法呢？没有。我在《徐家园三老汉》的写作之初，有一个小小的企图，试一试能不能写出三个年龄相仿、职业相同的农村老汉的性格差异来。另一篇《幸福》，也出于同一目的，试试能否写出三个青年人的性格差异来，以练习自己刻画人物的基本功。习作发表后，我自己觉得三个老汉比三个青年的眉目清晰一些（就我的习作相对而言；总的来看，都不典型）。想想原因，还得归结到生活这个根本上头来。我在公社工作的十年里，分工做过宣传、种菜、养猪、文教、卫生、农田建设等方面的工作，唯独没有做过青年工作。接触最多的是中老年干部，所以对中老年人物的秉性就熟悉一些。这一点简直做不得假。

1978 年冬天到 1979 年春天，党对"四人帮"十多年来所造成的冤假错案进行复查，农村积存的大量的此类案件是"四清"运动中的案件，这一问题的彻底解决，大得人心，反响十分强烈，牵扯面又很广，各种思想，各人的利害，发出种种议论。此时我虽已离开公社，这种反响仍然通过各种渠道传到我的耳朵里来。走在乡村路上，随便碰见两个同行的生人，就可以听见此类议论。我心中怎么也平静不下来，于是写成了《信任》。

《信任》在报上发表后，引起了一些反响，有一种说法："实际生活中哪有罗坤这样好的人！"我很矛盾，因为在这个罗坤身上，确实寄托着我对一个生活原型的崇敬和钦佩之情，也自然做了一些典型的集中；我又担心，这种做法是艺术上所允许的正常手段呢，还是重蹈了"三突出"的旧辙而造出了假大空的神？不久后我听到一个平反后重新工作的农村干部的先进事迹，激动不已，立即跑去采访他，心情顿然踏实了。他是西安市郊区大明宫人民公社新房大队党支部副书记陈万纪同志。他的模范事迹，他的宽阔胸怀，他对党的事业的忠诚，深深感动了我、教育了我，他比我所赖以创造罗坤的生活原型还要动人，而与罗坤的精神世界又是相通的。生活中原来有罗坤这样的好人啊，只是我们没有发现他！这样优秀的共产党员可能为数不多，唯其少，才更珍贵，才更有宣传以造成更大影响的必要。继之我又写了报告文学《忠诚》，把他介绍给读者。

写作在我们整个的事业中，尽管是个人劳动的标记比较明显，但受到党和人民的关怀和教育仍是十分重要的。我们写作品是教育人，我们自己也有接受党和人民教育的另一面。老一代作家为我们做出了榜样，并为党的文学事业付出了巨大的以至血的代价。记得《信任》在《陕西日报》刚发表以后，我在一个座谈会上遇见杜鹏程同志，他高兴地问："听说你发了一篇小说，很不错。我还没见到，在哪个报上？"他说早晨到作协机关，碰见王汶石同志："一见面，汶石给我说，忠实发了一篇作品，不错。"我听了他的话，说不出话来。他们都是创造过许多优秀作品的有声望的老作家，对于一个习作者的一篇小故事，却如此关注！他们关注的岂止是一篇习作的成败？实在是表现了对于一个走了弯路的青年作者的艺术生命的真挚之情。以后，又得知作协热情地向《人民文学》推荐转载《信任》的事，我深感温暖和鼓舞。

不久前，从友人那里得到一份柳青同志对我的一篇作品批改过的手稿，灯下，我一字一句琢磨着修改过的文字，心里有一种难以遏制的激动情绪。在一节不足四千字的文字中，他删改过两百多处，添加了近乎一千字！整个版面上，连圈带画，眉头和行间，全注满了。当时，他正患病，而且艰难地进行着《创业史》的修改工作，定是很忙又很累的，对我的习作做出如此认真详细的批改，这需要付出多么艰辛的劳动啊！

把文学作为自己终生所要从事的事业，就应该是"六十年一个单元"（柳青语）。新的生活命题需要作者努力去开掘，新的创业者的精神美需要我们去揭示，生活中新的矛盾需要我们去认识。我想还是深入到农村实际生活中去，争取有所发现，争取写得多一些，深一些，好一些。

（1980 年 4 月）

创作感受谈 *

文学是个迷人的事业。入迷是抛开了一切利害得失的痴情。我迷恋文学几十年，历经九死而未悔，终于有了一些自己的创作生活中令人入迷的感受，与关心我的创作的朋友交流，也在激励自己，努力地去创造。

观　察

在最初对文学发生兴趣并且产生创作欲念的时候，观察生活，无疑是我在文学领域里诸多命题中接触最早的几个基本命题之一。即使现在，在我能写出一些中短篇小说的时候，这个最早接触的命题并不因为它是文学创作领域里的老生常谈而生厌，反而愈来愈觉得它对一切初学写作者和趋向成熟的作家一样具有同等重要的意义。

---

*　本文原载《文学家》1986 年第 4 期。

这种感觉，首先是在阅读优秀的文学作品中受到启发的，又是在阅读中不断加深的。

一个一个富于个性生命的细节，一段一段细微而又独特的环境描写，一幅一幅大自然的色彩的描绘，那么精确，那么逼真，那么活灵活现，使读者如身临其境。每当谈到这种文学的时候，我往往按捺不住心头的兴奋与欣喜，它给人以真的、美的享受。每当阅读到此，我的心中便油然慨叹：啊呀！好家伙！他观察得多么精细啊！他长着怎样敏锐的一双眼睛！

单说风景描写吧。同样的一块大地，在不同作家的不同作品中，展示出一幅幅瑰丽多彩的油画，令人心生向往，真想去观瞻一下那块美丽的土地。我喜欢阅读苏联的文学作品，我觉得苏联作家的文学作品中描写得最成功的是风景。那些风景描写的篇章，是具体的而不是浮泛的，是真切的而不是含糊的，是各呈异彩的生动图画而不是千篇一律的形容词堆砌，是蕴含着作者感情的描绘，而不是装模作样的无病呻吟。那些准确、生动、色彩斑斓的篇章，唤起读者对大自然的热爱和神往之情，使人的精神得到陶冶。

我常常掩卷揣猜，这些作家，一定不止一次观察过日出，也观察过日落在他立足的那块土地上的色彩明暗的变幻，一定观察过阴晴雨雪这些最普通的自然现象在那块大地上所投下的多姿多彩的色调……不然，他们怎么会写得这般细微准确呢？

我给自己订下一条规矩，必要的自然风景的描写，必须是我曾经见过的景致，必须写出独自观察中的独特发现来，否则宁可不写。这种观察，无须花费时日，也不必正儿八经地迈着八字步专门去做，随时随地地留心一下，日积月累也就够了。

这种观察永远不会完结，也不会满足，随着作家的成熟和创作量的增多，观察生活的眼光该更加敏锐，从生活中摄取新的营养的能力应该更加提高，不然，就无法填补已经腾空了的"仓库"。

我读川端康成的《雪国》，他的笔下的雪的色彩，简直令人惊倒，这实在是我读过的作品中关于雪景描写的最精彩的篇章了。《雪国》里的雪，色彩变幻，有动有静，有态有情，读来令人心荡神驰。只有在这样动人的风景描写面前，我才感到了自己绘景状物时的平庸和单调，才感到了自己观察时的粗疏和迟钝。

有时候，在阅读中遇到一些风景描写的陈词滥调时，我就跳过去不读了。那些既可适之于南方而又能适之于北方的"灿烂的朝霞""碧绿的青草""晶莹的露珠"之类，读来使人厌倦，使人烦腻，丝毫也打不起精神。这种描写的结果等于零，甚至不如不写。因为朝霞无论在北方或南方都是灿烂的，而青草无论在中国或者在蒙古也肯定都是碧绿的，任何地方的草叶上的露珠都一样晶莹。没有对于某特定地区的大自然景象的精心观察，没有独特的发现，就只好重复已经被无数中学生重复过了的陈词滥调，贫乏而又苍白，毫无生命活力，大自然意趣无穷的姿色全都变成了僵死的文字，这种风景描写是不能算为创作的。在描写人物的文字里，诸如"面若桃花""樱桃小口""十指如葱"这些从故纸堆中搜来的陈年老货，又进入描写20世纪80年代牛仔女郎的小说篇章之中，真是让人感到啼笑皆非又无可奈何。

如果不能培养锻炼出自己直接把对生活的观察变成准确的形象的能力，那么就很难向读者提供哪怕是一句鲜活的具有生命的东西。

自然风景的描写如此，较此更复杂的人物刻画和社会生活环境的描写更做不得假，也容不得假。

我恪守这样的创作规程：无论这部小说是优是劣，必须是自己对生活的独立发现，人物描写是这样，风景描绘也必须是这样。作品中人物活动的天地和环境，必须是我可以看得见的具体的东西，其前提必是我经过、见过，也观察过的东西。我没有见过的东西，是无法写出一词一句的。迄今为止，在我所有的习作中，仅就风景描写而言，我较为满意的是中篇小说《最后一次收获》里对于渭河平原边沿地带原坡地区麦熟时节的景象的描绘，从景象到气氛，基本传达了我对这个特定地域的观察和感受。

感　受

观察是一种生理心理行为，感受则完全是直接的心理行为。感受是观察的进一步发展，具有更深层次的心理情绪，甚至是一时无法说得清楚的颇为神秘的一种心理感应。

这种感受，在当初可能是朦胧的，似乎仅仅是观察留在心里的一种真切的气氛。奇妙的是，一年或者多年以后，当我的某一篇正在写作中的作品的人物踏进这块地域时，那种留在心里的感受便一下子活起来了，那种气氛便一下子充溢起来了，使作品人物如鱼得水，自由游动。如果没有这种感受，人物一当涉足于某个陌生的地域，怎么也无法克服那种空虚和别扭。

我生活在西北，感受过渭河平原的气氛，也感受过黄土高原的气氛，对于海洋和沙漠，只是在电影和画报上看见过，谈不上观察，更谈不上感受了。我知道戈壁和沙漠是荒凉的，也知道大海是辽阔的、蔚蓝的，但我从来也不敢把我的人物置身于沙漠或海洋的环境中去。

我清楚，如果硬要我的人物进入沙漠或海洋，除了借用别的作家的作品中对沙漠或海洋的现成描绘之外，我还能有什么咒可念的呢？1981年和1984年，我有机会感受海洋了。前次在黄海，后次在东海。我站在轮船的甲板上，任海风吹着，久久地站着，就是想感受下，更多地感受海洋，使大海的气息储进心间。去年8月，我又有机会踏进毛乌素大沙漠了。我在沙漠里奔啊，滚啊！躺在沙丘上，望着高远的天空静静地飘浮着的大团云块。感受一下沙漠，让毛乌素沙漠特有的气息储入心间。说来好笑，我这才知道，毛乌素沙漠里的沙子竟然这样干净，干净到不仅不会给人扑灰，反而把我们鞋上带来的尘土吸吮干净了，像洗过了一样，而我的印象里，原以为沙漠是尘土和黄沙弥漫的世界。我想，尔后如若我要写的某一个人物可能进入大海或沙漠的时候，我描写他时就不会完全感到惶惑了，尽管可能十分浮浅，但毕竟是真实的，因为我相信那种留在心里的感受。

感受有时候又很奇妙，不仅扩大视野，感知世界，储存气氛，还使我悟觉某些生活哲理，产生创作欲念。1981年，我到山东孔府观瞻，看了规模宏大的中国文化始祖孔子的府第，又参观了神圣的孔庙，最后到孔林参观时，我感受到一种沉重的心理上的无形的压力。孔林，是孔氏家族的墓葬之地，从孔子的墓堆开端，历经两千多年，直延续到现在的五十六代孙的新坟。在一二百亩墓地里，老墓和新坟，一眼难透，数也数不清的大大小小的冢堆；高高矮矮的青石墓碑，在齐胸高的荒草中兀立，重重叠叠；一株株秃枝败叶的古柏互相交参，遮天蔽日。我似乎隐隐看到荒园里有无数的幽灵在飘忽来去，出入于新坟老墓，飘忽于柏林荒草之间，令人头发直竖，毛骨悚然，胸上似有磐石压着，憋闷窒息。直到回到宿地，这种沉重的压力也不能完全解脱。

一年后，这种感受凝聚成一个中篇小说，这就是《康家小院》。小说脱稿后，我才觉得心里那种沉负解脱了。我想探究一下由孔老先生创立而且一直延续下来的文化，对形成我们这个民族特有的心理意识结构形态的影响，于我们今天的生活似乎并无本质的隔膜。

"感受一下"已经成为我对一切陌生的生活环境的习惯要求。我在城里分到两间住房，领了钥匙，走进门去，从窗口望出去，看见的全是水泥和砖头，我感到压抑。我登过不知多少回高楼了，看见过水泥和砖头，似乎并无压抑的感觉，只有意识到我将要在这里居住下去的时候，我感到了压抑。

我至今不敢写工厂，唯一的一部以工程师为主人公的小说，也只能把他置于农村的环境来表现。其中无法回避的一节工厂生活，是凭我在灞桥工作时到临近一家工厂参观的感受，而我正好在那个工厂里结识了一位同龄的工程师朋友，他还介绍给我一些技术术语。

我觉得，感受生活比体验生活更适宜我的创作生活的实际。我是凭用全身心的感受来理解生活进而反映生活的。在农村掀起改革浪潮的时候，四面八方涌来的改革的声浪和反响，使我感受到了历史在今天的深沉巨大的回声。这种对时代的感受，我在有关《初夏》的通信里已经陈述过了。

我想到一切对我来说还陌生的领域和环境中去感受生活，使我未来写作的人物有更广阔的天地。

痛　苦

我坐在太白县招待所一间瓦顶平房里，可以眺望秦岭山系中最高的太白峰。宽敞的大院里，其实只住着连我在内的三位客人，白天是安静的，夜晚就更安静了。太白山峰高达三千多米，是三伏酷暑时节最理想的避暑消夏的好去处。我正在赶着修改《初夏》。

这样凉爽宜人的气候和安静的环境，却无法给我帮忙，我陷入痛苦之中，几乎要绝望了。

开始重写这部小说时，我是满怀信心的。写下大约三万字的时候，我写不下去了，甚至连写作兴趣也没有了，往常创作中的那种冲动和激情，更不来潮。我陷入痛苦的深渊。

痛苦中，我发觉，我正在刻画的十几个人物，全都从我的住室里不辞而别了，叛离了，把我一个人孤零零地丢弃在那间小屋里。

我试图硬写，把他们召唤回来，还是失败了。我的笔下写出的不是活的形象，而是一个个用皮毛羽翅修复起来的标本，他们的肚子里不是跳动着的五脏六腑，而是一把稻草。我的语言也失去了光彩和活力，那么干巴，那么枯涩，没有感情色彩。我没有兴趣写下去，甚至连一个字也蹦不出来，脑子里像发生了"短路"，怎么也照不亮了。

这种痛苦恶性发作，以至发展到如此严重的程度：我很害怕看见书桌，很害怕看见那一堆稿子，那张座椅简直无异于刑枷。我很讨厌冯景藩，也很讨厌冯马驹和彩彩，这些叛离而去的家伙，我连想都不愿意想他们。

这是我从事写作以来二十年间所经历的最严重的一次痛苦。写作过程中写不下去或不顺利的情况并不奇怪，而使我感到完全是一种痛苦折磨的，这却是第一次。痛苦的最可怕的心理效应是灰心丧气。我不仅觉得这部小说改不好了，甚至觉得我自己再也写不出任何作品了，甚至奇怪我过去怎么会写出那些短篇和中篇来。我处于一种严重的精神危机之中，似乎走到山穷水尽的地步，完全榨光排净了，才能和灵气全都撒光放尽了……我要完蛋了！

夜里一点钟，我已抽完了两包雪茄，心如死灰，我感到孤独，世界只剩下我一个受苦人。寂苦中，我希望有人来救助我，哪怕说一句鼓励的话也好。于是，我想起一位苏联作家的逸事，他写了开头之后，便丧失了写下去的信心，很丧气地把这个开头拿给另一位作家去看，想不到那位同行说，这头开得多好啊！他受到鼓舞，一下子就写下去了，竟然写出一部上乘之作。我多么希望此刻有人来鼓励我几句，使我抖擞起来。我从招待所跑到文化馆，敲开了一位同行的门。他从梦中惊醒，披衣揉眼，看罢稿子，确实说了几句不错的话。当我回到招待所的时候，却毫无改变，心里的死灰依然冒不出一点火星。过了两天，我收拾行李，毫不留恋太白山地的宜人的气候，回到西安。没有办法，自认彻底失败。

那堆厚厚的草稿和修改稿，在柜子里整整沉寂了半年，到了冬天，我再次拿出来的时候，已有一抹细灰，纸页和字迹都变色了。这期间，编辑几次来信催问修改进度，我都没有掀开它。半年时日里，我通过阅读、参加社会活动，以及写其他作品而调节了情绪，信心又鼓起了风帆。

我总结了那次重写失败的原因，关键是在于我企图推翻第一二稿中的构想，于是就发生了作品中的全部人物集体叛离的现象，其根源实际上是我背离了他们。这样，我重新冷静下来，给各位人物作传。当几位主要角色的过去和现在的生活阅历一一摆出来的时候，我的心里燃起了热情的火花，那些叛离的人物都回归了。我第一次经受了痛苦，也第一次产生了写作前给人物作传的需要。

此后的动笔开篇，进展顺利，我又享受到创作劳动的欢乐。

寂　寞

初做作家梦的时候，把作家的创作活动想象得很神圣、很神秘，也想象得很浪漫。他们可以到处去体验生活，走南逛北，行吟抒怀。虽然也能想象创作中的艰苦，那毕竟是一种强脑力劳动，需要呕心沥血，但他们的精神生活必是很充实的。及至我也过起以创作为专业的生活以后，却体味到一种始料不及的情绪：寂寞。

体验生活，采访各种人，无疑是令人愉快的事；走南闯北，看名山大川，无疑使人心旷神怡。然而，作家生活的意义在于创作，没有作品，很难称为作家。写作是一种独立的个体劳动。这种单人独立的劳动，不是三日五日，一年半载，而是长年累月，年复一年。一张书桌，一沓稿纸，从早到晚，我面对的就是这一沓方格稿纸，构思，起草，修改。构思时不好与别人商量，起草和修改也不和别人商量。一格一格填写下去，一页一页写下去，无法相信别人能提笔代劳哪怕一个字。天长日久，寂寞就随之产生了。

哪儿有一个茶话会，可以会见许多老朋友，一叙衷情；哪儿又正放内部电影，机会难逢；某杂志社邀约去参加一个笔会，地点在中外闻名的风景胜地；熟人好友聚会，有一顿丰盛的午餐……有多少美好的享受都在诱惑勾引人合上稿纸、离开书桌，这些事简直具有令人神往的吸引力。玩也玩了，逛也逛了，吃也吃了，谝也谝得尽兴，猛然间发现日历已经翻到最后一个月份，哦，今年才写下多少字呀！年初计划要写的东西只完成了不到一半，而我又要添加一岁了！过去的一年里，足足有半年泡在名刹古庙里、茶桌餐桌上，以及毫无实际意义的应酬之中了。生命又减少了一岁，而创作却少写了一半。于是下定决心，坐到书桌旁，托词谢绝一切没有实际价值的邀约，甚至得罪朋友，而迫使自己收心静气，面对稿纸。

我喜欢写而不喜欢改。写作一个新作品的过程，新的追求，蓄谋已久的构想，新的人物，使人跃跃欲试，兴味十足，劲头不小；人物的命运逐渐展开，有一股不衰的激情在胸口奔突，不吐不快，所有这一切都在推动着我朝前走。一旦画上最后一个标点符号，顿然觉得一块石头落了地，心中的激情和热力全都排泄一空了。这时候，再回过头来，面对厚厚一摞写得密密麻麻的纸，从头一字一句修改的时候，寂寞就使人难以忍受。

因为在一个新作品中的追求已变成现实，因为对新的人物的激情已经排泄净尽，这种修改在很大程度上就变成一种没有感情活动的工作。这一节写得太多了、太露了，应该删去，应该删到怎样的恰如其分的程度；这一节显然不足，人物的感情应该冲上去，现有的这一个细节是不能承载的，应该找到一个更精当的细节；这一句太长了读者读起来要烦的；这一句又……差不多是纯粹的文字的雕饰和把握。没有感情的纯文字劳作，就容易使人厌烦、寂寞，尤其是篇幅较大的作品。

我曾经想，最好由我写第一稿，然后请一位朋友给我修改，他一定比我更清楚，哪里写得啰唆，哪里写得不足，哪里又简直是废话，旁观者清呀！想仅仅这样想，事实上不可能找到一位这样的大师朋友的。而从个人写作习惯来说，我不仅不能容忍别人改稿子，而且连让别人抄稿也不习惯。我的稿子，似乎只有我用黑色墨水和不大高明的行书写下的稿纸，才是我的创作，看起来眼睛也舒服。这样，就只好忍受修改和抄写的寂寞。

窗外是绿色的田野，春风把大地吹绿了，刚刚从山寒水瘦树枯的漫长的冬天回返到春天的大地是十分迷人的，我真想搁下笔，到春风和阳光融融的田野上去遛遛。犹豫之后，又低下头来，等到傍晚吧！现在要工作，工作！不远处，有人在下棋，从棋子拍击的响声里，可以想见其攻防之激烈程度。下几盘棋多好，比在稿纸上斟词酌句有兴味多了……

长年累月忍受这种寂寞，有时甚至想，当初怎么就死心塌地地选择了这种职业？而现在又别无选择的余地了。忍受寂寞吧！只能忍受，不忍受将会前功尽弃，一事无成。忍受就是与自身的懒怠做斗争，一次一次狠下心把诱惑人的美事排开。忍受的基础是矢志，由此产生坚忍不拔的毅力和持之以恒的韧劲，逐渐养成一种能断然牺牲多种享受，而甘愿寂寞的习惯。

寂寞不是永久不散的阴霾，不断地会被撕破或冲散。忍受寂寞的动力还是来源于创作生活本身。完成一部新作之后的欢欣，会使倍感寂寞的心得到最恰当的慰藉，似乎再多的寂寞都不算什么了；

阅读一部好的文学作品，受到鼓舞，受到启发，产生了新的艺术追求，什么寂寞全都不予计较了；更多的是生活发展的浪潮，会把寂寞冲荡一光。在生活中受到冲击，有了颇以为新鲜的理解，感受到一种生活的哲理的时候，强烈的不可压抑的要求表现的欲念，就会使人把以前曾经忍受过的痛苦和寂寞全部忘记，心中洋溢着一种热情：坐下来，赶紧写……

忘　我

清晨起来，洗漱完毕，喝一杯茶，就摊开稿纸。窗户里吹进 5 月温馨的风，有洋槐的郁香。拖拉机突突突响，庄稼汉扶着犁杖走向田野，铁犁在街巷干硬的土道上蹭磨得喤喤响。他们去耕田，我也开始耕耘我的土地。

小屋里就我一个人。稿纸摊开了，我正在写作中的那部中篇里的人物，幽灵似的飘忽而至，拥进房间。我可以看见他们熟悉的面孔，发现她今天换了一件新衣，发式也变了；可以闻到他身上那股刺鼻的旱烟味儿。

这一节轮到她出场，从她的角度去透视其他人，她就来到我的眼前离我最近的地方，旁的人就知趣地礼让到稍远一点的地方。当然，写完这一节，拉开下一节，该当调换一个人物角度的时候，她就自觉地暂且退去，他似乎迫不及待地挤上前来。有时候，他或她一同挤上前来，说："该我出场了。"我思考半天，觉得她有理，于是就改变这一节由他出场的初衷。

我和他们亲密无间，情同手足。他们向我诉叙自己的有幸和不幸、欢乐和悲哀、得意和挫折，笑啊哭啊唱啊。我的不足十平方米的小屋，是一个想象中的世界。在这个世界里，有山川河流，有风霜雨雪；四季变换极快，花草树木忽荣忽枯；有男人女人，生活旅程很短，从少年到老年，说老就老了；这个世界具有现实世界里我经见过的一切，然而又与现实世界完全绝缘。我进入这个世界，自己创造的这种境地，就把现实世界的一切忘记了，一切都不复存在，四季不分，宠辱皆忘了。我和我的世界里的人物在一起，追踪他们的脚步，倾听他们的诉叙，分享他们的欢乐，甚至为他们的痛心而伤心落泪。这是使人忘却自己的一个奇妙的世界。

这个世界只能容纳我和他们，而容不得现实世界里任何人插足。当某一位熟人或生人走进来，他们全都惊慌地逃匿了，影星儿不见了。直到来人离去，他们复又围来，甚至抱怨我和他聊得太久了，我也急得什么似的。

尤其是写到某些自己亲身经历的生活，感情更容易激荡，这个世界更加迷人。几十年前的童年生活的片段，展开在那个想象的世界里的时候，人似乎又重度了一次童年。那些早被忘记的童年生活的情景，尤其是一两个稚拙的细节闪现出来的时候，那种心头的欣喜简直是不可名状的。似乎在此刻以前，你从来也没有想到过童年曾经有过这样有趣的事，那个早被淡忘的细节，忽然像金子一样从心底里蹦出来，闪着动人的光彩，照亮了心灵，照亮了笔尖，令人惊喜，令人心灵战栗，就落在稿纸上了。哦，多妙啊！构思这个作品的时候，压根就没有想到过这个奇妙的细节，只是在写作中突然被带出来了。这种美事！

当我进入这种世界的时候，最害怕的就是突然走进一个人来，把这个世界里的幽灵吓得四下逃散。而至于我的门外和窗下，哪怕有人敲锣打鼓，也不会影响到室内世界里的生活秩序，门槛是想象世界和现实世界的"柏林墙"。

有一年，我在区文化馆里搞业余创作。一位大学中文系的朋友来了，带着他的小说稿，要借我的书桌加夜班修改出来，他们的集体宿舍里无法写作。我可以体味其甘苦，欣然应允，把唯一的一张桌子和一把椅子让给他用。他说让我休息，他准备干个通宵，尽量不弄出声响来。其时，我正好也酝酿着一篇小说，准备早睡，以便蓄积力气明早起来动手。现在，我的床旁边坐着一个人在写作，我怎么也不想躺到床上去。于是，我下决心说："我陪你干。"我坐在一张小矮凳上，背对着他，用膝盖顶着一个笔记本起草我的小说。开始极不舒心，总觉得背后有某种威胁，我的人物也探头探脑，来而复去，无法形成我的世界。我努力耐心坐待，把背后的朋友忘记，两个脊背之间，筑起一道无形的墙壁，我占据的那一半空间，开始形成我想象中的世界……我进入了。

夜半时分，当我站起去小解时，发现他已经躺在床上睡着了，酣睡正浓，鼾声大作，我竟然没有听到，也没有发觉。我给他盖上被子，试图坐到空下来的椅子上去，竟然不行，我的世界在房子的那一边，那些人物也聚集在那一边，我只好复坐矮凳，背对床铺和桌椅，继续写下去了。黎明时分，我的草稿拉出来了，这就是《猪的喜剧》。那位朋友猛然醒来，不好意思地笑着，仓皇洗了脸，跳上自行车，怕要误了上课时间了。临走时还道歉，说他影响了我的休息。我却十分感激他，他促使了我把这篇小说提早草拟了出来。

能形成这种世界，那往往是创作中最顺手的时候。经常发生这样的情况：那种理想的世界急忙形成不了，人物常闹别扭，他们不满意我，说我没有把他们写足。我如果不能及早地发现这一点，他们就别扭了，闹得那个世界乌烟瘴气，分崩离析，令我丧气。最为严重的是发生他们集体叛离的事件，使我想象的世界变成一个痛苦的深渊，给我以惩罚。集体叛离的事件虽不常发生，而闹别扭的事却屡见不鲜；能够顺利形成想象世界，那是最惬意的事，也是构思最充分的缘故。

幸　福

幸福是有别于欢乐的一种独特的创作心境。

完成了一部新的作品，这部作品一直写得顺利，那部作品却经历了波折以至痛苦，无论怎样，一当画上最后一个标点符号，放下钢笔，搓一搓发麻的指关节，倚在椅背上，点燃一支烟，此时此刻的心境和情绪，大约类似一个刚刚分娩的产妇。

完全和一个刚刚分娩的母亲一样。那个满脸黄毛的小生命就躺在身边，而母亲已经流过血了，也使足了气力，现在疲惫不堪，连呻唤一声的力气也没有了，甚至连扭过头去看一眼那个小生命的力气都没有了。然而，她的心境却是再踏实不过了，再安静不过了。她是幸福的，一个人类母亲的幸福。

那一沓厚厚的稿子在案头，每一页上都写得密密麻麻，像满脸黄毛的小生命一样，是一个充溢着生命活力的血肉之躯，是刚从自己的身上（说心上也许更准确）分离出来的血肉之躯啊！

毕竟诞生了，这个从自身分离出来的生命。从孕育到诞生，哦！整整两年了，母亲孕儿不过是十个月时间。漫长的孕育时间里越来越沉重的负累，临产前的不安与骚动，生产过程中的痛苦与孤独（再高明的接生婆也无法代替产妇分担那种痛苦），此刻统统忘记了，变得毫无意义了，好像那是很久以前发生在别人身上的事，自己只是沉浸在一种最踏实的幸福之中。

孕育孩子的十个月里，无论是初做母亲的人，抑或是已经做过母亲的人，都在心里嘀咕：我这回会生出怎样的一个孩子？儿子还是女儿？漂亮还是丑陋？正常还是畸形？聪明还是平庸？可别生出个畸形儿或是傻瓜蛋啊！作家是不是在打腹稿的时候有这样类似的考虑？我不知旁人如何，我可是不止一次地这样想过。岂止这些最低限度的考虑，远比这些要复杂得多。

有多少次，站在书架面前，面对那些不同国籍的作家的作品集，厚的或薄的书册，使人敬畏，中国的或外国的作家们，用自己的笔，修筑起来怎样富丽堂皇的多角艺术大厦啊！那无形的光焰，简直要把我心中正在孕育的尚不成形的胎儿挤死压扁了，甚至觉得没有必要再孕育了。这是一种威逼。

现在，当我抚着那一摞刚刚脱手的稿纸，心里是这样的踏实，任何最伟大的作家的最辉煌的巨著都不能对我构成任何一丝压力。他是伟大的，他的巨著是辉煌的；我是渺小的，我的作品谈不上辉煌；但我是真诚的，这部小说稿是我在生活中独立发现和深切感受的结果。我没有胡编乱造，我没有阐释某种意念，我没有像商人一样揣摸市场行情而投其所好，用编撰的故事去阐释一种出现畅销苗头的观念。我写下了我对生活的真实感受，它完全具有生的权利。它是小狗，然而大狗的美妙的或洪大的叫声永远无法代替它的不大美妙也不够洪大的叫声。它按它的嗓子叫了，世界才有了丰富的声音。它是一枝最普通的野蔷薇，或是一株大荠菜，虽然无法与天姿国色的牡丹相媲美，然而牡丹又无法代替野蔷薇或荠菜。它应该生长，而不该畏怯什么。

这种踏实幸福的心境，是我创作生活中的最高享受。作品发表了，有人说好了，读者来信称赞了，评奖了，这都令人高兴，甚至十分高兴，然而只是高兴而已，远不同于刚刚脱手时的那种幸福的感觉。

那只装着稿子的大信封封上了，交到邮递员手中了，不消说，要用挂号邮寄，没有底稿呀！邮递员像收一只普通的包裹一样，砸上邮戳，就扔到一只盛装邮件的大篓子里，令人心悸。砸邮戳的劲儿太大了，扔的时候太用力了，要是糨糊还没有干透，封口给震开了就糟了。

像送孩子出远门一样，担心是难免的。与送孩子不一样的是，此后便开始淡忘。最初有一种空虚感，一种腾空了的空虚，一种脱掉负累之后的轻松式的空虚。像庭前的一株枝繁叶密的大树被伐倒了，眼前露出一片开阔的天空，这空间太大了，一时难以适应。然而被砍伐掉的大树的印象很快就淡忘了，被大树罩遮挤压的小树一下子获得了天空和太阳，小树很快就生长起来，占据了那个空间……我感到心头的负累又沉重了，即将临产了。

这棵树长成材了，应该砍伐了。明知砍伐是极费力的事，还是要砍伐。有时候，我也产生一种奇怪的感觉，像生孩子又像育树，心中总有那么一两棵或三五棵树同时生长，有的长得快些，有的长得慢些，长得快的占据了更多的土壤和空间，霸占了水分、养料和阳光。砍伐之后，那被挤压的小树便迅速地来占领腾空了的心理空间，发展起来。

　　一次一次经历孕育的负累，忍受寂寞，忍受难产的痛苦，然而还是不断地孕育，不断地生产，确也像伟大母亲不因生育的痛苦而拒绝生儿育女一样，心安理得地再繁衍生命。这里头有一个人类永恒的伟大哲理在支撑着——

　　创造者是幸福的。

苦　闷

　　我不止一次经历过这种情况：不想写东西。在一段为时不短的时日里，懒得动笔，对于正在构思的东西燃不起热情，觉得没什么意思，写出来也没劲，不想写它。对已经写过的东西也失去了兴趣，当初怎么写下这东西，意思不大，搁今天压根没劲头写出来，当时竟然兴致勃勃地写了，简直可笑。我陷入一种心灰意懒的情绪里，大约就是苦闷这个词里面包含的人的那种特殊的心境。

　　苦闷不同于寂寞。寂寞的对立面是希图寻求欢乐，而我此时对一切欢乐的活动，诸如下棋和聊天，包括我最喜欢的球赛，统统都失去了兴趣，不想寻求欢乐，甚至讨厌那些欢乐。苦闷又不同于痛苦，因为巨大的痛苦发生在较少的写不下去的时候，是写作中的重大挫折所造成的，是写作过程中的事。而苦闷并不在创作过程中，实际上压根儿就不想写，只是苦苦地闷住了。

　　苦闷在我身上发生的时候，似乎不是连续性的，而是阶段性的，过一个时期，就要经历一次比较厉害的苦闷。几次之后，我分析这种情绪产生的一个共同的原因，是自己对自己厌烦了。这阶段里写下的这一批作品，是些什么货色啊！再写就没写头了呀！应该变变招数了，应该怎么变呢？苦闷产生了。

认真地冷静地甚至痛切地解剖以往的既成的作品，考虑那些并不顺耳的批评意见（当时觉得是没有必要考虑的意见），真有些道理呢！简直批评得太客气了，实际上要比那些意见严重得多，必须改变，必须克服，必须有更强的艺术表现来表现已经意识到的生活内容。

促进这种反省式的悟觉的最有效的办法是读书。那些优秀的作品，可以回答我此时此境里所苦恼着的最迫切的问题。于是，在阅读中，忽然体味到：应该充分地写生活！以前怎么那么傻，把生活中的诗情画意全裁删干净了，只想到短篇小说要干练简洁，裁剪干净，而干净和简洁的结果却显出了干巴和枯燥。应该充分地写生活，写生活本身所蕴藏的那种韵味、那种诗情和诗意。这样的一次悟觉，便随之产生一种强烈的要求表现的欲望，我要尝试新的创作意图了。

又一次苦闷产生了，是对一种追求由尝试到多次实践之后产生了厌烦。学习和阅读中，忽然受到启发，哦！应该充分地写人物的感情。作品和读者、影视和观众之间，是由感情交流相连接的。作品中的人物的感情不准确，不真诚，不充分，或者过头了，都是不真实。不真实就是虚假的同义语。读者和观众可以满怀兴致地看一切荒诞不经、离奇古怪的故事情节，却无法接受哪怕是少到一个字的虚假感情的。不该哭的时候哭了，不该说的时候又说了那么多废话，亲吻简直使人感到别扭和恶心……所有这些不准确的虚假的感情，读者和观众有一种本能的排斥。感情交流的基础是准确。于是茅塞顿开，我应该在下一步的实践中努力去写人物的感情了。

文学是人学。文学是写人的。这话很对，又有点笼统，人的最重要的东西是感情，是人的七情六欲，是人的追求和向往，是追求和向往的历程中所经历的痛苦和欢乐等复杂的感情活动。文以情动人。现在才更深一步理解到这个最普遍的道理，该是创作中的一种返璞归真现象吧？搞了十几年创作，发了一批作品，转了那么一个大圈子，现在又回到"以情动人"这个最根本的命题上来，真是有趣。随着时间的推移，作品渐渐增多，发表了百余万字了，长长短短的作品有几十篇了，不要说不重复别人，要做到不重复自己就很不容易。但必须坚定信念，心肠冷酷，坚持不重复别人，也不重复自己。因为读者花时间去读任何作品时，最讨厌那种似曾相识的现象。这里就往往产生苦闷：怎么才能不重复别人也不重复自己呢？

这是要用艺术实践来回答的。

我不禁反问自己，艺术，艺术，艺术的含义到底是什么？从最初接触文学的时候起，我就接触了艺术这个名词。几十年来，除了教科书上对艺术所下的定义之外，我对艺术毕竟有了一点亲身的感知。我觉得，艺术就是自己对已经意识到的现实和历史内容所选择的最恰当的表现形式。创作实践的不断丰富，实际应该是不断地一层层撕开颇神秘的艺术女神的外衣的过程。真诚的作家，应该以自己的创作实践，去揭示艺术的神秘色彩，而不应该哗众取宠，给已经被披上了够多的神秘色彩的艺术宫殿再添加哪怕是一分虚幻的神秘的色彩。

苦闷是不可避免的。苦闷是自我否定的过程。自我否定是一种内在的动力，是打破自己的思维定式的一种力量。对于一个作家来说，可怕的不是苦闷而是思维中呈现的太多的定式，思维定式妨碍吸收，排斥进取，不思追求，因而导致作家思想和艺术生命的老化。苦闷过程则是酝酿着打破已成的思维定式的聚蓄力量的过程，是进取的过程，是追求新的思想和艺术的过程，是创作生活富于活力的过程。苦闷的结果，必然是对于自己的艺术实践的又一次突破。因此而可以说——

苦闷象征着新的创造。

（1986 年 4 月 14 日草于小寨　4 月 23 日改定于灞桥）

《四妹子》后记 [*]

　　想到刚刚编成的这部小说集将交由中原农民出版社出版，我的心情尤其舒悦。这样一个以八亿农民为读者对象的出版社，首先在感情上使我有一种亲近感，其魄力和眼光更使我钦敬。

　　农民在当代中国依然构成一个庞大的世界。

　　我是从这个世界里滚过来的。我出生于一个世代农耕的农民家庭。进入社会后，我一直在农村做工作。教书时，我当的是农村学校的民办教师，学生几乎是清一色的农民子弟。做干部时，我又一直在区和乡政府工作，工作对象自然还是农民，接触的人除了农民就是和我一样做农村工作的干部。这样的生活阅历铸就了我的创作必然归属于农村题材。我自觉至今仍然从属于这个世界。我能把自己在这个世界里的生活感受诉诸文字，再回传给这个世界，自以为是十分荣幸的事。

　　农民世界是一个伟大的世界。尽管人们以现代眼光看取这个世

---

[*]　本文见陈忠实中篇小说集《四妹子》，中原农民出版社 1988 年 4 月版。

界时，发觉它存在着落后、愚昧、闭塞、保守、封建、迷信，以及不讲卫生等弊端，然而它依然不失其伟大。在几千年来的缓慢演进和痛苦折腾中能保持独立的民族个性，仅此一点，就够伟大的了。当我把这本小书回传给这个庞大世界里的人们时，心里不无担忧，他们会认可吗？我常常恐惧这样一点：遭到这个世界里的人们的唾弃；被这个世界的人所唾弃，可真受不了。我仅仅也只惧怕这一点。

作家研究的主要对象是社会生活。

我关注的是农民世界的生活运动。

我曾经甚为自信于我对农村生活的了解和感受。我今年春季以来就又不甚自信了。我对我生活着的地域内的几个县和区的历史沿革的进一步了解，使我打破了以往的自信。这块土地上千百年来缓慢演进的脚步使我加深了以往的那种沉重感；这块土地上近年间发生的急骤变化甚至使人瞠目。我对这个世界的昨天和今天知道得太少了。

我愈加信服巴尔扎克的一句话："既然小说被认为是一个民族的秘史，那么，要成为真正的小说家就必须对社会生活进行调查。"从这个意义上说，要了解一个民族，最好是阅读那个民族的优秀的文学作品。从这个意义上说，作家要获得创作的进展，首当依赖自己对这个民族的昨天和今天，即历史和现实的广泛了解和深刻理解。

我截至目前的全部作品（包括本集），都做不到这一点。但我已经意识到了。意识到了，我就有了进一步努力争取新的目标的力量和勇气了。

（1987 年 6 月 6 日　白鹿原）

文学依然神圣 *

　　王愚副主席代表省作家协会主席团发布"炎黄文学奖"的新闻消息时说他很激动。我也很激动。本届主席团终于可以向陕西文学界以及殷切关心关注陕西文学事业的各界朋友说，我们为陕西作家群的发展做了一件实事。

　　我想引用去年 6 月在作协换届会议上我代表新产生的主席团向大会所致的闭幕词中的一段话："本届主席团受五百多名会员代表的委托和信赖，首要的任务就是巩固发展壮大这个群体，我们将把改善作家创作条件和生活条件作为最现实最迫切的一件工作提上议程。做这种努力的初始目的和最终目的只有一个，就是保证现存创作队伍的完整并使其更加雄壮，使这个群体的每一个人都能进入沉静的艺术创作状态。"

　　我当时所做的这个承诺，或者说吹下的这个牛皮的背景首先是，

---

* 　本文原载 1994 年 9 月 22 日《西安晚报》。

陕西以胡采、柳青、王汶石、杜鹏程、李若冰为代表的一代辉煌于中华人民共和国文坛的作家已经卸任，有的已经谢世；他们尤其在晚年对包括我在内的中青年作家所倾注的真诚和进行的扶助，有口皆碑；这种以文学事业为己任的优秀传统必须由新的主席团继承下去，贯穿始终。其次就是陕西作家群连失两员主将路遥和邹志安，他们终其一生所从事的艺术创造的个人悲剧是欠下一屁股烂账。前年被陕西文学界看成"悲怆的黑色的1992"。请同志们不要轻易淡忘那一段不寻常的日子，才能理解我上述重提的闭幕词的背景和含义，才能理解王君先生为陕西文学界慷慨提供巨大资金设立"炎黄文学奖"的深远意义。

新一届主席团产生了，由我吹的牛皮和由我向文学界朋友所做的许诺，既压在主席团头上，也不可避躲地压在我的头上，所谓"不在其位，不谋其政"。既在其位，就得承担责任。尊敬的朋友们，我终于可以向大家说一句：虽然艰难，这件对陕西文学创作将会产生重大影响的实事终究办成、落实了。

我这里首先向提供这项奖的王君先生表示真诚的钦敬之意。他的事业应该说刚刚展开，他要做的事和所需的投资肯定很大，而能毅然拿出一笔数目可观的资金资助陕西文学事业的发展，显然不是出风头，不是为了某种效应，而是一种富于远见卓识的坚定的举措。这就是：一个处于经济腾飞和新的机制形成的充满活力的民族，无论如何也不可缺了文学。作为一个有理想、有道德、有操守的医学专家，王君和我一样坚信，一个没有文学艺术的民族无论经济怎样发达，也不会是一个完美的优秀的民族；一个有雄心在经济上独立强大于世界的民族，也应该有最优秀的文学争艳于世界文学的百花园。他决定出资资助陕西文学事业的举措，在商潮和金钱把科学、教育和文学艺术冲击得不再那么神圣的时候，使我感到了一种悲壮。

在商品经济日趋活跃、社会生活也呈多样化发展的环境下，纯文学已经面临挑战。所幸的是陕西省委对陕西文学发展的正确指导和恰当的方针，对陕西当代作家创造劳动的理解和尊重，才造成一种百花齐放的健康的艺术创造氛围。所幸陕西这一茬中青年作家谨于操守，依然不悔自己对文学的崇拜和对事业的虔诚，保持着一个基本整齐而又雄壮的创作群体。我和主席团的同志们完全相信，陕西作家艰苦卓绝的创作精神，绝不是纯文学领域的"最后一个渔佬"，或者说最后的"麦田守望者"。我们的参照系是，经济最发达的欧美国家和地区并没有因为经济的发达而消灭文学，反而当代世界文学中最具影响的作品正是由那里的作家创造出来的。中国的经济刚刚起飞，文学便掉价，作家便遭冷落，实际是一种很不健康的社会心理。经济获得更大发展、国民素质获得进一步提高的中华民族，必将要创造一个文学艺术辉煌灿烂的新世界，任何市侩的短视的眼光和浅薄的议论都会过去。陕西作家不悔的操守和不懈的创造性劳动，构成了中国当代文学的一个重要的组成部分，倒是应该在较大的创作量的基础上，树立清醒的精品意识，以报偿如王君先生一样热诚关心文学的朋友和读者。

我们满怀自信，真正意义上的文学依然神圣。

（1994 年 9 月 1 日）

文学无封闭 *

　　自从前年陕西的长篇小说形成某种影响以来，我不止一次听到
这样的疑问，说陕西经济发展步子不大，尤其是比之沿海那些省份
就更显得落后，而陕西的文学创作为什么如此繁荣？我在一些座谈
会上听到过这样的话题，在接受记者采访和与中文系大学生对话时
几乎无一例外地都成为热门话题，尤其是从南方那些经济发达地区
来的报纸、刊物、电台、电视台的编采记者，甚至做出这样的反诘：
文学创作是否只有在相对落后贫穷、相对闭塞的地方才能获得发
展？因为经济发达、商业活跃相对富裕的诸如深圳、广州等地的作
家已经耐不住写作的清贫而躁动于商事活动了……我几乎无一例外
地坚持说这种看法是一种错觉，是对文学创作这种劳动的一种理解
上的误区。我说，文学不存在封闭。

　　文学创作和经济发展不可类比，也不存在一个文学发展与经济

---

* 　本文原载《文学自由谈》1995 年第 2 期。

发展成正比或成反比的必然性规律。内陆省份经济发展普遍赶不上沿海省份经济发展的速度，这是业已形成的一种经济格局。一个地区的经济发展除了受那里的官员的决策的眼光和魄力等重要因素的影响外，还要受地理位置、地理环境的制约，还有气候、交通、文化教育等等因素的影响，这是常识。

上述制约经济发展的因素都不能对文学创作构成危害或约束。对文学构成危害和制约的最大因素是人为的瞎指挥。比如十年"文化大革命"期间那种瞎指挥。那样的瞎指挥不单是扼杀了陕西或某一个地区的文学创作，而是整个中国的现当代文学都被彻底扫荡到片纸无存。在今天的正常的文学环境和文学气候里，任何地区、任何地域的中国作家所获得的发挥自己创作的条件，在根本上或者说在最重要之点上是平等的相同的。经济发达商品活跃地区的作家可能比经济落后地区的作家收入丰厚一些，生活条件优越一些。然而文学创作不是靠物质所能推动的，物质的优裕和钞票的多多益善只是作家进行创作劳动时的生活给养而已——首先作家得"肚子里有蛋"，无蛋空怀的人哪怕住在五星级宾馆里也是难得作为的。作品水平的高低并不决定于你写字的手指上是否戴有金戒指，好像也不决定于写作者是吃的牛奶、咖啡，还是吃的搅团儿。

作家进行文学创作唯一依赖的是一种双重性的体验，由生活体验进而发展到生命体验，由艺术学习发展到艺术体验，这种双重体验所形成的某个作家的独特体验，决定着作家全部的艺术个性。作家的每一部（篇）重要的认真的而不是应酬之作，都无可掩饰地标志着他在那一段时期的那个独特体验的形态，这种形态的展示也就赤裸裸地标志着作家关于生命和艺术所体验的一切。

这是截至目前我关于创作这种劳动的最简洁的理解。既如此，作家从艺术学习到艺术体验的整个过程所能借助的只有阅读。他想尽可能多地通览古今，也想尽可能多地学贯中西。他一方面要从古人今人国人洋人那里吸收一切有利有益于发展强大自己艺术能力的东西；另一方面就是以广泛的阅读来开阔自己的艺术视野，见识见识那个艺术殿堂里所荟萃着的异彩纷呈的风姿；还有一面就是看看前人和当代人已经跨过了思想和艺术的怎样的标高，从而确定自己探索的方向。作家对于艺术的学习和体验不受任何约束，全靠自己的艺术兴趣和艺术悟性，并不因作家居住在经济发达的南方或相对落后的北方或西部而构成影响，也不因作家住在城里或住在乡村而影响阅读的效果，住在豪华都市和住在乡间的作家同在阅读《红楼梦》《百年孤独》，各自得到的关于艺术的体味和启示不会因谁在什么地方而决定深浅。如此说来，相对闭塞的西部作家在艺术的学习上不存在封闭，因为古今的文学名著这里的人都可以见到，即使比沿海比京城晚读半年一年也无关宏旨，艺术的学习和体验不是一朝一夕所能起作用的，不像科学技术、军事尖端技术信息急迫到要争夺一天一时一分一秒，而是靠那种多少有点神秘感的心灵的体验和一种艺术修炼的基本功力。

生命体验由生活体验发展而来，生活体验脱不出体验生活的基本内涵。生活体验或体验生活对于任何艺术流派艺术兴趣的作家都是不可或缺的，这是无须做任何辩证的。普遍的、通常的情况是，作家总是经由生活体验进入生命体验阶段，并不是所有作家都能经由生活体验而进入生命体验的，甚至可以说进入生命体验的作家只是少数；即使进入生命体验的作家也不是每一部作品都属于生命体验的作品。如写出过属于生命体验之作的《百年孤独》的马尔克斯，随后写出的《霍乱时期的爱情》，我凭阅读感觉以为是属于生活体验的作品。而昆德拉在《生命中不能承受之轻》之前的几部长篇，尽管艺术风姿各异，我觉得仍然属于生活体验之作，只有《生命中不能承受之轻》才是进入一种生命体验的艺术精品。

凭生活体验产生过许多不朽之作，然而生活体验也容易产生许多相似的雷同的作品，诸如批判现实主义的大量的小说，更诸如20世纪五六十年代大量的写农业合作化的作品，甚至还有大批的写新时期农村改革的作品。这种现象产生的原因，在于作家顺着一种公用的通行的理论思维去概括生活，尽管南方北方东方西方的中国农村生活差异很大，在这一批作品中也仅仅使读者接受领略到风俗的差异和方言的差异以及故事情节的大同小异。这样如一个模子翻制出来的小说有多少数目啊！包括我的一些作品也不能摆脱这样的窠臼。生命体验首先也是以生活为基础的，生命体验不是以普通的理性理论去解剖生活，而是以作家个人独立的关于历史、关于现实、关于人的生存的一种难以用理性言论作表述而只适宜诉诸形象的感受或者说体验。这种体验因作家的包括哲学思维、个人气性等方面的因素而产生，所以永远不会重复，也不会雷同。

既然创作活动属于作家的双重体验，那么什么东西能制约呢？不能。什么东西能造成封闭呢？没有。翻转来说，这种双重的体验更不可能靠物质的东西来促进或推动。不能产生这种双重体验的作家即使坐高级轿车、住高级宾馆也无济于事，不能产生这种体验的作家即使关闭在任何闭塞的穷乡僻壤头悬梁锥刺股也同样无济于事；能够产生那种独特体验的作家无论坐轿车或骑自行车都会产生的。

产生了，就要展示，就要诉之于文学，就要倾泻，就渴望把自以为
是独特的体验尽可能充分、尽可能快地与读者进行交流，小说就是
实现交流和沟通的媒体。

　　文学无封闭 —— 也许是我的偏见。

（1995 年 1 月 22 日）

兴趣与体验 *

一

　　到五十岁才捅破一层纸，文学仅仅只是一种个人兴趣。

　　为什么读了头一本小说就无法抑制，就产生了一种想把中学图书馆的小说都挨个读一遍的强烈欲望，现在想来就只能归于兴趣。人的兴趣是多种多样的，兴趣在小小的年纪就呈现出来，有的喜欢画画，有的精于算计，有的敏于乐感，有的巧于魔术变幻……文学只是人群中千奇百怪的兴趣中的一种。

　　首先是阅读直接诱发起我对文学的兴趣。上初中时我阅读的头本小说是《三里湾》，这也是我平生阅读的第一本小说。赵树理对我来说是陌生的，而三里湾的农民和农村生活对我来说却是熟识不过的。这本书把我有关农村的生活记忆复活了，也使我第一次验证了

---

　　*　　本文原题为《兴趣与体验——〈白鹿原〉获奖感言》，载《当代》1995 年第 1 期。

自己关于乡村关于农民的印象，如同看到自己和熟识的乡邻旧时生活的照片。这种复活和验证在幼稚的心灵引起的惊讶、欣喜和浮动是带有本能性的。我随之便把赵树理已经出版的小说全部找来阅读了，这时候的赵树理在我心中已经是中国最伟大的作家；我人生历程中所发生的第一次崇拜就在这时候，他是赵树理。

也就在阅读赵树理小说的浓厚兴趣里，我写下了平生的第一篇小说《桃园风波》，是在初中二年级的一次自选题作文课上写下的。记得老师给了我前所未有的大篇幅的评语，得分为"5⁺"……我这一生的全部有幸和不幸，就是从阅读《三里湾》和这篇小说的写作开始的。

时光已经流逝了整整四十年。四十年前写作那篇小说时的我，根本不会想到也无法料知今天的我的这一番模样。平静说来，那篇小说本不是当作小说写的，更不是为了出版、为了发表、为了挣稿费、为了什么什么，仅仅只是为了完成一次语文老师布置的自拟选题的作文……当我今天编选这一套三卷本的小说选集的时候，无法湮灭的记忆很自然地又活跃起来，真是感慨系之。

兴趣不衰，热爱之情便不泯。于是就想通了那些被文学这个魔鬼缠住的人之所以被监禁流放、被剃"阴阳头"、被踢屁股历经九死而不改不悔的全部缘由。面对在我之先的上两代经历过"阴阳两界"巨大痛苦的作家，我从来不敢把自己追求文学所招致的小小灾难当作灾难，更不敢把它当作某种资本去争取文学以外的价值。所有对文学情有独钟的人都经历了那个过程，一个不可跨越无计逃遁的火与冰的过程，灾难和痛苦只分深浅或者说轻重，而不是有无。完全得益于那个过程的人是另一种形态或另一种意义上的作家。我在四十年的文学历程中的灾难属于轻的一种，痛苦也属于浅的一类，但毕竟都一一经历了，于是我就有了属于自己的最真切也最牢靠的关于生命和艺术的体验。我常想，那些刚走出牢门结束了流放的作家，之所以还能摊开稿纸拧开钢笔，恐怕不是为了出名，为了发财，抑或还为了什么什么吧？我想只是兴趣。

兴趣是会转移的，不是所有人都会受一种兴趣的支配而在文学这条路上从天明走到天黑。如果他对文学的兴趣转移了，可能转移到制造导弹、保卫疆域，也可能转移到耍猴、变魔术、玩杂技博取观众的喝彩去了。兴趣转移是人类的正常行为，许多人的兴趣从文学转移到其他领域而且有了卓越的创造，也有许多人的兴趣从另一样事业转移到文学上来同样写出了辉煌篇章。从这个最简单的本质意义上说，关于文人下海的讨论没有多少实际意义。

文学是个魔鬼。然而能使人历经九死不悔不改初衷而痴情矢志终生，她确实又是一个美丽而又神圣的魔鬼。

二

到五十岁时还捅破了一层纸，创作实际上也不过是一种体验的展示。

体验包括生命体验和艺术体验从而形成一种独特体验。千姿百态的文学作品是由作家那种独特体验的巨大差异决定的。出于对创作这项劳动的如此理解，我觉得作家之间和作品之间只能互相宽容百花齐放，因为谁也改变不了谁的那种独特体验，谁也代替不了谁的那种独特体验。红花没有必要嘲讽白花，黄花也无必要笑傲紫花，家花更代替不了野花，洋花鄙视土花并不能以此显示尊贵，所有红花与白花、黄花、紫花，家花、野花、洋花、土花，应该不断完善自身以期更加完美，应该互相鼓励以求更加扩大差异，才会百花齐放争奇斗艳万姿纷呈；要么互相杂交取优汰劣生出一种或几种土洋结合家野合璧的杂种新种，可能不失为一种创造。

总之，不要互相敌视、互相撕咬、互相消灭，作家毕竟又不是某一种花，他的那个独特体验是消灭不了的；任何一种花的生存，应该靠自身的姿色，也仅仅只能依赖自己的姿色去生存，作家是用作品和这个世界对话的；企望依靠非花（即非文学的因素）去达到花（即文学）的目的，肯定是不可能的，文学史上无论在中国或外国在这方面都没有得手的先例；应该消灭的不是任何一种花，而只能是罂粟毒株。

生命体验由生活体验发展过来。生活体验脱不出体验生活的基本内涵。生活体验或体验生活对于任何艺术流派艺术兴趣的作家都是不可或缺的。普遍的通常的规律，作家总是由生活体验进入生命体验的，然而并不是所有作家都能由生活体验进入生命体验，甚至可以进入生命体验的只是少数；即使进入生命体验的作家也不是每一部作品都属于生命体验的作品，这是我通过阅读所看到的中外文坛上的基本的现状。

出于对创作的这样的理解，新时期以来我基本没有参与文坛的种种争论，也不想把自己归结于某一种新潮"主义"的旗帜下。因为在我看来，任何一种流派任何一个"主义"的产生，都是作家的独特体验孕育的结果，不是硬学的，硬学是学不来的，模仿的结果只能是画虎类猫。但艺术毕竟是相通的，可以互相影响，可能用一种流派的长处弥补另一种"主义"的短处，可以加深扩展自己对艺术的体验。

新时期中国当代文学的全面复兴，我是经历了全过程的。这套选集里的长、中、短篇小说全部选自我 1978 年至 1992 年初的作品。我在编选时已经惊讶起初几年的一些短篇的单薄和艺术上的拘谨，再显明不过地展示出我艺术探索的笔迹。无须掩丑更不要尴尬，那是一个真实的探索过程，如同不必为自己曾经穿过开裆裤而尴尬一样。《白鹿原》出版后，我基本没有再写小说。我想读书，我想通过广泛的阅读进一步体验艺术。我不追求著作等身，只要在有生之年能多出一本两本聊以自慰死后可以垫棺作枕的书，就算我的兴趣得到了报偿。

生命体验是可以信赖的。它不是听命于旁人的指示也不是按某本教科书去阐释生活，而是以自己的心灵和生命所体验到的人类生命的伟大和生命的龌龊、生命的痛苦和生命的欢乐、生命的顽强和生命的脆弱、生命的崇高和生命的卑鄙等难以用准确的理性语言来概括而只适宜于用小说来表述来展示的那种自以为是独特的感觉。

三

刚刚交上知天命的五十岁时，写完了《白鹿原》。写完这部长篇，关于文学和创作的两层纸才捅透打破了，也发觉自己完全固执于独特体验的己见。

许是因了这部长篇的连锁反应，在此之前的中篇和短篇也不断地被出版社组装出版，印数之大仅仅在此前两年是做梦都不敢想的。

很简单，读者恐怕也是出于我当初读《三里湾》之后的那种心理，便想读我的其他小说，这很正常。我当然很高兴，读者多了，作家与读者交流沟通的渠道也就拓宽了，这是所有形态的艺术创造的本意。艺术创造就是为了沟通，小说不过是作家以双重体验和读者沟通的媒体。文学作品沟通古人和当代人，沟通不同肤色不同语系的东方人和西方人，沟通心灵。一部作品能够广泛地完成那个沟通，作家创造的全部目的就算实现，再无须多说一句话，只任人去说。

　　长篇《白鹿原》从发表到现在接近两年，我收到过数以千计的读者来信，许多信读罢常常使我陷入沉默无言中只想喝酒。"我想写出这本书的人不累死也得吐血……不知你是否活着，还能看到我的信么？"这是石家庄一位医生或护士写来的信中的一句话。我想借着这套选集出版作序的机缘，向这位读者和所有关心关注我的朋友致以真诚的谢意，我活得依然沉静如初，也还基本健康。

　　当然，我更应该告诉读者朋友，这套小说选集包括1992年以前的主要作品，小说领域里的长、中、短的形式都算实践过了。明天，我肯定还要展示我的新的体验，绝不会重复自己；重复别人是悲哀，重复自己更为悲哀；重复的直接后果是艺术创造的萎缩。

　　创造者是心地踏实的。

（1995 年 3 月 18 日）

柳青的警示

——在柳青墓前的祭词*

柳青以他的整个生命所进行的艺术创造的全部历程，在今天，对我们至少有这样的警示——

作家生命的意义在于艺术创造。而创作唯一所可依赖的只有作家自己的生活体验、生命体验和艺术体验。各个作家的那些体验的独特性，在胎衣里就注定了各自作品的基本形态。

既如是，作家只能依赖自己的独特体验达到自己的文学的目的，以实现所憧憬着的艺术世界的崇高理想。企图以非文学的因素达到文学的目的，无论古今无论中外的文坛都没有永久得手的先例。

在这方面柳青堪称典范。他对自己所从事的创作这种劳动有独到的理解，更有精辟的概括："文学是愚人的事业""作家是六十年为一个单元"。在社会生活呈现多样化也呈现复杂化的当今，柳青的"愚人"精神对我们具有最基本的警示的意义。

---

*   本文原载《秦岭》2008 年夏之卷。

柳青的一生，不单是作为作家的一生，他还是社会变革的直接参与者。他青年时代义无反顾投身革命，和平时期又毅然参与新生活的建设。柳青始终关注国家的兴旺和民族的命运，宏观如国家的重大决策，细微到生产队的计算工分的方法，他都身体力行参与实践。他的艺术神经对生活保持着一种超人的灵敏功能，因而获得了作品里的那种无与伦比的巨大的生活的真实感。这里构成柳青艺术世界常绿常青的生命之树。

　　真诚而不是虚伪地关注国家和民族的命运，热情而不是冷漠地注视当代生活的进程，才能保持心灵世界里那根艺术神经的聪灵和敏锐，才会发出既洪大又婉转的回声。柳青在这一方面仍然对我们具有警示的意义。

　　作为艺术家的柳青，精神世界里贯注着一股强大的人格力量。他投身革命参与建设的同时也在锻铸着自己的人格，他创造艺术的同时也在陶冶自己的灵魂。他的一生留下的不仅是作品，也留下许多折射着他的人品光彩的生活故事，这些故事佳话和他的作品交相辉映，使我们看到了既作为艺术家又作为一个大写的人的柳青、文品和人品统一的柳青。尤其是在"文化大革命"当中，柳青显示出一个民族的艺术家的铮铮铁骨和强悍的人格魅力。

　　面对物欲膨胀而呈现出的某些生活的混浊、某些文章和人格的扭曲和分裂的现象，柳青无疑给我们以尤为贴近的警示。

　　柳青以他的生命、智慧和人格所神圣过的文学，我们依然神圣。

（1996 年 6 月 27 日　西安市长安区）

文学的信念与理想*

　　我的文学信念形成的时间很漫长，是从不自觉到自觉的过程，也有去伪存真的问题。最初的很长一段时间里，单就个人的因素看，写作确实就是一种兴趣和爱好。它的萌发是一种兴趣，包括已经能发表很多作品的时候，在很大程度上还是一种个人的创作兴趣，一旦沾染上了文学，发表了些作品，同时也就产生了名利之心。再后来，把文学创作当作一种生活目标来追求的时候，毫不讳言，具体到个人出路的非常实际的问题时，我还是从自身考虑的多。尽管在陕西省已成为一个有影响的作家了，社会要求你的写作是要为革命，自然要附着一些当时流行的社会政治口号，把你的创作归列到那上面去。但具体到我写作的真实心理，仍然是兴趣。最初的兴趣是在中学读书时引发起来的，不自觉地连续练习写作。到高中毕业时，处在国家"困难时期"的非常重要的关头，是我人生最重要的

———————
* 　本文原载《文艺争鸣》2003 年第 1 期。

转折点，也是我人生最困难的、最苦恼的一段时期。后来我回忆当时，不能进大学学习，对一个青年无论从个人出路、发展，还是从报效祖国、服务人民，即从私与公的角度，所有的路一下子都被堵死了，在一切都不可能的时候，我很自然地把自己的精神集中到文学爱好上来。这也是我当时唯一能选择的道路。这样，反而排除了一些轻易能够进入社会，包括谋一个好的工作这样侥幸的心理，反而归于一种死心塌地的沉静。进入这种自修状态，我的目标很明确，自修四年发表第一篇作品，就是我的大学学历完成的标志。那是我从最基本的文学修养开始练习，摸索写作的道路。在这一时期，最重要的是文字修炼，虽然在任何冠冕堂皇的场合都要讲是为革命写作，其实是以文学创作为寻找自己人生出路的途径，尽管如此，选择文学的动力还是对文学的兴趣。回忆那一段时间，我总以为，一种虽然时间不长却极度的恐慌和痛苦过去以后，我才进入学习的最好的沉静状态，开始了文学创作的准备。最初是广泛阅读，包括背诵，记日记，写读书笔记、生活笔记，这些笔记不仅锻炼了文字功力，而且锻炼了我观察生活的敏锐性。我很清醒，如果文字功力不足，想把发生、发展的事情表达出来，实现自己的人生理想，想当作家，都是不可能的。

到能发表一些作品，并在社会上产生比较大的影响的时候，文学创作仅仅作为个人生存手段的目的，反而淡化了，退居次位了，不是主要矛盾了。社会承认你是一个作家，你就要对自己创作的进一步发展提出更高的目标。这大约应该是到了20世纪80年代中期。我清醒地意识到，社会承认你作为一个人的创造价值，但社会同时也强迫你必须认识到它承认的是什么样的作家。换句话说，你要做一个什么样的作家才能与社会的发展趋势相一致，否则，你即使成了作家也难以获得一个作家的安慰和自信。这个意识在写《白鹿原》之前的 20 世纪 80 年代中期已经非常强烈了。在这个时期，我的创作已经在社会上有一些影响，短篇小说在全国获过奖，也出了几本中短篇作品集。后来出书的兴奋感渐渐地淡化了，强烈地意识到一种压力，作为一个作家，在陕西和在中国当代文学中，自己给自己打一下分，掂量一下自己的分量，就明白自己达到了什么样的程度，包括生命年轮，五十岁成为我很大的心理压力。这时候，文学信念开始形成，新的创作欲膨胀起来，想在文学这个事业上形成属于自己的、应该不为人淡忘的东西，也就是努力为自己在文学的领域里占一席之地的想法强烈了，我同时也产生了另一面的心理危机：如果当代读者把我的全部作品淡忘了，这个作家存在的意义恐怕仅仅只剩下"活着"了。

原来我只有一句豪言壮语：应该在中国的图书馆里挤进一本书哪怕是一篇文章也好。因为图书馆不是任何人、任何书都能挤进去的。一方面，这个时候的创作欲望，不再是在重要刊物上发表作品并获奖，也不是为了获得评论家给予的表扬，这些都很难再激起我的创作欲；另一方面，与此相辅相成，关于对文学创作的理解也产生新的欲望。创作心态正是在这一时期发生了重大转折。20 世纪 80 年代中期，文学创作和理论都非常活跃，所有新鲜理论不论是中国的还是外国的对我产生了很大的影响，尤其是关于创作的人物心理结构学说、文化心理结构学说。过去很长一段时间里，到接触这个理论以前，接受并尊崇的是塑造人物典型理论，它一直是我所遵循和实践着的理论，我也很尊重这个理论。你怎么能写活人物、写透人物、塑造出典型来？文化心理结构学说给我一个重要的启示，就是要进入你要塑造的人物的心理结构并解析，而解析的钥匙是文化。这以后，我比较自觉地思考中国人的文化心理，从几千年的民族历史上对这个民族产生最重要的影响的儒家文化，看当代中国人心理结构的内在形态和外在特征，以某种新奇而又神秘的感觉从这个角度探视我所要塑造和表现的人物。最明确的作品是《四妹子》《蓝袍先生》，这是我的创作实验的两部作品。

特别是《蓝袍先生》发表后的反响，诱发了我强烈的创作欲望，鼓舞我进一步在更高的层面上深层次解析民族的文化心理结构，《白鹿原》就是在这样的创作思路下开始构想的。它展现的不仅是两个家庭的个别的、具体的文化心理结构，而且是整个民族的精神和心理结构。从这一点上看，《白鹿原》里的各类人物，他们彼此间的诸多纠葛和命运的冲撞，其实仅是个载体。抓住对人物文化心理结构的解析，一条新的创作思路便在我的眼前敞开。我曾说过，我当时的思路和精神状态，是最活跃的，充满了新鲜感，好像进入一种新的精神天地、思想天地、艺术天地，整个形成了对思想和艺术世界极大的兴奋感和探秘感。到了这时，我才有信心完成《白鹿原》这部作品。由于有这些东西的引导让我感觉到了一个全新的境界，创作欲望和思想激情自然就达到了一个我从未有过的高涨状态。由于是个人生命体验性的东西，对人的鼓舞和心理自信的强化，就显得非常内在，不是谁轻易可以摧毁的。

作家探索的勇气和艺术创造的新鲜感所形成的文学信念是无法比拟的，我感觉好像要实现一个重要的创造理想，但是，也有达不到目的的担心存在。一个作家关键的东西是自我把脉，自我把脉太重要了，不能简单地不加分析地听任社会上一些人对你的"褒"和"贬"。如果久久得意于自己的一时成绩，目光也会短浅起来，无法把才智发挥到极致。重要的是使自己不断跨越已有的成就，对自己不断提出更高的新目标和新要求。

关于"文学依然神圣"这个话题，主要是有感于现实而发的。20世纪90年代中期，我们的商品经济进入最初的活跃阶段，社会生活形态，人际关系受到猛烈的冲击和颠覆。颠覆未必是坏事，我们原有的观念太陈旧了，这个颠覆的过程把那些陈腐的东西颠覆掉，但也未必产生的都是全新的、正确的、科学的生活观念。颠覆本身具有二重性，尤其是在这个过程中，一些原来比较神圣的东西和情感，也都被轻蔑了。所谓"造导弹的不如卖茶叶蛋的"，从事文学事业的作家也像造导弹的专家一样"被贬值"了，社会真正看重的是卖茶叶蛋的实际收入，而轻视造导弹或搞创作人的创造性的社会价值，人们普遍关注的不是劳动的意义，而是物质性的结果。这个结果甚至简单到单指个人收入。被中国人一贯认为神圣的文学，包括受敬重的作家头衔，在这个时候也不那么神圣了，这种精神劳动在普通人眼里未必能胜过卖茶叶蛋，这是那个时段里最为形象的比喻。重要的是我们作家群体里包括文化界内，也有一种无奈的自我调侃乃至对市侩观念的认可，对创作的发展造成了影响。"文学依然神圣"的口号是我在炎黄优秀编辑颁奖会上讲的，它虽然被社会传播了，但仍然有人怀疑：难道文学真的依然神圣吗？根据现时代的生活特征，文学果真还能神圣下去吗？作家、科学家都已经被边缘化了，挣钱人神圣了，是否确实把自己变成当代的唐·吉诃德了？生活实际上运转得也很快，我感觉从2002年的今天回头看五六年以前的生活，这中间的变化不小，应该说人们现在对文学的看法比以前要冷静和正常，这是经过重新选择、思考和鉴别的结果。

让人忧虑的是创作上的浮躁、快速化、平面化和理论上的平庸或者说庸俗化。这不是某一个作家、评论家或某一个地区的现象，而是带有普遍性的，整个文坛都在议论这个话题，各类报刊都在从不同的角度讨论这一问题。创作现在到了最快速化的时代了，一年生产的长篇小说（不说中短篇）近千部，是过去"十七年"的总和的几倍，远远超过"大跃进"时代了。这个快速创作量、出版量固然呈现出了繁荣的局面，但读者对文学界本身的不满足并没有因此而有所缓和。人们依然关注的是提高作品质量的问题，那种一般化地写以及媒体不着边际的"炒作"，严重地倒了广大读者文学阅读的胃口。这样一个局面，当然与浮躁的生活环境所产生的急功近利的心态有关，但从一个作家创作的角度讲，最致命的东西还不是这个，作家的能力、解析当代社会和历史生活的思想穿透力，关键还在这方面。现在大量历史题材的小说、皇帝小说（也没看很多，从电视上看），大多局限在权力的诉说之中，甚至有一种对封建权力的崇拜和阴谋权力的某种兴趣，这种东西展开的故事往往很热闹，斗争很激烈，观众兴趣很大。但是，作为一个作家，我只问他的思想和立场是什么？作家透视历史宫闱的力量有没有？从历史发展的角度看，封建制度确有它辉煌的一面，但其作为人类历史发展过程的一段，毕竟是一个非常落后的社会制度，回头看看历史，我觉得作家首先要有穿透封建权力的思想和对独裁制度批判的力量，但是现在看不到，全部是把历史当作对有所作为的皇帝的歌颂，甚至在歌颂有所作为的那一面的同时，把其对老百姓非常残忍的一面或隐而不提，或全部抹杀了。作家的思想穿透力远远没有达到"五四"时期新文化先行者对于历史认识的力度以及对现实生活的表现和揭示，还停留在对官员清廉与否的浅层次辨析上，很难进入一种对人的心灵的观照，难以进入在这个时代中人民心灵的欢畅和痛苦的那种本质上的观照，而这恰恰是文学作品应该全力关注的东西。平面化和浅层化对此既然难以发现就只好绕着走，似乎没有高招儿解决这一问题。但我相信许多作家都在做着各种努力。做努力是一方面，时间又是一方面，因为这是无法回避的。作家创作要提升档次，有文字表现能力包括一些新的表现手法、艺术形式等，对许多作家来说都不成问题，那还剩下什么制约着作家不能登上一个新的创作台阶？就是思想和境界。如果思想无法穿透生活深度，不能超出普通人很多，那么，作品怎会有思想的力度和深度的东西，自然不会引起读者的兴趣了。

一个作家的文学理想，当然是要创造出思想内涵，包括文学形式上的一种全新的形态，一个作家如果没有属于自己思想和艺术形态上的一种全新的、有异于所有人的作品形态的作品，那么，这个作家是立不住的。各国的文坛都是这样残酷。作家希望创造出属于自己独有的艺术世界、艺术形态，但作品发表出来的结果却是属于人民的、民族的。一个作家的文学理想不能不涉及为民族精神的更新和发展提供点什么。每一个作品对作家来讲都是不一样的，作品的形成过程、体验的方式和结果都不一样，体验决定着作家的精神状态，也制约着艺术形态。体验是独特的、个性化的，表现它的艺术形式也是独特的、唯一的，这才有可能形成作家独特的创作风格，而最为关键的是作家本身不能削弱，也不能淡忘自己对新的艺术形态的探索和追求，不能满足于已经取得的由相当成熟的艺术实践经验支撑的创作成就，这才有可能不重复自己，也不重复他人。再就是要不断磨砺自己的思想，面对你所感兴趣的生活，不论是现实的还是历史的，必须有能力穿透到一个新的层面上才会有新的发现。应该说艺术和思想是互为交融的，一个新的艺术形态不会孤立地从天而降，它是与那种新的思想在穿透历史的过程中同步发现、同步酝酿、同步创造而成的。这需要不断更新相关的观念，尤其是像我这个年龄的作家，由于过去接受非文学的东西太多，不排除非文学的意识，就很难接近本真的文学，排除快解禁快，排除得越彻底，接近本真文学的意识越纯，才能进行真正意义上的艺术创作。至于作品，不管其大小，哪怕是一个短篇，只要这些东西具备了，对一个民族建树自己的文化就都是有益的。

作家应该留下其所描写的民族精神风貌给后人。不管是历史的，还是现实的人生，一经作家用自己的生命所感受的体验后，表现出来的就应是这个民族在特定历史时段整个精神层面的一种比较准确的具有普遍性的东西。我们从阅读国外作家的优秀作品中，常能对某个国家的某个时段里人的精神状态，包括人的快乐和痛苦，有一种虽异样却颇深刻的体悟。作为一个作家也应该肩负起这样的责任。在这个国家和民族发展的历史上留下作家的真实描绘，把这个时代人的精神形态和心理秩序艺术地告诉给后人，让他们从这些已经成为过去的现象里把握那个时代人的精神脉搏，并引发出有益的启示。在西方文化大量涌现的今天，作家们理应提供一个又一个优秀的文学文本，不是消极地保护民族文化，而是以创造优秀作品来丰富、更新、发展民族文化。有了真正优秀的作品，才能长民族文化的自信心，并在国际文化、文学的交流中赢得我们应有的平等地位。目前，我们并不具备这种文化平等交流交换的条件，这不能简单地以经济发展作后盾，也不能用政治上的平等来取代，没有一定数量的优秀作品，交流交换很自然地就形成了强弱之势，怎么能平等呢？这需要一代一代作家来完成。当然，作为一种社会责任，社会应该尊重和爱护作家，但作家的文学理想却必须把为民族创造优秀作品作为坚定不移的奋斗目标。如果我们没有这样的理想、意志和雄心，必然完成不了文化上平等的交流，甚至连一点儿回流的力量都没有。想一想看，就我们的出版而言，我们翻译出版了多少欧美国家，以及日本、拉美国家的作品，包括古典的和现代的作家作品，而国外翻译出版中国的作品却是少之又少，根本构不成一定的比例。面对这种情况，说我们不具备与世界文学进行对等交流的条件，显然是一个不争的事实。文学和电影的状况一样，是西方向中国倾入之势，起码在目前尚无法改变，只能靠一定的政策来制约。把争取在多少年后达到一种平等的交流作为文学理想的一个重要的内容，我看是应该的。

没有优秀的文学文本，要改变外来文化的颠覆是不可能的，这种看法应该让作家普遍地深刻认识到。真意识到这一点了，他就有"天将降大任于斯人"之感，他也许就能静下心来，不再浮躁；也就不会满足于一些小小的荣誉，小有成就就欢呼雀跃。说到底还是对文学创作这种劳动的意义的理解。这个问题本来不难解决，你只要往图书书架下一站，你只要抽出几本经典的作品来，认真读一下就会明白真正的文学是什么，就会意识到自己取得的某些成绩，虽然对个人而言是值得庆贺的事情，但不应该耽搁太久，离高峰还很远，只能把这当作攀向另一个高峰的台阶，争取获得实现另一次突破的途径和力量，而不应沉醉太久而耽误了行程。常看到有人在很低的台阶上取得了很小的成绩时，以为就攀上最高峰了，尤其对那些具有潜在能力的作家来说，因为对文学的理解不足往往把他的天才和智慧浪费了。

我的创作原则没有变，"未有体验不谋篇"。尽管这一个时期没有写小说，但是写了很多的散文，对于文学的思考自觉不自觉地从来没有间断过。创作新欲望的产生，从我感觉上讲，也是对创作过渡到另一种理解的自然过程，我的习作是从短篇开始的，现在重新开始短篇小说写作，仍然很新鲜。就我而言，20世纪70年代末到80年代中期的写作，我感觉还是不断接近文学本身的过程，直到完成《白鹿原》，这个过程作为一个阶段的完成，也就是说完全接近文学的本身。现在我对短篇写作探索兴趣很大，短篇题材天地非常广阔，作家怎么写都探索不尽，尽管前人（中国人和外国人）创造了无以计数的短篇，仍然留给我们很大的创造余地，谁也不挤（影响）谁。现在才发现，我对关中现实生活的敏感程度仍然远远超出对历史题材的兴趣和敏感性，《白鹿原》应该说是一个例外。我过去关注的一直都是现实题材，却突然写了一个《白鹿原》这样的历史题材，现在又重新面对我最容易触发心灵和神经敏感的现实生活，包括阅读报纸和感受运动着的生活，最近的五六个短篇都是这种题材的作品。我已经形成了这样的写作习惯，即使写短篇小说，也坚持一个短篇与一个短篇绝不雷同，不能形成一个似曾相识的稳态模式。在我的创作感觉里，因为每一次体验到的内容不一样，就不可能用一种艺术形态表现它，甚至语言的色彩也是多样的。每一个短篇都要找到一个新的适宜于表述这体验的艺术形式，它们各有姿态，包括语言姿态。这样的创作发展到以后会是怎么个样子，我也不好把握。我的创作靠感受，感受和体验不是按计划发生的，所以以后的状态真的不知道。

（2002 年 8 月 12 日　原下）

我们没有史诗，是思想缺乏力度 *

我是从报刊的统计数字里知道长篇小说创作出版的巨大数量的，从我周边的生活环境也能亲自感觉到。这种繁荣景象起码证明了一点，那些敏感于文字，进而喜欢创作的人获得了表述的空间，把文学创作的神秘性自然而然淡化了。

我想谁也不会对文学创作的繁荣持异议，而在于对高水准长篇小说的比例太小不大满意。专家和普通读者都期待令人耳目一新的大作品出现。

从题材来说，20 世纪中国的一百年历史，其剧烈演变的复杂过程，在世界上是没有哪个国家所能比拟的。亲身经历并参与其中任何一个阶段的有思想的人，抑或从资料获得具体而又鲜活的生活史实的作家，很难摆脱对这个民族近代以来命运的思考，也很难舍弃在独立思考里形成的生活体验或生命体验，会潮起一种强烈的表述

*   本文原题为《我们没有史诗，是因为思想缺乏力度》，原载 2009 年 10 月 1 日《南方周末》，系《南方周末》记者张英据采访记录整理而成。

欲望，自然就会有小说创作。这一百年应该反复写，应该有许多作家去写，各自以其独立的思维和独特的体验，对这个民族百余年来反复的心里剥离的痛苦和欢乐，进行异彩纷呈的艺术景观展示，留给这个民族的子孙，也展示给世界各个民族。

作家现在获得了独立思考和独立体验的社会氛围，不再受制于某些旧思想限定的狭窄小径，有勇气，也有责任面对自己先辈所打开的百年变迁的历史了。

我想不明白中国为什么没有像《静静的顿河》《约翰·克利斯朵夫》《复活》《铁皮鼓》《百年孤独》这样有史诗品格的长篇小说。

这似乎与经济的发达程度和物质文明的高低没有直接关系。这些史诗作品，都是在旧俄的农业时代完成的。[①]《静静的顿河》产生时，苏联正处于物质最贫乏的战争恢复期。《百年孤独》的作者马尔克斯生活的哥伦比亚，用我们的话说也是一个发展中的国家。

对于当代长篇小说的研究和讨论，一直都在持续着。多家评论杂志和文学专业报纸，有许多认真的研究文章阐发着种种见解，我从中曾获得很富于启示的收益。在诸多观点和诸多因素里，有一个主和次的判断，在我看来，主要在于思想的软弱，缺乏穿透历史和现实纷繁烟云的力度。

说到思想，似乎是一个敏感的词。思想似乎沾惹到政治，说到政治，似乎又很容易招惹令人厌恶的各种教条。我想应该早就排除政治的阴影了，尤其不能因噎废食。富于理论高度和深度的政治，是一个国家和民族命运的光明之灯。应该从政治的桎梏中摆脱出来，

---

① "这些史诗作品，都是在旧俄的农业时代完成的"是不准确的。除《复活》外，其他作品非"旧俄的农业时代完成的"，作者也并非全是俄罗斯作家。——编者按

恢复对建设性的政治的热情。既然作家都关注民族命运，就不可能脱离系着民族命运的政治。

作家的思想还不完全等同于政治。这是常识。作家有着独立的思想，对生活——历史的或现实的——就会产生独特的体验，这种体验决定着作品的品相。思想的深刻性、准确性和独特性，注定了作家从生活体验到生命体验的独到的深刻性。这也应该是文学创作的常识。

我以为急不得。首先是繁荣提供了一个雄厚的阵势，那么多作家都持续在进行探索和创造，大作和精品肯定会出现。我想对这个过程应该宽容。

（2010 年 1 月 13 日　二府庄）

从生活体验到生命体验 *

过去大家谈生活体验的多，谈生命体验的少。我在生活、阅读和创作过程中，意识到生命体验对一个作家的创作极为重要。在米兰·昆德拉热遍中国文坛的时候，我读了其译成中文的全部作品。我把昆德拉的《玩笑》和《生命中不能承受之轻》对照阅读，发现这两部作品在题旨上有相近之处，然而作为小说写作，却呈现出截

* 此文原刊《南方文坛》2017年第5期。文前有以下"编者按"："陈忠实先生的《从生活体验到生命体验》一文，是著名评论家邢小利（也是忠实老师的同事和研究者）最近整理有关忠实老师资料时，在电脑所存文件中找出来的。同题文章，邢小利电脑中存有两个版本，一个是5600字（简称全文），另一个是1370字（简称节选），后者是从前者中节选出来的。节选稿发表在2013年出版的《长篇小说选刊》特刊第十一卷。全文中文版没有发表过，2009年由中文翻译成英文，发表在国家新闻出版总署信息中心编辑出版的《中国图书》（英文版）冬季刊上。据邢小利说，《中国图书》（英文版）2009年冬季刊在介绍陈忠实先生及其作品的同时，需要配发陈先生一篇创作谈，陈先生就写了这篇文章（全文）。陈先生因为一直习惯用笔写，不会电脑打字，所写文稿，部分是由白鹿书院工作人员根据手稿打成电子版文字，陈先生校对无误后，确定下来的文稿电子版由邢小利发给相关用稿单位或机构，此文就是发送电子版时保存下来的。陈忠实老师在《白鹿原》出版后，谈创作体会谈得最多最集中的，就是从生活体验到生命体验，关于这个话题的论述和谈话，散见于陈忠实老师的一些创作谈中，而这篇文章，是忠实老师关于这个话题最为集中也较为系统的一次论述，颇具文学价值与档案性。"

然不同的艺术气象。我从写作角度探寻其中奥秘，认为前者属于生活体验，后者已经进入生命体验的层面了。从生活体验进入生命体验，对作家来说，如同生命形态蚕茧里的"蚕蛹"羽化成"飞蛾"，其中最为关键的是心灵和思想的自由，有了心灵和思想的自由，"蚕蛹"才能羽化成"飞蛾"。"生活体验"更多地指一种主体的外在的生活经验，"生命体验"则指生命内在的心理体验、情感体验以及思想升华。

意识到生命体验对作家创作的重要性，在我来说，有一个逐渐体悟的过程。

1985 年 11 月份，我写成了八万字的中篇小说《蓝袍先生》。这部小说与我此前写的中短篇小说的主要区别，在于我一直紧盯着乡村现实生活变化的眼睛，转移到中华人民共和国成立以前的原上乡村，神经也由紧绷的状态松弛下来，由对新的农业政策和乡村体制在农民世界引发的变化的关注，开始转移到对人的心理和人的命运的思考，我自以为是一次思想的突破和创作的进步。

我这种创作焦点的转移，与我的生命体验和对社会历史的认识有关，也与 20 世纪 80 年代中期文坛的创作动向和文学思潮有关。中国文坛当年出现的"寻根文学"创作及有关理论探讨，对我很有启示。但是我很快发现，"寻根文学"的走向是越"寻"越远，"寻"到深山老林蛮荒野人那里去了。我很失望，我认为，民族文化之根肯定不在那里，应该到生活中人群最稠密的地方去"寻"民族之根。寻根的方向是对的，但不应该到远离人们当下生活的地方去寻，而应该到正在生活中的广大人群中去找。当时兴起的"文化心理结构"学说也给我以极为重要的影响，我甚至有一种茅塞顿开悟得天机的窃喜。我理解这种理论对于创作中人物描写的启示是，人的文化心理结构主要由接受并信奉不疑且坚持遵行的理念为柱梁，达到一种相对稳定乃至超稳定的平衡状态，人的文化心理结构决定着一个人的思想质地道德判断和行为选择，这是性格的内核。当他的文化心理结构受到社会多种事象的冲击，坚守或被颠覆，不能达到新的平衡，人就遭遇深层的痛苦，乃至毁灭。我自喜欢上文学创作，就知道现实主义至为神圣的创作目标，是塑造典型性格的人物。我从写第一篇小说就实践着典型性格人物的创作，短篇小说和中篇小说都在做着这种努力。我已经写过几十个短篇小说和七八部中篇小说，却没有一个人物能被读者记住，自然说不上典型了。我曾经想过，中国古代几部经典小说塑造的张飞、诸葛亮、曹操、贾宝玉、王熙凤、林黛玉、孙悟空、猪八戒等典型人物，把中国人的性格类型概括完了，很难再弄出新的典型性格来。我也想到新文学，仅就性格的典型性而言，大约只有阿Q和孔乙己。在接受了"文化心理结构"说之后，我觉得我获得了塑造《白鹿原》人物的新途径，我重新把正在酝酿着的几个重要人物从文化心理结构上再解析过滤一回，达到一种心理内质的准确把握，尤其是白嘉轩和朱先生，还有孝文和黑娃，他们坚守的生活理念和道德操守，面对社会种种冲击和家庭始料不及的变异，坚守或被颠覆，颠覆后的平衡和平衡后的再颠覆，其中的痛苦和欢乐，就是我要准确把握的心灵流程的轨迹。甚至，为了实现从这条途径刻画人物的目的，我给自己规定了一条限制，不写人物的外貌肖像，看看能否达到写活人物的目的。

写作《白鹿原》之前，我在农村已经生活了四十多年，我相信我对乡村生活的熟悉和储存的故事，不差柳青多少。我以为所不同的，是在对乡村社会生活的理解和开掘的深度上，还有艺术表现的能力。柳青、王汶石这两位作家，是我的文学前辈，也是 20 世纪五六十年代写农村题材获得全国声誉且影响甚大的两位作家。这两位作家对渭河平原乡村生活的描写，不仅在创作上，甚至在纯粹欣赏的诗意享受上，许多年来都让我沉醉。这两位作家对我整个创作的影响，几乎是在我的潜意识中的。我的早期小说，有人说过像柳青的风格，也有人说沾着王汶石的些许韵味。我想这是自然的，也是合理的，当年听到时还颇为欣慰。但是到了 1985 年，当我比较自觉地回顾包括检讨以往写作的时候，首先想到的就是必须摆脱柳青和王汶石。大树底下好乘凉，大树下也不长草。要"寻找属于自己的句子"，就需要一种脱胎换骨的剥离。1983 年春夏之交，妻子、儿女的户籍转入城市，我把村里原来分给妻子儿女的土地交回村委会，自己没有住进城市，反从原来供职的区文化馆所在的灞桥镇搬回地理位置甚为偏僻的老家。我想找一个清静甚至冷僻的环境，读书思考，尤其是需要静下心来，回嚼我亲身经历的生活。白鹿原北坡根下祖居老屋这个写作环境的选择，无疑最适宜我回嚼。我后来回忆原下老屋十年的写作生活，生出一个"剥离"的词，取代"回嚼"，觉得剥离一词似乎更切合我那十年的精神和心理过程。

自 1985 年秋天写作中篇小说《蓝袍先生》引发长篇小说创作欲念，到最后完成删减和具象，足足用了两年半时间。我把最后完成基本构思说成删减和具象，似乎更切合《白鹿原》构思过程中的特殊体验。两年多的时间里，除了读书，除了不去不行的会议，除了非做不可的家务，以及不吐不快的少量写作，我的主要用心和精力都投入我家屋后的白鹿原上，还有和白鹿原隔浐河可望的神禾原、少陵原、凤栖原和隔灞河可望的铜人原。我第一次把眼光投向白鹿原，预感到这原上有不尽的蕴藏值得去追寻。我在这个原上追寻了两年多。我曾经深切地感知到穿透这道太过沉重的原的软弱和平庸，深知这会直接制约体验的深入，更会制约至关重要的独特体验的发生。我在反复回嚼这道原的过程中，尤其着意只属于我的独特体验的产生，得益于几本非文学书籍的认真阅读，我终于获得了可以抵达这部小说人物能够安身立命境地的途径，我也同时获得了进行这次安身立命意义的长篇小说写作的自信，探究这道古原秘史的激情潮涌起来。自我感觉是完成了至关重要的一次突破，也是一种转折。此前是追寻和聚拢的过程，由真实的生活情节和细节诱发的想象产生的虚构，聚拢充塞在我的心中，取舍的犹疑难决和分寸的把握不定形成的焦灼，到这种突破和转折发生时发生了转折，开始进入删减过程。删减的过程完成得比较顺利，整个白鹿原很快删减到只具象为一个白嘉轩。

我首先面对的是白嘉轩。我的意识已经明确而又集中，解析不透，把握不准这个人的文化心理结构形态，不仅影响其余所有人物的心理形态的把握，而且直接影响到业已意识到的这部长篇小说内容的进一步开掘。我在企图解析白嘉轩的文化心理结构的颇为困扰的时候，记不得哪一天早晨，眼前浮出了我从蓝田抄来的《乡约》。就在那一刻，竟然发生一种兴奋里的悸颤，这个《乡约》里的条文，不仅编织成白嘉轩的心理结构形态，也是截止到20世纪初，活在白鹿原这块土地上的人心理支撑的框架。小说《白鹿原》里的白嘉轩和地理概念上的白鹿原，大约就是在这时候融合一体了。解构透视出白嘉轩的文化心理结构形态，有一种豁然开朗的兴奋和痛快。白嘉轩和《白鹿原》里各个人物的种种冲突，顿然梳理明朗了；某些情节着墨的轻重，也很自然地显示出来了；不少此前酝酿过程中甚为得意的生动情节，此时发现游离在白嘉轩心理冲突之外，只好忍痛放弃了。我的意识很集中也就单纯到近乎简单，我要表述的《白鹿原》里的最后一位族长，依他坚守着的《乡约》所构建的心理结构和性格，面临着来自多种势力的挑战，经济实力相当却违背《乡约》精神的鹿子霖，是潜在的对手；依着叛逆天性的黑娃和依着生理本能基本要求的小娥，是白嘉轩的心理判断绝对不能容忍的；以新的思想自觉反叛的兆鹏和白嘉轩的女儿白灵，却使他徒叹奈何，这是他那种心理结构所决定的强势，唯一难以呈现自信的对手；他倚重的白孝文的彻底堕落、彻底逸出，对他伤害最重，却撞不乱他的心理秩序……这样，我获得了删减结果 —— 白嘉轩就是白鹿原，一个人撑着一道原。白鹿原就是白嘉轩，一道原具象为一个人。

　　1986 年到 1987 年构思《白鹿原》的两年里，新时期文艺的发展真可谓百花齐放。同这种五彩缤纷的文学景观不大协调的事却悄然出现，出书有点难了。作家们正忙着追求新的文学流派和别致的写作方式，不太留意出版业已经完成了一次体制改革，由政府支配的计划经济，改为商品运作的市场经济体制了。你写的小说得有人读，你出的书得有人买。这是我当时一个认识。这种心理压迫的直接效应，使我很快确定这部小说的规模。在构思的近两年时间里，就规模而言，虽然尚未完全确定，却一直偏重于写成上下两部。我觉得就已经酝酿着的较多的人物和他们较为复杂的人生故事，需得上下两部才能完成，每部大约三十到四十万字。唯一犹豫未决的因素，是我的阅读习惯不喜欢多部规模的小说，这是长期形成的不大说得清道理的阅读习性。我既然有这样的阅读习性，自然也不想弄出上下部或多部这样规模的小说，却想到这部小说的内容和人物，一部很难装得下。当市场经济的无情而冷硬的杠子横到眼前的时候，我很快就做出决断，只写一部，不超过四十万字。之所以能做出这种断然决定，主要是对这本书未来市场的考虑，如果有幸顺利出版，读者买一本比买两本会省一半钞票，销量当会好些。

我便重新审视一个个业已酝酿着的人物，重新审视和取舍每个重要人物的每一个重大情节和细节。即使如此，我仍然觉得四十万的字数很难装得下已经难以再做舍弃的内容。这样，我便把自己逼到语言方式这条途径上来。采用叙述语言，也几乎就在此时做出决断。在我的语言感受和意识里，仅就篇幅而言，叙述语言比之描写语言，是可以成倍节省字数和篇幅的。同样出于以往写作的语言感觉，叙述语言较之描写语言，难度也要大很多，尤其是一部几十万字的长篇小说，要做到通体不松懈，更不露馅儿的形象化叙述，就我已不算少的文字实践的感受和理解，完全能估计到这是非同一般的难事。然而，我已经确定要用叙述语言来表述已经意识和体验到的那一段历史生活内容，或者说必须寻找到和那一段乡村历史生活内容最相称的语言方式，即叙述，而且必须是形象化的叙述。从我的写作实践看，尽管能充分感知这种叙述语言的难度，心头涨起的却是一种寻找新的语言形态的新感觉，甚至贴切地预感到这种叙述语言的成色，将直接影响乃至决定着内容呈现的成色。这次由小说规模引发的语言选择，很快就摆脱了最初为缩短小说篇幅的诱因，变为对这部小说语言形态这一严峻课题的思考与探索。

我是由描写语言开始小说写作的，生动和准确的描写成为那个时期的语言追求，这大约在我热衷短篇小说写作的时段。这个时候对语言似乎没有太明显的刻意追求，完全凭着对要写人物的某种感觉去写作，是一种含糊盲目的尽兴式写作，我对小说语言的自觉，发生在随后的中篇小说写作的时候，说来不单纯是语言自觉，而是由对小说创作新的理解引发的。我在中篇小说写作开始，意识到以人物结构小说，从此前的故事结构里摆脱出来。我发现一个很简单也很直白的问题，面对不同的写作对象，性格和心理形态差异很大的人物，很难用同一种色调的语言去写他们，包括他们各自不同的生活氛围和社会氛围，必须找到一种适宜表述不同人物的相应的语言形态。尤其是写乡村知识分子的《蓝袍先生》和乡村农家院里两代人生活的《四妹子》，仅语言而言，差异是很大的。我自己回看这几部中篇小说，每一部都有相应的语言选择，各不相同。那个时候对语言的这种探索，也依赖着我的阅读感受。我发现，有的作家的主要作品，基本保持着一种语言结构形态和语言色调，形成一种固定的语言风格，读者不看署名就能感到这是谁的文字。另有一类作家的小说作品，语言差异很大，譬如鲁迅，《阿Q正传》和《祝福》的语言形态是截然不同的，还有《狂人日记》《药》《在酒楼上》，无论篇幅大小，每一部和每一篇都呈现着独有的语言形态。从纯粹的写作实践上来理解，我推想鲁迅肯定也面临过语言选择的事，用写阿Q的语言无法写祥林嫂，用写祥林嫂的语言也写不成酒楼上的男女。很显然，作家面临不同质地的写作对象，选择最恰当的语言形式，才可能把自己体验到的生活内容，完成一次最充分，也最富有个性化的独特表述。

我这次对语言的探求，就是由描写语言向叙述语言过渡。对叙述语言的喜爱和倾倒，也是由阅读中充分感受其魅力而发生的。一句凝练的形象准确的叙述，如果换成白描语言把它展开描写，可能要用五到十倍乃至更多的篇幅才能完成，而其内在的纯粹的文字魅力却不存在了。再一点是叙述语言的内在张力和弹性，不仅是一个外在的语言形态，更是作家对他的人物的透彻理解和掌握，获得了一种言说和表达的自由，才可能有叙述的准确和形象，才能恣意纵横而不游离各个人物的气脉，也才能使作者的语言智慧得以展示，充分饱满而又不过犹不及，废话就不可能落到某个人物身上。我深切体会到叙述语言的难度，尤其很难用叙述语言从头至尾把一部几万字的小说写下来，总有几处露出描写的馅儿来。为了一种新的语言形态——形象化叙述——的追求，我写了几个短篇小说进行实验，为的是加深对这种语言的体会和把握。我又为纯粹的叙述里加入人物对话，意在把握对话的必要性，并对对话的内容再三斟酌和锤炼，以个性化的有内蕴的对话语言，给大段连接大段的叙述里增添一些变化，避免大段叙述语言阅读过程中可能产生的疲劳。经过这些准备，我开始草拟《白鹿原》。因为《白鹿原》的人物和主要情节已经基本确定，草拟过程中的感觉挺不错，也是以叙述的形态展示着，主要把握着作者叙事主体的角度，形成叙述语言的架构和形态，尚不能顾及语言的细部，也顾不上字词的推敲。

草拟稿进行得超出预料的顺畅。到1989年元月，超过四十万字的草拟稿完成了。1988年4月动笔，到次年元月完成，刨除暑期近两个月的停笔，实际写作时间只有八个月，这大约是我自专业创作以来写作量最大的一年，也是日出活儿量最高的一年。这年过了一个好春节，心头的鼓舞和踏实是前所未有的。

对　话

关于《白鹿原》与李星对话 *

一、过了四十四岁，我突然意识到 五十岁这个年龄大关的恐惧

李星： 忠实，想请你回答一些问题，一是为了满足读者的要求，二是为这部作品的评论研究提供背景材料，你同意吗？

陈忠实： 我很高兴能和你交谈。作为我习作生活中的第一部长篇小说的尝试，我曾经做了尽可能多的准备，自然包括艺术上的诸多考虑，写作实践中又有许多创作感受，当初不完全自信，也不完全有把握，而当实践之后，无论成功的方面或失败的方面，我都有了实际操作的感受了，我想补充一个原因，就是与评论家交流一下这种感受，以验证我的那些艺术思考的合理性与错觉发生在什么地方，以期达到交流的目的。接受理论审视，对我今后的艺术探索无

---

* 　本文原题为《关于〈白鹿原〉的答问》，载《小说评论》1993 年第 3 期，李星系
　　《小说评论》时任主编。

疑是很有益处的。

李星：长篇小说《白鹿原》在《当代》连载以后，很快产生了热烈的社会反响，这些反响当然都是肯定的，有的评价还甚高。这都是你意料之中的吗？

陈忠实：作品写完以后，我有两种估计，一个是这个作品可能被彻底否定，根本不能面世，另一个就是得到肯定。而一旦得到面世的机会，我估计它会引起一些反响，甚至争论，不会是悄无声息的，因为作家自己最清楚他弄下了一部什么样的作品。

李星：《白鹿原》是你的第一部长篇吗？在此以前你有无胎死腹中的长篇构思？你从什么时候，或是什么契机，触发了你写作长篇的欲望？

陈忠实：这是我的第一次长篇小说创作尝试。此前我没有过任何长篇的构思。而关于要写长篇小说的愿望几乎在很早的时候就产生了，但具体实施却是无法预定的事。我对长篇的写作一直持十分谨慎的态度，甚至不无畏怯和神秘感。我的这种态度和感觉主要是阅读那些大家们的长篇所造成的，长篇对于作家是一个综合能力的考验，单是语言也是不容轻视的。我知道我尚不具备写作长篇的能力，所以一直通过写中短篇来练习这种能力作为基础准备，记得当初有朋友问及长篇写作的考虑时，我说要写出十个中篇以后再具体考虑长篇实验。实际的情形是截止到长篇《白鹿原》动手，我已经写出了九部中篇，那时候我再也耐不住性子继续实践那个要写够十个中篇的计划了，原因是一个重大的命题由开始产生到日趋激烈、日趋深入，就是关于我们这个民族命运的思考。这是中篇小说《蓝袍先生》的酝酿和写作过程中所触发起来的。以往，某一个短篇或中篇完成了，关于某种思考也就随之终结。《蓝袍先生》的创作却出现了反常现象，小说写完了，那种思考非但没有中止反而继续引申，关键是把我的某些从未触动过的生活库存触发了、点燃了，那情景回想起来简直是一种连续性爆炸，无法扑灭也无法中止。这大致是1986年的事情，那时候我的思想十分活跃。

李星： 省内、国内与你同龄或同时期走上中国文坛的一些作家前些年纷纷推出了自己的长篇，有些还产生了重大影响，对你有无压力？这压力是什么？

陈忠实： 回想起来，似乎没有对我构成什么压力，这不是我的境界超脱，也不是我的孤傲或鸵鸟式的愚蠢，主要是出于我对创作这种劳动的理解。创作是作家的生命体验和艺术体验的一种展示。一百个作家就有一百种独特的体验，所以文坛才呈现多种流派、多种主义的姹紫嫣红的景象。我也只能按我的这个独特体验来写我的小说，所以还能保持一种不以物喜不以己悲的写作心境。当然，上述那个双重体验不断变化不断更新也不断深化，所以作家的创作风貌也就不断变化着。不仅在我，恐怕谁也难以跨越这个创作法规的制约。当你的双重体验不能达到某种高度的时候，你的创作也就不能达到某种期望的高度，如果视文友的辉煌成果而压力在顶，可能倒使自己处于某种焦灼和某种心理的不平衡状态，反倒可能对自己的创作造成危害，甚至会把人压死。

我的强大的压力来自生命本身。我在进入四十四岁这一年时很清晰地听到了生命的警钟。我从初中二年级起迷恋文学一直到此，尽管获了几次奖，也出了几本书，总是在自信与自卑的矛盾中踟蹰。我突然强烈地意识到五十岁这年龄大关的恐惧。如果我只能写写发发如那时的那些中短篇，到死时肯定连一本可以当枕头的书也没有，五十岁以后的日子不敢想象将怎么过。恰在此时由《蓝袍先生》一文写作而引发的关于这个民族命运的大命题的思考日趋成熟，同时，也产生了一种强烈的创作理想，必须充分地利用和珍惜五十岁前这五六年的黄金般的生命区段，把这个大命题的思考完成，而且必须在艺术上大跨度地超越自己。我的自信又一次压倒了自卑，感觉告诉我，这种状况往往是我创作进步的一种心理征兆。

二、最恰当的结构便是能负载全部思考
和所有人物的那个形式

李星：你为写作《白鹿原》做了哪些准备工作？在这些准备中最难的是什么？

陈忠实：主要可以概括为三个方面：一是历史资料和生活素材。我查阅了西安周围三个县的县志、地方党史和文史资料，也做了一些社会调查，大约花费了半年时间，收获太丰厚了，某些东西在查阅中一经发现，简直令人惊讶、激动不已。有些东西在当时几乎就肯定要进入正在构思中的那个还十分模糊的作品。二是温习中国近代史。我想重新了解一下我所选定的这个历史背景的总体趋向和总体脉络，当然我更关注关中这块土地的兴衰史，记得正当此时，国平给我说他有本研究关中的名叫《兴起和衰落》的新书，他

知道我是关中人，也素以关中生活为写作题材。我读了这本书确实觉得新鲜，觉得有理论深度，对我当时正在激烈思考着的关于关中这块土地的认识起到了一种启示和验证的良好作用。还有一本美国人（日本通）写的《日本人》，对于近代日本的了解正好作为一个参照，使我对我们这个民族的认识更深化了。三是艺术准备。我选读了一批长篇小说，有新时期以来声誉较高的几部，其余主要是国外作家的代表作。目的在于了解当今世界和中国文坛上长篇写作的各种流派，见识见识长篇小说的各种结构方法，因为当时在我来说感到最难的便是结构。这不单是因为第一次尝试，主要是人物多，时间跨度大，重大的生活事件也多，结构确实成为首当其冲的一个重大难题。阅读的结果是扩展了艺术视野。"文无定法"，长篇小说也无定法，各个作家在自己的长篇里创造出各种结构架势，同一个作家在不同的几部长篇里也呈现出各异的结构框架。最恰当的结构便是能负载全部思考和所有人物的那个形式，须得自己去设计，这便是创造。

李星： 你认为这些准备工作在长篇创作中具有普遍性吗？

陈忠实： 我越来越相信创作是生命体验和艺术体验的过程。每个作家对正在经历着的生活（现实）和已经过去了的生活（历史）的生命体验和对艺术不断扩展着的体验，便构成了他的创作历程。这种体验完全是个人的独特的体验，所以文坛才呈现千姿百态。所以从本质上来说，恐怕就不存在一个普遍性的问题。即使我自己，也只是在这部长篇写作前感到需要做这些准备工作，而在以往的中篇写作中根本没有这样做过。我以后再写长篇，也许不一定都要做如上述几个方面的准备；如果那种双重的体验十分有把握，肯定就不要那些耗时费事的准备了。

李星：在你所精读的作家、作品中，哪个作家、哪部作品对你的长篇写作影响最大？

陈忠实：中国当代作家王蒙的《活动变人形》、张炜的《古船》，哥伦比亚的马尔克斯的《百年孤独》和《霍乱时期的爱情》，意大利的莫拉维亚的《罗马女人》，以及美国的谢尔顿的几部长篇，还有劳伦斯的刚刚被解冻了的那本《查泰来夫人的情人》。很难说哪一本书影响最大，所有这些作家创造的这些优秀的艺术成果都在不同的方面给过我的长篇良好的启示。譬如说上述两位中国当代作家的那两部作品，一本写旧北京，一本写农村，都对我当时正在思考着的关于这个民族的昨天有过启迪。谢尔顿的作品启发我必须认真解决和如何解决作品可读性，而马尔克斯的两部作品则使我的整个艺术世界发生震撼。

李星：陕西一些作家，包括你过去的创作向以"实"和"土"见长，思想、理论的穿透力不强，视野不够开阔，从《白鹿原》中却看不到作家主观认识能力和认识视野的明显限制。请问除了作家作品以外，你有没有思想的理论的准备？重点读过哪些理论著作？

陈忠实：读书范围缺乏系统，基本是实用主义的，内容庞杂，但目的很明确，有《中国近代史》《兴起与衰落》《日本人》《心理学》《犯罪心理学》《梦的解析》《美的历程》《艺术创造工程》等。阅读完全是为了正在构思的这部长篇小说的写作，所以说纯粹是实用主义的，所有这些关于历史、关于心理、关于艺术的理论著作，都对我的那种双重体验有过很大的启迪。

三、所有的悲剧的发生都不是偶然的，
但是历史的细节却常常被人忽视

李星：小说涉及 20 世纪初到 20 世纪中叶发生在以西安为中心的关中土地上的许多政治、经济、社会、自然事件，如辛亥革命的西安起义、民国十八年的大饥荒、刘镇华围西安等，你是否有意要使它成为近现代中国农村，包括关中农村的历史？你是怎样认识和评价这五十年中国社会的历史及中国农民在其中的处境和地位的？

陈忠实：近、现、当代关中发生的许多大事件，在我还是孩提时代就听老人们讲过，诸如"围城""年馑""虎烈拉瘟疫""反正"等，那时候只当热闹听，即使后来从事写作许多年也没有想到过要写这些，或者说这些东西还可以进入创作。回想起来，那几年我似乎忙于写现实生活正在发生的变化，诸如农村改革所带来的变化。直到 20 世纪 80 年代中期，首先是我对此前的创作甚为不满意，这种自我否定的前提使我已经开始重新思索这块土地的昨天和今天，这种思索越深入，我便对以往的创作否定得越彻底，而这种思索的结果便是一种实现新的创造理想和创造目的强烈欲望的形成。当然，这个由思索引起的自我否定和新的创造理想的产生过程，其根本动因是那种独特的生命体验的深化。我发觉那种思索刚一发生，首先照亮的便是心灵库存中已经尘封的记忆，随之就产生了一种迫不及待地详细了解那些儿时所听到的大事件的要求。当我第一次系

统地审视近一个世纪以来这块土地上发生的一系列重大事件时，又促进了起初的那种思索进一步深化，而且渐入理性境界，甚至连"反右""文化大革命"都不觉得是某一个人的偶然的判断的失误造成的或是失误的举措了。所有悲剧的发生都不是偶然的，都是这个民族从衰败走向复兴、复壮过程中的必然。这是一个生活演变的过程，也是历史演进的过程。"史"的含义和这个字眼本身在文学领域令人畏怯，我们还是不谈它会自在一些。我不过是竭尽截止到1987年时的全部艺术体验和艺术能力来展示我上述的关于这个民族生存、历史和人的这种生命体验的。

世界史中有一个细节可能被许多人忽视了，而《日本人》一书的作者号称"日本通"的赖肖尔却抓住这个情节解释了一个重大的历史过程：西方洋人的炮舰在第一次轰击我们这个封建帝国用土石和刀矛垒筑的门户的同时，也轰击了海上弹丸国日本的门户，那门户的防御工事也是靠土石和刀矛垒筑的，那个不堪一击的防御工事所保护着的也是一个封建小帝国，而且这个封建小帝国的政治和经济制度几乎是依葫芦画瓢照我们这个大帝国仿建的。洋枪洋舰轰击的结果却大相径庭：日本很快完成了从封建帝制到资本主义的议会制的"维新"，而且可以说是和平的革命，既保存了天皇的象征，又使日本社会开始了脱胎换骨式的彻底变革；中国却相反，先是"戊戌六君子"走上断头台，接着便开始了军阀大混战，直至我们这个泱泱大帝国的"学生"（日本自唐就以中国为师）占领了大半个中国。

我只能认为"老师"比"学生"的封建文明封建制度更丰富，因而背负的封建腐朽的尘灰也更厚重，"学生"容易解脱，而"先生"自己反倒难了。绵延了两千年的一个封建大帝国的解体绝不会轻而易举。"六君子"的臂力和孙中山先生的臂力显然力不从心,推倒了封建大墙也塌死了自己。从清末一直到1949年中华人民共和国成立,所有发生过的重大事件都是这个民族不可逃避的必须要经历的一个历史过程,所以我便从以往的那种为着某个灾难而惋惜的心境或企望不再发生的侥幸心理中跳了出来。

李星:西安周围有没有一个叫白鹿原的地方或村庄?滋水河是否就是你家门前的河?

陈忠实:西安东郊确有一道原叫白鹿原,这道原东西长七八十华里,南北宽四五十华里,北面坡下有一道灞河,西部原坡下也有一条河叫浐河,这两条河水围绕着也滋润着这道古原,所以我写的《白鹿原》里就有一条滋水和一条润河。这道原的南部便是终南山,即秦岭。地理上的白鹿原在辛亥革命前分属蓝田、长安和咸宁三县分割辖管,其中蓝田辖管的面积最大,现在仍然分属于蓝田、长安和灞桥三县(区)。我在蓝田、长安和咸宁县志上都查到了这个原和那个神奇的关于"白鹿"的传说。蓝田县志记载:"有白鹿游于西原。"白鹿原在县城的西边所以称西原,时间在周,取于《竹书纪年》史料。

四、抽雪茄,喝酽茶,下象棋,听秦腔,
我像个秦腔老艺人

李星:据我们所知,早在1988年夏天你就拿出了长篇的结构提纲,当时它有没有名字?"白鹿原"这三个字是什么时候出现在你的意识中的?当你将你的长篇起名"白鹿原"时是怎么想的?

陈忠实：这部书的构思和结构是在 1987 年完成的，原计划在这年冬天动手起草，后来因为母亲住院，我不得不陪住医院两月而推迟到次年春天。在原计划 1989 年结束这部长篇时就初步确立下"白鹿原"这个书名，但未做最后确定。如果写作过程中随着构思的具体实施和进一步深化，也许还能找到更好的名字，结果却没有找到更恰当的名字，还是觉得这个书名好些。譬如说也想到过"古原"，斟酌之后觉得这名字把作家的主观意识泄露得太明朗，一个"古"字便是一种倾向，所以还是觉得最初选用的这个名字更恰当些。

地理上的白鹿原我在很小的时候就知道了。这部书里的白鹿原最早何时出现于意识中已无从辨识，反正 1986 年已经作为一个原而时时旋转在心中，到 1987 年，这个艺术形态的白鹿原便日臻丰富和生动起来。

李星：《白鹿原》是不是 1992 年 4 月我看到复印稿时完稿的？你是从什么时候开始案头工作的？初稿用了多长时间？复稿用了多长时间？

陈忠实：这是个很具体的问题。草稿是 1988 年 4 月初搭笔的，到 1989 年元月写完。其间在 7、8 两月停止写作，实际写作时间是八个月。这只能算是一个草拟的框架式的草稿，约四十万字。复稿是 1989 年 4 月开始的，到 1992 年元月 29 日（农历腊月二十五）写完，后来又查阅了一遍，到 3 月下旬彻底结束。历时约三个年头，其间因故中断过几次，最长的一次是 1989 年秋冬，长达四个月，所以实际写作时间要打折扣。

李星： 从1985年你就担任陕西作协的副主席和党组成员，但是谁都知道，这些年你基本住在家乡，地方偏僻，交通不便。请问：五十万字的《白鹿原》是否全部在西蒋村你的祖屋中完成的？你的写作生活是怎样安排的？

陈忠实： 草稿和复稿近百万字都是在祖居的乡村家里完成的，只有复稿的其中一章是在一个朋友家里写的。我家所在的那个村子相当闭塞，因为村子里的房屋紧靠着地理上的白鹿原北坡坡根，电视信号被挡住了，我买了电视机却无法收看，只能当作收音机收听《新闻联播》，有七八华里的土石公路通到汽车站，一旦下雨下雪，我几乎就出不了门。

写作《白鹿原》时，我觉得必须躲开现代文明和城市生活的喧嚣，需要这样一个寂寞乃至闭塞的环境，才能沉心静气完成这个较大规模的工程。关键在于每天写作之后的排遣，我充分估计到这个工程的实现将是一个漫长的过程，不能靠短促突击来完成，所以就有意调整改变了原先在晚上写作的积习为早晨写，我担心长达几年的昼伏夜出造成的与日月和大自然气象处于一种阴阳颠倒的对抗状态，可能会引起身体的不适乃至灾变。

一般在下午三四点钟以后停止工作，主要是为了保证第二天能连续写作。开始的两个月没有经验，写得顺利时就延续到晚上，第二天起来就感觉心神疲惫，思维迟钝，便决定提早一点结束以便脑子得以休整，停止写作后那些人物还在脑子里聚集不散，故事情节还在连续发展，仍然不能达到休息的目的，依然给大脑造成负担。于是就采取一些五花八门的办法把那些人物和故事尽快从脑子里驱逐出去，尽快清净下来。我就离开书桌坐到院子里喝茶听秦腔，把录音机的音量开到最大，让那种强烈的音乐和唱腔把脑子里的人物和故事彻底驱逐干净。也常常到河边散步，总在傍晚时分，无论冬夏都乐于此道。这些办法有时候不起作用，我就做点体力劳动，给院子里的果树和花木剪枝，施肥，浇水，喷洒药剂，一旦专注于某项劳动，效果最好。夏天的夜晚爬上山坡，用手电筒在刺丛中捉蚂蚱，冬天可以放一把野火烧荒，心境和情绪很快便得到调节，完全进入休养生息状态，可以预感到明天早晨的写作将有一个良好的开端，几乎每天晚上临睡前都喝几盅白酒，便会进入一种很踏实的睡眠。

早晨起来习惯喝茶，基本是一种茶：陕青。这种喝茶的习惯很厉害，连着喝掉几乎一热水瓶水，抽掉两支雪茄，这个过程便渐渐进入半个世纪前的生活氛围，那些人物也被呼唤回来，整个写作情绪便酝酿起来，然后进入了写作。

我那时候已发觉我的这些习惯颇像那些老秦腔艺人，抽雪茄，喝酽茶，下象棋，听秦腔，喝"西凤"酒，全都是强烈的刺激。

李星：你是否有"山重水复疑无路"，写不下去的创作中的苦恼？你是怎么解决一个个难题的？

陈忠实：整个创作过程中遇到过两次大障碍，几乎是同一性质的，就是人物的纵和横的关系与历史进程的摆置问题。第一次发生在写过三分之一篇章时，使我大约停笔半月之久而一筹莫展，搞得我情绪一阵一阵灰败，越是焦急越是无计可施。那时正进入伏天，高温天气下的情绪更加糟糕，恰好一位文友约我到他家去避暑，他的家住在海拔较高的山岭上，又有两孔土窑洞，凉爽宜人，也许是换了一个环境吧，忽然觉得茅塞顿开，一步就跨过了那道障碍。这件事记忆犹新。

第二次发生在写过三分之二的篇章以后，类似的情况又出现了，这回我有了经验，便索性放下，跳过去先写后边的篇章，然后回过头来，却觉得根本不成为问题，似乎倒是当时脑子短了路。

李星：你感到写得最愉快的是哪些章节？为什么？

陈忠实：整个写作过程都很平静，都比较愉快，具体已记不清哪一章了。我只记得写得最难受的一章，便是朱先生的出场，尤其是他的生活历程的那一段较长的介绍性的文字，似乎不如我写其他人物出场那样自如，总觉得难以进入一种形象性的叙述。

李星：你感到从事大部头的长篇写作对作家的心理、生理状况，都有哪些要求？

陈忠实：适宜于所有作家的标准答案恐怕没有。我只能回忆当初我所能意识到的需要做的心理准备，便是沉静。为此而立下三条约律：不再接受采访，不再关注对以往作品的评论，一般不参加那些应酬性的集会和活动。在我当时看来，此前的一切创作到此为止，对我的宣传和对作品的评介已经够了，也应该到此截住。我在长篇将开始一种新的艺术体验的试验性实践，比以往任何创作阶段都更需要一种沉静的心态；甚至觉得如不能完全进入沉静，这个作品的试验便难以成功，甚至彻底砸锅。

三条约律也是保障整个写作期间能聚住一锅气，不至于零散泄漏、零散释放，才能把这一锅馒头蒸熟。做到这三条其实是给自己讲心理卫生的，既排除种种干扰，也排除种种诱惑，甚至要冷着心肠咬紧牙关才能聚住那锅气，才能进入非此勿视的沉静心态。当我完成这部书稿以后，便感谢当初的三条约律拯救了我的长篇，也拯救了我的灵魂。

五、文学作品所能达到的对一个民族的理解，任何其他读物都难以相比

李星：有人评价说，《白鹿原》不仅以空前规模深刻准确地表现和把握了中国农业社会的基本特点，而且在历史和人的结合中塑造了庄严饱满的中国农民形象，展示了民族的精神和灵魂，它的出现将给外界（包括世界）提供许多关于我们民族的新的认识，你是怎么想的？

陈忠实：但愿这是我的文学理想的实现。我的理解是这样，民族间的最广泛也最深刻的交流手段，便是文学。我所知道的苏联的第一个少数民族是哥萨克，便是因为少年时期阅读了《静静的顿河》。除了文学的因素外，阅读文学作品所达到的对一个民族的了解和理解的深度，任何历史的政治的经济的读物都难以相比。

李星：白嘉轩、鹿子霖是作品中的族长或家长，他们的性格、心理思想和智慧可以说是老一代中国农民中两种最基本的类型，从一定意义上说，他们也是我们民族精神、民族灵魂中的两种基本原型，他们的结局和下场，也充满神秘的宿命感。请问：你创作他们有无生活原型？对于这两类农民及其未来处境你有何评价？

陈忠实：这两个人恰好都没有生活原型。

塑造白嘉轩这个人物，我确实得到过一些启示。正在酝酿这部书的时候，一位老人向我粗略地讲述了一个家族的序列。其中说到一位爷爷式的人时，他说这人高个子，腰总是挺得端直直的，从村子里走过去，那些在街巷里袒胸裸怀给娃喂奶的女人，全都吓得跑回房门里头去了。当时我脑子里已有白嘉轩的雏形，这几句话点出了一个人的精髓，我几乎一下子就抓住了这个人物的全部气性，顿然感到有把握，也有信心写好这个人物了。至于他（白）的所有故事当然全是编出来的，关键是这位老人所说的简单到不过一百个字的介绍，给我正在构思中的族长注入了骨髓。

这两类农民是一种文化底蕴之中的两种类型，他们的全部作为和最终结局不是我的评价，而是我所能理解到的历史和生活的必然。

李星：长篇中的几乎每个人物都是立体的，他们的命运始终牵动着读者的心，最绝的，也可说神来之笔是朱先生、小娥、黑娃的激动人心的死，这些死是你刻意的设计，还是来自生活的启示？

陈忠实：我对每一个重要人物在书中的出场和在生活的每一步演进中的命运转折，竭尽所能地斟酌只能属于他们这一个人的行动，包括一句对话。我过去遵从塑造性格说，我后来很信服心理结构说；我以为解析透一个人物的文化心理结构而且抓住不放，便会较为准确真实地抓住一个人物的生命轨迹；这与性格说不仅不对立也不矛盾，反而比性格说更深刻了一层，这就是我所理解的心理真实。我同样不敢轻视任何一个重要人物的结局。他们任何一个的结局都是一个伟大生命的终结，他们背负着那么沉重的压力，经历了那么多的欢乐或灾难而未能实现自己的人生理想，死亡的悲哀远远超过了诞生的无意识哭叫。这几个人物的死亡既有生活的启示，也是刻意的设计，设计的宗旨便是人物本身——那个人的心理结构形态。

李星： 白孝文以良家子弟始，中间经过了叛逆，流浪要饭，后来又当兵从政，先是反共、反人民，后来又摇身一变成为人民政府的县长，这种命运的大起大落，而又能合情合理，不是一般虚构可以完成的，请问：他有无生活原型？你有无关于他未来的预感或设想？

陈忠实： 白孝文完全是一个虚构的人物。类似这种人的故事，恐怕任谁都能讲出一两桩来。我所能依托的唯一素材就是广闻。你的最后一问我不便回答，这可能有解释人物之嫌。让作家具体解释作品情节和作品人物，我觉得比创造这些人物还难。

六、我和当代所有作家一样，也想通过自己的笔刻画出这个民族的灵魂

李星： 你如何看待关于《白鹿原》"成为中华民族生活的缩影"的评价的？也就是说，你怎么理解这个可以说很高的评价？

陈忠实： 你是搞当代文学评论的，你阅读过的当代中国作家的作品肯定比我多得多，对一些具有代表性的流派的作家的作品的了解肯定比我更全面、更广泛、更深刻。我凭印象说，新时期以来的文学创作，无论什么流派，现实主义、后现实主义、新写实派、意识流、寻根主义以及数量不大的荒诞派，无论艺术形式上有多大差异，但其主旨无一不是为了写出这个民族的灵魂，差异仅仅在于艺术形式的不同。

至于这个灵魂揭示得深与浅，那不是艺术形式造成的，因为我们从某些主义和流派的发源地确实看到过辉煌的巨制。揭示浅与揭示深的关键在作家自身的独特的体验。我甚至以为这是创作中起主导作用的生命体验。作家对历史和生活的独特体验决定着他的作品的深度，鲁迅的《阿Q正传》和巴金的《家》，都是两位巨匠独特的生命体验的结果。

我和当代所有作家一样，也想通过自己的笔刻画出这个民族的灵魂。我以前的某些中短篇小说也是这种目的，但我的体验限制了这些中短篇小说的深度。此次《白》书的写作意图也是这样。你说的这样高的评价可以看作对我的鼓励，但在我来说就是想充分展示我的独特的生命体验，即在1987年前后我已经体验到了的。

李星：有评论家说，有的小说包括长篇可以用一句话，可以从一个角度，用一种思想概括。《白鹿原》多层次、多方面的内涵，多样的生活和人物，似乎不能用一句话、一个观点概括。你能吗？

陈忠实：我一开始就把这部小说概括了，甚至在未开始之前的酝酿阶段就有一个总体概括，就是卷首语里引用的巴尔扎克那句话："小说被认为是一个民族的秘史。"

李星：《白鹿原》既有丰富的内蕴，又有很强的可读性。虽然很长，许多读者还是一气读完的，甚至出现了一家丈夫、妻子、孩子争相读一本书的情况，这在纯文学阅读中是很少见的。你在写作中是否考虑到长篇的可读性问题？

陈忠实：可读性的问题是我所认真考虑过的几个最重要的问题

中的一个。构思这部作品时，文坛上有一种"淡化情节"的主张，即要彻底否定现实主义的过时传统，其中的重要一点就是要"淡化情节"，写一种情绪或一种感觉。我至今也不敢否定那些相当有道理也相当新鲜的主张，因为实践这种主张所阐述的创作理想，尽管现在未能实现，而将来也可能会实现的。但我必须面对现实。

现实的情况是文学作品已经开始出现滞销的不景气现象。文学圈里包括我在内的许多人都惊呼纯文学出现危机，俗文学的冲击第一次伤了纯文学高贵尊严的脸孔，这是谁都能够感到威胁的——书籍出版没有订数的致命性威胁。在分析形成这种威胁的诸多因素和企图摆脱困境的出路时，我觉得除了商潮和俗文学冲击之外，恐怕不能不正视我们本身；我们的作品不被读者欣赏，恐怕更不能完全责怪读者档次太低，而在于我们自我欣赏从而囿于死谷。必须解决可读性问题，只有使读者在对作品产生阅读兴趣并迫使他读完，才可能谈及接受的问题。我当时感到的一个重大压力是，我可以有毅力有耐心写完这部四五十万字的长篇，读者如果没有兴趣，也没有耐心读完，这将是我的悲剧。

为此，我专门选读了谢尔顿几部长篇，谢尔顿的十几部小说总是畅销，列为美国十大畅销书的作家。这个人的作品总是几十万成百万地印刷，而且被翻译成多种文字，依然畅销。谢尔顿的作品不能称作俗文学，起码与中国当今那些俗文学相比，二者不可同日而语，我读的几部可读性强，而且揭示相当深刻。所以当代人被电视或其他娱乐形式从小说前拉走的说法也不尽准确，因为欧美那样的国家，娱乐场合、娱乐手段比我们丰富得多，而纯文学的作品仍然可以几十万、几百万册地出版印刷。我们需要一点儿否定自己的勇气，不要一味地抱怨市场、轻视读者，才能从文学自身寻找出路。

李星：蔡葵同志在信中告诉我，"白嘉轩后来引以为豪壮的是一生里娶过七房女人"，这第一句话就将他吸引住了。整个《白鹿原》的语言也是很特殊的，具有特别的节奏和特别的韵致，请问：你在写作中对自己的语言有什么考虑和追求？

陈忠实：关于语言，也和整个作品一样不可分割地要接受读者的审视，不同层面的读者肯定会有不同的感觉，我不想做任何解释，我只想说动笔之前关于语言的考虑也是重要的问题之一，甚至可以说是首当其冲的难事。关于语言的重要性无须阐释，对我来说最现实的困难是，如何把半个多世纪里发生的较为错综复杂的故事和较多的人物既能淋漓尽致地表达出来，又不致弄得太长，为此必须找到一种适宜的语言形式和语言感觉。关于形式我试着写了两三个短篇，做那种语言形式的探索和实验，其中我比较满意的是《轱辘子客》。这个短篇在《延河》发表出来后，几位看过的朋友首先看到了语言的变化和陌生，还是比较赞赏，于是我就心里有数了，把这种高密度的语言形式确定下来了。关于语言感觉，似乎不大说得清楚，它蕴含当时的社会气氛和不同人物的生活形态，而且蕴含着作家的情绪、气质和理智等。

我写下头一句"白嘉轩后来引以为豪壮的是一生里娶过七房女人"时，似乎没有经过特别的刻意用心，而是很自然地写下来的。当然从表面看是这样，其实，整个作品大的脉络、大的框架和主要人物的重大人生转折都已基本酝酿成熟，重要人物的生命历程已经在心中搏动，只是把酝酿已久的构思找到一个"线头"就是了。当我打开大日记本写下草稿中这一句开头的时候，似乎找到了那种理想的语言感觉，而且自信这种感觉可以统领到文章结束。草拟时开头用的是"锅锅嘉轩……"写正式稿时把绰号"锅锅"改成了他的姓"白"。因为后来在整个作品的实际写作中几乎没有用这个绰号，改成姓氏开头更符合作品气韵，也符合白嘉轩的气质。我自己是这样判断的。

七、长大了的孩子还牵着大人的手走路是不可思议的

李星：在《白鹿原》开始构思写作的时候，中国文坛上正热烈地进行着关于写作方法的争论，你有没有考虑诸如现实主义，还是现代主义这些问题？

陈忠实：在《白》动笔之前的几年里，我一直关注着中国当代文坛上关于写作方法的种种争论，也注意阅读当代作家许多标示着新面貌的作品，我从那些争论和标新之作中得到过有益的启示，这对《白》书的构思和写作有着决定性影响。尽管我没有参与争论，这主要是害怕陷入争论不能摆脱，耗费生命；但我在别人的争论中得到的艺术启示是肯定的，可能比争论者双方获得的好处还要多；争论者忙于争论，甚至不惜把一种意见推向极端，我从争论双方那里都看到了，也学到了长处。

李星：你认为《白鹿原》是现实主义范畴的作品吗？它同柳青，包括法、俄现实主义有何不同？

陈忠实：《白鹿原》是现实主义的创作。在我来说，不可能一

夜之间从现实主义一步跳到现代主义的宇航器上。但我对自己原先所遵循的现实主义原则，起码可以说已经不再完全忠诚。我觉得现实主义原有的模式或范本不应该框死后来的作家，现实主义必须发展，以一种新的叙事形式来展示作家所能意识到的历史内容和现实内容，或者说独特的生命体验。

柳青是我最崇拜的作家之一，我受柳青的影响是重大的。在我进行小说创作的初始阶段，许多读者认为我的创作有柳青味儿，我那时以此为荣耀，因为柳青在当代文学史上是一个公认的高峰。到20世纪80年代中期我的艺术思维十分活跃，这种活跃思维的直接结果，就是必须摆脱老师柳青，摆脱得越早越能取得主动，摆脱得越彻底越能完全自立。我开始意识到这样致命的一点：一个在艺术上亦步亦趋地跟着别人走的人永远走不出自己的风姿，永远不能形成独立的艺术个性，永远走不出被崇拜者的巨大的阴影。譬如孩子学步，在自己没有能力独立行走的时候需要大人引导，而一旦自己能站起来的时候就必须甩开大人的手，一个长到十岁的正常的孩子还牵着大人的手走路是不可思议的。艺术创作更是这样，必须尽早甩开被崇拜者的那只无形的手，去走自己的路。这一方面的教训有目共睹，不仅柳青的崇拜者没有在艺术上超出柳青的，荷花淀派的创始者孙犁的崇拜者也没有超出孙犁的，沈从文的学生们也没有弄出超过沈先生的作品。这是一个悲剧，也是一个误区。可是"背叛"了被崇拜者的倒是有不少人成了气候，成了大家。这应该是一个很简单也很正常的现象，艺术的要害在于"创"新而忌讳模仿。

我决心彻底摆脱作为老师的柳青的"阴影"，彻底到连语言形式也必须摆脱，努力建立自己的语言结构形式。我当时有一种自我估计，什么时候彻底摆脱了柳青，属于我自己的真正意义上的创作才可能产生，决心进行彻底摆脱的实验就是《白鹿原》。但无论如何，我的《白》书仍然属于现实主义范畴。现实主义者也应该放开艺术视野，博采各种流派之长，创造出色彩斑斓的现实主义；现实主义者更应该放宽胸襟，容纳各种风貌的现实主义。

八、我在传统的性封闭和西方性解放中间无法回避

李星：《白鹿原》中有很多性描写，有人说你成功地将人的自然性和社会性、历史性结合起来。你是怎么认识性，即人的自然性在历史的社会的人性中的地位的？在性描写中你把握了什么原则？

陈忠实：正面回答这个问题很不容易摆脱说教。我在查阅三县县志的时候，面对无以数计长篇累牍的节妇烈女们的名字无言以对，常常影响到我的情绪。那时候刚刚有了性解放说，这无疑是现代西方输入的一种关于人的自然性与社会性的说法。我在那些密密麻麻书写着的节妇烈女的名字与现代西方性解放说之间无法逃避，自然陷入一种人和性的合理性思考。我把这种思考已经诉诸形象，我想读者是会理会的，由我出面解说反而别扭。

我决定在这部长篇中把性撕开来写。这在我不单是一个勇气的问题，而是清醒地为此确定两条准则，一是作家自己必须摆脱对性的神秘感、羞怯感和那种因不健全心理所产生的偷窥眼光，用一种理性的、健全的心理来解析和叙述作品人物的性形态、性文化心理和性心理结构；二是把握住一个分寸，即不以性作为诱饵诱惑读者。

李星：性与文化，性心理与文化心理，性行为与社会关系、社会背景，是十分复杂的问题，弄不好就会出偏，引起社会的过度反应，《白鹿原》的处理可以看作一个成功的范例，正因为正视了性，没有回避性，小说才达到了"民族秘史"的境界，你在这方面是否自觉？

　　陈忠实：前一个问题已基本说清了这一点，首先是敢于正视，不再回避，我觉得是我艺术体验的一次跨越。其实，古今中外的优秀作品都没有回避，包括《红楼梦》和《水浒传》。如何把握其分寸不能说不重要，而关键在于所有对性的描写是否属于必需，这虽然是揭示人物文化心理结构的一个主要途径，但不是每一个人物都必须写性交。在必要性确定以后，如何把握恰当的分寸才成为重要的一环。

　　因为这个问题容易敏感，弄不好会有贩黄之虞，所以在构思这部小说时所重点考虑的几个问题中，这个问题也成为其中之一，因此就定下"不回避、撕开写"与"不是诱饵"这两条准则。

　　李星：《白鹿原》在性描写方面如此大胆（发表时删了一些，据说出书时将恢复），甚至没有回避最肮脏、最丑恶的性生活。请问：在写到这些时，你有无心理障碍？是如何克服的？

　　陈忠实：坦率地说，我作为一个真实的人，在写作这个作品的一开始就有重重心理障碍，这种障碍甚至一直延续到我回答这个问题的当下还未完全解除。一是担心文化检察官能否容忍？要是不分青红皂白，不管作品实际，不辨必要性与诱惑性之间的界限，而一下子打到扫黄之列怎么办？二是怕读者，这是更关键，或者说更大的一种心理障碍，即改变我在读者心中的印象，尤其是那些过去比较关注也比较喜欢我的作品的读者。前面的问题中涉及一点，即我的初期创作中不仅不涉及性，单是人物系列也多是男性，有人说我刻画得最好的形象是乡村的各色老汉，后来的一些涉及婚姻家庭的作品也写得比较含蓄，读者一般印象里，我是严肃作家，其中重要一条是写性比较严肃。如此撕开性面纱，而展示种种性形态、性心理的作品，可以预料肯定会引起那些熟悉、关注我的读者的惊讶。陈忠实怎么也弄这种东西？对我的印象随之就将发生彻底改变。这是我最担心的。及至现在作品发表，这种意见果然听到了，不过不大强烈、普遍，读者的鉴赏水平令我欣慰。

克服这种心理障碍，坚持按原先构想写完作品的主导因素便是这部作品的主旨，这是重要的一个部分而不可或缺，另外，就是前述的那些县志上数以千计的贞妇烈女。中国在走向现代文明的同时，其中也仍然有一个性文明的问题。这样，我就获得了撕开写的勇气。

李星：你有长期的农村生活经历，对农村、农民相当熟悉，根据你对农村生活的了解，农民的性观念的核心是什么？他们与城里人、文明人、文化人有什么不同？这里有无特殊的文化生活渊源？

陈忠实：我有一个未与人交流的看法，就是尚不存在一个农民的关于性的观念，或者城里人的关于性的观念，或者是还有一个城市里的具有较高文化的文明人的关于性的观念。

中国人或者更准确一点说我们民族，几千年来读着一本大书，城里人读这本书，乡里人能出资读得起书的人也读的是这本大书，城里的文化层次高的知识人还是读这本大书长大的，所有人接受的是一个老师的关于修身做人，关于治国安邦的教诲。他们从小小年纪就开始背诵那些不完全能理解得了的深奥的古汉语文字，接受熏陶，关于性文化的心理结构便开始形成。

　　更有一本无形的大书，从一代一代识字和不识字的父母、亲友，以及无所不在的社会群体中的人那里对下一代人进行自然的传输和熏陶，这个幼小的心灵从他对世界有智能感应的时候起，便开始接受诸如"仁义礼智信""男女有别，授受不亲"的性羞耻教导、制约和熏陶，他的心灵就在这样的甚至没有文化的社会文化氛围中形成一种特殊结构。及至他们有了儿女的时候，又用这种心理结构制约下的关于男女关系的观念对孩子进行熏陶。于是便有了一个共同的中国人的文化心理结构特征，它既区别于西方欧美人的心理结构，又不同于伊斯兰世界虔诚教徒的心理结构。

　　我在查阅县志时发现了一份《乡约》，那是一份由宋代名儒编撰的治理乡民的条约准则，是由那本大书演化成的通俗易记的对乡民实行教化的乡土教材，在许多村庄试点推广。我后来才知道这本《乡约》是中国的第一本乡约，作为范本被南方数省的儒学学士改编修订，在他们所在的那一方地域推广。

　　城里人文化层次比乡里人高，物质文明和精神文明也相对要高些，性文明自然也会高一阶，但这仅仅只是程度的差异，而无本质差别。城里人的心理结构依然是传统的中国人的心理结构，与西方欧美人的心理结构的本质差别没有改变。虽然解放后不读那本大书了，且受到批判，但那本书依然以无形的形态影响着乡里人，也影响着城里人。要彻底摆脱那本书的影响，恐怕不是一代两代人的事，一旦彻底摆脱了那本大书的影响和阴影，中国人的心理结构可能便会发生质的变化，性只是那变化中的一个组成部分。

九、我永远不会再上那个原了

李星：人说电影是遗憾的艺术，拍成了才发现许多缺点、不足，但想改却来不及了。你的《白鹿原》现已发表了，印成铅字以后，你有遗憾吗？再版时准备修改吗？

陈忠实：大的遗憾没有，小的遗憾无法避免。遗憾主要是文字。如果能再过一遍手，起码可以把文字锤炼得更好些。我交出手稿时就一直有再过一遍手的思想准备，因为这是作为正式稿的头一遍稿。我一次性地拉出五十万字，基本保持着卷面清整的稿子。唯一可以自信的是文字语言，唯一遗憾的也是文字语言。本来应该再过一遍手，而未能做此事，编辑同志说可以了，你不必再来北京修改了。我那时刚刚弄完，有点疲累，加之已入暑天，畏怯炎夏，也就偷懒省事了。

如果有再版的机会，到时候再视具体情况而定。

李星：小说的许多人物的命运里程都延伸到中华人民共和国成立以后，请问你有无写《白鹿原》第二部的打算？写第二部需要什么条件？

陈忠实：我去年初已经下了白鹿原。作为一部长篇小说的全部构想已经完成。基本可以肯定，我永远不会再上那个原了。

李星：如果现在你还不准备动手写《白鹿原》续篇，你对你今后几年的创作生活有什么设想？

陈忠实：前边刚刚说过，我的所有创作都是生命体验的一种展示。《白》书就是 1987 年前后的那一段时间里的生命体验。那种体验已经比较充分地宣泄出来了，或者说已经完成了那个宣泄，所以不存在续篇或二部三部什么的。这一点从一开始构思就很明确。《白》书是单部长篇，就此完结。唯一的与初始设想的变化是篇幅，原计划不超过四十万字，结果写到五十万字。

未来的创作很难说具体内容，这有待或者说要看我会产生怎样的体验。但有两点可以肯定：

一、未来——起码截止到六十岁这十年里，我将以长篇写作为主。原因有二，我刚刚试写了第一部长篇，对这种艺术形式兴趣正浓，我在出过一本短篇集之后便转入中篇写作，后来以中篇为主写了几年，写过九部中篇出了三本中篇集子，对中篇的结构艺术进行了些探索。现在写成头一部长篇，心情颇类似当初写成头一部中篇的情景，对长篇的结构艺术进行各种探索的兴趣颇盛；在五十到六十岁这一年龄区段里，如若身体不发生大的灾变，以我的精力还是可以做长篇小说创作的寄托的，所以得充分利用这个年龄区段间的十年，这无疑是我生命历程中所可寄托的最有效、也最珍贵的一个十年了。所以打算在这十年里以写长篇为主。之后的生命的保险系数很难确定，到十年后再视情况而定，写到此就有一缕人生的悲怆悄然浮上心头。

二、我可能再不会弄这么大篇幅的长篇了，不单是写起来累人的问题，恐怕仍然是概括能力的问题，我想在艺术形式和手法上做各种探试，把长篇的篇幅写小也作为一个重要目标。至于未来作品的内容，这是现在所难以把握的。

（1993 年 3 月 15 日　李星采访整理）

关于《白鹿原》获茅盾文学奖答诗人远村问 *

远村：陈老师您好！您的长篇小说《白鹿原》荣获第四届茅盾文学奖的消息刚刚传来，《延安文学》杂志社的全体同志欣喜若狂，奔走相告。我受《延安文学》主编曹谷溪的委托，首先向您表示祝贺，并就《白鹿原》获奖对您进行采访。

陈忠实：谷溪和《延安文学》都是我的老朋友、好朋友。感谢同志们、朋友们对我的关心与支持！你是《白鹿原》获奖之后我接待的第一位记者，我乐意回答你提出的问题。

远村：您的长篇小说《白鹿原》荣获第四届茅盾文学奖，您是否感到意外，或者早已成竹在胸呢？

陈忠实：这两种情况都不是。我既不感到意外，也不成竹在胸。因为，我对历届茅盾文学奖的评奖过程还是了解的。应该说，

---

* 选自《陈忠实文集》第 6 卷，人民文学出版社 2015 年版。远村，诗人，《各界》杂志主编。

一个成熟的作家，对自己的作品达到了什么程度、没有达到什么程度都是非常清楚的。也就是说，从作家创作一部作品之初的总体构想，到他最终创作完成的结果实现了几成，作家自己心里比别人更明白，得失当然也是很清醒的。《白鹿原》是以写家族史来反映中国近现代社会变迁发展的，同类题材的作品也不少，每个作家都将自己的体验和艺术追求融于作品之中，做了各自独特的勇敢的探索，我自然也做了自己的探索，认真的成熟的作家应该能够客观冷静地看待这一切，既不会狂妄，也无须自诩。因为，艺术创作是个实实在在的事情，写书就是为了与读者进行交流，一个人写，千万个读者在看，长处和短缺都逃不脱读者的审视。至于说评奖，据我所知，历届评奖都要考虑各种题材、各种流派、各种艺术手法的作品，所以，没有评上奖的作品未必就不优秀。因此，《白鹿原》能获奖，并不能说成竹在胸。当然，能获奖我自然很高兴，因为，得奖表明读者和评委们对我创作《白鹿原》所进行的探索和付出的劳动是一个肯定，也对我未来的创作是一种鼓励。

远村：茅盾文学奖已举办了四届，对每届获奖作品您如何看待？对茅盾文学奖本身的价值和意义如何估计？

陈忠实：茅盾文学奖已经搞了四届，应该说每届所选作品都是那个年限的优秀长篇。我们大体可以从获奖作品看出新时期以来长篇小说发展的历程，无论反映生活的广度和深度，还是艺术形态，都可以看出近年来获奖作品都有较大的变化，也可以看出我们的长篇创作在不断走向更成熟的目标，尽管它不能囊括各个年限的所有优秀作品，但这并不影响我们通过茅盾文学奖对中国作家在长篇小说创作方面所做的努力的判断。至于茅盾文学奖本身，我以为文学大师茅盾先生用自己的稿费设此奖项，其目的和用意是十分清楚的。它体现了老一代作家对长篇小说创作和后辈作家寄托着厚望。它的权威性和影响力也是肯定的，大家不仅关注评奖的作品，更重要的是通过评奖激发人们对我国长篇创作的关注。作为作家，我也很关注每届的评奖活动。因为作为一个国家级的文学大奖，只有将不同年限出版的长篇中最优秀的作品筛选出来（这是社会各界的共同心愿），才能真实地反映长篇小说创作的真实水准。所以，茅盾文学奖设立的意义，就在于它激励了中国作家不断在长篇小说领域创作出能标志不同阶段长篇水准的优秀作品，也为我们提供了优秀的阅读范本。

远村：茅盾文学奖是一项专门奖励长篇小说的最具权威性的大奖，那么，您对评奖宗旨"反映时代精神"如何理解？

陈忠实：作为我国最具权威的文学大奖，将"反映时代精神"作为评奖宗旨，我认为是理所当然的。作为文学主体的作家，通过自己的体验和认识，将国家和民族在各个历史时期所经历的痛苦和欢乐真实地再现出来是至关重要的，我曾在评价路遥的作品时，认为路遥就是取得这样成就的重要作家，也因为这一点，我很敬重他。他总是把自己的思想和情绪，以及最关注的焦点跟民族的命运紧紧结合起来，不是人为的接近，而是自然的关注。作为一个时代的画卷的长篇小说，反映时代精神，揭示时代精神，揭示作品所反映的那个时代人们的精神状态，不光是胜利的凯歌，也包含人们的奋斗、追求和探索过程中的痛苦、艰难，甚至一些人的悲观情绪。只要将那个时代的本质准确抓住，通过自己不同形式的艺术作品表现出来，它都会从不同侧面反映时代精神。这使我想起了传记文学作家欧文·斯通先生的一句话，他在《马背上的水手》中说杰克·伦敦："他从来都是将自己滚烫的手按在时代的脉搏上。"我想一个对国家和民族的过去、现在和未来负责的人，他的手不按在时代的脉搏上，他放在哪儿呢？就我而言，生怕自己的粗糙的手没有按住时代的脉搏。大家知道，我过去的中短篇小说几乎全部都是关注现实生活变迁的作品，只有《白鹿原》是写历史的，但即使就是《白鹿原》，也在反映以往五十年的我们这个民族的发展历程，充分再现那个时期的社会秩序和人的心理秩序变化所造成的人的各种精神历程，或者说是力争表现我们民族在那五十年的历史进程。我企图追求一种历史的真实。所以，我认为时代精神应该是一个广义的概念，从这个意义上说，作为历史题材的《白鹿原》同样要达到反映时代精神的目的。我的这种艺术观念得益于党的十一届三中全会和真理复归，使我提高了认识，尤其是参照过去历史发展，更坚定了我对社会本质的看法。如果说《白鹿原》有值得大家称道之处，我想无非是我还原了历史生活的真实。

远村：您的长篇小说《白鹿原》出版之后，被读者和评论界称为史诗性作品，您认为文学作品的史诗性品质主要特征是什么？

陈忠实：《白鹿原》出版后，一些读者和评论家有这种说法，但一部作品是不是一部史诗性作品，应该由历史来检验。从史诗性来讲，首先一部作品要真实准确地反映它所展现的那个历史阶段的时代脉搏和精神，历史的价值就是生活的真实。另一方面，就是艺术追求所达到的高度也应该是那个时代的文学水准。所以，史诗性作品不仅是个篇幅问题，更重要的是作品本身所呈现的深度和广度，比如《羊脂球》不过几万字的小说，你可以说是中篇，也可以说是短篇，但它堪称史诗性作品。又比如《这里的黎明静悄悄》真实生动地再现了卫国战争时期，苏联人民在那场反侵略战争中的真实心理，我认为它就是史诗。一般容易产生的错觉是以为史诗性作品就应该是篇幅很长的大部头作品，实际小篇幅的作品也可以成为史诗性作品，关键是质量和品位。

远村：有人说长篇小说是：一、文学中的交响乐；二、社会生活的百科全书；三、一个时代纪念碑式的文章；四、一个民族的秘史。您怎么看？哪一种说法更接近您的文学理想和长篇创作追求？

陈忠实：我以为这四种观点都能成立。我们读我们传统的"四大名著"和欧美苏俄的经典长篇都能找到这四种说法的标本，也就是说长篇小说不是一种规定的范畴。关键在于作家本人要将自己的长篇小说写成交响乐，还是百科全书，或者是秘史，其决定性因素是多方面的，但最根本的因素是作家所关注的那个时代的内在精神，正是这个精神决定了作品的风格，作家对那个时代的体验和感受规定了作品的形式。我对《白鹿原》的选择，是因为我对我们这个民族在历史进程中的一些别人没有写到的东西有了自己的感受，或者说对民族精神中鲜见的部分我有了重新的理解和认识。所以，我规定了《白鹿原》向秘史的方向发展，这自然也说明了我为什么喜欢巴尔扎克对小说的定义。一个民族的发展充满苦难和艰辛，对于它腐朽的东西要不断剥离，而剥离本身是一个剧痛的过程。我们这个民族在 20 世纪上叶的近五十年的社会革命很能说明这一点，从推翻帝制—军阀混战—国共合离这个过程看，剥离是缓慢而逐渐的，它不像美国的独立战争，只要一次彻底的剥离，就可建立一个新秩序。而我们的每一次剥离都不彻底，对上层来讲是不断的权力更替，而对人民来说则是心理和精神的剥离过程，所以，民族心理所承受的痛苦就更多。在《白鹿原》中，我力图将我们这个民族在五十年间的不断剥离过程中产生的种种矛盾冲突和民族心理历程充分反映出来。我们几千年的封建制度，许多腐朽的东西有很深的根基，有的东西已渗进我们的血液之中，而最优秀的东西和新生的东西要确立它的位置，只能是反复地剥离，所以，我们这个民族就是在这样一种不断饱经剥离之痛的过程中走向新生的。

远村：据我所知，您在进行长篇创作之前，对东西方长篇经典进行过大量研读，您认为鉴定一部好的长篇着眼点在什么地方？我们国家新时期以来的长篇写作是否达到了一个经典写作水准，它可否与西方当代大家的创作比肩平坐？

陈忠实：在《白鹿原》创作准备阶段，除了其他方面的准备，艺术准备也是相当认真的。当时，研究我的作品比较多的一个人是西北大学的蒙万夫，他听说我要写长篇，就告诉我要注意结构，他说像你写跨度那么大的长篇小说，结构非常重要，弄不好就成了"提起来是一串子，放下来是一摊子"，那就是没有骨头的一堆肉嘛！而我最担心的也就是这个问题，因为，我要写的小说历史跨度大，事件庞杂，人物多，结构不好就会出现这种问题。所以，我压力很大。在这种情况下，我研读了大量东西方长篇经典，阅读的结果却是我的压力反倒解除了，为什么呢？因为，我发现没有一部作品与另一部作品的结构是相同的。即使是同一个作家的作品，也没有相同的结构，这就使我明白，任何一种结构都是作家的创新，没有一个作家能依赖别人的框架来装自己所要表现的生活内容，任何作品都是作家的一次新的形式创造，也就是说自己的结构要靠自己去创立，如果我们仅限于用别人创造的形式来进行自己的写作活动，那就是一次重复。反正别人用过的，尽量不去用，自己用过的，更不能重复使用。只有将一个有全新的艺术风貌的作品拿出来，才能争取到它的生存价值。针对当时文学发展出现的一些问题，我又自觉地阅读了一些作品，当时出现的从未有过的现象是，作家出书要自己拿钱，文学跌入低谷。我当时在乡下正在写作这部长篇，无法回避这样的问题，即文学的萧条肯定跟商潮有关，但并非所有作家都能下得去海，而作家如何才能将读者从其他的文化娱乐中吸引过来，这才是至关重要的。当时，传媒在炒一个美国作家谢尔顿，他几乎每写一部长篇都成为风靡全球的畅销书，我就想，在美国那样一个社会，商业气氛肯定比我们浓，娱乐方法更比我们多多了，为什么小说还能这样畅销？我找来谢尔顿的作品看完后，最使我感动的是他的小说的故事和情节都十分生动，而当时我国文坛正在兴起一种新的艺术观点，提出无主题、无故事、无情节等，但谢尔顿与此恰恰相反，他靠生动的故事、深刻的主题脱颖而出，并很快占领中国市场，这就坚定了我的长篇写作要有故事的生动性（包括可读性）的想法，因为作家不只是为评论家写小说，更重要的是为读者写小说，所以，你不能不考虑读者的阅读情绪。吸引读者，要用高明的艺术手段，而不是采取低俗的迎合，小说在当代的发展，使作家不能不考虑读者在整个文学活动中的参与效果。长篇小说自新时期以来，生活题材已经非常广泛，几乎每个领域都被作家涉足过了，无论数量还是质量，确实发展了许多，去年正式出版的长篇近七百部，这说明长篇势头很好，但读者和评论界对长篇要求也高了，引起广泛轰动的作品不多，这就提出一个问题——长篇创作质量还亟待提高，为此国家也号召要出精品，至于具体到一个作品能否成为经典，当代恐怕很难判定。当代人能感受作品出来时那种确实令人激动不已的艺术力量，但还不能说它是经典，这需要靠时间来检验。任何一个作家都想倾其毕生创造一部不朽之作，但究竟能否不朽，还得留给历史来检验，作家所能做的事情，就是将自己对生活的体验，充分在作品中体现出来，从而达到一定的艺术高度。

远村：作为一个获奖作家，您是否还有一个更大的目标，比如，希望自己今后的作品能在国际上拿大奖？中国作家在文化继承和小说创新方面还应该做哪些有意义的工作？

陈忠实：作为一个作家，不管国内奖、国际奖，还是省内奖，只要给一个奖都是件好事，即使是一个杂志的奖，也是高兴的。因为，它都是对作家劳动的肯定，对作家的鼓舞。至于国际奖，和国内奖有很大差异。国际奖很多，但具有真正权威性的奖就是诺贝尔文学奖，最近几年有两三家报纸邀我参加中国作家应该不应该获诺贝尔文学奖的讨论，我都谢绝了。不参加讨论，并非我没有看法。今天，我就首次向你表白我对诺贝尔奖的看法。诺贝尔文学奖历届获奖作品都是不同国家和民族的最优秀作家的优秀作品，但我们也应该看到，近十届的获奖作家差异很大，我的印象最深的在国际上产生广泛影响的作家是马尔克斯，而读其他作家的作品深深感到跟《百年孤独》所达到的艺术高度差异甚大。如果将马尔克斯作为一个标尺，那么，中国作家要获诺贝尔奖是相当困难的，若要跟近几年获奖的那几位小说作家比，我看中国作家获诺贝尔奖的应大有人在。大家公认的就是，汉语和英语以及其他语言差异太大，而汉语翻译成英语损失很多，能够翻译成英语的作品太少，我那一年访问意大利，在意大利只翻译有邓友梅的一本书《烟壶》，而中国作家的名字在那里也十分陌生。至于获奖，全都不是谁想获得就获得了，几乎历届获奖作家在接到瑞典皇家学院颁发的获奖通知时，都感到十分惊讶，从他们的惊讶，我们可以看出没有一个作家是事先想到的，或念念不忘企盼着的。那么，中国作家也就不要整天想着诺贝尔文学奖，更不要为诺贝尔文学奖而写作，这些都有碍作家的艺术发展。如果有一天，真有某个中国作家获了这个奖，也是值得我们骄傲的。但我们必须保持一个良好的创作心态，将自己的体验充分把握好，形成自己的艺术风格就足够了。因为，获奖本身并不代表什么。在小说创新方面，我们还没有创立一个新流派在国际上产生影响。唯一属于我们的就是章回体小说。这是我们的传家宝，它也产生了伟大的作品，比如"四大名著"，在题材上也有多样性。但就小说发展看，最自由、花样最多的是俄罗斯文学，它对欧美文学、日本文学和世界其他地区的文学都产生了广泛影响。而唯独没有一个国家借鉴我们的章回体。相反，新时期文学的花样翻新几乎都可以从西方小说中找到范本。而花样过后，才有可能有真正属于我们的艺术形式被中国作家创造出来。

远村：《白鹿原》之后，您处于一个相对冷静时期，有人预言，经过一段休养生息，您将有更臻完美的巨制问世，也有人说《白鹿原》是您一生创作的巅峰，以您的年龄和体力恐怕很难有超过《白鹿原》整体水平的长篇，您自己如何认为呢？

陈忠实：首先，我认为这是持这些看法的人对我创作的一种关注。我自己也在《白鹿原》出版之后听到过这样的议论，这说明大家都在关心我的创作情况，借此机会，我向广大读者和朋友致谢。我将这段时期的情况介绍一下：《白鹿原》出版发行已经四年了，这四年也是我承担陕西省作协领导责任的四年。《白鹿原》之后我遇上省作协换届，我当选为陕西省作协主席，而我上任时，作协的状况不尽如人意，经济拮据、电费欠缺、汽车停驶、办公室墙壁下陷塌顶等，我既然担任这个职务，就不能眼看着大家在这样的困境中生活。经过抓这些具体工作，作协办公大楼即将盖起，老作家的医疗条件也有改善，作协各部门基本实现有秩序地工作，这自然是这届班子共同努力的结果，但也花去我好多精力。另一方面，在这四年也尽力抓了陕西青年创作队伍的建设，老一代作家曾为我们这一代作家队伍建设耗去不少心血，那么，扶持和建立一支更年轻的陕西作家队伍的责任就落在了我们这一代人的肩上，所以作家协会先后召开过两次长篇创作讨论会和一次青年创作座谈会，并通过协会的两本刊物《延河》和《小说评论》对陕西作家的创作给予支持和鼓励。1994年还搞了一次散文专题讨论会，大家反映很好。另一方面，《白鹿原》完成以后，我对小说写作的情绪调整不到最佳状态，也就是说，我好像对小说失去了某种激情，读者对我的期望值很高，我在没有充足的创作激情的状态下，就不能轻易动笔，以免使读者失望。所以，我这几年连短篇都没有写，只是写了些随笔和散文，出了两本散文集。当然，这几年的收获也是有的，通过主持机关工作和改善办公条件，我对城市生活也有一些体验了。尤其是我住进了城市，结识了一些商海弄潮儿和社会各色人等，给了我一些新的感觉，但这种感觉还没有达到形成一部作品的程度，所以我不敢急促下笔。未来的创作是不是鸿篇巨制，是否要超过《白鹿原》，我根本就不思考这个问题。这是个艺术创作的规律，对我来说，《白鹿原》已成为历史，没有必要跟它较劲。记得《白鹿原》问世后，我跟评论家李星有个对话，李星问过这个问题，我告诉李星我再不会上那个原（白鹿原）了。今天，我依然将这句话给你。我只是尊重我自己的生命体验和艺术感觉。最终能形成什么样的作品，那就写个什么样的作品献给读者。既不重复别人，也不重复自己，只要有独立生存的价值，只要是实实在在达到了我所体验到和追求的目标，我就感到欣慰了，因为，它们都是我的孩子。

（1997 年冬）

文学活着

——答《三秦都市报》记者杜晓英问 *

杜晓英：请问您对《三秦都市报》关于《青年文学博士"直谏"陕西作家》的系列报道怎么看待？

陈忠实：在贵报刊登这个系列报道的两个多月时段里，我大部分时间不在西安，先是到大连参加笔会，回来后就到本省四个地市参加分片召开的省作协成员座谈会去了。我所看到的有关此次系列报道的文章，是搞资料的同志复印下来的，不太全。我的总体印象和看法也应坦诚相告，这是一场始料不及的、又是近几年来影响最广泛的一次关于陕西文学的讨论。

陕西文学界最具影响力的大多数的评论家和一些作家都说了话，参与了这场讨论，观点鲜明，甚至尖锐对立，呈现出前所未有的生动活泼的景象，使我感受到了文学批评本来应该具备的最基本的品格。因为在当今文坛（不仅陕西）最缺失的就是这种坦率或者说直

---

* 　本文见《陈忠实文集》第 6 卷，人民文学出版社 2015 年版。

言不讳的评论风气。尤其使我感动的是，这场纯粹属于文学话题的讨论，竟然引发了远离文学圈子的那么多读者的热烈反响，并参与了讨论，且不论他们的看法如何，单是他们对陕西文学的至诚的关注之情，就足以使我陡增信心：文学活着。读者才是文学作品存活的土壤。正是基于这样的感动，也同时给我以逼近鼻息的警示：我在对待自己的作品和评说别人的作品时，要想想千万个各种职业的读者正通过各种媒体在审视着我的话语，关键可能不是观点上的能否认同，恰恰在于自吹、他吹或吹他所造成的虚假，将从根本上失去读者最起码的信赖和尊重。在商潮迭浪、明星争宠的当今媒体上，陕西有这么多的专家和读者在关注、关怀着陕西文学，作为一位身在其中的作家，我又一次确凿地感到了创作这种劳动的意义，更加确信真正的文学依然神圣。

在这场生动活泼的讨论中，无论参与者发表了什么观点，甚至存在一些相左以至完全对立的看法，但都把握在严肃的文学创作和文学评论的话题以内，这是很难得的，对于建设一个良好的创作和评论的文坛语境，开了一个好头，恐怕也是引发专家和读者争相参与的关键所在。

杜晓英：对李建军关于《白鹿原》里那个"头发"细节有"狭隘的民族意识"的批评，您怎么看？

陈忠实：初听到这个批评观点的时候，立即想到另一个细节。美国独立战争打响第一枪的地方，在波士顿郊区康克尔小镇旁一条小河的木桥上，那木桥就是闻名美国古今的北桥。桥头的地面上立着块小小的碑石，是为被打死的英国士兵而立的，碑文内容大约是这样的：躺在这里的这个孩子的母亲正在家里盼望儿子归来。我在这块碑石旁曾有所触动，显然是美国人对被打败打死的英国士兵的人道主义关怀。两年后我在北京与两个年轻的美国男女交谈，谈到了这个令我难忘的生活细节。不料，那位男子却不屑地说，可在越南就做不出这样的事。我的心里受到了撞击。独立战争是美国人反对英国殖民者的战争，美国人又是胜利者，自然是理直而又气壮的，对被打死的入侵者以不无幽默的语调表示一掬人道情怀，既符合美国人的民族天性，也宣示了他们的人道精神，都不难做到的。然而在越南，美国人大致扮演了当年英国人在美国的角色，结局的失败虽然不像英国人当年在美国那么彻底，也成为当今美国千千万万个家庭无法消解的痛，他们的孩子或丈夫注定是无法回归了。美国人在越南就无法再立一块以幽默语调表述人道主义情怀的碑石了。两百年后的美国人难道丧失了人道情怀又丧失了幽默天性？

朱先生对日本鬼子的那一撮头发表示的恶心，是朱先生心理与情感作用下自然的生理性反应，是作为作者的我对朱先生这个人物的精神气象和心理情绪的把握和判断，是否属于"狭隘的民族主义"，我当时就没有考虑，只求通过包括这个"头发"细节在内的不可计数的朱先生的细节描写，达到真正自然地创造艺术形象的目的。这里所要讨论的问题仅仅只应规范到朱先生这个人物身上，即在"头发"这个细节上，陈忠实所描写的朱先生的"恶心"反应是否符合这个人物的心理真实？是朱先生这个人物的必然的反应，还是作者强加给他的、本来不属于他的败笔？我至今还在考虑这个细节的合理性。再退一步说，朱先生对"头发"细节的态度不能完全等同于作者本人的态度，比如朱先生在编县志时曾按官方口径把徐海东部称为"共匪",随后又以笔误的哑谜更改为"共军",是朱先生的政治判断的发展过程。同样的道理,不能把这个过程看成陈忠实的政治判断的过程。

关于人道主义情怀这个话题,以及人道主义在中国作家创作中的意义,我以为是没有分歧的。

杜晓英: 作为一个作家,您理想的文学批评语境是什么样的?

陈忠实: 简而言之,以纯粹的文学立场所建构的文学评论的语境。

纯粹的文学立场,就是面对作品,做出评论家自己的审美判断。评论家自己的艺术趣味的差异,对作品可能做出截然相反的评价,哪怕一个吹到天上,一个砸到地狱,我以为都是正常的。这是一个再普通不过的常识,任何作品都不可能符合所有评论家的审美标准和艺术趣味,而我只需听到纯粹出自文学意义上的声音就够了。对于具体到某一部作品的完全相反的评论,如果确实出自文学的立场,不应看成"捧杀"和"棒杀",作为作家,我只是拣取其中对我未来创作有启迪、有警示意义的东西。

麻烦往往发生在离开了纯粹的文学立场的评论中。可以称之为非文学因素对于文学立场的骚扰,诸如商业化炒作和人情关系,都可能使评论家的批评立场发生位移,弄出一些脱离作品实际的昏事。此类事已经祸及整个文坛(不单陕西),也祸及读者,已是不争的事实。

坚守纯粹的文学立场的评论,就是坚守实事求是:对作品做出实事求是的评论,对于读者的阅读会发生启示,对作家总结自己创作的得与失也会起到良好的作用。如果是脱离了作品实际的评论,会令读者、作者都陷入一种误导的盲区,尤其是对正在艰苦探索中的青年作家，可能因此而产生对自己创作的错误总结、延缓以致贻误他们艺术突破的进程。对作家尤其是评论家而言，可能丧失读者最基本的信赖和尊重。

我仍然认为，对作家，尤其是青年作家，最有益的评论是实事求是的评论，但对他们多看长处，说足优势，尤其是处于创作中重要突破关口的青年作家，可以说至关重要。关键的分野在于，长处和优势是作品本身所已具备的、符合作品实际的，本质上是区别于商业目的的炒作的。

作家和评论家一起争取纯洁的文学立场的坚守，媒体也应以此为约律，构建真正的文学评论的语境，是我的期待。

（2000 年末）

答《南方周末》记者张英问 *

十三年前,《白鹿原》刚一发表就红极一时。获得茅盾文学奖以后,《白鹿原》累计销售超过一百三十万册,还成为教育部"高等学校中文系本科专业阅读书"系列的当代文学部分唯一入选长篇小说。

今年,《白鹿原》突然又成了一个文化热点,各种形式的《白鹿原》纷纷面世:北京人艺的话剧、西安电影制片厂的电影、首都师大的音乐交响舞剧、北京一家公司与央视正在制作的电视剧。

话剧《白鹿原》首演次日,在人艺附近的一家酒店里,记者对看过话剧《白鹿原》的陈忠实进行了独家专访。

电视剧《白鹿原》还没拿到许可证

张英:《白鹿原》刚出版,就有影视公司要买改编权,但后来又传出《白鹿原》不能被改编的消息。时隔多年,《白鹿原》怎么就

---

* 本文原题为《13 年了,陈忠实还在"炼钢"》,载 2006 年 8 月 3 日《南方周末》。

突然可以被改编成话剧、电影、电视剧了呢？

陈忠实：《白鹿原》刚出来的时候，有几位大导演都有把它改编成电影、电视剧的想法，后来我也是从媒体上看到不准改编《白鹿原》的消息。1998 年《白鹿原》获茅盾文学奖之后，改编就不成问题了。我想，大概是一个作品从出来到被大家接受，要有一个过程吧。

张英：将一部长篇小说改编成两小时的话剧，你有什么期待？

陈忠实：我把《白鹿原》话剧改编权给林兆华导演时，唯一关注的是话剧如何体现小说的基本精神。我相信林兆华导演，与他初次交流时，我已经感受到他对小说《白鹿原》的理解，产生了最踏实的信赖，所以连"体现原作精神"的话都省略不说了。

话剧有文字阅读无法代替的直接的情感冲击，然而这种"直接的情感冲击"，又与我写《白鹿原》小说的初衷完全一致，连我自己也觉得新奇又新鲜。

张英：新鲜在哪？

陈忠实：林兆华将《白鹿原》改成了独幕话剧，大幕拉开，一个背景，一群演员从头演到尾。让我感觉很新鲜，因为我以前看过的话剧都是多幕剧。

《白鹿原》这部小说人物众多，情节复杂，时间跨度也很长。两个半小时的话剧，把小说中的重要人物、重要事件都包容进去了，对敏感事件也没回避，在这点上，话剧《白鹿原》大大超出了我原来的估计。再者，话剧《白鹿原》能够以舞台艺术形式，把 20 世纪前五十年中国乡村封闭的原生态表现得淋漓尽致，与原著的精神气质一脉相承；演员的表演也很生活化，对人物的心灵世界也有很好的诠释，做到了艺术与生活的和谐统一。

张英：你自己为什么不做编剧？

陈忠实：小说和电视剧、电影、话剧完全是不同的表达方式。《白鹿原》改编难度的确很大，首先是人物众多，一部电影至多两个多小时，但是小说要涉及上百个人物，要在这么短的时间内完全展现，是不可能的；其次，小说并没有一个连续的完整的故事，而电影要求故事性强，这两方面都是改编最难的地方。改编成话剧、舞剧有同样的困难，我从未试探过话剧创作，舞剧更隔膜，现学习也来不及了。我最想看到的是电视剧，只有电视剧能够不受时间限制，充分展开，拍他个 40 集。北广集团很早就跟我表明了改编的意向，也一直在做这方面的工作，但不知什么原因一直到现在没拿到拍摄许可证。

为了茅盾奖，修订《白鹿原》

张英：我十一年前采访你，你对自己的作品很自信，但对于社会是否接受，心里没底。你怎么看待这部作品被接受的过程？

陈忠实：我写小说的基本目的，就是要争取与最广泛的读者交流和呼应。一个作家，具体到我本人，从写短篇小说、中篇小说到写长篇小说，与读者的交流和呼应的层面就会逐渐扩大。《白鹿原》发表后，读者的热情和呼应，远远超出我写作完成之时的期待。

十三年来，这部作品也带来了不少荣誉，获了几次文学奖。但真正能给作者长久安慰的还是书的畅销和常销。从 20 世纪 90 年代中期到现在，每年加印几万或十几万册，持续这么多年。算起来，《白鹿原》总共发行了一百三十多万册。暂且可以说，这部小说不是"过眼云烟"。我以为这是对我最好的回报和最高奖励，一个作家通过作品表达对历史或现实的体验和思考，得到读者的广泛认可，才可能引发那种呼应。

张英：为什么当时有人说茅盾文学奖是奖给《白鹿原》修订本的？后来你修改了哪些地方？

陈忠实：这种说法存在误传和误解。第四届茅盾文学奖评到最后，已经确定《白鹿原》获奖了。当时评委会负责人电话通知我的时候，随之问我："忠实，你愿不愿意对小说中的两个细节做修改？"这两个细节很具体，就是书里朱先生的两句话。一句是白鹿原上农民运动失败以后，国民党"还乡团"回来报复，惩罚农民运动的组织者和参与者，包括黑娃、小娥这些人，手段极其残酷。朱先生说了一句话："白鹿原这下成了鏊子了。"

另外一句话是朱先生在白鹿书院里说的。鹿兆鹏在他老师朱先生的书院里养伤，伤养好了，要走的时候，他有点调侃和试探他老师，因为当时的政局很复杂，他老师能把他保护下来养伤也是要冒风险的。鹿兆鹏在和朱先生闲聊时，问朱先生对国民党革命和共产党革命怎么看，朱先生就说了一句话："我看国民党革命和共产党革命没有本质区别啊……为什么国民党和共产党打得不可开交？"朱先生是一个持儒家思想的人，他不介入党派斗争，也未必了解孙中山之后的国民党，他是站在旁观者的角度看的，说这样的话是切合他的性格的。那个细节我记得很清楚，就是朱先生说完之后，兆鹏没有说话，这个没有说话的潜台词就是不同意他老师的观点，但也不便于反驳，因为毕竟是他很尊敬的老师，但是也不是默许和认同的意思。后来我就接受意见修改这两个细节。

张英： 修订本还没有出版就拿了奖，当时媒体对此有很多指责，说这是文学腐败，还说你为拿奖而妥协。

陈忠实： 当时已经确定了获奖，投票已经结束了，当时这个负责人是商量的口吻，说你愿意修改就修改，我给你传达一下评委的意见，如果你不同意修改也就过去了。我当时就表示，我可以修改这两个小细节，只要不是大的修改，这两个细节我可以调整一下。后来调整的结果是这两句话都仍然保留，在朱先生关于国共的议论之后，原来的细节是兆鹏没有说话，后来我让兆鹏说了几句话，表明了自己的观点，也不是很激烈的话。

我之所以愿意修改，是因为我能够理解评委会的担心。哪怕我只改了一句话，他们对上面也好交代，其实上面最后也未必看了这个所谓的修订本。

张英： 十一年前，你对我说《白鹿原》是一部可以"垫在脑袋底下进棺材"的书。现在你还这样认为吗？

陈忠实： 大概是 1988 年，我到长安县查县志和文史资料时，遇到个搞文学的朋友，晚上和他一起喝酒。他问我："以你在农村的生活经历，写一部长篇小说还不够吗？怎么还要下这么大功夫来收集材料，你究竟想干什么？"我当时喝了酒，情绪有点控制不住。就对他说了一句："我现在已经四十六岁了，我要写一本在我死的时候可以作枕头的小说。我写了一辈子小说，如果到死的时候才发现，自己没有一部能够陪葬的小说，那我在棺材里都躺不稳。"

这句话是我当时的创作心态的表述，所指完全是内向的，我不想在离开这个世界时留下空落和遗憾。可以说，这个期望应该实现了。

《白鹿原》之后的门槛

张英： 十一年前，我采访你的时候，你当时说正在准备下一部长篇小说，已经准备了两年时间。为什么到现在这部长篇小说还没有出版？

陈忠实： 唉，这对我是个老问题了，这些年我走到哪里都有人问我，你不写是不是因为害怕超不过《白鹿原》，让读者失望？我一般都打个哈哈混过去。既然是你问我，我就告诉你，确实，《白鹿原》写完后，我一直想写长篇，但这个小说和《白鹿原》没有直接的联系。

《白鹿原》写的是 20 世纪前五十年的事。《白鹿原》完成时，我心里很自然地有一种欲望，想把 20 世纪后五十年的乡村生活也写一部长篇小说。但我这个人写长篇小说，必须有一种对生活的独立理解和体验，一种能让自己灵魂激荡不安的那种体验，才会有强烈的表达欲望。可惜，我至今未能获得那种感觉。因为缺失这种独特体验，我发现自己没有写长篇小说的激情和冲动。如果凭着浮光掠影或人云亦云的理解去硬写，肯定会使读者失望，也更挫伤自己。

于是我开始写散文和随笔，没想到竟陷进去了。这些年我一直都在写散文，而且一连出了几本散文集。2001 年我恢复写小说，对写短篇小说兴趣陡增，这几年我已经写了十个短篇小说了。对这个现象，我不知道评论家如何从理论上、心理上进行阐述。《白鹿原》获得了那么大的荣誉，按说我应该进入创作的兴奋期，结果却相反，我对小说的兴趣跌入了最冷淡的心理谷底，很长一段时间都回升不起来。

张英：具体来说，你的困难在哪里？

陈忠实：我面对的一个重要困难是，20 世纪的后五十年历史离我的生活非常近，非常熟悉，写来本应该更得心应手；但也正因为后五十年我是亲身经历和参与的，所以很多政治、社会问题，我很难用理性思维来把握。我在 80 年代中期准备写《白鹿原》时，对 20 世纪前五十年的理解和把握，是非常自信的，所以写起来就很从容。现在我对 20 世纪后五十年的理解，还达不到当年的那种自信。一直到现在，我对 20 世纪后五十年历史的理解还在持续之中。

张英：你的压力是来自自己，还是外界？比如发表之后可能有争议，或者不能被出版？

陈忠实：这个我没有考虑过，我想写就会写，即使不能出版也没有关系。

问题的关键在于，我要求自己理解历史，如果我想做出对整个历史的判断，我就要负责任。在这一点上，以前的教训太多了。从实际操作上来讲，我不能让我对历史的理解直接进入作品中，我必须将其转化成一种体验。我写作的时候，特别注重自己的体验和感受。这些年里，一想到《白鹿原》，我就不由自主地陷入对后五十年这段历史的"回嚼"。

张英：也就是说，写下一部长篇小说，还有些"关口"要过？

陈忠实：对后五十年的历史，我还没有能够形成独到见解，并把这种见解转化为个体体验。

打个比方，矿石大家都有，谁都能把它冶炼成钢。但你炼的是粗钢还是精钢，这要看谁的思想深刻，谁的能力强，谁的冶炼容器大。小冶炼炉只能炼出粗钢，大的、现代化的冶炼炉就能够炼出精钢。

我现在需要做的，就是找到大的容器。一个作家对创作形成有自信的理解，要花很长时间，这个过程我现在还没有完成。这些年里，我的压力和痛苦不来自外界，而来自自己。

张英：说到痛苦，你痛苦在哪里呢？

陈忠实：陕西这个地方的文化氛围比一些商业城市要浓厚一些，但它现在也附着了商业社会的因素，贴着文化标签的商业行为的干扰也很厉害。身为作协主席，我现在受这方面的影响很大，各种复杂的人际关系浪费了我很多精力。

张英：你现在也开始卖字（书法）了？

陈忠实：写字完全是好玩，到各种场合参加社会活动，有时候人家就要我写字，没办法。

张英：你的下一部长篇小说迟迟难以动手，如何对自己交代？

陈忠实：我有时候就对自己说，中国现在不缺长篇啊，现在一年有一千部长篇小说出版，我会写的，我现还处在准备过程中……我就这样宽慰自己。

（2006 年 7 月 13 日　二府庄）

关于真实及其他

—— 和《文汇报》缪克构对话 *

关于艺术追求

—— "至关重要的一项就是真实"

缪克构：我最近重读了你的《白鹿原》，同时也比照读了一些当代作家史诗性、家族史写作的长篇小说。我有一个强烈的感觉，同样是描述自己没有亲历的时代，你的小说却一点也没有给人"隔"的感觉，很真实、很细腻，仿佛一个饱经沧桑的老人讲述自己过去的故事。你是如何做到不"隔"的？

陈忠实：真实是我自写作以来从未偏离，更未动摇过的艺术追求。在我的意识里愈来愈明晰的一点是，无论崇尚何种"主义"，采取何种写作方法，对艺术效果至关重要的一项就是真实。道理无须阐释，只有真实的效果才能赢得读者的基本信任。我作为一个读者

---

*　本文见《陈忠实文集》第 9 卷，人民文学出版社 2015 年版。缪克构为《文汇报》副总编辑。

的阅读经验是，能够吸引我读下去的首要一条就是真实；读来产生不了真实感觉的文字，我只好推开读本。

我在追求真实的艺术效果的途径上几经坎坷，由表及里、由浅入深，是一个较为漫长的探求过程。及至《白鹿原》创作，我领悟到对人物的刻画应由性格进入心理脉象的把握，即人物的文化心理结构。人物的思想崇拜、价值取向和道德观念等因素，架构成一个人独有的心理结构形态，决定着这个人在他生活的环境里的行为取向，是这个人物性格的内核，是这个人物区别于另一种人物的最本质的东西。这种独有的心理结构被冲击、被威胁乃至被颠覆时，巨大的痛苦就不可避免；及至达到新的平衡，这个人的性格就呈现出独特而新鲜的一面。我把它称为把握人物的"心理脉象"，关键是要把脉准确。我在《白》书中探试了一回，几乎没有做人物的肖像描写。

缪克构："创作来源于生活"，这是一个老话题。也有作家表示，"生活无处不在"，因此，生活不应该成为创作的一个问题。你怎样看待生活和创作的关系？

陈忠实："创作来源于生活"这话是对的，"生活无处不在"这话也对。前一句是一句老话，是20世纪50年代以来自我喜欢上文学就知道的宗旨性的写作命题，出处大约是40年代初毛泽东在《在延安文艺座谈会上的讲话》里提出的。一般理解，这里所强调的生活是指"工农兵"的生活。放到今天来讲，应是整个社会生活，包括已经逝去的历史和正在行进着的现实生活，重点在于要作家走出自己的家庭和书斋，到社会的各个层面去体验去感受。这是无可置疑的事，不仅中国作家，世界上诸多名著的创作者也都得益于他们亲身经历的生活的丰富性。后一句大约是针对过去单指"深入工农兵"生活而言的。从字面到内容，这话也无可指责，凡有人群的地方就构成了人类生活的各种场景和各个不同的角落，大到一个城市，小到一个二人组成的家庭。

在我理解，作家进入社会不同的场合和角落，体验和感受是截然相异的。肖洛霍夫年轻时在顿河亲身参与了战争，写出史诗《静静的顿河》，后来参与了苏联乡村集体农庄化的过程，又写出了《被开垦的处女地》，老年又写出了展现深刻的生命体验的《一个人的遭遇》。我是属于那种关注社会生活进程、也敏感于其进程中异变的作家，并赖以进行写作。我不轻看、更不排斥那些在较小的生活范围里体验着的作家，相信会有独到体验的作品产生。

无论面对历史或现实生活，无论进入纷繁的社会生活或游走于小小的家园世界，至关重要的是作家体验到了什么，深与浅的质量，才是影响与读者交流的关键。这是另外一个话题了。

缪克构： 你说过，还有一个不可忽视的是表述形式的完美程度。你认为的"表述形式的完美"是怎样的一个标准？

陈忠实： 关于"表述形式"，主要是指呈现在读者面前的文字。我力求把人物亦步亦趋的心理脉象，首先能准确地展示出来。第一是准确，第二还是准确。心理把握的准确很重要，有了对心理的准确把握，而后文字表述的准确才能实现。文字色彩的选择和夸张的分寸，都以"准确"来推敲，来确定。

还有文字的叙述或描写的选择。我的小说写作过程，是由白描语言过渡到叙述语言的。《白》是一种自觉追求的叙述。尽管是我在叙述，却是我进入每一个人物的叙述。作家自己的叙述和进入人物的叙述，艺术效果是大相径庭的。我写作的直接体会是，真正进入了人物的叙述，是容不得作家任何一句随意的废话的，人物拒绝和排斥作家文字的任性，包括啰唆。

另外，形象化的叙述语言不仅有味儿，且节省篇幅。

关于创作力
——"千万不要因为急于出手仓促成篇"

缪克构：你说过，在创作活动中，慢工能出好活儿，也会出平庸活儿；快工出粗活儿，也出过不少绝活儿。这在中外文学史上不乏先例。

《白鹿原》这部长篇从 1986 年起开始构思和准备史料，自 1988 年 4 月动笔，到 1992 年 3 月定稿，历经四年写作修改才告完成，可谓慢工出绝活儿。我同时注意到，在完成《白鹿原》之后的十余年时间里，你主要进行的是短篇小说和散文的写作，你觉得是在出慢工，还是在出快工？你会给期待的读者怎样的好活儿、绝活儿？毕竟，在出了《白鹿原》这样的皇皇巨著之后，短篇小说和散文很容易被湮没和遗忘。

陈忠实：写作速度的快或慢，不是一部作品成功与否的关键。关键是作家在这部作品里所要展示的体验的成色和质量。打个不大恰切的比方，一只怀着软蛋乃至空怀的母鸡，在窝里卧多久都没有意义。我只是认定一点，如果确凿预感到自己怀着一颗有质量有成色的大蛋、好蛋，千万不要因为急于出手仓促成篇，使已经体验到的独有的成色得不到充分而完美的表述，这种遗憾甚至带有悲剧色彩。因为某些独立独特的生命体验，往往不会对同一个作家是重复发生的。我后来陷入散文写作的浓厚兴趣之中，间以短篇小说。我以兴致和感受写作，甚至不去想能否留下来和被湮没的事。我在2001年写下五六千字的短篇小说《日子》，前不久还有读者写信给我说他读到最后忍不住流泪。作为作者，我不仅欣慰，而且感动。

缪克构：在创作《白鹿原》之前，你发誓要写成一部将来可以放在棺材里作枕头的书。《白鹿原》取得了极大的成功，不算译文版和无数的盗版书，正规发行的就有一百余万册，除了获得茅盾文学奖外，还作为中华人民共和国成立以来唯一的长篇小说，被教育部列入大学生必读文学书目。你现在如何看待自己的这部作品？

陈忠实：我说要为自己写一本垫棺作枕的书，完全是指向自己的，即为着自少年时期就倾向写作且一生都难以舍弃的那种神圣的文学梦，为自己写一本在告别这个世界时可以告慰的书。我在即将写完这部小说时，很自然地发生一种自我估计：如能面世，肯定会有一定反响。然而后来在文学界和读者中骤然引起的强烈反响，却是做梦也不曾料想到的。我借此机会向评论界的朋友致意。更多年轻的评论家关注着这部小说，近年间对这部小说的评论散发在我难以看到的诸多的大学学报上，一位热心的朋友搜集来2005年和2006年的评论文章，竟有一百五十篇。人民文学出版社近十年来每年都以三万到五万册持续印刷，可以想到读者的兴趣，这是最令我踏实的安慰。

我曾在该书面世后说过，我把对这个民族发展到20世纪前五十年的感知和体验以小说展示出来，能得到文学界和读者的认可，那是我作为一个把文学视为神圣的作家获得的最好的劳动回报。我拯救了自己的灵魂。

缪克构：《白鹿原》是否有续集或者姊妹篇？你觉得还会写出超越《白鹿原》的作品吗？

陈忠实：《白鹿原》没有续集，这是在写作之初就确定了的，即按一部独立完整的小说构思的。我到现在还没有成熟的长篇小说写作计划。我的写作习惯往往是受一种感动而被催发，无论中篇、短篇、长篇小说，抑或一篇散文，把自己的感动和体验，找到一种恰当的形式表述出来，就有一种很难代替的快乐。

我不会跟自己较劲。这也是出于我对创作这种劳动的个人化理解。譬如爬山，每一座山都有各自的奇景和妙境，都值得探寻。我爬过华山，丝毫不影响我去黄山观光的兴致，甚至在一望无际的科尔沁草原，别有陶醉。我的写作大致可以做此类比。

关于自传或传记
——"我都辞谢而未做"

缪克构：都说生活中你有三个"情人"：足球、雪茄、酒。现在"她们"是多了还是少了？

陈忠实：我还在看足球。主要看周末中央五套和陕西七套的欧洲几个国家的赛事，尤其喜欢英超。二十多年来，我看着一茬一茬世界足球明星退出绿茵场，又接续着新一辈的足球奇才，颇多人生感慨。我现在基本不看国内俱乐部联赛，不全是水平高低的因由，而是让我有一种说不清的排斥感。我和陕西球迷诚心拥戴的球队，最后却在一种令人隐约感到肮脏的灰雾里消解了，我就不想再进那个曾经挥舞过手臂、也狂叫过的球场。我依旧关注中国男女三个级别的国家队的发展，尽管几十年长进不大，仍然寄望奇迹发生。

雪茄照抽依故。最早抽四川生产的"工字牌"，后改抽陕西汉中生产的"巴山雪茄"，有十余年，直到前年这家烟厂转产，又选择了黄山生产的"王冠牌"，较合口味。人们有种种传说，其实在我更清楚不过。在公社（即乡镇）工作的十余年里，接触的人主要是乡村干部和农民，他们都抽用烟袋锅装的旱烟，多为自己种植，即使在集市上买来也很便宜。我因工资不足 40 元，难以抽即使最廉价的烟卷，便自备一把旱烟锅儿和烟包，和农民一样抽起旱烟了。旱烟不仅比烟卷劲儿大，甚至比古巴雪茄更猛烈，我的烟瘾就可想而知了。进城以后，烟锅有诸多不便之处，尤其是无处磕烟灰，我便改抽雪茄了，绝非"风度"之类。

原先喝白酒，且只喝陕西生产的"西凤"。喝到 20 世纪末，胃有些不适，就改喝啤酒了。每天一瓶，自斟自饮，感觉绝佳。

缪克构：你是否会为自己出一部自传或者传记？

陈忠实：《白鹿原》出版十余年来，有多家出版社约我写自传，或让我口述，由人代笔写成纪实传记，我都辞谢而未做。这类自传写作的基本一条是真实，然而要达到真实有诸多障碍。既然如此，不如不说不写。我对某些自我评功摆好以至自吹的自传，阅读的感觉是无言，警示我别做这类活儿。

缪克构：回眸过去的创作，你觉得自己最成功的是什么？有什么遗憾？

陈忠实：令我回头想来比较欣慰的事，是在人生的几个重要关头，依据自己的实际做出了相应的选择。一是新时期伊始，我看到了文艺复兴的希望，要求从公社（乡镇）调到时间较为宽裕的文化馆。我那时的感觉是，文学创作可以当作事业来干的时代终于到来了。之后曾有行政上提拔的机遇，我坚决地回避掉了，整个心思和兴趣都投向写作的探索。另一次重要选择，发生在成为专业作家的同时，我决定回归老家，读我想读的书，回嚼我二十年乡村工作的生活积累，写我探索的中短篇小说，避免了因文坛是是非非而浪费时间和心力的可能。我在祖居的乡村住了十年。

如果要说遗憾，我应该一直坚守在原下已修葺得齐整的屋院里，尽管生活有诸多不便，毕竟那里要清纯得多，易于进入创作气场。

关于《白鹿原》的改编
——"惊喜和担心同时发生了"

缪克构：北京人艺推出的话剧《白鹿原》在北京演出时，据说几乎场场爆满。濮存昕、郭达、宋丹丹等演员用陕西方言进行对白，依据原生态的地方戏曲、窑洞、黄土高坡营造出来的一幅极为生动的陕西农村风俗画卷，强烈地吸引着观众。《白鹿原》到西安演出，也出现了一票难求的情况。据说你对这部话剧也是情有独钟，你是如何评价话剧《白鹿原》的？

陈忠实：从林兆华导演给我打第一个电话、告知我他要把《白》

搬上北京人艺舞台的那一刻起，惊喜和担心就同时发生了。惊喜是不言而喻的，作为一部小说的作者，总是乐意看到作品以另一种艺术形式和读者进行更广泛的交流。况且是在北京人艺这样的舞台上，还由久慕其大名的林兆华导演。担心的是：这部作品时间跨度长，似乎还不是主要麻烦，最难处理的是人物太多，事件太多，话剧受时间和空间限制很严格，舞台将如何处理或者说取舍？此前几年西安一位剧作家改编秦腔剧时，我当面直言不讳地替他操过这份心，他却一副成竹在胸的态度。这回尽管已有了前次的经验，我还是忍不住流露过。林导更是早有这方面的考虑，邀约很有话剧创作成就的编剧孟冰改编剧本。我便以一种期待心理等待看舞台上的白嘉轩们以怎样的姿态向我走来。

这场话剧的首演我看了，最令我欣慰而又感动的是把小说的全貌演绎展现出来了，既没有舍弃任何一个稍微重要的人物，也没有删除任何一个重大的情节，这是高度浓缩了的一场话剧。濮存昕的表演可以用神似来概括，尽管他的陕西关中方言说得还不大准确，尽管他的鼻子比我笔下的白嘉轩的鼻子略低了一点，然而他的气质气性和气韵，托出来一个具体的活的白嘉轩。恕我不一一对人物做出观后感，我此前在一篇专文里已经说过了。总体来说，这部话剧把那个时代北方乡村的历史脉动准确地展现出来，自然是以不同精神和心理裂变的人物来体现的。

缪克构：每一次改编，都使《白鹿原》这部 1993 年出版、1998 年获得茅盾文学奖的小说成为一次"热门话题"。《白鹿原》改编为秦腔、话剧获得欢迎后，大家对电影《白鹿原》又充满了期待，也期待了很久。屡屡有报道说即将开机，又屡屡不见动静。此前又有报道说，随着上影集团的加盟，电影《白鹿原》的投资高达 5000 万元，属于艺术片中的大投资，预计今年四五月份开机，2008 年正式上映，不知消息是否属实？

陈忠实：我所能知道的，往往是从报纸上记者的报道中获得的无非如你上述这些纷纷纭纭的消息。厂方有自己的安排和处理方案，我不便多问。我把改编权交给电影制作方，自然是相信他们会尽力做好。再说，电影是另外一种艺术形式，于我已是外行，不便过多问询乃至叨扰。

缪克构：因为著名编剧芦苇的鼎力推荐，王全安一度成了电影《白鹿原》的筹拍导演，他还用了近两年的时间进行前期筹备。王全安的《图雅的婚事》获得柏林电影节金熊奖，在一次新闻发布会上他明确表示和电影《白鹿原》没太大关系了。他表示《白鹿原》的搁浅，最大的问题是想法上出现了争议，他不能忍受的是《白鹿原》会被毁坏，而不是巧妙地推广。

他认为这是一部伟大的小说，但电影《白鹿原》凝聚了太多人的诉求点，也寄托了太多人的希望，做起来很难。你是原著者，你有怎样的期待？

陈忠实：我对影视艺术是个门外汉，略知一点常识，对于任何一部引起普遍关爱的小说的改编，不同的编剧和不同的导演，会有不同的，甚至差异很大的理解，自然也就会偏重各自以为需要强化、需要突出表现的那个要害之处，同时就会找到各自以为最恰当的切入角度。然而，最终呈现出来的却只能是一种形态，我和观众只能就这个得以实现的创作意图去谈观感。另一个或几个不能实现的意图和构想是无以参照的。这其实也跟文学创作相类似，面对同一个题材，不同的作家会写出完全不同的小说，报告文学尤其具有可比性。

王全安的见解我也在报纸上看到了。他对电影《白》的设想和关爱令我感动。《白》的导演由厂方和投资公司选定，我和你一样期待着。

我作为《白》书作者，期望编导和演员既体现原作人物的思想和精神特质，又不因于文字的桎梏，以电影无可替代的艺术优势，创造出几个独具思想内涵、又有鲜活个性魅力的人物形象来，让观众喜欢观赏，且不在看后失望。我同样替编剧和导演犯难，电影和话剧一样受制于时间和空间的压迫，突出哪个，舍弃哪个，连我自己都把握不住了。祝愿他们成功。

缪克构：《白鹿原》改编的秦腔、话剧，甚至陶塑、连环画都出来了，电影也将要出来。你说过其实最适宜改编的还是电视剧，与北广集团签了改编意向后，现在有什么进展？

陈忠实：就我的感觉而言，电视连续剧可能是最适宜《白》的改编的。主要优越之处在于不受时空限制，可以充分地完整地展现每个人物的心理裂变和生命轨迹。然而，至今仍然不能启动。十余年来，不下十家制作公司和我说过电视改编的事，终无结果，包括北广集团，现在仍无进展。

倒是有一个确凿的消息，舞剧《白》已定于 6 月在北京首演。首都师范大学筹划了三年，编剧和导演几经修改打磨，主要演员选了两三个获过金奖的舞坛新秀，已到白鹿原体验过生活。我在去年冬天看过排练中的几个片段，颇令我意料不及，顿然意识到舞剧倒是挣脱小说文字囚禁的一种堪称自由的艺术表现形式。

我常常接到许多熟悉朋友和陌生读者的电话，询问电影、电视剧的进程，甚至热心地推荐某个人物扮演者的最佳人选……借贵报一角，表示真诚的感谢了。

关于陈忠实文学馆
——"在我有点勉为其难"

缪克构：陈忠实文学馆最近在西安东郊白鹿原开门迎客，这是继白鹿书院之后，又一个与你有关的文化项目，主题依然是白鹿原。这是六届茅盾文学奖 27 位获奖者中的第一家以作家名义所建的个人文学馆。有人质疑——27 位获奖者中资历老、作品多的大有人在，为什么偏偏是陈忠实占了"第一"？也有专家认为，"作品的多少与作家的成功度没有关系，有的人以一部长篇、一首诗就可以在文学史上留下一笔，有的人写了几十部作品，却依然会被人忘记，而陈忠实无疑属前者"。你如何看待这个问题？

陈忠实：就我自身写作历程中所得到的对创作的理解，基本都是生活中受到感动或刺激，才有了表现的欲望，努力把那些从未有过的感受充分展示出来。自然期望能赢得读者的呼应，那便是创作初始目的完成和满足。我似乎没有想到过某一部作品能否"在文学史上留下一笔"这样太严峻的问题。我近年间注意到诺贝尔文学奖的多位获奖者，在得到自己获奖的通知后，第一反应几乎如出一辙，均是自己感到意外，或者说出乎意料的荣幸。由此可以看出，他（她）们也未必坚信会"在文学史上留下一笔"，如果姑且把获诺奖看作能留在文学史上的一个标志。

每一个作家都有自己的创作形态，一个人一个样儿，谁都比不得谁，谁也照搬不了谁。不仅是写作习惯和方式各有所从，更在于不同思想、不同气质、不同阅历、不同个性的作家，对相同的生活时段、历史事件看取的角度不同，感受的炙灼点不同，体验的结果也就各呈其色彩。至于哪一个人的哪一部作品能留给文学史一笔，我想都是创作者搭笔之初就注定的，却未必是作家当初的既定目标和写作目的。

文学史上各种现象都有，有你说的两种情况，还有一种现象我做个补充，托翁的每一部长篇几乎都成为经典，嵌定在世界文学史上。我的《白鹿原》，至今尚不敢奢望如你说的那样的结果，还需继续经受读者的审视，更有生活发展作为严格的检测。

缪克构： 白鹿书院以及陈忠实文学馆，主要进行哪些文学活动？

陈忠实： 白鹿书院成立已有三个年头。最初是几位作家和文化人的动议，我的响应是畅快的。《白》书中写到白鹿书院的宋先生，其生活原型是牛兆濂老先生，在白鹿原北坡下的蓝田县地段开设的是芸阁书院，清末为鼎盛期，曾有韩国留学生在膝下求学。在地理上的白鹿原西坡的二道原上，有一道狭窄的平台，近年间有几所民办大学选址于此，一下子使这座古原呈现出生机。其中办得最早、也最具规模的一所是思源学院，特别看重文化氛围的营造，热情支持这个新的白鹿书院的创办，且在白鹿原二道原畔。成立那天，西安各界学人都来凑兴，可以看出对传统国学的一种普遍高涨的兴致。头年搞了一次学术讨论会，题旨是"影响中国人思维的传统观念"，应邀的全国各路学者各有见解，之后编辑出版了一本论文集。去年举办了"中国文人书法论坛"，并展览了全国各地的文人书法作品，论文亦拟出专著。今年拟定举办一次"新时期文学三十年"的研讨会，正在筹备中。书院不是古代那种教学场所，而是文学和文化交流的一个民间团体。

文学馆在我有点勉为其难。初有这个动议时我是拒绝过的，因为我自觉太肤浅，受不住这种文学馆的压力。同样，建文学馆是这所大学文化建设的一项措施，在负责人热情地说服下我应允了，至今仍然诚惶诚恐。

（2007 年 4 月）

三十年，感知与感悟
——与邢小利对话 *

邢小利： 新中国成立以来，前三十年政治运动不断，以阶级斗争为纲，后三十年改革开放，以经济建设为中心，奔小康、建设和谐社会。你的人生经历了这个全过程，你是一位亲历者，是一个过来人，我想请你从你的切身体会或者从一些生活细节，谈谈你的生活感受，说说这"三十年河东，三十年河西"的沧桑巨变。

陈忠实： 我只说一件乡村住房的生活事象。

依我生活了大半辈子（我直到五十岁出头才搬进西安）的那个村子为例，解放时三十七户人家，到"文化大革命"发生前的十七年间，已扩大到有近五十户人家，只有三户盖起了宽大的两边流水的大房。平常某户人家省吃俭用积攒多年，能盖起一边流水比较窄小的厦房，都是全村人羡慕的大事，可以想见那三户盖起大瓦房的主人在村民中间的影响了。然而，就我亲历的感觉，村里人的反应

---

* 本文原题为《三十年，感知与体验——中国著名作家访谈录》，原载《文学界》（专辑版）2009 年第 1 期，邢小利为《陈忠实传》作者。

比较冷淡。原因很简单，那三户人家建造大瓦房的举动，是绝大多数人家可望而不可即的太遥远的事，或者用他们的话说是连想也不敢想的事。我清楚那三户人家，他们中一户人家有一个在地质勘探队的儿子，另一户人家有一个在煤矿下井挖煤的儿子，都是工人这个阶层收入较高的工种，挣下钱都寄回老家了。20世纪50年代建筑材料很便宜，他们很轻易地盖起了让大部分公社社员可望而不可即的大瓦房。只有第三个盖起大瓦房的主户是地道的农民。他在"三年困难时期"来临的时候，把另一个村子扔掉不种的一小块土地悄悄地栽上了红苕，获得全村人眼馋的收成，又恰好遇到普遍饥饿的非常时期，红苕的市价超过正常年景里麦子的价格。他仅仅凭着这一年捞得的外快，就盖起三间大瓦房。其余所有村民，都依赖着在生产队挣工分过日子，能吃饱，且不欠生产队透支款就不错了，盖房谈何容易。即以我家来说，我哥在乡镇企业工作多年，才盖起两间土坯砌墙的厦屋。我和父母还住在祖传的老屋里，每逢下雨就用盆盆罐罐接漏水。别说盖新房，连修补旧房的资金也没有。一个基本事实摆在这个小村子的编年史上，十七年里，完全依靠公社体制生活的农民，没有一户能盖起三间瓦房，已经不是谁有本领谁无本领的事了，而是在这种生产经营方式之中，任谁都不能盖起三间大瓦房来，且不做深论。

这个村子实行家庭联产承包责任制是1982年秋天，到20世纪80年代中期不过四五年时间，形成了一个盖新房的高潮，本村和邻村的匠人供不应求。谁家和谁家不做商量，一律都是砖木结构的大瓦房，或是水泥预制板的平顶大房子，并且开始出现两层小楼房，传统了不知多少年的厦屋没有谁再建造了。也是在已经潮起建造新房的颇为热闹的 1986 年春天，我也盖起了三间平顶新房。曾经很得意，尽管是用积攒的稿酬盖房，心理颇类近高晓声笔下造屋的李顺大。二十多年过去，我祖居的这个小村子，家家户户都盖起了新房，二层小楼比比皆是。我想着重说明的一点，这个小村子处于地理交通环境中的一个死角，且不说商品经济的大话，农民进行小宗农产品交换都很不方便，比起那些条件更方便的村子的农民，还显得后进一截。尽管如此，较之公社化体制下的生活状态，也可以说是超出想象的好了。

我直接经历的生活演变引发的感慨，不是通常的理论阐释所可代替。我上初中的 1955 年冬天，我的村子完成了农业合作化建制。我记着把黄牛交给农业合作社集体饲养以后的父亲坐卧不宁的样子，给黄牛添草拌料饮水垫圈已成生活习惯的父亲突然闲下来，手足无措百无聊赖。我不仅不以为然，甚至觉得他思想落后。我刚在中学课堂上接受了老师宣讲的"集体化是共同富裕的道路"的新理论，不仅完全接受完全相信，而且充满了对明天的美好想象。今天想来，我自小所看见所经历的农家生活的艰难，是渴望改善的基础性心理，很自然地相信老师宣讲的理论了。从初中念书到高中毕业进入社会参加工作，尤其是我在基层乡村人民公社工作的十年，我都没有从理论上怀疑过"集体化道路"。对于自 20 世纪 60 年代初重提"阶级斗争"再发展到十年"文化大革命"，我仍然未曾对"集体化道路"产生怀疑。当 80 年代初实行责任制，我曾不无担心，单家小户如何实现机械化和水利化，等等。就在我自己躺在堆满的小麦口袋上的那个夜晚，才对自少年时代就信奉不渝的理论怀疑了。

时间过去近三十年了，我的经历所引发的生活直感归于沉静。毛泽东在 20 世纪 50 年代农业合作化初期所写的大量"按语"，既坚信不疑又热情洋溢，几乎全是诗性的语言，这是我信奉"集体化共同富裕道路"的理论基础。且不说"三十年河东三十年河西"这句俗话，一种美好的愿望和坚定的理论支持的信念，经过十亿农民近三十年的实践，结果却是仍然由农民个体经营土地效果最好。我的心理感受很难归入"河东河西"那种感慨，又一时说不确切。还是"实践是检验真理的唯一标准"这话可靠，只是这个检验过程未免太长了。就我个人而言，从少年时期的信仰到整个青年时期投入的实践，却仅仅证明了这条道路的不可行。好在进入中年之后，我的专业转移到文学创作，那种体验和感受就具有了另外的意义和价值。

邢小利：中国的社会改革最初是从农村开始的，从你上个月才去参观考察的安徽省凤阳县小岗村起根发苗，你也长期生活和工作在农村，你对中国农村社会和农民生活是相当熟悉的，而且至今非常关注农村，研究农民。请你谈谈农村这三十年来的变化，包括农业生产经营上的、农村生活方式上的、农民文化心理上的变化，还有，你是如何认识农村城市化的。

陈忠实：中国的改革首先是由农村发起的。这是事实，也可以说业已成为历史。如果要问为什么改革会在相对落后的农村首先发生，我能想到的诸种因素中最突出的一点，便是饥饿。在此之前的中国，城市人凭粮票吃饭，有的家庭尽管也存在口粮不足的现象，虽不宽裕，但毕竟有可以保证基本生活的粮食，做点稀稠搭配就可以从月头过到月末不致断顿儿。农村没有这个基本保证的粮票，全靠生产队土地上的丰歉，决定家家户户碗里的稠稀，甚至有无。决定土地每年丰歉的直接因素，除了自然灾害之外，便是生产队的管理和经营。仅以我生活和工作的号称八百里秦川的边沿灞河岸边的农村来说，最大的一种自然灾害是干旱，却不是年年发生，一般都是隔几年才有稍微严重的一次。在这方史称粮仓的渭河平原，口粮不足始终是一个困扰家家户户的最突出的问题。记得我在公社（乡镇）工作的十余年里，每到春二三月，近一半生产队的队长紧紧盯着公社，几乎天天跑公社找领导要救济粮。谁都明白，在这样好的条件下仍然吃不饱肚子，是生产队管理和经营不好造成的。不是个别而是普遍发生管理和经营不好的现象，且是一个持续始终的问题。就没有谁再敢深究了，只是用当时流行的政治口号去解释，诸如未"突出政治"，没有抓"阶级斗争"这个"纲"，等等。就我个人而言，我相信"集体化"是中国农民共同富裕的道路，即使饥饿始终作为一个难以改变的普遍现象存在着，我也没有怀疑过"集体化道路"。不是胆量大小的事，确凿是一种理论信仰。安徽小岗村的十八个农民不仅怀疑了，而且做好了以生命为代价的准备，私自实行土地分户经营。在这十八户农民秘密分田到户三十年之后的今年春天，我终于有缘走进了小岗村。三十年前他们冒着坐牢杀头的风险所干的事，早已通行全国所有乡村，今天听来看来觉得是不可思议的。然而，在亲身经历过那个年月的我来说，却几乎有一种感同身受的心情。我握着当年策划这场分田到户事件的生产队队长的手时，是真诚的崇拜和钦佩。我想到我在分田到户第一年的情景，我的妻子和孩子也分得了土地，第一个夏收的某个夜晚，我躺在堆积着装满麦子的口袋摞子上的时候，首先是一个农民的共同感觉，身下的这一堆麦子，足够畅畅快快食用三年，夏季一料收成就解决了困扰多年的吃饭问题，而且全是被称作细粮的麦子，那种喜悦和舒坦是无与伦比的；我比农民可能还多了一种感受，是自少年时期就接受并信奉不疑的"集体化道路"，就在我躺在那一堆属于自己的装满麦子的口袋摞子上的夜晚产生了深深的怀疑，隐隐感到一个苍白的心理空洞，那是我为这个真诚信奉的事做的许多工作、说的许多话、写的许多文字一旦消解，必不可少会发生的心理感觉，与彻底解除吃饭问题的舒坦心情形成一种矛盾，或者说不协调。

三十年过去，吃饱穿暖早已不再成为农民的一个问题，很快凸显出来的问题是获得富裕的新途径，人们几乎无可选择地走向城市，尤其是青年男女。就我眼见的乡村，走进村子几乎看不到年轻人，只有老汉、老婆儿和被儿子留下的小孩。我解开这个谜是在20世纪90年代出访美国的时候。我乘火车从美国东部往西部旅行，正当小麦泛黄时节，田野上是一眼看不尽的麦田，却看不到一个农民聚居的印象里的村庄，只有几乎淹没在麦田里的一户农庄主的建筑物。无需介绍，我能想到这堆建筑物四周的不知几千公顷的麦田，就属于这个农场主。我也大体会算一笔大账，这么多的麦田收获的总产量，在我这个出身农家的人来说，当是一个天文数字且不论，即使1公斤麦子赚1毛钱，纯收入也是一个天文数字。我的家乡农民人均一亩地，即使亩产400公斤，即使1公斤小麦赚5毛钱，也很难致富。道理很明白，除了一家人食用，所剩余的粮食有限。我同时也明白，中国无论山区还是平原的农民，都清楚那一块地是难得致富的，谁和谁不用商量，都奔城市挣钱去了，形成一个新的群体——农民工。这个庞大的群体承载着现代化城市建设和发展的基础性工程，铁路、公路建设，以及国营私营厂家商家的用工，多为农民工，他们做着最粗笨的劳动，报酬大多是最低的档次，且不说干了活儿不给钱的事。在这个庞大的群体里有一部分优秀分子，已经提升起来，成为某个专业的骨干，个人素质也陶冶质变，成为现代社会健全健康的新人。这是令人感奋的一个现象，在于富有中国特色的城市和乡村的融合过程，也在于乡村向城市的蜕变过程，可以想见其漫长，但毕竟发生了，也开始了。

邢小利： 你从20世纪60年代就开始创作，"文化大革命"搁笔，到了70年代中后期，又开始了文学创作，但你创作的旺盛期和成熟期则在改革开放时期。无疑，改革开放给你的文学创作带来了前所未有的历史机遇，也提供了一个比较好的文化环境和创作环境。其中，是哪些人和事以及社会思潮对你的创作产生了重要影响，促使你的创作发生根本性的转变？你自觉地反思自己的文学事业，都是在什么情况下进行的？这种反思对后来的创作最有影响的有几次？

陈忠实： 我1965年发表散文处女作，截止到"文化大革命"发生的大约一年半时间里，发表过六七篇散文和诗歌。中止写作五六年后的"文化大革命"后几年，作家协会又恢复工作，停刊的《延河》改为《陕西文艺》重新出版，老作家还无法进入创作，刊物以业余作者为主体，我每年写一篇短篇小说在《陕西文艺》发表。我把这几年的写作称作"过写作的瘾"。每年写作和发表一个短篇小说，过一过文字写作的瘾，这是我的特殊感受。我的主要工作职责是"学大寨"，常常是把被卷从这个村子背到另一个村子，或是从一个刚刚结束任务的农田基本建设指挥部，再搬到另一个刚刚开始任务的新指挥部里。1978年初夏，我在治理灞河的指挥部里，看到了《人民文学》杂志上发表的刘心武的小说《班主任》，且不说对这篇小说的读后感，心中潮起的却是一种改变我人生道路的强烈意念，这就是，文学创作可以当作一个事业来干的时代终于到来了。这是《班主任》给我艺术欣赏之外的一种前所未有的强大信息。我把八华里的灞河河堤工程按期完成后，调动到当时的西安郊区文化馆工作，唯一的目的是，文化馆比之公社（乡镇）要宽松得多，有充裕的时间读书和写作。从这个时候起，写作不再是一年一篇的"过瘾"，而是全身心的投入和追求，是一种永久到终生的沉迷。

我第一次清醒而认真的自我创作反省，就发生在调入文化馆的1978年秋天和冬天。既然要把文学创作当作事业来干，深知自己的基本装备太差，我没有机会接受高等文科院校的教育，自学造成的文学知识的零碎和褊狭是不可避免的；尤其是我自初中喜欢文学以来，是中国文坛一年紧过一年的阶级斗争理论和旧的文艺理论一统的天下，我必须排除这些非文学因素对自身创作的限制，获得文学创作的本真，才可能开始真正的文学创作。我那时能想到的最切实的途径是读书，以真正的文学作品剔除旧的非文学因素对我的影响。我那时以短篇小说写作为主，就选择了契诃夫和莫泊桑。我把这两位短篇小说大家的小说集从图书馆借来，系统阅读。后来又偏重于莫泊桑的作品，唯一的因由是他以故事结构小说，比较切近我的写作实际，而契诃夫以人物结构小说的手法很难把握。我通读了莫泊桑的几本短篇小说集，又从中挑选出十来篇我最欣赏的不同风格不同结构的小说，反复阅读，解析精妙的结构形式，增长艺术见识，也扩大艺术视野。旧的非文学因素在真正的艺术品的参照性阅读中，比较自然地排除了。这种阅读持续到整个冬天，春节过后，我便有一种甚为强烈的创作欲望涌动起来，心力和气力空前充实，便开始短篇小说创作。这一年大约写作发表了十余篇短篇小说和小特写，其中《信任》获1979年全国优秀短篇小说奖。

再一次认真的反省是由同代作家路遥的《人生》引发的。中篇小说《人生》和据此改编的同名电影，在读者中引发的广泛而强烈的反响是空前的。我在为这部小说从生活到艺术的巨大真实所倾倒的同时，意识到《人生》既完成了路遥个人的艺术突破，也完成了一个时期文学创作的突破。首先是高加林这个人物所引发的心灵呼应和共鸣，远远不止乡村青年，而是包括城市各个生活层面的青年，心灵的呼应和共鸣同样广泛同样强烈，高加林是一个此前乡村题材小说中完全陌生的形象，堪为典型。再者，《人生》突破了乡村题材小说创作的另一个普遍性局限，即迫不及待地编造和演绎政策变化带来的乡村故事，把农民丰富的内心世界囚拘于褊狭的一隅，等等。我对这两点感受尤深，在于我的创作一直和生活保持着同步运行的状态，敏感于生活发展中的每一声异响，尤其是乡村生活的演变，我也免不掉图解政策的创作倾向。由《人生》引发的反省，使我看取乡村生活的视角由单一转化为多重，且获得创作的拓宽，不再赘述。

到20世纪80年代中期的一次反省，是由一种新颖的写作理论引发的，即"人物的文化心理结构"说。我一直信奉现实主义创作最高理想，创作出典型人物来。然而，严酷无情的现实却是，除了阿Q和孔乙己，真正能称为典型人物的艺术形象，几乎再挑不出来。我甚至怀疑，中国"四大名著"把几种性格类型的典型人物普及到固定化了，后人很难再弄出一个不同于他们的典型人物来。我在 20 世纪 80 年代中期最活跃的百家学说争鸣过程里获益匪浅，尤其"人物文化心理结构"学说使我茅塞顿开，寻找到探究现实或历史人物的一条途径，也寻找到写作自己人物的一条途径，就是人物的本质性差异，在于文化心理结构的差别，决定着一个人的信仰、操守、追求、境界和道德，这是决定表象性格的深层基础。我把这种新鲜学说付诸创作实践，完成了《白鹿原》人物的写作。为了把脉人物文化心理结构变化的准确性，我甚至舍弃了人物肖像描写的惯常手法。

我得益得助于新时期文艺复兴的创作浪潮的冲击，不断摒弃陈旧的创作理念，从优秀的作品和理论中获得启示，使我的创作获得一次又一次突破。我个人的心态也决定着创作的发展，我一直在自卑和自信的交替过程中运动，每一次成功的反省使我获得寻找的勇气和激情，也获得自信；而太过持久的自信，反而使我跌入自卑的阴影之中；要解脱自卑，唯一的出路就是酝酿新的反省，寻求艺术突破的新途径。

邢小利：你的长篇小说《白鹿原》大约从 1986 年开始构思和进行艺术准备，1988 年动笔，1992 年完成。这一段时间正是中国社会由风云激荡的 20 世纪 80 年代向冷静现实的 90 年代转变之时，市场经济逐渐取代计划经济，社会心理包括一些作家的创作心态都比较浮躁，你当时的心理状态是什么样的？你怎么能、怎么敢沉下心来，居于乡间，写你的《白鹿原》？《白鹿原》之所以顺利问世并获得剧烈的社会反响，与当时的社会情势比如邓小平南方讲话有无关系，有多大关系？

陈忠实：我的心态用两个字可以概括，就是沉静。我之所以能保持一种沉静的写作心态，与我对文学创作的理解有关。

　　1982年年末，我获得了专业创作的条件。我当时最直接的心理反应只有一点，我已经走到自己人生的最理想境地，可以把创作当作自己的主业来做了，而且名正言顺。这件具有人生重大转折意义的好事的另一面，便是压力，甚至可以说是压迫，必须写出好作品来，不然就戴不起"专业作家"这顶被广泛注目的帽子。我几乎同时就做出了符合我个人实际的选择，不仅不搬进作协大院，反而从城镇回归乡下老家，可以平心静气地读书，可以回嚼我在区和乡镇二十年工作积累的生活，也可以避开文坛不可避免的是是非非，免得扰乱心境空耗生命。我家当时的条件很差，住房逢雨必漏，我的经济收入还无法盖一座新房子，更不奢望有一间写作的书房。我在一间临时搭建的小屋里，倚着用麻绳捆绑固定四条腿的祖传的方桌，写我的小说，而且自鸣得意，有蛋要下的母鸡是不会择窝的，空怀的母鸡即使卧到皇帝的金銮殿上，还是生不出蛋来。

　　我住在乡下却不封闭自己，尤其是文学界一浪叠过一浪的新理论和新鲜流派我都关注。20世纪80年代是中国文学最活跃的时期，有人调侃说那些新的流派是"各领风骚一半年"。我虽然不可能今天跟这个流派明天又跟那个流派，但各种流派的最具影响的代表作我都要读，一在增长见识，扩大艺术视野，二在取其优长，丰富我的艺术表现手段。譬如"寻根文学"，我曾经兴趣十足地关注其思路和发展，最后颇觉遗憾，它没有继续专注于民族文化这个大根去寻找，却跑到深山老林孤寺野洼里寻找那些传奇荒诞遗事去了。我反倒觉得应该到人口最密集的乡村乃至城市，去寻找民族文化之根，寻找这个民族的精神和心灵演变的秘史。《白鹿原》的创作思考，这是一个诱因。

　　《白鹿原》构思和写作的六年时间，是我写作生涯最为专注也最为沉静的六年。这种沉静的心态不是有意的，而是自然形成的，决定于两个因素，首先是这部作品的内容，正面对我们民族最痛苦也最伟大的一次更新，即从业已腐朽不堪的封建帝制到人民共和国的彻底蜕变，我感知到一种自以为独自的体验和理性的理解，也产生了以往写作中从未有过的庄严感，便自然地转化为沉静的写作心态。再者，纯粹出于自己追求文学创作的心理感受，我计划这部长篇小说需三年写完，那时我就跨进被习惯上称作老汉的年龄区段了，第一次感觉到生命的短促和紧迫，似乎在平生追求的文学创作上还没写出自己满意的小说，忽然就老了。我的切痛之感也产生了，如果死时没有自己满意的一部小说垫棺作枕，我一生的文学梦就做空了。我是为着死时有一本可以垫棺作枕的书进入这部小说的创作的。社会上潮起的诸如"文人要不要下海"的讨论，基本左右不到我的心态。我只是注重一点，把已经意识到的内容充分表达出来，不要留下遗憾，这是形成沉静的写作状态的又一个纯属个人的因素。

　　在写完这部小说时曾有一点担心，怕出版社发生误读不能出版，1991 年的文艺政策被普遍认为有"收"的倾向。在我对小说做最后的润色和校正的 1992 年初，一个早春的早晨，我用半导体收听每天必不可缺的《新闻联播》时，听到了邓小平"南方谈话"，竟然从屋子里走到院子中，仰脸看刚刚呈现到屋檐上的霞光，心里涌出的一句话是：这部小说可以投稿给出版社了。

邢小利：《白鹿原》发表和被移植为不同的艺术形态后，你的文学心路历程是怎样的？（一）你的文学观念有无变化或深化（包括从各改编中意识到的）？（二）你的文学事业的设计有无更新？（三）你对自己所获得的文化影响力（包括获茅盾文学奖）是如何认识、评价的？四、你是怎样和新生代作家在文学活动中相互对话、交往的？五、面对大众文化的冲击和商业文化的侵蚀，加之一些文化机构的官僚化，你有无一种"文化无聊"的感觉？这些和你既有的艺术人格有无冲突？你是如何应对的？六、文学依然神圣的信仰有无变化？

陈忠实：这部小说接近完成时我曾奢望过，如果能顺利出版，有可能被改编为电视连续剧，其他艺术形式的改编几乎没有设想过。果然，《白鹿原》刚刚面世，南方北方和陕西当地有四五家电视制作人找我谈电视连续剧改编。最早看好的电视连续剧改编至今未有着落，倒是不曾预料，甚至完全料想不到的几种艺术形式都改编完成了。最早改编并演出的是秦腔《白鹿原》，接着是连环画，稍后是话剧和舞剧，还有完全意料不到的三十多组《白鹿原》雕塑，电影《白鹿原》已经搞了七八年，现在还未进入拍摄阶段。在两家广播电台几次连播之后，今年初西安广播电台又以关中地方话播出。作为作者，这是远远超出期待的劳动回报。我不止一次很自然地被感动，也反省作为平生不能舍弃的文学创作的原本目的，在我只有一点，就是把自己对现实和历史的独有感知和独自理解表述出来，和读者实现交流，交流的范围越广泛，读者阅读的兴趣越大并引发呼应，这是全部也是唯一的创作目的的实现，是无形的却也是最令作者我心底踏实的奖赏，创作过程的所有艰难，以至挫折，都是合理的。我收到很多读者来信和电话，往往会为他们对某个人物、某个情节的理解而深为心动，丝毫也不逊色于各种奖励。决定一部小说生命力长久或短暂的唯一因素，是读者，这是任谁都无可奈何的冷峻的事实。

下面依次回答你的几个问题。

一、关于文学理念。

这个题目太大，我只说感知最深的一点。

作家要体验生活，这是常挂在嘴上的话。我至今仍然信服这个话，但应承认体验生活的各种不同的方式。我在20世纪80年代末到90年代初，意识到了作家的生活体验和生命体验的巨大差异。这是我从阅读中领悟出来的。我觉得实现生活体验的作品很多，而能完成生命体验的作品是一个不成比例的少数；对一个作家来说，有一部作品进入生命体验的层面，却无法保证所有创作都能保持在生命体验的层面。让我感到最富启发的是捷克作家米兰·昆德拉的几部小说，从《玩笑》到《生命中不能承受之轻》，昆德拉实现了从生活体验到生命体验的升华，或者如同从蚕到蛾的破茧而出的飞翔的自由。《生命》之后的小说，似乎又落在生活体验的层面上。

我对颇有点神秘的生命体验难以做出具体的阐释，却相信从生活体验进入生命体验的诸多因素中，作家的思想是至关重要的一个。思想决定着作家感受生活的敏锐性，也决定作家理解生活的深度，更决定着对生活理解的独特性，也以看作作家对生活的独自发现。那些令我感知到生命体验的作品，无不是深刻的思想令人震撼，倒不在通常所见的曲折情节或生活习俗的怪异所能奏效。即使反映生活体验的小说，也因作家思想的因素决定着作品的深刻程度，这在同一时期的同类题材的作品中，分明可见。譬如《创业史》在"十七年"的农村题材的一批小说中，柳青是开掘深刻体验深刻的佼佼者，在于他的思想的深刻性和独到性，以及艺术性方面的成就。

二、关于文学事业的设计。

《白鹿原》书刚面世时，记得我和李星的一次对话中谈到，往后将以长篇小说创作为主。这是当时的真实打算。我在新时期文艺复兴的头几年，集中探索短篇小说的各种表述形式；在第一个中篇小说《康家小院》于1982年末顺利写成之后，便涨起中篇小说写作的浓厚兴趣，偶尔穿插写些适宜短篇素材的小说；在《白鹿原》顺利出版并获得较热烈的评说时，很自然地发生对长篇小说创作的兴趣，曾想试验长篇小说的不同艺术表述形式。

连我自己也始料不及，这种兴趣很快消解，甚至连中短篇小说写作的兴趣也张扬不起来，倒是对散文写作颇多迷恋，写了不少感时忆旧的散文。我没有强迫自己硬写，倒有一种自我解脱的托词——中国现在不缺长篇小说。

三、关于文化影响力。

这是一个在你之前没有谁向我提出过的问题。我没有稍微认真地想过这件事。我只有一些直接观察到的现象，诸如读者对这部小说的阅读兴趣，从出版时的畅销到持续至今十五年的长销，我走到东部西部南方北方所感受到文学圈外的社会各层面的读者的热情，切实感觉到作为一个仅写出一部长篇小说的作家的荣幸。

这些现象给我的最直接的影响，就是要写读者普遍感兴趣的作品，即使一篇短篇或一篇散文，也得有真实感受，不可忽悠读者。我也钦佩茅盾文学奖评委，在《白鹿原》一度发生某些误读的情势下，坚持使其评奖，显示的是一种文学精神。

我没有使用这种影响力做个人的事，倒是应邀参与过一些社会文化活动。

四、关于和新生代作家的对话和交往。

我尊重各个年龄层面的作家的创作，这不是由个人修养或处世姿态，而是由我的整个学习创作历程决定的。我从写作小散文到写短篇再到长篇小说，从业余作者到专业作家，从没什么影响，到有一定影响，其中免不了大大小小的挫折。依着这个过程的人生体验和对文学创作不断加深的理解，我敬重各个年龄层面上正在探索自己艺术道路的作家。

我和新生代作家的交流方式是阅读他们的作品。我对他们作品的基本态度，是多看他们的用心所在，发现他们独有的艺术特质，并予以彰显。但我把握一个基本准则，绝不乱吹，免得像某些抛出的彩球高帽把作者自己都吓住了。我面对作品，基本不考虑与作者的远近或亲疏。

五、关于大众文化和商业文化。

你提出的这个问题，我已和不少人讨论过。我先讲一个对我颇多启发的经历。我十多年前到美国，有一次从东部到西部的火车旅行。火车站台上有一个自动售书台，乘客上车时花小钱拿一本书到车上读，到目的地下车时，我看到不少人把书扔到门口的一只箱子里。据说，有一些专门写作这类供旅客在旅途中解闷打发时间的读物的作家，经济收益颇丰。可以想见这类包括小说在内的读物会是什么内容，海明威的作品肯定不会摆在那里。

商业社会产生商业文化是必然的。纯文学作家不要太在意商业文化对自己的威胁，倒是应该涨起自信，以自己的艺术魅力拥有读者。要相信人群中有大量不甘局限于消遣阅读的读者。

六、关于"文学依然神圣"的信仰。

"文学依然神圣"这个话是我在 1994 年说的。那时候之所以说这种话，就是文学已经面临着商品经济的冲击，也面对着商业文化的冲击，文学似乎不仅不神圣，甚至被轻视了。我缺乏对正在发生着的社会气象的理论判断，往往会找参照物来作参考。我那时所能选择的参照对象便是欧美那些老牌商品经济的国家，他们的纯粹作为商品赚钱的文化和艺术品制作，太久也太发达了，枪战片、色情片和荒诞片，卖到世界的各个角落，然而并不妨碍产生一个又一个伟大作家和伟大作品。可以看出一个基本事实，商业文化和有思想深度的纯文学各行其道，各自赢得各自的读者；谁都取代不了谁，证明了社会人群的多重需要。我想我们也会是这样的。"文学依然神圣"这话说过十四五年后的今天，我们的快餐性的消费文化已经获得大面积的多样化的繁荣，而依然追求纯文学理想的作家创作的作品，更是一个空前繁荣的态势，单是长篇小说，每年据说有两千部出版。我很感动。有多少有名的和暂且无名却待时破土而出的年轻作家，全心专注于神圣的文学追求啊！我被他们感动着，怕是很难变了。

（2008 年 5 月 22 日　二府庄）

文学的心脏，不可或缺

——与《解放日报》（周末版）记者高慎盈的对话 *

对电影《白鹿原》，总体上是满意的，却也不无遗憾

高慎盈： 您比我们先睹电影《白鹿原》，看后感想如何？

陈忠实： 就现在剪定的两个半小时的电影而言，我确凿感知到导演和演员的难能可贵。这部电影展示小说所写的时代生活是准确的，人物的各个不同的心理轨迹和命运是富于时代色彩的，也各具个性化的特质。

高慎盈： 总体上是满意的？

陈忠实： 对。却也不无遗憾。有一种遗憾是早有料定，且心知肚明的——小说《白鹿原》时间跨度长，人物众多，事件也多，且复杂，而无论秦腔、话剧、舞剧和电影，都受制于有限的时空，不

---

* 本文原载 2012 年 9 月 14 日《解放日报》。

对话 ● 333

可能容纳小说里的全部人物和主要情节。即使如原先构想的做上下集，仍然要舍弃包括朱先生等甚为重要的角色。对此，我不仅能理解，更尊重导演的选择。

另一种遗憾却是始料未及的。原先作为上下部的剪辑样片，约三小时二十分钟，和我一起观赏样片的作家朋友，评价甚高，我也有同感。后来剪辑到两个半小时的样片，大约结束在抗日战争日本鬼子飞机轰炸西安，距小说结尾的中华人民共和国成立尚有七八年时间，而且关涉几乎所有人物的结局都没有了，遗憾就发生了。

高慎盈：当初想把《白鹿原》搬上大银幕的导演很多。据说您最初属意吴天明来拍摄？

陈忠实：小说《白鹿原》刚面世时，身在国外的吴天明托他弟找我谈定拍摄电影的事，受制于说不清的因素而未能如愿。后来，王全安获得了拍摄《白鹿原》的批件。

高慎盈：你们是否就改编进行过交流？

陈忠实：拍摄前他曾找我谈过，我向他阐释了作为小说背景的那段历史，也介绍了几位主要人物的文化心理结构差异，利于他的电影制作。电影拍摄期间，我到两个外景内景地各去过一次，看看拍摄现场，和几位演员见面聊天，完全是"走马观戏"。我不懂电影拍摄，倒是开了眼界。

记者：现在看来，这部电影是否达到了您的预期？

陈忠实：可以说达到了我的预期，只是后来缩减到两个半小时的片子，颇为遗憾；更遗憾的还是王全安自己。

我写的人物我都喜欢，没有主次之分

高慎盈：电影讲述的是清末至1949年之间发生在陕西一片黄土原上的历史。您觉得，城市观众能有兴趣、能产生共鸣吗？

陈忠实：且先不说共鸣。1949年以前的黄土原上的、业已久远的生活故事的小说《白鹿原》，能否引发当今读者的阅读兴趣，就曾经是我的担心。

小说出版后的畅销和近二十年来持续的长销，当属对我的最大也是最切实的慰藉。读者不仅对《白鹿原》所写的乡村历史故事不觉隔膜，且颇感兴趣。电影是依小说改编的，读者和观众的兴趣同出一源。你说的"共鸣"，最好不要由我说，倒是你我多听听读者的、观众的看法。

高慎盈：《白鹿原》算得上是中国最难改编的小说，但奇特的是，不断有人试图搬上舞台、银幕，原因何在？

陈忠实：这同样是一个应该让导演回答的话题。我想大约是对作品里的主要人物感兴趣，才想把这些人物的人生形态以立体化的表演展示出来。

高慎盈：众多人物中，您最喜欢哪一个？

陈忠实：我写的人物我都喜欢，不受主次之分影响，即使出面一两次的非主要角色，我也努力让他在有限的文字里显示出不同于别人的个性。如果一定要说出一个"最喜欢的人物"，当属白嘉轩。尽管我尤其喜欢，却也浓笔重墨着他的腐朽的思想色彩。

高慎盈：当您写《白鹿原》时，是否有种跟着人物走的感觉？

陈忠实：可以说是"跟着人物走"。对每一个人物在此情此景或彼情彼景下的行为和说话的个性化把握，要达到准确，只有循他或她的文化心理结构的途径来实现，比中医把脉还准确。

高慎盈：您从文化心理结构学说的角度，描摹白鹿原半个多世纪的风土人物、性格心理、命运变迁。《白鹿原》预告片中则突出了"中国式欲望"这一主题，您认同这一概括吗？

陈忠实：你说的预告片是发在网上的吧？我不会用电脑，更遗憾不能从网上获得信息。"中国式欲望"的表述，我对这一提法颇觉新鲜。我理解，这一提法强调的是"中国式"，也就是区别于别的民族别的国家的"欲望"，自然属于中国人的独有的"欲望"了。所谓"中国式欲望"，是一种概括式的泛指，如果缩小到白鹿原上，这里所说的"欲望"却是种种形态。同辈人的白嘉轩和鹿子霖的"欲望"大相径庭，鹿兆鹏和白孝文的生存"欲望"也相去甚远；更不要说"代沟"式的巨大差异了。白灵和她父亲白嘉轩的生存"欲望"，不仅完全对立，而且闹到"就当她死了"（白嘉轩语）的地步。这里应当有个时限，它在多大程度上能概括为"中国式"，这需要读者和观众的认可。

再，"中国式欲望"会不会被我"认可"，着重在导演和演员是否对各个角色循着不同的文化心理结构来展示其心路历程。不同的角色的"欲望",是各自文化心理的直观展现;如果展现得准确,让观众能看到各个不同的文化心理结构形态及其裂变的轨迹,那就会感知到"中国式欲望"的根基和实指了。在我看来,这种"中国式欲望"的概括,基本循着各个人物不同的文化心理结构演示着。

农村里日常见惯的人和事居然都可以写成小说?我想那我也能写

记者: 您上个月刚过七十大寿,"人生七十古来稀",此时回顾您一生的创作历程,有哪些感受?

陈忠实: 我的创作大体分为三个阶段性的历程。从喜欢文学到走向"死胡同",是第一个阶段。

高慎盈: 您的启蒙作家是谁?

陈忠实: 赵树理。初中二年级,我在课本上学到赵树理的《田寡妇看瓜》,一个很短的短篇小说。读完之后我农村生活的经历一下都被激活了。这些农村里日常见惯的人和事,尤其是乡村人的语言,居然都可以写小说,还能进入中学课本?!我很惊讶,我想那我也能写。随之就到学校图书馆里借赵树理的小说。我的文学兴趣就从这产生了。

高慎盈: 在此之前没有读过小说,更没写过?

陈忠实: 都没有,就只有课堂上写作文。看了赵树理的《李有才板话》,文学兴趣就激发起来了。随之就在作文课上写小说。

我第一篇小说是在作文本上写的《桃园风波》。我们家也有桃园，那时候正好是农业合作化转入高级社的时候，要将农民最后拥有的果园都收归集体所有，发生了很多矛盾。我每个礼拜天从学校回去都能听到很多这样的事，于是就写了一篇。老师给我的评语居然写了作文本的近两页，都是让人心跳的好话。那时候计分制的满分是 5 分。老师给我评了一个 5 分，并且在右上角画了一个加号。我就受到了很大的鼓励。紧接着，又写了一篇小说《堤》，写我们合作社里建大坝、蓄水灌田中的一些矛盾纠纷。老师又对我赞赏有加。学校提供两个名额去参加西安市的作文比赛，一篇就是我的这篇小说。

高慎盈： 结果如何？

陈忠实： 最后没结果。这位老师非常热心，他将我的《堤》抄写一遍，投给《延河》。我那时候根本都不知道有文学杂志。老师跟我说，要是发表了会给稿费。

高慎盈： 有多少稿费？

陈忠实： 没发表。我那时候生活很困难，从家里背一个礼拜吃的馍到学校，学校还给我些助学金。老师说如果发表了，可以改善生活。这个老师特别好，姓车，我后来写过一篇文章怀念这个老师。

高慎盈： 从喜欢上文学到正式发表作品，这应该算是一个比较大的转折吧？

陈忠实： 对。1965 年初，我高中毕业回乡以后当民办教师，发表了第一篇散文叫《夜过流沙沟》。到"文化大革命"开始，一共发表了六七篇散文，两首诗歌，都在地方报纸。然后"文化大革命"开始了，老作家都搁笔了，像我们这样的业余小作者就更加不用说了。

到"文化大革命"后期，报纸有副刊了，文学杂志也开始恢复了。大约1973年前后，《延河》改为《陕西文艺》，重新出版。他们要扶持工农兵作者，一个和我要好的业余作者向《陕西文艺》的编辑推荐，说西安东郊有一个作者叫陈忠实，这个人写得不错。他们约我，我就将我的一篇散文给他们，在《陕西文艺》第一期上发表。紧接着，我写了我第一篇小说《接班以后》，在《陕西文艺》上发表后，产生了很大的反响。

由于我那时候已经在公社工作，后来又被提拔成为公社副主任，分管很多工作，整天在生产队跑，但写作这个兴趣还是压不下去。

高慎盈：您的小说都是工作之余写的？

陈忠实：对。有一次办了个两三个礼拜的学习班。相对就比较轻松，我写了第一篇小说。到1974年，我去了南泥湾"五七"干校锻炼半年，利用节假日、晚上，我又写了第二篇小说。

我把我的创作转到接受真正的文学，
第一次完成了"剥离"

高慎盈："文化大革命"结束后，以《伤痕》《班主任》为代表的伤痕文学在社会上产生了极大反响，是否也影响了您的创作？

陈忠实：1978年夏天，我正在给家乡的灞河修建防洪河堤，有天晚上，打开《人民文学》，躺在地铺上看一篇小说《班主任》。我在这篇万把字的小说的阅读中竟然有心惊肉跳的感觉：小说敢这样写了！

1978 年末，我调离公社到文化馆，我感到，文学创作可以当作事业来干的时候已经到来了。当时我比较担忧的是我所接受的文学概念。尽管我读过很多世界名著，但接受的主要是旧的文艺思想。

高慎盈： 比如，文艺是为政治服务的，正面人物"高大全"……

陈忠实： 对。我就意识到我需要真正接受一次文学的洗礼。我暂时没有动手写作。我借了一些文学名著来读，以真正的文学来荡涤我已经形成的旧的文艺概念。

最后我选择了两个作家，一个是莫泊桑，一个是契诃夫。我把文化馆所存的这两个作家的短篇集都找来，最后在这两个作家中选择了莫泊桑。为什么呢？因为契诃夫是以人物为结构来谋篇布局的，我觉得我当时的水平还达不到。莫泊桑是以情节来谋篇的，每个短篇都有一个很好的情节。所以我在莫泊桑的短篇里又选择了十几个短篇，反复阅读。

高慎盈： 一种解剖式的学习？

陈忠实： 对。就是一种解剖式的读法，是一种纯粹的学习，谋篇布局、遣词造句等等。经过一个冬天的阅读，1979 年到来的时候，我的自信心就增强了。我就开始写我的短篇。1979 年，我写了近十个短篇，其中一篇《信任》获了全国短篇小说奖。这就进入了我的第二个写作过程。我称之为"剥离"。

高慎盈： 怎么个"剥离"法？

陈忠实：我是从西安郊区一个搞种子研究的人身上得到的启示。他要不断淘汰劣质的植物品种，就要搞种子分离。联系到写作上，尤其我自身的创作上，我觉得人的精神也有一个分离的过程，但稍有差别，我称之为"剥离"——剥除旧的观念，不仅在思想上而且在艺术上。

我把我的创作从"四人帮"的文艺观念转到接受真正的文学，这是我第一次完成了"剥离"。后来，"剥离"的概念不断升华，从短篇到中篇，到《白鹿原》的写作之前，我写了五六十个短篇、九个中篇。写作量不是太大，但保持对生活、创作的理解继续着"剥离"的状态。这应该是我创作的第二个阶段。

直到《白鹿原》的创作，对生活、生命，包括革命、历史，包括我个人的艺术理解，又进入了一个新的过程，这是进入了第三个阶段。

大树底下好乘凉，但另一面就很残酷
——大树底下不长苗

记者：您刚才说，对您影响最大的作家是莫泊桑和契诃夫。

陈忠实：不。影响我的作家是不断变化的。最初是赵树理，紧接着是柳青，后来是山西籍的王汶石，1950年到20世纪60年代初，王汶石在全国都堪称短篇小说大师。他的短篇把陕西关中的风情、人物的个性描写得太精到了、太漂亮了。

柳青的《创业史》是我阅读量最大的一部书。我前后买过九本《创业史》，我去南泥湾"五七"干校，就带了两本书：《毛选》非带不可，另一本就是《创业史》。

我的短篇小说《接班以后》一发表，居然在陕西文化圈产生很大影响。有人议论："哎呀，怎么柳青的文章给换了一个陈忠实的名字？"因为当时谁都不知道陈忠实，大家都猜测是不是柳青"文化大革命"之后改名字了，因为太像了。

高慎盈：这种"像"，是有意识的模仿还是无意识的深受影响？

陈忠实：那是喜欢，喜欢到不能摆脱。柳青获得声誉其实是在《创业史》之前的《铜墙铁壁》，写陕北的解放战争。这个小说我读过几次都没有读完，陕北方言我读不进去，战争题材我也不太喜欢。我读《创业史》是初中三年级，那是 1959 年开始在《延河》上连载，我去邮局买了一本，一读一下子就进入了。

高慎盈：因为小说描写的是您熟悉的生活？

陈忠实：太熟悉了。他把关中乡村生活写得那个到位，包括语言，包括人的性格。那个时候我家每个礼拜给我两毛钱买咸菜吃，我都不吃咸菜了，开水泡馍，用两毛钱去买一本《延河》，一直买到初中毕业，还没有连载完。紧接着我上了高中，听说《创业史》要在上海的《收获》杂志全文连载，我求我在城里当工人的舅舅在西安给我买了一本《收获》送到学校，我才把《创业史》全文读完。那个印象是几十年都不能摆脱的。

高慎盈：热爱到不能自拔。

陈忠实：对。太喜欢了。后来就是一种随意性的阅读，随便把《创业史》打开到哪一章节都可以往下读。这种影响是潜移默化的不自觉的。到我写短篇小说的时候，语言风格受到了很大影响。

直到 20 世纪 80 年代中期，我才意识到，必须形成自己的风格。"大树底下好乘凉"，我们倚靠它可以获益匪浅；但另一面就很残酷——"大树底下不长苗"，尤其文学，必须形成自己的个性。就像我刚才说的"剥离"，除了思想观念，在艺术上也要有一个剥离过程，要从大树的阴影之下寻找自己的天空、阳光。

高慎盈：这和其他艺术是一样的，从模仿到成为一个真正的艺术家也是一种"剥离"。

陈忠实：一样的。我从自然界受到这种启示，开始寻找自己，形成自己的创作风格。

从文学爱好者到职业作家，
我这个转变经历了二十五年

高慎盈：您刚刚说的至少说明了两点。第一是时代对作家的创作和命运有很大影响。像"文化大革命"期间您就停笔了。"文化大革命"后，在"解放思想"的时代大背景下，面对一些新的思潮和新的观念的兴起，进行"回嚼"或"反思"，完成思想观念的转变。这种"剥离"也是紧跟时代的步伐，实现精神上的新生和艺术上的回春。

第二点是，创作还是来自现实生活。像您，最早就是一个在基层摸爬滚打的农村干部。从一个业余的文学爱好者到职业作家，经历了很漫长的过程。

陈忠实：从 1957 年到 1982 年，二十五年。

高慎盈：您这个身份的转变，花了二十五年。人们对如今的作协把一些作家养起来的做法有质疑，您怎么看？

陈忠实：养起来也是一种办法，但作家必须要解决写作和生活的关系。陕西作协这点做得比较好，成为专业作家之后，让作家兼职。像我，1982 年，作协让我在灞桥当基层干部，我就可以在那一片随便跑。

高慎盈：这不是"体验生活"，而是直接参与进去，成为生活的一部分。

陈忠实：对。20 世纪 80 年代初期是农村改革最激烈的时候，我被分配到渭河边上给农民分土地，把土地、牲口从集体分到一家一户。这是很深刻的体验。

我们就两个人做这项工作。因为没有经验，就在一个村子搞了试点。我记得，当时牲口少、农户多，没有办法平均，于是采取抓阄的方式。分完牲口以后，矛盾还一直持续到晚上 12 点。一直做了两三个月，才把土地分好。

分完土地之后，深夜我一个人骑自行车回住处，到莲池旁边的时候，我突然意识到：我跟柳青构成了"反动"——柳青当时是一个村子一个村子去宣传农业合作化，一家一户地说服农民，把私有土地和牲口收上来，建立了农业合作社。二十多年后，我在渭河边上，说服农民，把柳青当年合并的土地分还给农民。

柳青是我崇拜的作家，而二十多年后，我和他做的刚好是相反的事情！这不能不引起我的思考，而且这思考和一般干部落实工作任务不可同日而语，和领导表扬我的工作做得好不好的感觉是完全不一样的。这就是直接的生活经验。

高慎盈： 直接参与生活，参与社会发展，参与历史进程。在这个过程中，激发创作热情。

陈忠实： 对。直接获得一种生活体验，然后进入理性的思考。

我把作家的思想喻为炼钢，
磨砺思想锋芒是很费工夫的

高慎盈： 20世纪90年代，您进入个人写作的第三个阶段。《白鹿原》问世后，引起的震动非常大，被称为难得一见的史诗性巨著。您在写作时，是否带有一种为民族作史诗的使命感？

陈忠实： 我曾经在多年前说过，《白鹿原》的写作是为自己死时有一本垫棺作枕的书。这主要是为着从幼年就喜欢文学的那个至今难得改易的兴趣。

在《白鹿原》的构思阶段，我粗略计算了一下时间，到完成这部小说时，就接上乡村人习惯上所划的老汉的年龄界限——五十岁了。我对人生中的生命短促的紧迫感发生了；伴之而来的是一种压迫感——从喜欢到迷恋文学大半生，没有写出一部自己完全满意的小说，这是任何荣誉和金钱都难以补偿的缺憾。

在一次和文学朋友喝酒喝得亢奋时，朋友问到这个话题，我把在心中沉郁许久的话说了出来："我想为自己写一本死时可以垫棺作枕的书。"依此可以作证，这部小说的写作，完全是自己对文学创作的一种夙愿，是指向自己的。至于后来产生的较大反响，起码超出了自我夙愿实现的目的，我自然获得慰藉。

高慎盈：有评论家认为，作家每写一部作品，都要从良知出发，都要有一种使命感，作品才能对人民、对社会有用。

陈忠实："使命感"这种东西，有则更好。关键在于寻找个人创作的突破口，生活体验，以至生命体验的独特性，还有包括文字这种表述的基本功力在内的艺术形态，都得有自己的独特追求。否则，"使命"不仅构成一种压迫心理，而且很可能落空。

高慎盈：您似乎很少谈作家的"使命感"。

陈忠实：我大约没有说过"使命感"的话。这不是我清高，而是我对小说创作的理解。

我从初学写作到后来的长篇小说《白鹿原》的创作，越来越相信作家生活体验的独特性，更难能可贵的是进入一种生命体验的状态。我越来越相信，决定生活体验和生命体验的独特性的一个重要因素，是思想。

我曾把作家的思想喻为炼钢，深刻而独立的思想有如最先进的炼钢设备，能够把矿石冶炼出精钢来；而肤浅平庸的思想有如低劣的炼钢设备，面对同样的矿石却只能炼出粗钢。磨砺思想锋芒，这是很费工夫的事。不然，很难实现"使命"。即便说，也是空喊。

我当了十几年作协主席，从来
不用"培养"这个词

高慎盈： 除了"使命感"，还有一个文学创作者和评论者都十分关心的话题——文学天才。

陈忠实： 文学创作的天才，确实是一个颇为神秘的话题，也是在我喜欢上文学便感到困惑，以至压迫的一个话题。

创作需要天才，又如何验证自己是否具备创作的天才呢？无法验证。我看到外国和中国的许多作家和诗人，多是在青年，甚至少年时期便有佳作问世，自然给我带来压力，如果自己不具备创作天才，用功将白费，可能连适合自己干的事也耽误了。

高慎盈： "天才"问题也曾困扰您？

陈忠实： 是啊。但我尽管心里存在天才这个阴影的压迫，却无法舍弃或改变文学创作这个爱好，即使在"文化大革命"期间，我仍然偷读意外获得的世界名著《悲惨世界》《无名的裘德》等，哪怕放弃了文学写作的业余爱好，纯粹是一种欣赏性阅读。

高慎盈： 您现在觉得，什么样的人是文学天才？

陈忠实： 我后来对困惑自己的文学天才，有了一个物质化的理解，即某个被称作文学创作天才的人，生来就有一根对文字尤为敏感的神经。少小年纪接触到文学语言，那根敏感于文字的神经就兴奋起来，促成他的偏好，以至成为终生难以改变的追求。

依此可以推想，中学都没有读完的华罗庚能成为大数学家，当是那根对数字尤为敏感的神经，能够起到事半功倍的效应，当然还有不可或缺钻研的勤奋。这样，我就能够理解，生长于同一书香门庭的兄弟姊妹，可能有人对文学发生兴趣，有人对机械发生兴趣，有人对什么事都缺乏特别的兴趣，决定因素便是那根神经的有无或偏向。

高慎盈：所以您曾说，当了十几年作协主席，从来不用一个词——"培养"。

陈忠实：从来不用。如果作家能培养，我为啥不把自己的儿子培养成为作家？

据我所知，现当代作家中，子承父业的现象不是没有，而是一个极小的比例。仅就离我最近的陕西文学界而言，20世纪五六十年代享誉中国文坛的十余位小说家、诗人、散文家和文学评论家，他们的儿女中几乎没有一个是以文学为职业的人。而画家和书法家，还有秦腔等地方戏曲的表演艺术家，子承父业的人却不少。我便想到文学创作的这种现象，很难说培养。

我又看到另一种现象，许多作家出身于农民家庭，父母甚至是文盲，没有书香的熏染，却从小对文学发生兴趣了，以至成为当代文坛的骁将，比如路遥、邹志安等。他们是文学创作的天生之才，生命里注定要选择文学创作。

生活和文学的自然法则，
容不得任何人投机

高慎盈：您是 20 世纪 90 年代的文学领军人物。也正是在 90 年代，金钱裹挟下的欲望开始泛滥文坛。文学领域中出现了许多新名词，从"痞子文学"到"身体写作"等等。

陈忠实：你所说的这种种文学现象，前些年发生着的时候，我在媒体上都看到过，也看到对这几种小说写作的议论和评价。我基本保持着这属于文学创作领域的正常现象乃至必有现象的看法。

高慎盈：包容的态度？

陈忠实：不是我包容，而是基于对小说创作的理解。不同的作家，对小说创作的艺术理想差异很大，生活体验差异很大，思想差异也很大，笔下所展示的文字差异就很正常了。即如 20 世纪初中国新文学的发端时期，有鲁迅等直面民族精神和命运的奠基性史诗的写作，也不无风花雪月等形态的作品。

高慎盈：消遣小说、"尿布文学"等等，也是一种形态的作品？

陈忠实：这种东西社会也需要。他的生活经历可能就局限于这种生活体验，他只能写这种作品而且乐在其中。

高慎盈：但文学创作不应该与时代的脉搏相连吗？

陈忠实：肯定是有扣着时代的脉搏写作的人。但是谁也代替不了谁，谁也改变不了谁。可能有一天，他写"尿布文学"不满足了，他要走出自己的圈子了，去进入社会了。现在就我能了解到的，大多数的作家写作还是面向社会、面向现实的，还是在思考时代命运的。队伍里出现一些另类写作，也不奇怪。"身体写作"前几年比较热，现在也基本没什么影响了。这是生活本身，包括文学本身，一种自然的、无情的淘汰。这个法则是无法改变的。如果靠色情去俘获读者、提高发行量的话，这是写作者的悲哀。

高慎盈：法则会教育人，生活会教育人。

陈忠实：生活和文学的自然法则是容不得任何人投机的，投机了一时，但不可能永久。

高慎盈：所以我们的文学还是要忠于生活体验和生命体验。

陈忠实：这是已经被国内外的文学大师无数次证明了的。

高慎盈：证明了文学还是需要"心脏"的。

陈忠实：当然。没有文学的心脏，跳动是不持久的。

不可能大家都去写《百年孤独》，
如果这样文学就太孤独了

高慎盈：进入 21 世纪后，越来越多的作家走上了"文学创作的影视之路"。文学作品改编成影视剧，成为当下很重要的一个文学现象。

陈忠实：这个我觉得不是中国独有的现象。作家写出小说，电影、电视剧的导演希望以一种比较形象化的表述来展示给观众。这样就对小说家所要张扬的东西给了一个更具象化的表述。

这和文字阅读是两种感受。文字阅读，是包括读者自己的想象的。而具象化的表述，把所有人物都展现在读者面前。比如，张丰毅就是白嘉轩，白嘉轩就是张丰毅。电影有它自己的优势。它把文学圈里的阅读扩展到整个社会，市民、农民阶层能进行直观的欣赏。这应该是对小说创作的扩展和延伸。

高慎盈： 改编成影视后也有利于扩大作家的影响力。

陈忠实： 包括一些原本在读者中没有太大反响的作品，成功改编成影视作品后，产生了非常大的效应，这也不在少数。

高慎盈： 如果某些作家明确自己的目标就是快速进入商业通道，会不会对文学带来伤害？

陈忠实： 这样的作家，可能会有，但不会是全部。有为影视改编提供方便的现象存在，但影视的诱惑不会影响作为作家的坚持，大多数作家还是坚守文学的风骨。就像是张贤亮，给他再多利益，他也不会为了改编成电影而写小说。而且，社会有时候也还需要这些东西。

高慎盈： 不可能大家都去写《百年孤独》。

陈忠实： 那是不可能的。否则，那就真的太"孤独"了，文学太孤独了。应该有适合不同兴趣层面的读者的写作。不可能每个人都去写《百年孤独》。

实际上，有些人，就算文学再神圣，他也孤独不起来，他进入不到孤独的境界，只喜欢娱乐性的电影、电视这种写作。作家之间的差异很大。反过来，利润再丰厚，诱惑再大，马尔克斯也写不了纯商业的东西。一个是他不愿意，另一个是他可能就做不来。

文学的本质，是作家对社会、对人生的独特体验

高慎盈：您理解中，文学的本质是什么？

陈忠实：我所理解的文学的本质，是作家对社会对人生的独特体验，用一种新颖而又恰切的表述形式展现出来。所谓独特体验，就是独有的体验，而且能引发较大层面读者的心灵呼应，发生对某个特定时代的思考，也发生对人生人性的理解和思考。

譬如昆德拉的《生命不能承受之轻》，在于他从通常所说的生命不能承受的重，而深刻到不能承受之轻，不仅是他独有独特的体验，而且从生活体验升华为生命体验了。这种体验引发的心灵呼应，不仅来自本国读者，而且来自不同国家不同民族的读者；不仅是有过此类生活经历的会产生心理呼应，未经历过此类生活遭遇的读者也会产生关于生命思考的心理呼应。

高慎盈：一些文学作品脱离现实，在一个虚无的基础上展开故事。这样的作品能不能算是文学？

陈忠实：你提的这个问题，其实你已经有了一个否定性的结论，这是文学常识。

我要说的是，在我不无偏颇的关于创作的理解，是作家对生活的体验需要展示，这是文学创作的原始动因。诗人触景生情便有歌

吟，李白面对庐山瀑布，写下"飞流直下三千尺，疑是银河落九天"的浪漫诗句；杜甫面对民不聊生饿殍载道的惨象，发出"朱门酒肉臭，路有冻死骨"的悲叹。小说创作更是如此，无论面对现实生活，无论面对已成昨天的过去的生活，抑或甚为久远的历史，作家发生独有的体验、生活体验或难得的生命体验，便激起不可抑止的创作欲望，就有令读者感动以至杰出的作品出现。这是创作的基本路数，似难违拗。

缺少高水准长篇小说，主要在于思想软弱，缺乏穿透历史和现实烟云的力度

高慎盈：对中国当代小说有两种截然不同的说法。德国汉学家顾彬称"中国小说都是垃圾"，另一种是说"中国小说离诺贝尔文学奖不远了"。您怎么看？

陈忠实：说中国小说都是垃圾，显然以偏概全了。他可能主要是指当代小说，他起码不敢说鲁迅的作品是垃圾吧。他应该对中国小说有更全面的了解。我们的文学创作能成熟到什么程度，能被外国读者接受到什么程度，还可以再讨论。

高慎盈：更极端的是，有人甚至说"文学已死"。比方说，文学杂志越来越难以为继。

陈忠实：就我知道的，全国各地的文学刊物还都存在着，停刊的少。现在文学刊物普遍采取的生存方式是为财团做一些服务性的宣传，财团提供资金。这样就基本解决了生存的资金。单纯靠发行

赚钱的文学刊物，少之又少。

高慎盈：在十一届三中全会之后，文学刊物风靡，像《萌芽》杂志都要排队去买。那时，文学成为时代的号角。现在，文学似乎进入了平常化状态。

陈忠实：我是这样理解这个过程的——这是个特殊年代的特殊现象。毕竟我们经历了"文化大革命"十年，很多人有话说不出来。这时，文学成了一个时代的先声。理论上还没有解决的问题，作家通过文学作品将民众的心声抒发出来了，所以他赢得的是人的心灵的呼应，这不是我们一般概念上的文学欣赏。

高慎盈：所以这是一个特殊时代的特殊现象，并不具有文学创作的普遍意义？

陈忠实：不具备。那个时期，对文学没有兴趣的人，听说哪篇文章如何如何，都去争购作品。到 20 世纪 80 年代中期以后，这个现象就没有了。政治上把很多东西都解决了，很多受冤枉的人都平反了。大家一口气出了，心里就平静了。

高慎盈：文学也归于平静了。所以不能用那个时代的突然热来和现在比较。因此，您对当前的文学现状并没有过多忧虑。

陈忠实：我所知道的文学创作态势，是空前繁荣。前几年每年有两千部长篇小说出版，近两年的长篇小说出版量已突破三千部。有人做过统计，"文化大革命"前十七年出版的长篇小说不足二百部，参照对比，当今中国文学创作繁荣到超出想象的景象了。"文学已死"的话，起码不符合当前长篇小说创作的态势。

高慎盈：但是，在"量"的繁荣中，有没有"质"的提升？

陈忠实：中国是缺少高水准长篇小说的。在我看来，主要在于思想的软弱，缺乏穿透历史和现实纷繁烟云的力度。作家独立的思想，对生活——历史的或现实的——会发生独特的体验，这种体验决定着作品的品相。思想的深刻性、准确性和独特性，决定了作家从生活体验到生命体验的独到的深刻性。这也应该是文学创作的常识。

所以我以为，急不得。首先是繁荣提供了一个雄厚的阵势，那么多作家都持续在进行探索和创造，大作和精品肯定会出现，我想对这个过程应该宽容。

对于诺贝尔文学奖，我想都不想

高慎盈：至于"诺奖"，早已经成了文坛的一个情结。我们离它真的不远了吗？

陈忠实："诺奖"吵吵了好多年了。且不说"诺奖"对中国文学有什么偏颇看法，在我的印象中，"诺奖"是很难让人预料的。每年"诺奖"一公布，记者采访获奖者，每一个获奖者都表示"出乎意料"，根本没有这个思想准备。

高慎盈：据说，诺贝尔文学奖依据六条标准来评价：是否表达了高尚的理想和对真理的追求；是否表达了对人类的同情和深厚的人道主义精神；是否捕捉了时代的重大主题，写出了人类面临的困难和命运，或者特别突出了人类的精神困惑；等等。这是否给了我们一些启发？

陈忠实：这六条标准，并不陌生，可以说是作家们耳熟能详的创作命题。就我有限的阅读，当代中国作家的不少作品都涉及其中这个或那个甚至不止一个两个命题。

这六条命题，是作家面对生活必然会发生的思考。如果不涉及这六条命题的思考，那就只有娱乐功能的地摊读物了。关键在于思考的深或浅的层面，这决定着生活体验和生命体验的独特性，自然决定着作品的质地和品相。鲁迅先生未必知道这六条标准，而他关于民族命运的思考所形成的体验，铸成狂人、阿Q、孔乙己等典型人物依旧鲜活地存在于读者心里。

面对这六条并不陌生的命题，我想应该不断深化思想，形成独立独特的生活体验和生命体验，才可能有独秀一枝的作品产生。创作者尽可能完美地展示自己的体验，别想那个"诺奖"。每年"诺奖"公布之后，获奖者谈到感受时，几乎无一例外都说到"没有想到"。可见他们原本不是盯着"诺奖"写作的。

高慎盈：所以，中国的作品离"诺奖"远不远也很难说。

陈忠实：对，很难说。所以我认为就索性不要想，他给更好，不给我们就继续创作。

高慎盈：也就是那句话：走自己的路，让人家去说吧。

陈忠实：让人家去评吧。

高慎盈：这几年"诺奖"的获奖作家的作品您都看吗？

陈忠实：大部分作家我都看过他们的代表作。我觉得都不错，都有特点。

高慎盈：在您眼中，这些文学作品的共同特点是什么？

陈忠实：都是各成一体，很难看到它们之间有类似或者相同的东西。这是对我很大的启示。今年年初，我读土耳其帕慕克的《我的名字叫红》，他的写作就很不一样。一个人一道艺术风景，很难看到谁跟谁近似的东西。他们的个人体验、生活体验差异性非常大。这给我们的启示很大——就是要写自己独立的、独特的生活体验，甚至生命体验。

高慎盈：有人说，《白鹿原》是中国版的《百年孤独》，是中国最有希望得"诺奖"的。

陈忠实：不敢当，不敢当。我就是写了我对 1949 年前的五十年的那一段中国社会和生活的理解，受到读者的喜爱对我来说都非常安慰。对于"诺奖"，我想都不想。

高慎盈：忽然想到，您这个"陈忠实"的名字有什么寓意吗？

陈忠实：这是我父亲取的。我家那个村子叫"西蒋村"，但没有人姓蒋，百分之九十五都是姓陈的。我排到了"忠"字辈，所以我父亲给我取个"忠实"。

高慎盈：父亲给您取"忠实"，是想让您做一个真实、实在、踏实的人。

陈忠实：但是这个名字给我的最初印象是我不喜欢。为什么呢？我从上小学到初中，常遇到一个问题，包括老师也会跟我开玩笑："你名字叫陈忠实，那你忠实不忠实呀？"

这尽管是玩笑，但从很小的年纪就警示着我不能说谎，必须诚实。别人可以说假话，我不可以，因为我叫陈忠实。包括同学之间开玩笑，"你这个陈忠实，你不忠实呀"。虽然是玩笑话，但是这个比《毛主席语录》还有作用。

高慎盈：作为生活中的陈忠实来说，是要忠诚老实；作为作家的陈忠实来说，则是要忠实于生活、忠实于生活体验和生命体验。可不可以这样去理解"陈忠实"？

陈忠实：谢谢你的理解和表扬。

（2012 年 8 月 25 日　西安）

通　信

关于中篇小说《初夏》的通信 *

王汶石^① 同志：

　　您好。10 月 8 日信诵悉。您对《初夏》表示的热情和理解，对我是一种巨大的鼓舞和激励。我和其他作者一样，一部作品公之于世，总是希望更多地听到社会各方面的反映，尤其是倾注了自己较多的心力的作品，即使是纯批评性的意见也是好的。我将从诸多的反映里总结得失，不断地矫正自己的笔锋。因此，我对您的热情洋溢的信表示感激，我无疑从您的坦诚的意见中获得了极好的教益。

　　近几年来，我在创作的路上经历着许多苦恼。

　　党的十一届三中全会以后，随着农村经济改革的开始，农村生活出现了剧烈的变化，呈现出纷繁复杂的现象。我首先感到的是自己的理论对于生活理解上的无能为力。加之对于图解政策的农村题

---

*　　本文原载《小说评论》1985 年第 1 期。
① 　王汶石（1921—1999），曾任陕西省作协副主席等职，著有中篇小说《黑凤》、短篇小说集《风雪之夜》等。

材的创作教训，我一度曾经想到写过去了的已有历史定论的生活，或者写点童年的回忆，躲避现实生活的困扰。

　　这种想法是徒劳的。我无法背向现实，在生活的巨大的变革声浪中保持沉默，也无法从嘈杂的实际生活中超脱出来。1980年冬到1982年春天，农村再也找不到一个可以潜心静气地读书和写作童年回忆的安静去处了。此时我虽然离开了农村变革的旋涡，不在公社做实际工作了，但依然被那里正在发生的事情所牵扯，所苦恼，甚至牵肠挂肚。我在文化馆里，几乎天天有文学爱好者来访；或是我所认识的农民到镇上来逛集，顺路就转到我的住处。这些人坐下，就对刚刚开始宣传，开始实行的责任制谈兴十足，慷慨激昂的议论，无穷无尽的忧虑，使我得以了解许多村庄里正在发生的种种好的和不大好的事。星期六回家时，路经我工作过十年的人熟地熟的乡村，常常被干部或社员挡住，直截了当地征询我对他们困惑莫解的问题的意见。有时在路边的树荫蹲下来，一扯就有一两个钟头，他们谈到的许多事，常常牵动我的感情。回到家中，"责任制"就更具体地缠住我了，我的祖辈以土地为生的家庭，将会在新的责任制实行以后得到什么可以预料的好处，以及可能发生的困难。我又有机会参加区委的一些会议，听到队、社、区三级干部们的种种意见和争论。那些我比较熟悉的领导和同志，他们的喜悦和苦恼，和我的喜悦和苦恼纠缠在一起，我无论如何无法与乡村间突然掀起的这股汹涌的声浪隔离间断，或者至少保持一段能使自己超然物外的距离。生动活泼的生活现实，常常使我激动得难以入眠；生活里好多有趣的带着变革时期浓厚色彩的小故事，我往往忍不住讲给许多人听；我努力理解我周围发生着的这种变化，写下了一组变革时期的农村题材的短篇小说。我没有一篇自己满意的、稍好的、稍深刻一些的短篇，终于想通过用较大的篇幅来概括我经历过的和正在经历着的农村生活了，这就是《初夏》。

生活发生了重大的变化，像流水有了跌差。有跌差就有了瀑布，有了飞溅的浪花，有了喧闹的声响，也产生了在平流无石处所看不到的壮景奇观。农村里的一切人都无法在这种关系自身切实利益的变革中保持沉默了，那些平时被人说成"一棍子也砸不出个响屁"的老好人，在讨论土地分配方案的社员会上，当仁不让，吵得脸红耳赤；那些一直带领群众从土改干到今天的好干部，突然之间变得忧虑重重了，人和人之间的关系引起了新的变化，……如此等等。

我意识到有的短篇中把抵制责任制的干部的思想动机看成怕劳动、怕失去特权，实在是太浅薄了：尽管这种人的存在并不是个别现象，也不足以揭示这场深刻的变革中的时代印记，这类人的思想根源更多地反映出我们端正党风的必要性和迫切性。当然，更有甚者，还有违法乱纪、独霸一方的更恶劣的变质分子，更不是农村改革的特殊产物。除了这些，我更多地看到了冯景藩这一类干部，影响他们满腔热情地和社员同心同德地进行农村经济改革的心理阻力，恰恰不是害怕自己也要跟社员一样去种责任田，恰恰不是害怕自己失掉当干部时的特权。生活的发展已经证明，某些怕失掉特权的人，在责任制以后依然继续得到特权，他们在土地、机械、队办企业的承包中照捞不误，那些沾有不正之风的干部在任何时候总是有机可乘。冯景藩们的复杂的内心活动，是变革的农村现实引起而发生的，因而就打上了变革时期的印记，是这个特定的历史时期产生的独特的心理活动。冯景藩们的复杂的感情活动，使我建立起这样的自信心：我捕捉到了变革时期里一种类型的基层干部的独特的心理意识的流向，用文雅的话说，叫作"时代在人的心灵中的折光"吧？同时，冯景藩们也使我悟出一条道理：生活可以纠正作家的局限和偏见。我在作品中津津有味地讽刺他抵制分田到户是怕晒太阳的时候，冯景藩们却一笑置之，说他的思想负担比体力劳动的负担要沉重十倍，搔痒没有搔到痒处嘛！

以农村生活为创作题材的作家，我猜想他们大约都试图通过自己的作品，来概括我们几十年来农业发展走过的道路。这条道路上走着八亿农民，南方和北方，农民和牧民，发生过多少喜剧和悲剧啊！在他们今天开始走向新的生活的时候，与昨天的告别不会是一夜之间就可以完结的，尤其是冯景藩这样把自己的庄稼人的黄金岁月都无私地贡献出来了的人，在今天与昨天的交替中，就不会像儿子马驹那样轻松。昨天的生活在他心里留下的沉积比儿子马驹要厚重得多。三十多年来走过的艰难而又曲折的道路，造成冯景藩的心理现状，是无法避免的。我可以轻轻地嘲弄一下冯安国，却无法伤害冯景藩一词一字。我想真实地写出他们今天的心理意识，就不能不如实地回顾他们历史的功绩和光荣、有意无意的失误和自己受到的挫折。没有这些历史，就没有今天的那种"失落"情绪。我如果不尊重他们光荣的历史功绩，不理解他们现在的苦恼，他们就不会挡住我，蹲在路旁叙述一两个钟头的衷肠的。

我写的这个冯景藩老汉，能不能得到读者的理解和认可？虽然是自己在生活中的真实体验，但是否准确？是否是一种具有代表性的人物？我仍然担着一点心。3月在涿县参加农村题材创作座谈会时，听了中共中央农业改革研究室主任杜润生同志的报告，我的心里踏实了。他说，我们要尊重历史，土地改革和合作化时期那些带领群众的模范和先进人物，他们的历史功绩还是要肯定的，不能因为今天的政策的变化而否定他们（大意）。作家创作时所要依赖和研究的主要对象是生活。对生活的独特发现和独立理解，无疑是避免人云亦云或者雷同化、概念化的根本途径。

有的同志问我，是否通过马驹的塑造要写个新时期的新人形象？我只能说，这首先不是我想要不想要的主观意愿所能说得清的，同景藩老汉一样，是生活强烈地冲击的结果。

记不清是 1979 年还是 1980 年，我到一个熟悉的村子去，和一位年轻的大队领导闲聊。闲聊中，得知这个村子有两名青年在统考中分别考中了高等、中等院校。这两个农村青年，都是在动乱年月里读完高中的，文化程度是可以想见其差的，唯其因为天资聪明一点儿，在国家恢复考试制度后拼命自修；自修中常常请教的老师就是这位年轻的党支部书记。他是"老三届"高中毕业生，又是高才生。既然由他悉心辅导的那两个青年能在高考中获得成功，那么他自己去应考，就更具有考中的可能性。他为什么不参加高考呢？我随便一问，他也随随便便地说："开头也跃跃欲试，后来到底没去。我心里撂不下这一摊子！"他撂不下什么呢？他在大队里刚创办下一个机砖场，生产和收益都不错，一个加工厂也挺红火，还有两桩队办工业、副业正在筹划之中——他"撂不下这一摊子"！

他的这样一句闲聊的话，却是那样强烈地撞击着我的心，再也忘记不了了。他热情而耐心地辅导村里的青年跨进高等院校的门槛，自己却心甘情愿地与更多的不能进入高等学府的青年男女在贫穷的乡村进行另一项事业。渴求用现代科学知识武装起来投身"四化"

的热血青年成千上万；企图通过考试逃离"苦海"（农村）而进入文明的城市的也不乏其人；死心塌地地用自己的智慧和创造性劳动改变乡村贫穷落后现状的青年也不能断言其绝对没有啊！多色彩的人才组成了多色彩的生活。"四人帮"在文艺界强制推行的"高大完美论"的结果，恰恰是人们对一切英雄的概念闻之塞耳。我常常在写一个正面人物之前首先想到：读者会不会相信？这位"撂不下"自己亲手创立的"家业"的年轻干部，终于使我无法摆脱他对我的感情的冲击，逐渐在心里孕育出一个冯马驹来。我这里想引用蒋子龙的一句话来为我仗胆。他不无感慨地写道："与其对反映生活的文学发怒，不如去改造生活。"

生活里既然有冯景藩，就不会没有冯马驹；生活如果只有衰竭和死亡而没有新生，那么社会和自然界早该完结了。因为有沉重的昨天，才有奋发的今天，更可以预示有光明的明天。昨天和今天——历史和现实，正在我们生活的一切领域进行交接，它不是简单的交接和替代，而是对已经意识到的新的使命的热情，是对已经廓清的历史教训的责任感，是对我们党的一切优秀传统的继承与发扬。马驹虽然生活在偏僻的冯家滩，不可避免地处于这种除旧布新的交替的矛盾之中，他不是以一位救世主的姿态进入冯家滩的生活的。他为自己的所爱而不能倾心相爱所深深痛苦，也在走与留的矛盾中动摇和怀疑过。他开始时更多的是出于一种个人的屈辱所产生的义愤而崛起，经过生活的矛盾才逐渐自觉地意识到自己的使命。他在冯家滩开创新的局面的具体形式和方法，必然随着时代的发展而不断调整，这不是我所太多关心的事。我所要努力揭示的，是我们的生活在发生重大变化的转折时期，从冯景藩的沉重感叹声中和冯志强的幽灵里，诞生了冯家滩新一代的青年。他们继承了父辈最可宝贵的精神财富，摒弃了他们的思想重负，在新的生活天地里，展示自己的丰采。我现在又不得不切实地承认，这位青年的形象仍然单薄，感情世界还揭示得很不丰富，这原因既在对生活的体验不深，也在艺术表现力上的无能。

我无意用《初夏》向读者证明实行责任制的诸多优越性。作品中故事从发生到结束，不过四五天时间，实行了责任制的冯家滩的土地还不到收获的季节，种牛场刚刚办起来，砖场才有第一批产品生产成功，雄心勃勃的冯家滩的年轻一代，也自然还无可能改变自己的穷困的物质条件。有趣的是，《初夏》从草稿到见诸刊物，经过了三年时间，生活在三年的时间里发生了多大的变化啊！可以料就，冯家滩的青年男女现在能够照得起相片了，能够吃得起羊肉泡馍了，也许能够骑上摩托兜风了，能住在二层小楼房里看电视了。报纸和广播每天传来南方北方农村里的激动人心的新鲜事，早已使全世界的一切人都不能不承认，中国农村在突飞猛进——生活发展的脚步真是太快了。我仅仅只是想通过冯景藩和他儿子的家庭纠葛，在农村变革刚刚掀起的激流中，留下一点生活变化中的印记。

《初夏》是我创作学习中试写的头一个中篇，感到了艰难。初稿很肤浅，几乎不是个东西，然而《当代》的编辑看了，首肯"有基础"，并对冯景藩和彩彩很感兴趣，鼓励我充分地写他们。再改后又得到老前辈秦兆阳同志的指教，再次指出冯景藩等人物身上有很大潜力可挖掘。我深受鼓舞，逐步加深了对冯景藩这个形象身上的时代特质的认识，从不自觉到比较自觉了。您在信中指出冯景藩身上"意念的东西多了点"，我就明白了，这个人物更丰富的内心世界还是没有充分地揭示出来。这个作品的不断修改和提高的缓慢以及仍然存在的明显的缺憾，使我更清楚地意识到：理论的贫乏对于理解生活的深刻性的限制；艺术魄力的过于拘谨对于形象的塑造和揭示的制约。提高理论修养和振奋艺术魄力，这两者对我来说都相当迫切。

我一直生活在美丽富饶的渭河平原的边沿地带。我十分喜欢这块土地。我能用笔描绘这块土地上的人民的生活与愿望，革命精神和淳厚的美德，不倦的进取和悠久的传统，我感到幸福。我知道，我的文学修养还不足以进行这样重要的工作，尤其是生活发生的日新月异的变化，我的理论修养、生活体验与文学修养一样准备不足。需要更努力地学习，更新知识结构，才能随着生活的发展而前进。在创作的未来的追求中，能得到您的指点和批评，无疑是十分幸运的事。

祝安健。

　致以

　敬礼！

陈忠实

1984 年 11 月 4 日于西安东郊

附：王汶石的信

忠实同志：

您好！

遵嘱拜读了您发表在《当代》第四期上的中篇近作《初夏》。杂志的编者把它放在一卷之首，它是当之无愧的。我读它，自始至终，保持着一种亲切和喜悦的心情。

首先使我感到亲切和喜悦的，是您的作品保持着陕西作家在描写农村生活，处理农村生活题材时的那种传统的现实主义风格，那种洋溢着渭河平原农村浓郁的生活气息的风格。在阅读之前，我曾问过读过这部作品的同志有什么观感。得到的回答是：像《创业史》，连一些人物都像。在我读完之后，却没有产生这种感觉，只是觉得在风格上有着上述共同之处罢了。

　　这种创作方法和艺术风格上的共同之处，不是互相模仿的结果，而是来自作家同人民群众、同革命干部之间的关系的那种共同之处，是来自作家同现实生活的关系的那种共同之处。这个共同之处就是，他们都是把自己摆在群众之中，摆在干部之中。他们所描述的群众，是他们的父兄、姐妹，他们所描述的基层干部是他们的战友、同事，甚或就是他们自己。他们不把自己摆在生活之上，不认为自己是生活的见证人或审判官。如果有所针砭，有所干预，那他们也同时在针砭自己，或干预自己。这样一种生活态度和艺术态度，在作品中，就十分明显地表现出作家和他们所描写的人物之间那种亲密无间的气氛，特别是同他在作品中所做的某种批评的人物之间的那种既严肃而又亲密无间的情调和气氛。您的《初夏》，正是在这一点上，使我深为感动。您对我们讲述了冯景藩老汉和他的儿子冯马驹的故事。您笔下的冯景藩，在当前描写农村题材的作品中，在一系列基层干部的形象中，可算得是一个新的人物典型。读着冯景藩的故事，只要是真正熟悉当代农村生活的人，就会一眼看出作者是从农村生活中走来的，是同冯景藩在农田基建大会战的工地上，或在县三级干部会议中，是在一个麦草铺垫的通铺上滚过多年的。

　　您来自农村，来自基层，冯景藩们既是您的父兄，而您又曾是他们的领导。您曾同他们一起在一间茅草屋顶下度过困苦的生活，又同他们一道经历过解放的喜悦。您曾仰着脸看那年轻的共产党员冯景藩们是怎样地叱咤风云地带领群众反封建、斗地主、分田地；又曾见他们是怎样意气风发地率领群众，建立起全县第一个农业生产合作社，在社会主义的大道上迅跑。尔后，您又作为他们的同事和上级领导，带领他们在兴修水库，或在平整土地的大会战工地上，同他们一道，度过多少个风雪严寒而又热气腾腾的日日夜夜。你们有过共同的理想和欢乐，也有过相同的困难和烦恼。您是深知冯景藩们的，因而您笔下的冯景藩就显得格外真实和感人。在小说中，您虽然只用了极少的笔墨做了一点回叙，却也对冯景藩的一生做了较为公允的评价。这也正表现了您的历史唯物主义的公正的立场。如果说，要寻找什么不足之处的话，我倒是觉得，您在描写冯景藩当前的思想行为方面，用文学行话来说，即人物的性格发展方面，是不是意念性的东西稍微显得多了一点儿？您告诉我们，冯家滩支部书记冯景藩，二三十年来，把他能献给冯家滩的一切都献出了，特别是连出外当脱产干部的调令都拒绝了，然而到头来一事无成，联产承包使他感到幻灭，他从中做出了一个错误的结论，认为自己忠诚工作吃了大亏。他的思想发生了极度的变化，他认为现在对他来说，一是在公社养牛场给自己找个落脚之处，更重要的是给儿子在县上谋一份好工作，他因此而同当队长的儿子马驹发生了激烈的冲突。这一切，您都写得很真实，合情合理，但这只是事物的一方面，另一方面，冯景藩毕竟是当过多年支书的老共产党员，大队的老干部，受过多年党的教育，在他和一心想把大队搞好的儿子的矛盾冲突过程中，他的思想必定也是十分复杂矛盾的，必定也同时在经历着剧烈的内心斗争，绝不会像一个普通的农民群众那样简单、那样毫无顾忌。所以，您是不是把景藩老汉的思想活动、行动做法、对马驹的态度和举措，都处理和描写得简单了一点儿？如果您同意我的看法，我便大胆地建议，您在出单行本以前，再加加工。从这个角度上，把景藩老汉好好地刻画刻画，我相信它将会带给您艺术家才能体会到的快乐。

您的其他人物：马驹、德宽、牛娃、来娃、彩彩，都写得很好。特别是马驹、德宽和来娃，形象鲜明，真实感人。而其中最突出的要数德宽了，您用您那惯常使用的朴素无华的白描手法所描写出的冯德宽，却是一个光彩夺目的人物。这儿表现出了您的艺术的功力。

还有一点我想要告诉您的，是从艺术地表现生活的广度和厚度上，在生活气氛的浓度上，同您过去的短篇小说相比，《初夏》可以说是个飞跃。您这些年来写过不少优秀的短篇小说，得到广大读者和文学界的普遍赞赏，我也是您的小说的赞赏者的一员。但您那些优秀的短篇小说，包括获奖的作品《信任》，您在艺术处理上，我这里说的是对生活的剪裁上，有一个很明显的特点是剪裁得很干净。这是长处，也是短处。剪裁得过分干净，有时就会给人一种刮得太光太薄的感觉。《初夏》则颇不相同，生活的诗情画意之味，浓郁得多了，读起来令人常常沉醉。

只读了一遍，尚未细嚼，一点感觉和印象，拉杂写来，博您一笑。

您近两年来特大丰收，顺致祝贺！

握手。

王汶石

1984 年 10 月 8 日

与莫斯科大学留学生汪健的通信[*]

汪健：

您好。7 月 13 日的信诵悉，请释念。并致以遥远的问候。

您我素不相识并不重要。您"几乎读过"我的"每一部作品"尤其令我感动。这主要是出于我对创作这项劳动的理解，即：对于作家来说，他是用作品和这个世界对话的，作品其实就是他的从生活体验进而到生命体验的一种展示，而展示的最初的和终极的目的都是为了与读者进行交流和沟通，能与读者完成这种沟通和交流才是作家劳动的全部意义所在。进一步说，文学沟通古人和当代人，沟通着不同肤色操不同语言的人，沟通心灵，这才是从事文学创作的人痴情、矢志九死不悔的根本缘由。从这个意义上说，您我早已是知心朋友了。谢谢您对《白》书的理解。现在就您提出的几个问题逐条答卷。

---

[*]　本文发表刊物不详，见《陈忠实创作申诉》，花城出版社 1996 年版，又见《陈忠实文集》第 5 卷，人民文学出版社 2015 年版。

一、肖洛霍夫的《静静的顿河》是我阅读的第一部外国作家的翻译作品，这是我在读完初中二年级那年暑假里读过的。从此我便不能忘记一个叫作哥萨克的民族，顿河也就成为我除黄河长江之外记忆最深的一条河流；一个十六岁的乡村少年竟然感觉到了自己并不复杂的生活阅历与顿河上的哥萨克有诸多相近相似之处，自然包括风俗文化以及生活的痛苦和生活的欢乐。我的眼界也一下子从家乡门口的灞河扩展到连方位也难以确定的顿河草原。我不必赘述这部史诗如何如何，只是简单地告诉您我当时的阅读直感。我对俄国和苏联文学的浓厚兴趣也是从阅读《静》书引发的。这部小说大约是 1962 年获诺贝尔文学奖的，我的阅读在获奖之先四年。之后直到现在，我没有再读第二遍，主要是我把有限的阅读时间和热情投向世界上较为陌生的新作品。

黑娃是《白》书中的几个主要人物之一。算不得第一号，而葛利高里（格里高利）却是头一号人物。我只是按这部书的总体构思来设计各色类型的人物，黑娃是我所理解的白鹿原上的一种类型。他的最基本的诱因当然是我长期生活体验和生活积累的结果，直接的诱因得之于我对家乡周围蓝田、长安、咸宁三县地方党史文史资料的整理收集。

最初的构思和后来的整个写作过程中，似乎没有想到过葛利高里。书出后，国内有个别评论家提到过黑娃曲折的人生道路与葛利高里的某些相通之处，还有人把他与《百年孤独》类比。我没有太去思考这种现象，主要是觉得，作家尽心竭智所要塑造的某个民族的富于典型意义的人物，可能总有些相通之处，因为人类无论哪个种族何样肤色，其作为人的本性是相通的，对美的追求和对恶的奋争，各个民族争取合理的生存状态的斗争历程，也有其本质的相通之处，形式和色彩的差异而已。

二、我所崇拜的作家随着我创作实践的发展不断变化。初中二年级对文学发生兴趣时，我顶崇拜赵树理，这一年里我从学校图书馆借阅了赵树理截至那时所出版的全部长、中、短篇小说，以为这就是世界上最可尊敬的最伟大的作家了。到当年暑假读过《静静的顿河》，肖洛霍夫又成为我崇拜的第一位外国作家。从 20 世纪 60 年代初到 80 年代初，我因为对《创业史》的钦佩自然联系到对柳青的崇拜，这是我们陕西籍的一位当代作家，也是我崇拜时间最长的一位。我崇拜柳青，却从来也没有拜访过他，只是在两次文学集会上听过他的演说。我以为，崇敬乃至崇拜一位作家的最虔诚的行为便是研读他的作品，他的全部思考和艺术理想全都灌注在他的作品里，尤其是作为他艺术成熟象征的代表作，研究他的作品便可以获得他的艺术精髓。至于登门拜访仅仅只是一个感情联系的形式，所以绝对不会超过对其作品的研究。

关于崇拜，我更深的体会便是，必须清醒地认识到，在你对某人发生崇拜的时候，同时也就要准备尽快走出被崇拜者的巨大阴影。崇拜是一种学习，在获得了被崇拜者的精神和艺术精髓以后，融会为自己的新的艺术启示，就要尽快走出被崇拜者的阴影，摆脱被崇拜者的巨大吸盘，去走自己的路，去开拓只能属于自己的艺术天地，去实现自己的艺术理想。如果不是这样，而是长期蜷伏在被崇拜者的巨大艺术阴影底下，你所能做的便是对被崇拜者的艺术重复，不仅对自己来说有渎于创造的神圣含义，对文学界来说只会造成艺术创造的萎缩。

三、我创造的黑娃只有一个，以后的作品再不会有这种类型的人物了。在我看来，重复别人是作家的悲哀；重复自己则是缺乏艺术创造勇气的表现，更悲哀。按我以往的创作习惯，完成一部作品之后便把其中的所有内容和人物搁到一边去了，兴趣和热情随之转移，投向陌生的生活领域和新的陌生的人物。用农民的话说，我对在熟茬地上反复耕作兴趣索然，对未曾开拓的生茬子荒地充满陌生的惊喜和热情。

　　四、《白鹿原》去年已在香港和台湾先后出版，据那边过来的文化人说，发行销售不错。台湾另一家出版社随之又出了一本中篇小说集《地窖》，因为读者对《白鹿原》的兴趣而引发起对我其他作品的兴趣，《地窖》据说发行也不错，有一本短篇小说集正在排印中。这是中国的两个地区，同种同文，不算外文翻译，但也确实是两个特殊的地区。

　　《白鹿原》已有韩国和日本两家出版公司分别于去年和今年春签约，目前正在翻译和排印中，预计今年下半年和明年初在韩国和日本出版发行。美国一家著作权代理公司正在洽谈用英语在美国出版的事宜，有的条例正在洽商。

　　专此复述，祝您进步、愉快。

　　握手。

陈忠实

1994 年 8 月 14 日

附：汪健的信

尊敬的陈忠实先生：

我是一个公派的留学生，现在莫斯科大学攻读语言文学硕士学位。我一直是您的一个忠实读者，您的每一部作品几乎都拜读过，其中尤以《白鹿原》为把玩之最。当我把您的《白鹿原》的大致情节译给我的论文导师后，他也极为感兴趣，并建议我与您联系，写一篇关于《白鹿原》与肖洛霍夫《静静的顿河》相比较的论文。这的确是一个很有趣的题目，两部作品之间有着极为相似的轮廓，又各具民族性和民俗性。

现在有几个问题需要向您请教：

一、您是怎样看待肖洛霍夫的《静静的顿河》的？《白鹿原》中"黑娃"这个人物与《静静的顿河》中的格里高利·麦列霍夫是很类似的，您在创作中是怎样选择这样一个主人公的？

二、在您的文学创作过程中，有哪个作家对您的影响最大？

三、"格里高利"是肖洛霍夫作品中的"唯一"（他没有再写过类似的主人公），那么，您是否会在以后的作品中再现"黑娃"呢？

四、您的作品是否会翻译成其他语言？

殷切地盼望着您的回信。

汪健

1994 年 7 月 13 日 莫斯科

关于《走向混沌》的通信 *

维熙^① 兄：

您好！内蒙古之行，我对老兄才有了最切近的感知，真是太难得了。您赠的大作《走向混沌》拜读过了。我要告诉您，这是一次惊心动魄的阅读。这样的阅读许多年都没有发生了，即使世界名著中的小说也没有产生这样令我多次闭上眼睛气不能出的噎死的感觉。残忍、丑恶、伪善这些通常的词语都在巨大的生活真实里变得没有意味了。同样，在巨大的真实里，许多问题不需言说而明白如镜了。您把这样一部作品推到中国当代图书馆的书架上，其他什么东西都可以不在乎了。这部书的意义，对于当代人是重要的，对未来的国家可能更具有意义。这是任何小说都无法取代的。我向多位朋友推介这部书，直言有存档的价值，对于研究民族的精神历程是最可珍

---

* 本文发表刊物不详，见《陈忠实文集》第 7 卷，人民文学出版社 2015 年版。
① 即从维熙（1933—2019），河北玉田人，当代作家，曾任作家出版社社长、总编辑。主要作品有中长篇小说《大墙下的红玉兰》《远去的白帆》《北国草》《走向混沌》等。

贵的资料。

我们相识已久，了解却从这部书开始，表示诚挚的钦敬之意，请保重，并向夫人问好。

愉快安健。

忠实

2002 年 10 月 15 日

附：从维熙的信

忠实老弟：

来信收读。与燕祥和老弟同行北国边陲，是一次北国风光之外的精神享受。多少年了，我的龟型生活态度，让我婉拒了许多邀请，而龟缩在书斋独善其身，因而我这次与老弟同行，真是一种缘分。说起来也挺可笑，你在精神上首先对我产生刺激的，是在北国的初秋，只穿一件空心单衣。最初，我想是弟妹的失职，后来我才想到这是陕北高原汉子的洒脱与无畏。之所以产生了如此联想，一是听在京的陕西妹子刘茵谈及；二是在几年前阅读过《白鹿原》之后，产生的一种臆断——自古有文如其人之说，一个没有宽阔胸襟的男人，是难以把描述其复杂的历史经纬以及活在那个年代众多人物的笔墨张弛到那种广度和深度的。因而，你给我留下男子汉的印象，是有多重含义的。九九归一，你是文坛的一个自成方圆、有棱有角的汉子。

感谢你对《走向混沌》的真诚赞许。读你的来信时，正是我的酒后，因为酒后放形之故，因为你这封笔飞墨舞的来信，而又多喝了几杯；但酒醒过后，我当真感到了一种莫名的悲凉。面对非正常年代的人文历史，我的笔墨太乏力了，虽然竭尽了全部心神，想给流逝过去的岁月留下一点东西，但远远没有能表达出其斑斑血色之万一。因而，在 20 世纪之尾的 1998 年，我重访我流放过的故土时，面对我曾为囚犯时的大芦花荡，深深地鞠了几个大躬。这是实话。记得几年前，姜文曾为《走向混沌》搬上银幕的问题，来我家家访（当时他只看到了三部曲中的第一部），我也把上述认知告诉了他。这不是谦虚，而是内心的自责。

但是，留下历史的真实形影，总比一片空白要好。不知回头自视民族缺陷的人，正是鲁迅先生笔下所深恶痛绝的。不是吗？

愿你我在这方面做得更好！

别后，十分想念。何日来京一聚，当尽地主之谊矣！

附笔问候弟妹安好！顺祝

秋安！

维熙

2002 年 10 月 25 日于北京

附录：陈忠实文学年表

1942 年

8 月 3 日（农历六月廿二），出生于西安市灞桥区白鹿原北坡下的西蒋村。

1950 年

春季入学，在西蒋村四年制初级小学读一年级。

1952 年

春夏季，在改迁到东蒋村的四年制初级小学上三年级。

1953 年

在东蒋村的四年制初级小学上四年级。

秋季，在油坊街高级小学上五年级。

1955 年

夏季，毕业于油坊街高级小学。

秋季，考入西安市第十六中。

1959 年

7 月，于西安市第十六中初中毕业。

秋冬季，在位于灞桥的西安市第三十四中读高一。

1962 年

7 月，于西安市第三十四中高中毕业。

9 月，经毛西公社批准，任毛西公社蒋村初级小学民请教师。

1963 年

在蒋村四年制初级小学任民请教师。

1964 年

9 月，调到毛西公社农业中学任教，为民请教师。担任团支部书记。

12 月，在《西安晚报》的"春节演唱"专栏发表快板书一篇。

1965 年

3 月 8 日，在《西安晚报》文艺副刊发表散文处女作《夜过流沙沟》。

4 月 17 日，在《西安晚报》发表散文《杏树下》。

12 月 5 日，在《西安晚报》发表散文《樱桃红了》。

本年，在毛西公社农业中学任教。

1966 年

2 月 12 日，加入中国共产党。

3 月 25 日，在《西安晚报》发表短篇小说《春夜》。

4 月 17 日，在《西安晚报》发表散文《迎春曲》。

11 月，陈忠实以农业中学教师身份带领学生，同时也"作为一个红卫兵"到北京"串联"。11 日下午 4 时，在天安门前见到第七次接见全国红卫兵的毛泽东。

1967 年

本年，在立新（原毛西）公社农业中学任教。

1968 年

12 月，借调立新（原毛西）公社协助搞专案、整党等工作。

本年，立新（原毛西）公社农业中学撤销。到立新（原毛西）公社东李八年制学校（"戴帽中学"，原东风小学）任初中教师。

1969—1970 年

借调立新（原毛西）公社协助搞"清队""一打三反"后的落实政策及整党等工作。

1971 年

1—5 月，借调立新（原毛西）公社，协助搞公社建党工作。

11 月 3 日，在《西安晚报》发表散文《闪亮的红星》。

1972 年

7 月，短篇小说《老班长》发表于《工农兵文艺》（陕西省工农兵艺术馆编）第七期。

10 月 22 日，在《西安日报》发表散文《雨中》。

本年，借调立新（原毛西）公社工作，任公社卫生院革命领导小组组长。

1973 年

春，编写（编写其中一部分并统稿）村史《灞河怒潮》，陕西人民出版社 1975 年 9 月出版。

4 月 15 日，被任命为中共毛西公社革委会副主任。

5 月 8 日，经中共西安郊区党委决定，由集体干部转为国家正式干部。

11 月，短篇小说处女作《接班以后》发表于《陕西文艺》第三期。

1974 年

9 月，短篇小说《高家兄弟》发表于《陕西文艺》第五期。

1975 年

7 月，短篇小说《公社书记》发表于《陕西文艺》第四期。

7 月 22 日被任命为中共毛西公社党委副书记。

8 月，经西安市郊区党委同意，应西安电影制片厂之邀，将1973 年发表的短篇小说《接班以后》改编为电影剧本。

1976 年

3 月，参加《人民文学》编辑部在北京主持的创作班。其间完成短篇小说《无畏》，发表于《人民文学》1976 年第三期。

10 月，"四人帮"被打倒，《无畏》被指与"四人帮"的某人有关，陈忠实被撤销公社副书记，接受审查。

《接班以后》被西安电影制片厂改编为电影《渭水新歌》（陈忠实编剧），1977 年公映。

1977 年

6—8 月，被任命为毛西公社学大寨平整土地的副总指挥。

冬，被任命为毛西公社灞河河堤水利会战工程的主管副总指挥。

1978 年

9 月 21 日，被任命为西安市郊区文化馆副馆长。

10 月，完成短篇小说《南北寨》，发表于《延河》1978 年第十二期。

10 月 20 日，加入中国作家协会西安分会（即后来的陕西作家协会）。

1979 年

5 月，写成短篇小说《信任》，发表于 6 月 3 日《陕西日报》副刊。经王汶石推荐，随即被《人民文学》7 月号转载。后获中国作协 1979 年全国优秀短篇小说奖。

9 月 25 日，加入中国作家协会。

11 月，写成短篇小说《猪的喜剧》，发表于《延河》1980 年第二期。

12 月，写成短篇小说《立身篇》，发表于《甘肃文艺》（1981 年更名为《飞天》）1980 年第六期。后获《甘肃文艺》1980 年优秀作品奖。

1980 年

4 月，调入西安市灞桥区文化局，任副局长，兼该区文化馆副馆长。

7 月 10—20 日，参加《延河》编辑部在陕西省太白县召开的"农村题材短篇小说创作座谈会"。

11 月 2 日，短篇小说《第一刀》发表于《陕西日报》，后获《陕西日报》"好稿奖"一等奖。

1981 年

4 月，参加"笔耕组"组织召开的"农村题材创作座谈会"。

12 月，《尤代表轶事》获《延河》短篇小说奖。

1982 年

7 月，出版第一部短篇小说集《乡村》（陕西人民出版社），收录短篇小说 19 篇，其中 18 篇创作于 1979—1981 年，《铁锁》创作于 1975 年。

9—11 月，写成中篇小说《康家小院》。

11 月，调入中国作家协会西安分会（即后来的陕西省作家协会）从事专业创作。

1983 年

3 月，第一部中篇《康家小院》发表于《小说界》第二期。

5 月，陈忠实的妻子和子女四人户口由灞桥农村迁到西安市。

本年写成中篇小说《初夏》，12 万字。

1984 年

2 月，写成中篇小说《梆子老太》，刊《文学家》本年第二期。

3 月上旬，参加中国作家协会召开的"农村题材创作研讨会"（河北涿州）。

5 月，中篇小说《康家小院》获上海文艺出版社举办的"《小说界》第一届文学奖"（1981—1983 年度）。

8 月，中篇小说《初夏》刊《当代》第四期。

9 月，中篇小说《康家小院》获陕西文艺创作"开拓奖"荣誉奖（陕西省文联）。

1985 年

4 月，在中国作家协会陕西分会三届二次理事会（咸阳）上，被选举为陕西省作家协会副主席。

8—11 月，写成中篇小说《蓝袍先生》，刊《文学家》1986 年第二期。

12 月 20 日至次年 1 月 4 日，首次随中国作家代表团出访泰国。著有游记《访泰日记》。

1986 年

3 月，《十八岁的哥哥》（中篇小说）获 1985 年 "《长城》文学奖"（《长城》编辑部）。

6 月，中篇小说集《初夏》由上海文艺出版社出版。

1987 年

3 月底到 4 月初，到蓝田县查阅《蓝田县志》。

8 月，在长安县查阅《长安县志》。

10 月 19 日，赴京参加中国共产党第十三次全国代表大会。

1988 年

4 月 1 日，开始写作《白鹿原》。

本月中篇小说集《四妹子》由中原农民出版社出版。

1989 年

1 月，《白鹿原》草拟稿完成，约四十万字。

4 月，开始写《白鹿原》二稿。

本年中央电视台录制播映了陈忠实创作剧本的二集电影剧《四妹子》。

在中国作协陕西分会经高级职称评委会评为 "一级文学创作" 职称。

1990 年

3—7 月，继续《白鹿原》正式稿的写作。

11 月 20 日，与田长山合写的报告文学《渭北高原，关于一个人的记忆》发表于《陕西日报》。

1991 年

1 月，短篇小说集《到老白杨树背后去》由陕西人民教育出版社出版。文论集《创作感受谈》由陕西人民出版社出版。

本年继续《白鹿原》正式稿的写作。

1992 年

1 月 29 日（农历辛未年十二月廿五），《白鹿原》书稿写完，约五十万字。

5 月，《渭北高原，关于一个人的记忆》（报告文学）获 1990—1991 年度全国优秀报告文学奖（中国作家协会）。

12 月 20 日，《当代》第 6 期刊载《白鹿原》（上）。

本月中篇小说集《夭折》由陕西人民出版社出版。

1993 年

2 月 20 日，《当代》第 1 期刊载《白鹿原》（下）。

3 月 11 日，陕西省委宣传部任命陈忠实为《延河》主编。

3 月 23—24 日，中共陕西省委宣传部、中国作家协会陕西分会联合召开《白鹿原》研讨会。

5 月 25 日，《光明日报》刊登了韩小蕙的文章《陕军东征》，在文坛引起强烈反响。

6 月 8—10 日，陕西省作家协会第四次会员代表大会召开，陈忠实当选为陕西省作家协会主席。

本月《白鹿原》由人民文学出版社出版。

7 月 16 日，人民文学出版社、中共陕西省委宣传部、陕西省作家协会在北京联合召开《白鹿原》研讨会。

9 月，《陈忠实短篇小说选萃》《陈忠实中篇小说选萃》由西安出版社出版。

10 月 12—26 日，随中国作家代表团出访意大利。

11 月，《白鹿原》繁体字版由香港天地图书公司出版。《陈忠实爱情小说选》由太白文艺出版社出版。

本年中篇小说集《蓝袍先生》由香港中国文学出版社出版。

1994 年

1 月，《白鹿原》由台湾新锐出版社出版。

2 月，中篇小说集《蓝袍先生》由作家出版社出版。

4 月，中篇小说集《地窖》由台湾汉湘文化事业股份有限公司出版。《初夏》（中篇单行本）由陕西人民出版社出版。

11 月，《白鹿原》获人民文学出版社举办的第二届"炎黄杯·人民文学奖"。

1995 年

4—5 月，受加拿大华人作家协会邀请，赴美国和加拿大参观访问和文化交流。

本年，文论集《陈忠实创作申诉》由花城出版社出版。

1996 年

1 月，《陈忠实小说自选集》（三卷本）由华夏出版社出版。

2 月，《陈忠实小说精选》由太白文艺出版社出版。

8 月，《陈忠实文集》（五卷本）由太白文艺出版社出版。散文集《生命之雨》（陈忠实散文自选集）由陕西人民教育出版社出版。

10 月，《白鹿原》日文版由日本中央公论社出版。

12 月，参加中国作家协会第五次全国代表大会，被选为中国作家协会第五届全国委员会委员。

1997 年

2 月，《陈忠实文集》（五卷本）举行首发式暨新闻发布会。

12 月，第四届茅盾文学奖揭晓，《白鹿原》（修订本）获奖。

本月《白鹿原》（修订本）由人民文学出版社出版。

本年《白鹿原》韩文版（五卷本）由韩国文院出版。

1998 年

1 月，散文集《告别白鸽》由湖南文艺出版社出版。

2 月 24 日，陕西省委宣传部、陕西作协、陕西文联在雍村饭店联合举办《白鹿原》荣获第四届茅盾文学奖表彰大会。

4 月 20 日，陈忠实在人民大会堂参加第四届茅盾文学奖颁奖大会。

本月随中国作协代表团赴台湾进行文化交流。

1999 年

4 月，《陈忠实小说精选》（二卷本）由台湾金安出版社出版。

5 月，中篇小说集《康家小院》由河南文艺出版社出版。

6 月 14 日，据香港《亚洲周刊》报道，《白鹿原》入选"20 世纪中文小说 100 强"。

9 月 6 日，秦腔《白鹿原》在陕西蓝田县向阳剧院公演（西安市秦腔一团改编）。

12 月，由人民文学出版社、北京图书大厦联合发起组织的"百年百种优秀中国文学图书"（1900—1999 年度）评选揭晓，《白鹿原》入选。

2000 年

2 月，《白鹿原》（上下册）由台湾金安文教机构 ① 出版。

3 月 18 日，在北京做客网易嘉宾聊天室，与网友畅谈文学。

---

① 系由"台湾金安出版社"更名而来。——编者按

9月6日，参加人民文学出版社、《小说评论》杂志社、《税收与社会》杂志社联合召开的《〈白鹿原〉评论集》研讨会。

10月7日，《三秦都市报》刊发了题为《青年文学博士"直谏"陕西作家》的文章，发表了李建军对《白鹿原》和《怀念狼》的批评，在陕西文坛引起震动，并迅速波及全国。

本月《白鹿原》蒙文版由内蒙古人民出版社出版。散文集《家之脉》由广州出版社出版。

本年《白鹿原》越南文版由越南岘港出版社出版。

2001 年

1月，散文集《走出白鹿原》由陕西旅游出版社出版。

3月17日，参加《突发的思想交锋——博士直谏陕西文坛及其他》一书新闻发布会暨当前文艺思潮研讨会。

8月，短篇小说《日子》载《人民文学》第8期。

12月，参加中国作家协会第六次全国代表大会，当选为中国作家协会副主席。

2002 年

1月25日，赴云南参加柯仲平100周年诞辰纪念活动。

7月31日，在西安常宁宫休闲度假山庄举行了陈忠实"60华诞暨文学生涯45周年庆贺笔会"。

9月，《陈忠实散文》由解放军出版社出版。小说散文集《日子》由陕西旅游出版社出版。小说散文集《原下集》由上海人民出版社出版。

10月，出版《走向诺贝尔·陈忠实卷》由文化艺术出版社出版。

本年《白鹿原》被教育部全国高等学校中文学科教学指导委员

会列入大学生必读书目。

2003 年

8 月，参加"中国作家三峡行采风团"，任团长。

10 月 7 日，参加首届浙江作家节。

9 日，上午参加"著名作家西湖大采风"活动。晚上参加时任浙江省委书记习近平的招待会。10 日，返回西安，晚上与参加"华山论剑"活动的香港作家金庸见面。

12 月 11 日，写成散文《原下的日子》。

2004 年

1 月，小说散文集《原下的日子》由太白文艺出版社出版。《陈忠实小说自选集》长篇卷、中篇卷由长江文艺出版社出版。

2 月，《陈忠实小说自选集》短篇卷由长江文艺出版社出版。

3 月，《白鹿原》（"中国文库"版）由人民文学出版社出版。

5 月，《陈忠实文集》（七卷本）由广州出版社出版。短篇小说集《关中故事》由昆仑出版社出版。

本年《原下的日子》（散文）获《人民文学》优秀作品奖。

2005 年

3 月 24 日，李若冰逝世，陈忠实吊唁并题词"艺术之魂，文学之神"。

5 月 22 日—6 月 3 日，参加中国作家协会组织的中国作家"重访长征路，讴歌新时代"采风团。

6 月 28 日，"白鹿书院"（与西安思源学院联办）成立，陈忠实任终身山长。白鹿书院旨在弘扬传统文化，加强学术交流，扶持文学新人。

7 月，小说集《康家小院》由中国社会出版社出版。

10 月 19 日，受聘为西安工业大学教授、人文学院名誉院长、当代文学研究中心主任。

本月任《延河》主编。

2006 年

2 月，"世纪文学 60 家"之《陈忠实精选集》由北京燕山出版社出版。

5 月，受聘担任西安半坡博物馆文化代言人。

5 月 31 日至 7 月 2 日，北京人艺创作的话剧《白鹿原》在北京首都剧场连演 29 场，剧中用陕西方言，并首次将华阴老腔搬上话剧舞台。

8 月 2 日，做客中央电视台《艺术人生》，讲述人生传奇。

本月下旬，出访俄罗斯。

10 月，"品读名家系列"《关于一条河的记忆》（陈忠实散文精选集）由中国社会出版社出版。

11 月 12 日，参加中国作家协会第七次全国代表大会，再次当选中国作家协会副主席。

2007 年

1 月，散文随笔集《凭什么活着——我的人生笔记》由时代文艺出版社出版。

5 月，散文随笔集《我的行走笔记》由时代文艺出版社出版。

6 月 7 日，由首都师范大学音乐学院主创的现代交响舞剧《白鹿原》在北京保利剧院公演。

7 月，短篇小说《李十三推磨——三秦人物摹写之三》发表于

《人民文学》第七期，《小说月报》第九期转载。后先后获 2007 年度"茅台杯"人民文学奖、首届"中国小说双年奖"、《小说月报》第十三届百花奖。

8 月，中短篇小说集《关中风月》由东方出版中心出版；散文随笔集《我的关中我的原》由学林出版社出版。

9 月 18 日，陕西省作家协会第五届理事会第一次代表大会召开，被聘为主席团名誉主席，贾平凹当选为陕西作家协会主席。

20 日，短篇小说《日子》获首届蒲松龄短篇小说奖。

10 月 10 日，获首届陕西文艺大奖"艺术成就奖"。

11 月，参加"路遥逝世 15 周年纪念暨全国路遥学术研究讨论会"，并为纪念馆揭牌。与贾平凹一起救助身患肝癌的路遥弟弟及生活困难的亲人。

2008 年

1 月，散文集《乡土关中》由中国旅游出版社出版。中篇小说集《四妹子》由时代文艺出版社出版。《白鹿原》（评点本，雷达点评）由文化艺术出版社出版。《陈忠实自选集》由海南出版社出版。

3 月，小说散文集《吟诵关中——陈忠实最新作品集》由重庆出版社出版。

5 月，《白鹿原》（"陈忠实集"之长篇小说卷，精装本）由北京十月文艺出版社出版。

7 月 4 日，在西安市小雁塔前参加奥运圣火的传递，为第六棒奥运火炬手。

8 月，《第一刀》（"陈忠实集"之短篇小说卷，精装本）由北京十月文艺出版社出版。

本月，《蓝袍先生》（"陈忠实集"之中篇小说卷，精装本）、《原下的日子》（"陈忠实集"之散文卷，精装本）由北京十月文艺出版社出版。

9月，《陈忠实散文精选集》由新世界出版社出版。

10月29日，短篇小说《李十三推磨》荣获《小说选刊》首届小说双年奖。

11月，《秦风》（"大雅中国风"系列，雒志俭等绘图）由华东师范大学出版社出版。《陈忠实小说》（评点本，何西来点评）由文化艺术出版社出版。

12月5日，《白鹿原》入选"影响中国人的三十年30本书"（深圳读书月组委会、深圳报业集团主办）。

2009年

1月，《陈忠实散文》（评点本，古耜点评），由文化艺术出版社出版。

4月，短篇小说集《回首往事》、散文集《默默此情》由中国盲文出版社出版；"世纪文学60家"之《陈忠实精选集——轱辘子客》，由北京燕山出版社出版；"共和国作家文库"之《白鹿原》，由作家出版社出版。

6月，短篇小说《李十三推磨》获《小说月报》2009年第十三届百花奖。

8月，《寻找属于自己的句子——〈白鹿原〉创作手记》，由上海文艺出版社出版。

10月16日，央视《读书》栏目播出专访《守望——白鹿原》。

12月，《白鹿原》入选《中国新文学大系》第五辑（1976—2000），上海文艺出版社出版。

2010 年

2 月 6 日，由中央主流媒体和省内媒体联袂推出的 2009 年度"陕西最具文化影响力人物"评选活动揭晓，陈忠实被评为五位"功勋人物"之一。

3 月，《钟山》（第二期）揭晓"30 年 10 部最佳长篇小说"投票结果，《白鹿原》名列榜首。

8 月，散文集《在河之洲》（何启治点评）由广东教育出版社出版。

8 月 26 日，接受《中国日报》英文版记者采访。

9 月 26 日，接受中央电视台《大家》栏目组采访。

10 月，"当代陕西文艺精品"之《白鹿原》由人民文学出版社、太白文艺出版社联合出版。

2011 年

1 月 8 日、15 日，中央电视台科教频道《大家》栏目推出《陈忠实 —— 寻找白鹿原》上、下集，解读陈忠实的文学人生。

本月，《寻找属于自己的句子》（"大家自述史"系列），由北京大学出版社出版。

本月，"语文新课标必读丛书"之《白鹿原》（节选本，24 万字），由时代文艺出版社出版。

5 月 1 日，做客凤凰卫视访谈栏目《名人面对面：陈忠实，文学是一生无法摆脱的"魔鬼"》。

9 月，《白鹿原》（线装本，三卷）由作家出版社出版。

10 月，《陈忠实集外集》印行，白鹿书院、陈忠实文学馆编，邢小利主编。

11月21至25日，参加中国作家协会第八次全国代表大会，当选为中国作家协会副主席。

2012年

2月19日（柏林时间2月18日晚），第62届柏林国际电影节举行颁奖典礼，电影《白鹿原》获艺术贡献（摄影）银熊奖。

5月10日，《白鹿原》法文版（*Au pays du Cerf blanc*）在巴黎举行首发新闻发布会。《白鹿原》法文版由法国塞伊出版社（Éditions du Seuil）出版，译者邵宝庆和 Solange Cruveillé。

6月，散文集《接通地脉》由作家出版社出版。

7月20日，中国作家协会公布陈忠实为中国作协小说委员会主任。

8月，《白鹿原》"20周年纪念版"（有插图，为电影《白鹿原》布景画稿）由人民文学出版社出版。

本月，短篇小说集《失重》和中篇小说集《夭折》由长江文艺出版社出版。

9月12日，人民文学出版社举办的"《白鹿原》出版20周年庆典暨纪念版、手稿版揭幕仪式"在中国人民大学逸夫会议中心第一报告厅举行，陈忠实出席。9月15日，电影《白鹿原》全国首映。

本月，《〈白鹿原〉手稿本》（全四册）由人民文学出版社出版。

12月，《漕渠三月三》由线装书局出版，该书列入"当代大家散文丛书"，王必胜主编。

2013年

1月，"当代著名作家美文书系"之《拥有一方绿荫》由中国文史出版社出版。

本月，中短篇小说集《霞光灿烂的早晨》由重庆出版社出版。

本月，"茅盾文学奖获奖者小说丛书"《蓝袍先生》由江苏文艺出版社出版。

本月，小说散文集《释疑者》选入"茅盾文学奖获奖作家短经典"书系，由人民文学出版社出版。

2月，散文选集《白鹿原上》由江苏文艺出版社出版。

本月，中短篇小说集《康家小院》选入"茅盾文学奖获奖作家丛书"，由中国社会出版社出版。

3月20日，出席由人民文学出版社举办的首届"白鹿当代文学编辑奖"颁奖典礼，讲话并为获奖编辑颁奖。"白鹿当代文学编辑奖"是由原人民文学出版社编辑何启治和陈忠实商议提出、人民文学出版社设立的奖项，每两年评选一次，由陈忠实出资提供奖金，奖励人民文学出版社在当代文学编辑工作中贡献突出的个人，以激发当代文学编辑的工作热情。

本月，《陈忠实小说自选集》，由新世界出版社出版。

8月，"茅盾文学奖获奖作品全集"系列之一《白鹿原》由人民文学出版社出版。

10月，散文随笔集《白墙无字》由西安出版社出版。

本月，短篇小说集《日子》选入"中国短经典"丛书，由上海文艺出版社出版。

2014 年

3月，《梅花香自苦寒来：陈忠实自述人生路》和《此身安处是吾乡：陈忠实说故乡》由华中科技大学出版社出版。

6月，"有价值阅读"丛书之一《猫与鼠 也缠绵》由人民文学出版社出版。

7月，"现当代长篇小说经典　陈忠实小说自选集"之《白鹿原》由长江文艺出版社出版。

10月11日，接受时任中央纪委监察部网络中心副总编景延安等人的专访。专访内容于10月30日在中央纪委监察部网站以《"聆听大家"系列访谈第三期——著名作家陈忠实专访》之名推出。

2015年

4月下旬，在西京医院被确诊为舌癌。

6月，《陈忠实精选集》由北京燕山出版社出版。

8月，短篇小说集《白鹿原纪事》由四川文艺出版社出版。

2016年

2月，散文随笔集《生命对我足够深情》由时代文艺出版社出版。

4月29日7时45分，在西安西京医院去世。

本月，《陈忠实文集》（十卷）由人民文学出版社出版。

编后记

王鹏程[*]

暑假前，知名出版人向继东先生来电，嘱我参与他策划的当代著名作家"文学回忆录"丛书，具体任务是选编陈忠实老师的文学回忆录。我诚惶诚恐——一是自己毫无编书的经验，又是选编自己敬仰的忠实老师的文字；二是向先生策划的几套丛书在出版界有口皆碑，皆已成经典。倘因自己能力不济，编得不好或砸了，于向先生和忠实老师，都难以交代。忐忑之际，又觉得这是一个难得的弥补内心亏欠的机会。忠实老师的为人与为文，无须我多言。在我与他有限的交往中，他人格的魁伟、处事的正大以及助人的无私，留给我难以磨灭的印象。而我一直没有回报的机会，甚至他的告别仪式，我因家中有事也未能参加，说来实在愧疚。在这种压力和纠结中，我答应试一试，暂时应承下了这件事。向先生给我最大的自由，

---

[*] 王鹏程，1979 年生，陕西永寿人。清华大学中文系毕业，文学博士；西北大学文学院教授、博士生导师、中国现代文学馆特邀研究员；主要从事中国现当代文学研究。

让我按照自己的想法来编；忠实老师的二女儿勉力大姐也慨然应允，给予了大力支持。此事很快就定了下来。

炎炎暑期，我在空旷的校园再次走进忠实老师的文学人生，开始着手编写《陈忠实文学回忆录》。忠实老师的音容笑貌不时跃入眼帘——他夹着雪茄，坐在二府庄的沙发上，在我对面，谈柳青，谈三合头瓦房，谈人生，谈文学……我的思绪也如同那只神奇精灵——白鹿，不时飘飞到白鹿原，飘飞到他原下的旧宅。他似乎从未离去，也的确不曾离去。正如我在一篇短文中所言：只要白鹿原在，那只白鹿就会永远在原上奔跑，忠实老师夹着雪茄，在原上眺望的身影就不会消失……编排中我思索最多的是，忠实老师出身农村，高考落榜后，为何能一步一个脚印，逐渐登上艺术的高峰？我想不外乎两点：如他的名字所言，他有农民那种可贵的质朴和坚持，正如他的名言"但问耕耘、不问收获""文学是愚人的事业"；二是他无某些作家的自恋和自醉，能诚恳接受和吸纳不同的批评和意见，有可贵的自我否定、自我突破的精神。这两点使得他冲破了自身和环境的种种限制，将自己同许多作家区分开来，将自己同平庸隔离起来，进而从灞桥的农村走向省内外，走向全国，走向世界，取得辉煌的令人仰望的艺术成就。

回望忠实老师的人生之路和文学之路，也使人不无遗憾甚至痛心。《白鹿原》之后的六卷文集中，除了短篇小说《日子》《李十三推磨》，散文集《原下的日子》等极少的作品保持一定的质量和水准之外，其他作品平平甚至令人失望。尤其是他耗费大量精力为朋友、熟人撰写的序言、书评之类，绝大多数可以说是生命的空掷和精力的浪费。他是个憨厚朴实的关中好人，不轻易拒绝人，为人作嫁，几乎有求必应，于自己却是莫大的牺牲。《白鹿原》完成之后，他已经成熟并彰显出一位优秀小说家的开阔气象，完全有可能再上层楼，创作出超越《白鹿原》的优秀作品。他自己当时也曾有宏伟的创作计划。但这都因为意料不到的成功、巨大的社会声望、对社会事业的热心、有求必应的慷慨助人以及其他种种原因而搁浅。

还有他遭遇的料之不及的鲜为人知的"龃龉"，使得他回到白鹿原下的老屋——"原坡上漫下来寒冷的风。从未有过的空旷。从未有过的空落。从未有过的空洞。"他站在白鹿原下，身在长安城中，无数次感伤地吟唱白居易"宠辱忧欢不到情，任他朝市自营营。独寻秋景城东去，白鹿原头信马行"的诗句，借此纾解内心的憋闷和愤怒。他又无地彷徨，不得不用无奈的文字去遮掩内心的不屑。读到这些文字，真是令人无限愤怒、无比感伤。谁又能料想到，忠实老师这样一个憨厚朴实的老人，这样一个声誉如日中天的著名作家，晚年遭遇到了怎样的不忍、不堪和不幸！

这本回忆录精选了忠实老师不同时期最为重要的自述、言论、主张、对话，比较完整地再现了他的文学之路和艺术主张，力求使文学爱好者和研究者本书在手，即对忠实老师的文学世界和心灵世界有一个通彻的了解和认识。书末根据邢小利、邢之美先生的《陈忠实年谱》，制作了简略的忠实老师文学年表，供读者参考。在此也对邢小利、邢之美先生致以谢意。由于编者能力和水平有限，难免有不如人意之处，祈请各方读者谅解和指正。

2018年9月2日草于西北大学长安校区　9月13日改定

刘心武文学回忆录	刘心武	著
蒋子龙文学回忆录	蒋子龙	著
张炜文学回忆录	张　炜	著
王跃文文学回忆录	王跃文	著
残雪文学回忆录	残　雪	著
张抗抗文学回忆录	张抗抗	著
叶辛文学回忆录	叶　辛	著
刘醒龙文学回忆录	刘醒龙	著
宗璞文学回忆录	宗　璞	著
陈忠实文学回忆录	陈忠实	著
*王蒙文学回忆录	王　蒙	著
*叶兆言文学回忆录	叶兆言	著
*梁晓声文学回忆录	梁晓声	著
*冯骥才文学回忆录	冯骥才	著
*肖复兴文学回忆录	肖复兴	著
*浩然文学回忆录	浩　然	著
*姚雪垠文学回忆录	姚雪垠	著
*李準文学回忆录	李　準	著
*孙犁文学回忆录	孙　犁	著
*从维熙文学回忆录	从维熙	著

*待出